新潮文庫

複合汚染

有吉佐和子著

2532

複合汚染

＊

いかにも初夏らしい爽《さわ》やかな日が続いているのに、テレビの天気予報ではアナウンサーが今年の梅雨は長い見込みだと湿っぽい顔をして言っていた。ぼんやりブラウン管を眺めていた私のすぐ傍で、電話のベルが鳴った。受話器をとると、

「市川です。あのねえ、困ったことになったんですよ。青ちゃんがヨーロッパに行くと言い出してねえ。紀平《きひら》の応援を頼んでいたのに、それは青ちゃんもはっきり約束してくれてたんですがねえ」

市川房枝《ふさえ》女史からは、このところ頻繁に電話がかかっているのだが、こんな切羽詰った調子で話が始まったことはなかった。青ちゃんというのは、青島幸男のことだろうと咄嗟《とっさ》に判断して、私は訊《き》き返した。

「あのオ、どうしてヨーロッパへ行くんですか」

「よく分らないんですよ。昨日は一日かかって話したんですがねえ、どうしてもヨーロッパへ行くと言うんですよ。あなた、すみませんがねえ、なんとか青ちゃんを説得して

くれませんか。紀平はねえ、まだ知名度が足りませんからねえ。お願いしますよ」

市川房枝という人は、無駄口というものを決して叩《たた》かない。いつでも電話には用件があり、用がすむとさっさと切ってしまう。このときも同じことだった。

私はお願いされた通り、早速「青ちゃんの説得工作」に当ることになった。まず電話帳をひろげ、青島さんの電話番号を探した。人差指の先で番号をなぞりながら、同じことを六年前にもしたのを思い出した。

恰度《ちょうど》、六年前、それは青島幸男が参議院選挙に初出馬し、全国区二位で当選してから三日とたたない頃だったと思う。当時、参議院議員だった市川さんから電話がかかって、

「あのねえ、青島幸男って人に会いたいんですよ。あなた、会わせてくれませんか」

と、いきなり言われ、かしこまりましたと反射的に答え、電話が切れた後で私は茫然《ぼうぜん》とした。私は青島さんに一面識もなかったのだ。どういうことから市川先生が、私と青島氏を知り合いだと考えたのか、いまだに訊いていないから私にも分らない。しかし、六年前も私は電話帳に飛びついて彼の家の電話番号を探し当て、ダイヤルをまわしたのだった。

呼出音が聞こえるとすぐ美しい女性の声が、

「青島でございます」

と言った。

「あのォ、有吉ですけれど」

「あら、お久しぶりでございます」

「まったく、お久しぶりですね。青島さんとお話したいんですけど、今どちらですか」

「家におります。少々お待ち下さい」

しばらくして、電話が切り替えられると同時に、凄《すご》いボリュームでロック・ミュージックが鳴り響いた。ああ、六年前と何もかも同じだ。

＊

「青島です」

「あのォ有吉ですけど、ちょっとお目にかかりたいの」

「いいですよ、久しぶりですね」

「今晩の御都合はいかが」

「いま客が来ていましてね」

「そのお客さんは何時までいらっしゃるの」

「そうですねえ、九時半、かな」

「じゃ九時半にお邪魔しますから」

少し押しの強い電話だったが、何しろ説得しに行くのだから私も勢込んでいたのだ。

しかし、まったく青島さんはヨーロッパへ何をしに行くのだろう。選挙の公示まで後一週間だというのに。私には分らなかった。市川先生の慌《あわ》てたような口調が耳の奥に甦《よみがえ》ってくる。あのねえ、困ったことになったんですよ。

青島さんの家は、私のところからそう遠くなかった。車で二十分くらいで着いてしまう。しかし私は落着きを失って、一時間前には外出着に着替え、家の中でうろうろしていた。

六年前もこんな工合だった、と私は思い出していた。六年前、市川先生に頼まれて、青島さんに電話をし、彼は実に気軽く応じてくれて、あのときは三人で会食をした。芝の精進料理屋の一室で、青島さんは初対面の女二人を前にして、動物のセックスシーンばかり撮影するという彼の計画を熱心に話してくれた。私は呆気《あっけ》にとられ、市川先生はときどき頓珍漢《とんちんかん》な相槌《あいづち》を打ち、青島さんは朗らかに笑っていた。三人とも何を喋《しゃべ》ってもちぐはぐな工合だったが、食事が終るときには、市川房枝の創立した参議院二院クラブに青島さんは参加することに決った。政党無所属の人々の集りだった緑風会が消えたところで、参議院本来の第二院としての在り方を示すものとして、青島さんも立候補したときから当選したら入ろうと思っていた様子だった。

それから今日まで、私は一度も青島さんに会っていない。私はテレビにはあまり出演しない方針できているし、私の行くような会合には青島さんが顔を出さない。青島幸男の二院クラブ入りに私が何か関係したという話など、だから三人以外は誰も知らない筈だった。

青島さんの住居は、彼が立候補直前に入った中野のマンションである。私の友人が同じところに住んでいるのだが、そこの出入りでも私は彼と顔を合わしたことがなかった。ドアが向うから先に開いて、美しい奥さんが顔を出した。

「いらっしゃいませ」

よく考えてみると、私たちは初対面なのだった。電話で口をきいたことがあり、どちらも写真を見たことがあったので、そうは思わなかったのだけれど。

「少し早く伺いすぎましたね」

「大丈夫です。こちらでお待ち下さい」

青島夫人からお茶を頂いて、不思議な気がした。選挙の直前だというのに、この家には緊張した雰囲気《ふんいき》がまるでない。

＊

時間きっちりに青島さんよりちょっとばかりハンサムな秘書が、

「どうぞ」

と迎えに来てくれた。住居の隣が事務所兼仕事部屋になっていて、青島さんが扉を開けて廊下に立っていた。

「やあ、いらっしゃい」

「晩《おそ》く、すみません」

「いいですよ、久しぶりですね」

「六年ぶりなのよ」

「ああ、もう、そうなるなあ」

事務所兼仕事部屋の有様は、洋間と日本間と寝室の四畳半ぐらいのものが小さくまとまって、片隅がスタンドバアみたいになっている。耳がどうかなりそうなロック。今までのお客も、この音楽の中に浸っていたのかしらん。青島さんと秘書氏は室内の照明を明るくしたり暗くしたり、なかなか二人の意見が一致しない。私は黙ってスタンドの椅《い》子《す》に腰をおろしていた。

「ヨーロッパへいくんですって」

「うん、それが一番いいんじゃないかと考えたわけなんだ」

「そのことで私は伺ったのよ」

「だと思ってましたよ、昨日は市川先生にこってり絞られたからなあ」

青島さんは甘い甘いリキュールを私に注いでくれたが、私は甘いものは苦手なのでちょっと困っていた。それに音楽のボリュームが大きすぎる。

青島さんが、すっと左手を伸したと思うと、ロックが止った。

「あの方の知名度が足りないから、先生は心配なのよ」

「それはきっと心配でしょう」

ひとごとのように言うじゃないかと私は少し咎《とが》めたくなった。

「でもあなた、応援をするって、約束してたんじゃなかったの」

「約束はしてましたよ、しかしそれは市川先生が立候補する前の話だ」

私は心の中で、あっと叫んでいた。

市川房枝の立候補は、まったく突然の出来事だった。選挙公示の二週間前。私も寝耳に水だったが、青島さんが知ったのは新聞に出る一日前で、彼も驚かされた一人だったのだ。

「紀平さんの応援を約束通り僕がするとして、いいですか。紀平さんの後に僕と先生が並んでサ、東京地方区は紀平悌子《ていこ》をどうぞ、全国区は市川か青島か、二人のうち一人をどうぞって言うの？　変じゃないですか」

私は一言もなかった。それどころか青島さんがヨーロッパへ出かけて行く謎《なぞ》が氷解していた。市川と青島。票田はぶつからないだろうとは思っても、二人とも同じ全国区だ。青島さんはテレビ界同業の人々の間でごく評判がいい。その特徴は、争いをよけて通る。揉《も》めごとは手前で納めてしまうというタイプなのである。私は感動していた。

青島幸男は口に出さないが、彼にヨーロッパ行きの決心をさせたのは他ならぬ市川房枝の立候補だったのだ、と私は悟った。

＊

三年前に市川房枝は東京地方区で落選していた。テレビで女性ファンの多かったアナウンサー出身の候補者が、婦人票をごっそり集めて当選してしまい、市川房枝の五十年にわたるキャリアが惨敗した。あのときはショックだった。推薦人に名を貸したきりで、実際には一票を投じただけでノホホンとしていた私は、大地震に出遭ったように驚いた。テレビ評論家が、東京の恥だと言って嘆いていたのが忘れられない。全国区に出るべきだったと人々は愚痴をこぼし、五十五万票という得票数は決して少なくないのにと言いつのった。しかし、あのときは次点でさえなかったのだ。

その後、私も市川先生に会うと全国区で立候補することをすすめていたし、多くの人々が同じ考えでいたのに、先生は後継者も出来ていることだし、自分はもう引退すると言いはって譲らなかった。

「市川先生も困った人よね。あれだけ出ないと言いはっていて、土壇場《どたんば》ででしょ。私も実は大いに困っているところなのよ」

「どうして。どうして有吉佐和子が困るんですか、市川房枝の立候補で」

彼のヨーロッパ行きを説得する目的で出かけて来たにもかかわらず、私はだらしなく自分の愚痴をこぼす羽目になった。

「秋から朝日新聞の連載小説が始まることになっているのよ、もう何年も前からの約束なの」

「そうですか、期待してます」

「それが番狂わせになっちゃったのよ。というのは、婦人運動を経糸《たていと》にして書くつもりだったのね。女が選挙権を持っていなかった頃のことをもう一度ふり返ってみたいと思って」

「結構ですね。本当にふり返って頂きたいですよ、僕は」

「市川房枝が実名で出てくるのよ」

「いいじゃないですか」

「よく有りませんよ。私は先生に本当に引退する気かと念を押してから、準備していたのよ。それなのに立候補でしょう？　私は推薦人ですよ。公示の日には応援演説をすることになっているのよ。世間は大騒ぎをしているというのに、これで先生が当選したら、私の小説は書けなくなってしまう」

「関係ないよ。書くべきだ」

「そうはいきませんよ。変ですよ。もしも、よ。もしも高位で当選したら、私は太鼓叩いた上に提灯《ちょうちん》まで持つような工合じゃない。出来ることじゃありませんよ」

「そうかなあ」

＊

横で秘書氏が私に肯《うなず》いて、それはやっぱりまずいでしょうねえと言ってくれた。部屋の中は三人きりだった。

「いや、書けるよ、有吉さん。小説なんだから、市川房枝の死ぬところを書いたらいい」

「え？」

「参議院本会議の表決でさア、市川房枝が白札握ってすっくと立ち、一歩一歩壇上へ上って行く。僕は先生の一つ前だから、いつも振返り振返り歩くのよ。三年前まで、つい癖みたいになっていた。市川房枝が白札を入れた、そこで体が崩れる。僕は駈《か》け戻って下から支えて叫ぶ。市川先生ッ」

「あなた、随分いい役ねえ」

「保革逆転の歴史的瞬間だからね。テレビカメラは当然僕たちのズームアップだ。それから、どうしようかな」

「縁起でもないわ、やめてよ」

「どうして。政治家として最も素晴らしい死に方だと思うよ、僕も四十年先に、そういう死に方で幕にするかな」

私は大声で叫んだ。

「死にませんよ、あのおばあさんは」

「うん、死なないねえ。あと十二年、僕は保証しますよ」

「十二年？」

「もう二期やるよ、おばあさんは。九十三か。多分最年長記録じゃないかな」

「御両親が揃《そろ》って御長命だったたし、お姉様が八十八で、先生と同じようにお元気ですって。そういう家系なのね」

それから後はビールに変えてもらい、いかに市川房枝は丈夫で長生きするか、私たち三人は口々に思いついたことを賑《にぎ》やかに喋りあった。

「当選は、するわよ、ね」

「確実でしょ。三年前も全国区で出とけばよかったんだよ。東京は四つの議席に五つの政党だろ。始めから無理だったんだ。僕は三年前に応援して、これで勝てるかって思ったもの。参議院は良識の府なんだから、声はり上げて頑張ってというスタイルの選挙は違うよね。良識ある人に投票するということで、おまかせした方が理想的でしょ」

「そうねえ」

肯きながらも、私は背筋がぞっとしていた。東京地方区。四つの議席に五つの政党。市川房枝でさえ落選したところへ、世間的にはほとんど無名の紀平悌子が立候補したのだ。頼みの綱にしていた青島幸男がヨーロッパへ行ってしまう。市川房枝がいくら丈夫でも、やっぱり八十一歳。無理はさせられない。

それじゃ、いったい、紀平悌子は、どうなるのだ。

「分ってくれましたか」

「ええ、まあ、ね」

「そこで気持よく僕をヨーロッパへ行かせて下さいよ」

青島さんはビールをぐいと飲み干し、にこにこしたが、私はあいまいな返事しかできなかった。

＊

翌日の新聞に「青島幸男は選挙中ヨーロッパで優雅に過す」という記事が、かなり派手に出た。先客はマスコミ関係の人たちだったのだろうと私は思った。時間的にみて、新聞記者でなく、週刊誌の取材だったのだろう。すると来週の週刊誌は一斉に「最後の大物」市川房枝の出馬と、青島幸男の「選挙ゼロ戦」を特集することになるだろう。どちらも二院クラブのメムバーだから、効果を考えれば有りがたい。しかし、あの細かく気のつく青島さんが、何もせずにヨーロッパへ行くというのは、外から見れば悠々たるものだが、本人の本心はきっと苦しく落着かないのではないだろうかと私は察していた。

市川先生は、あんな電話をかけておきながら大した期待をしていなかったらしく、結果はどうだったかと訊《き》いても来なかったし、私も報告する気になれなかった。青ちゃんのヨーロッパ行きは先生のせいですよとは、いくらなんでも言いにくい。新聞記事では青島は自信満々と書かれていたが、私は千番に一番のかね合いのようなものではないかと思った。こんなことをやった人はまだないのだから、当れば大量得票、しかし不真面目《ふまじめ》だという印象を与えたら結果のマイナスは大きいだろう。

市川房枝選挙対策本部と、紀平選挙対策事務所からは、交互によく電話がかかってくるようになった。市川選対からは夜中に、何字以内の推薦文を今晩中に書けと言ってきたり、公示から二十三日間の私のスケジュールの問合せやら、カムパについて考え方が選対の青年グループと私の間に行き違いがあったり、とにかく私は落着かなくなった。

私は二十三日間は、全部あけておきますからと返事をし、慌《あわ》ててつけ加えた。

「ただし、午前中は勘弁して下さいね。午後だけにして頂きたいんです。その代り、なんでもしますから」

「分りました。とりあえず数寄屋橋《すきやばし》の選挙第一声につきあって頂きたいんですが。公示の日の午《ひる》過ぎになると思います。時間は前日に御連絡します」

市川選対からの連絡は、例外なく若い男性の声であったが、紀平選対からかかる電話はいつでも女性である。

紀平さんとは一面識もなかったが、その存在については十年も前から私はよく知っていた。市川先生との話の中によく出てきたからである。市川房枝の参議院在籍中に紀平さんを立候補させるべきだというのは、ごく常識的な考え方で、六年前には当然立候補するものと私は思っていたのが、どういう事情でか延びのびになっていた。

*

作家は一般に夜ふかしだと思われているようだ。私も若い頃はそうだったが、一生小説を書くと心にきめてからは生活設計をがらりと変えてしまった。私は低血圧だけれど、書く仕事は午前中にしている。電話にも出ないし、家の者とも顔を合わせずに、朝食抜きで机に向う。といっても私は一年に小説一つか二つがせいぜいの寡作《かさく》な仕事をしているから、七日も書けば一カ月分の仕事はできてしまう。後はひたすら本を読んでのらくら暮しているのだが、こういうところは他人には分らないだろう。

参議院選挙公示の日、私はいつもより三十分も早く目ざめ、「新潮」という文芸雑誌の連載「鬼怒川」を午前中で十枚書いた。時代は大正七、八年、舞台は関東地方の農家の話である。書きあげてから、この時代が市川房枝の夜明けだったのに気がついた。新婦人協会の設立と五条撤廃運動、いわゆる婦人選挙権獲得運動が華々しくスタートしたのが大正八年なのである。市川房枝の運動は、そろそろ六十年になるのかと、筆を措《お》きながら私には感慨があった。

選挙の応援演説を、本気でするのはこれが初めてである。私は大正時代から立上って昭和四十九年に戻ると、洋服ダンスを開けて、吊《つる》してあるものの中からどれを着たらいいか迷った。まず選挙カーの上に登るのであろうから、ミニスカートは避けるべきだし、和服は当然不合格だ。選挙は闘いなのだから、パンタロンを選ぶのが常識だった。しかし私が立候補するわけではないので派手なものを着るわけにいかない。私は紺無地のパンタロンスーツをひっぱり出した。このときは、よもやこれを、ほとんど二十三日間着続けるとは思ってもいなかった。

本当に、私が頼まれていたのは第一声のつきあいだけであり、市川選対から何も言って来ない限り、それ以上のことをするつもりはこの日の朝でもまだなかった。

一時半。数寄屋橋。

前日、きちんと市川選対から電話連絡が入っていた。だが、私は時間というものにはまるで駄目なのだ。ルーズというのがあるが、私はその反対だ。だいたい一時半などという時間の約束ができると、もう昼食を家でとる余裕がなくなってしまう。

何も食べずに家を出て、地下鉄で銀座駅から数寄屋橋へ上って行くと、思いがけず石原慎太郎氏にばったり出会った。ダンディな背広姿だった。

「あら」

「やあ。懐《なつか》しいねえ」

そこで少し立話をした。私は石原さんが自民党の応援に来ていることや、彼が誰に肩入れしているか知っていたので、ははあと思っていたが、石原さんは私が街頭演説することなど想像もできないようだった。

「ねえ君、野坂はいったいどういう気なんだろうね」

作家である野坂昭如氏が東京地方区に出馬したのも、この選挙では大きな話題だった。

＊

「そうねえ、かなり本気なんじゃない」

「とは思えないな。全国区ならともかく、東京で勝てるわけがない」

「うん、実は私もかなり迷惑に思っているの」

「君が？　どうして？」

「だって東京地方区には紀平悌子が出てますからね」

「君、それじゃ」

石原さんが、目を丸くした。彼はようやく私が数寄屋橋にいる理由に思い到ったのだ。

「ええ、市川房枝の選挙第一声の応援よ」

「御健闘を祈ります」

彼は苦笑しながら、さすがに鄭重《ていちょう》な挨拶《あいさつ》をしてくれたが、警戒の色はあらわになっていた。ついさっきまで私に見せていた親密さが失われた。

「都知事の方はどうなっているの」

私の方は知りたいことが多かったのに、

「いや、いや。じゃあ、又」

向うへ行ってしまった。どうして石原さんが俄《にわ》かに私を敬遠するのか理由が分らない。私が応援する二人は無所属の候補であり、私自身もどの政党とも関係を持っていない。私は政治に関心を持てば持つほど、それこそ敬遠したい気持が募ってくる。結論として私は政治嫌いを標榜《ひょうぼう》してきた。私の生活感覚は極めて保守的なので、いわゆる進歩的文化人の仲間にも入れてもらったことがない。

六〇年安保のとき文化人は大反対運動をくりひろげたが、私は外国に留学していてよく理解できなかった。あのときの眼目の一つは条約に期限をつけることだった。およそ国際条約で無期限などという箆棒《べらぼう》なものはなかったし、宣戦布告でもしない限り国際条約の破棄など出来ることではなかったから、安保解消を目的とするためにも期限をつけることは必要だった。

七〇年安保は、その期限が切れるときであったが、六〇年にあれほど熱意を示した人々が鳴りをひそめてしまい、かなりの覚悟で臨んでいた政府与党も拍子抜けするほど世の中は平穏だった。国会で野党が抵抗したが、議事堂の外は十年前とは較べものにもならない静けさで、日米安保条約は自動延長されてしまった。

こういうところが、私には到底理解できないのだ。十年前には改定さえいけなかったのに、十年後の自動延長に、どうして国民運動が起きないのか。いったいその理由は何だったのだろう。

数寄屋橋で、私は時間より一時間も早く来てしまったのに気がつくと、歩いて朝日新聞社へ行き、八階の「アラスカ」で昼食をとることにした。ついでに学芸部のデスクに電話をかけ、一緒にカレーライスを注文した。

「市川さんの応援演説をするんだそうですね。みんなで聞きに行こうかって話してたところですよ」

「あら、恥しいわ。やめて下さいよ」

「ところで、連載小説の方は、どうなりますか」

「それなんですよ。困ったことになりました」

＊

「そうでしょうねえ」

私が困っている事情は、説明しなくても学芸部では分ってくれた。

「とにかく内容については、もう一度考えさせて下さい」

「結構ですよ。松本清張先生の方も予定より伸びるようですし」

「それは有難いですね。よろしくお伝え下さい」

昼食後は、もう時間が二十分もないので、そそくさと別れた。雨もよいの空を見上げながら、私は再び数寄屋橋に歩いて行った。石原さんたちのグループは誰もいなくなっていた。多分彼らの方は、もう終ったのだろう。こうした目抜きの場所は何十分かの単位で取り合いっこになっているに違いない。何しろ選挙運動にかかわりを持つのは私としては生れて初めてだったから、今日までに各選対の間にどういう取りきめが、どういう形でなされているものか、よく分らない。

数寄屋橋の樹の下に、市川先生の白髪が輝いて見えた。私は走り出した。雨が、ぽつぽつと落ち始めた。

「お早うございます」

「ああ、有吉さん、有りがとう」

市川先生が笑顔で迎えて下さったが、たちまちカメラマンに取り囲まれた。私が顔をあかくしていたのは、午後一時過ぎに、お早うございますと言ってしまったことに気がついたからである。この挨拶は演劇界特有の言葉であって、芸能人はどんなに真夜中でも、会えば「お早うございます」という。どうもいきなり挨拶を間違えるのは、まずかった、と私は反省していた。

胸に大きな赤いバラの造花を飾ったもう一人の候補者は、南欧の空のように青いパンタロンスーツを一着していた。私たちは、互いに歩みよって会釈をかわした。

赤い帽子をかぶったパンタロン姿の女性が、にこにこしながら近づいてきて、

「吉武輝子です、どうぞよろしく」

と挨拶してくれた。私はこの人の書いた評論を二、三読んでいて、一つ大きく感銘したことがあった。この人も頼まれて応援に来ているのかと思ったのだが、後で知ったが彼女は紀平悌子後援会の副代表なのであった。

「代表は誰ですか」

「それが、いないのよ」

「どうして?」

「だって市川房枝だったんだもの」

「ああ、なるほどね」

＊

市川房枝を無理矢理ひっぱり出した青年グループというのは当時マスコミに喧伝《けんでん》されていた。数寄屋橋の袂《たもと》に仮設した演壇の上で、彼らのリーダーが演説している。

「僕らがですね、再三再四、市川さんの出馬を要請しても、市川さんは紀平悌子という後つぎもできたことであるし、自分も齢《とし》だからといって頑として辞退し続けたんです。ところが今年の正月に僕たち市民運動の会で餅《もち》つきをしたんです。市川さんも杵《きね》を振り上げてペッタンコペッタンコと餅つきをしたんです。それで僕たちは先生があんまり上手に餅をついたんで驚いて、こんなに元気なら引退することはないじゃないかって考えたんです。そして僕たちは市川房枝を勝手に推薦する会というのを作りました。ハンコは僕たちで勝手に作って届けようって相談していました」

雨がぽつぽつ落ち続けていて、傘を開いて立っている人たちが多くなった。市川先生と紀平悌子さんは並んで仲良く演説者の隣の台の上に立っていたが、二人とも傘をさしていないので、私も濡れながら立っていた。

吉武さんが、また私の耳に笑いながら囁《ささや》いてきた。

「いま喋ってる男の子は菅さんっていうんだけど、市川房枝がどうしても駄目だったら有吉佐和子を勝手に立候補させようって言ってたのよ」

「冗談でしょう」

「いいえ、本気ですよ、彼らは」

私は背筋がぞうっとした。それが本当なら危いところだった。それまで私は新聞で青年グループの存在を知り、親愛の情を寄せていたが、これは気をつけなくてはいけない。彼らに好かれたら私の作家生命が危くなる。吉武さんのおかげで、私は彼らに対する基本姿勢というものが出来た。私は彼らから嫌われる存在にならなければいけない。そう思いきめた。

「ところで、応援はあなたと私なの」

「私は市川・紀平合同のときは司会者なの。応援弁士は、あなたと美濃部さんよ」

＊

美濃部都知事は定刻に現れ、壇上でインフレと保守政権の関係を実に手際《てぎわ》よく演説なさった。私はその話を聞きながら、躰《からだ》がカチカチに堅くなってくるのに閉口していた。何しろ思いがけなかった。市川房枝の応援なら、十人や二十人の有名人が顔を並べて当り前なのに、どうして美濃部さんと私の二人だけになっているのだろう。私は緊張した。こんなことなら家で充分練習してくるのだった。「私も推薦しています」と一言言っておじぎをするだけだろうと思って出てきた私は迂闊《うかつ》だった。

私の番が来て、吉武さんからマイクを受取った私は、壇の上で足が震えてくるので参ってしまった。無我夢中だったから何を喋《しゃべ》ったかよく覚えていない。翌日の新聞記事を

頼りに再現してみると、

「近頃はシロートの立候補が流行しているようですが、私は苦々しい風潮だと思っています。海千山千の政府閣僚や官僚と渡りあうのに、シロートでは歯が立つものではありません。その点、市川房枝先生たちのキャリアと実績は申し分ないと考えます」

というようなことだったらしい。

私の次が紀平悌子さんだった。

「東京地方区、革新無所属、紀平悌子でございます」

美しい声なので驚いてしまったが、演説の内容はごく温和《おとな》しいものだったから私は少からず失望した。市川房枝を紹介し、応援しているような工合だったからである。これは当選する可能性がないことを知っているのだなと私は気づいた。市川先生からは定数是正の布石として紀平さんを立候補させたと聞いていたが。

紀平悌子にひきかえ、市川房枝の演説は最初から迫力のある素晴らしいものだった。簡単に青年グループから担ぎ出された経過と、あまりに金、金、金の氾濫《はんらん》する選挙に耐えがたくなって出馬したと述べた後で、

「私がやりたいと思っておりますのは、現在ザル法でありますところの政治資金規正法、この改正であります。自民党に対する企業からの献金、これをはっきりと禁止させる。と同時に、労働組合からの政治献金も禁止する。すべて献金は個人のカムパ以外は認め

ない。こうすれば政党は本来のあるべき姿に戻り、企業や組合の利益の代表としてでなく、日本全体の正しい政治というものにですね、取組むことができると思うのであります」

傘の波の中から、拍手が湧《わ》き起った。私も感動していた。一年も前から街には顔、顔、顔のポスターがあふれ、公職選挙法で禁止されている筈《はず》の事前運動がどの政党を問わずまかり通っていた。

＊

市川先生は元気だった。市川房枝の選挙カーと、紀平悌子の選挙カーの両方からひっぱり出してきた二つのマイクの他に、どこかのニュース映画あたりのマイクも混っていたらしく、三つも四つものマイクを両手で束ねて持ち（それは随分と重いものだった）、およそ三十分近く演説したが、飽かせなかった。何より白髪が象徴する八十一歳という高齢が、演説の力強さでいよいよ人々を圧倒したのだった。

なんて元気のいいおばあさんだろう、というのが聴衆の印象だったと思う。私などは、あれだけ喋ったただけで、かなり疲れてしまっていたのに、鍛え方が違うのか、生れついての体質か、生きる気構えの差とでも言うべきだろうか。

合同演説会が終ってから、青年のリーダーが私の傍に寄ってきて、

「横井さんが立候補したそうですよ」

と言った。

「え？　誰が？」

「横井庄一です」

「嘘《うそ》でしょう」

私が目を三角にしてそう答えたのは、ちょっと信じられなかったという理由が一つと、たった今、吉武さんから彼が私を勝手に立候補させる魂胆を持っていたと聞いていたからだった。この若者に好意を持たれては大変だ。そういう思いが、私にはこの日から二十三日間、必要以上に青年たちに対してこわい顔をし続け、必要以上に嫌やがられる存在になろうという努力を続ける結果になった。

しかし私の表情を、彼は完全に誤解し、

「ええ、未確認情報です。僕もまさかと思います」

と答え、それから今日と明日のスケジュールについて私の都合を訊《き》いた。私は二十三日間あけてあると同じ言葉を繰返した。

「二十一日に大阪で個人演説会をやりたいのですが、参加して頂けますか」

「はい、行きましょう」

この時点で、まさか市川先生が沖縄から北海道まで飛びまわる予定だとは私は思ってもいなかったのだ。菅さんは、私があっさり引受けたので嬉《うれ》しそうな顔をしていたが、私はにこりともしなかった。まず第一に私はこの青年に（ハンサムだったが）嫌われたいと願っていた。

「今日はこれからどうするの」

「午後五時に新宿駅東口です。また合同演説会になります」

「それまでは」

「インタビューがありますし、市川先生には休憩して頂くつもりです」

「それはいいわね」

私は紀平さんの方へ行き、彼女のスケジュールを訊いた。五時の新宿まで、あちこち廻る予定になっていた。

「よろしかったら私も行きましょうか」

「まあ、本当ですか」

＊

紀平さんのこのときの、花が開いたような笑顔は、今でも忘れることができない。私の申し出は、彼女にはまったく思いがけないものだったらしいのだ。ああ青島幸男がいれば、どんなに紀平さんは心強かったろうと、私の胸は痛くなった。青ちゃんは市川房枝より若いのだ。休憩する必要がない。ばっちり一緒に都内を廻れただろう。

紀平てい子と大書した看板を屋根にのせた選挙カーは、新品のワゴンで、屋根の上に大きなスピーカーが二つついていた。運転しているのは中年の見るからしっかりした男性で、その隣に紀平さんが坐り、私は後部座席の恰度《ちょうど》紀平さんの真後に腰をおろした。私の隣が吉武輝子、その右端に青い帽子を冠《かぶ》った女性がいて、この人はマイクを右手に握りしめ、車が止る度に、

「こちらは東京地方区、革新無所属、紀平てい子でございます。今日は作家の有吉佐和子さん、評論家の吉武輝子さんが応援にかけつけて下さっています。紀平悌子です。主婦の代表です」

鈴を振るような声というのは、こういう声を言うのであろう。紀平さんも美しい声の持主だが、この人のは、もっとプロ的で、実に耳当りのさわやかな声音だった。こういう仕事をスポットと言い、こういう女性をウグイス嬢と呼ぶことを間もなく私は覚えた。品のいい、非の打ちどころのない美人である。

「この方は有権者同盟のひと？」

私は吉武さんに訊いた。

「違うの。彼女は日照権で有名なひとよ」

ニッショーケンというのがなんだか、すぐには分らなかった。昨日まで見も知らなか

った人たちばかりと一台の車に乗りあわせているのだ。

「吉武さんは有権者同盟？」

「いいえ、私も違うの。同盟の人は後の車に一人か二人乗ってるだけよ」

紀平悌子は有権者同盟の会長だから、定めし運動員は会員でかためられていると思っていたので、この返事は意外だった。市川選対は三十人ほどの青年グループで構成されている筈だし、それじゃ同盟の人たちというのは何をしているのだろう。

「私の家によく電話してくるのは同盟の人ね」

「それも違うのよ、あれは婦選会館の人よ」

「婦選会館と有権者同盟は違うの？」

「よく分んないけど違うらしいのよ」

吉武さんもよく分らないのでは、私が分りようがない。お喋りしている間に車は繁華街に横づけになり、ワゴンの後から粗末な台がひっぱり出された。さっき市川、紀平両候補が仲よく並んで立っていた、あの台である。高さは三十センチもない。

「どうして車の上に乗らないんですか」

私はウグイスに訊いた。美人ではあるけれど、ちょっと嬢とは呼びにくい年配である。

＊

「紀平さんは高所恐怖症なんですって」

ウグイスは笑顔で返事をしてくれたが、私は呆《あき》れて言葉がなかった。

こんな小さな車の天辺が、どうして「高所」といえるだろう。

ともかくその貧弱な台の上で、私が最初にマイクを握った。ここがどこの町なのか、車の中でお喋りしていたからよく分らない。

「御通行中の皆さん、私は小説を書いている有吉佐和子というものです。今度の選挙で、生れて初めて街頭へ飛出してきました。全国区では市川房枝、東京ではここにいる紀平さんの応援をしています。ちょっと足を止めて聞いて下さいませんか」

足早に歩きすぎようとしていた人たちが、ぎょっとして振向き、私を見上げ、へえ、これが有吉佐和子かとじろじろ眺めている。私は、たちまち情けなくなった。こういう好奇の目で見られるのが嫌やだから、私は講演会もテレビも御依頼は一切断って書斎の中にひきこもっているのだ。

しかし今は、そんなことを言っていられない。自分から飛出してきた以上、私の役目は人々の足を止め、こちらを振向かせることにあった。吾輩は、パンダである。と、私は自分に言いきかせた。実際、人々は、あれッパンダが口をきいているよ、という顔で面白そうに私を見ているのだった。

「それでは皆さん、紀平さんの話を聞いて下さい」

何がそれではだか、訳がわからないほど私は混乱し、マイクを紀平さんに渡して台を降りた。

紀平さんは私とはまるで正反対の穏やかな口調で話し出した。

「皆さん、ついこの間の石油パニックのときのことを思い出して下さい。灯油がなくなりました。トイレットペーパーがなくなりました。お砂糖がなくなりました。私たち消費者は、買溜《かいだ》めをした方がいいのか、買い控えてじっと待っていればいいのか、まったく分りませんでした。私は議員会館へ出かけて行き、政治家に会って、私たちがどうすべきなのか訊きに廻ったのです。どの政党も、答えてくれませんでした。そして結果はどうだったでしょう。石油は、充分あったのです。消費者だけが踊らされて、パニックの後は何もかも値上りでした」

さっきと随分違うなあ、と私は感心していた。数寄屋橋では、どうしてあんなに温和しかったのだろう。

「インフレを止めると、どの政党も言っていますが、私は物価はまだまだ上ると思います。ついこの間、電気が値上りしました。選挙が終れば公共料金は一斉に値上りするでしょう」

おやおや。こんなことを言っていたんじゃ票は集らないのじゃないかと私が思っているうちに、紀平さんの口調が急に改った。

「物価のかげにかくれて、もっともっと大切な問題が見逃されています。それは環境汚染という問題です」

＊

「排気ガスと工場の煙で、大気が汚染されています。企業のたれ流しで海がすっかり汚れました。去年の今頃は、お魚の中のＰＣＢで世間が大騒ぎになりました。あれから一年、新聞は書かなくなりましたが、ＰＣＢがなくなったわけではありません。去年より海の汚染度はひどくなっています。それからお豆腐の中に入っているＡＦ２、これは学者たちが人体に有害であるという警告を度々発表しているにもかかわらず、厚生省は規制しようとしません。こうした食品添加物については、慢性毒性の研究が不完全なままで、市販され、カマボコや魚肉ソーセージの中に入っているのです」

これはどうも選挙演説というよりも、消費者運動みたいだなあ、票に繫《つな》がるのだろうかと私は再び心配になってきた。紀平さんの演説は、よく言えば大変に調子が上品で、街頭を歩いている人たちの足を釘《くぎ》づけにしてしまうほどのパンチがない。

最後は吉武輝子さんがマイクを握り、開口一番、

「皆さん、いま一万人の赤ちゃんがオギャアと生れると、三千五百人から四千人の赤ちゃんが、奇形児、障碍児《しょうがいじ》、難病、奇病の持主だということを御存知ですか」

と言い出したから、私はびっくり仰天してしまった。身障児が殖えているという知識は漠然と持っていたけれど、こんな凄《すご》い数字は聞き始めだ。私は呆気《あっけ》にとられて吉武さんの横顔を見上げていた。

小柄で浅黒い肌を持ち、なかなかこの人も整った顔だちである。が、声は低音でドスがきいていて、私のガラガラ声ともまた調子が違う。

吉武さんの口から、さまざまな公害のデータが数えあげられた。私はただ人寄せをするだけと思ってついてきたが、吉武さんは紀平さんとずっと前から打合せずみだったのだろう。紀平悌子の説く環境汚染と食品公害を敷衍《ふえん》して、吉武輝子は異常出産の現状と子供の健康について縷々《るる》として訴え続けた。

演説が終って、台をワゴン後部へ納めると、私は再び吉武さんと並んで紀平さんの後のシートに坐った。

「あのオ、吉武さん。あなたの演説だけど、一万人の赤ちゃんの三千五百人から四千人が奇形児だっていうのは一桁《けた》多いんじゃないの。もの凄い話じゃない？」

「あれは奇形児だけじゃないのよ、外表奇形、内臓奇形、代謝異常から皮膚疾患も含めて言ってるのよ」

「肌のただれたのまで入れてるのね？」

「そうよ。粘膜がただれている赤ちゃんが多いでしょう。私たちが子供の頃の健康を基準にしたら、今の子は十人のうち五人ぐらいしか健康とはいえないっていう医者がいるわ」

＊

車の中で吉武さんと私は喋《しゃべ》り続けていた。吉武さんは公害研究会のメムバーであり、小児科の権威ある医師たちの研究資料も持っていることが分り、よく勉強しているものだと私は感心した。

次の目的地へ選挙カーが着くまでの間、読者のためにこの点は私から詳述しておきたい。

異常児の出産というものについて、日本の厚生省には統計が全くない。先天異常の出産統計を持っている国は、世界ではアメリカ、イギリス、西独、スウェーデンの先進四カ国である。

日本にあるのは先天異常による死産の統計だけで、昭和二十五年と昭和四十七年と較べてみると明らかに三倍になっている。だが、その理由を数字だけで解明することは難しい。死産の原因を先天異常と書きこむことを、昔は親が自分たちの血統を疑われるというので大層嫌やがった。それで難産と書くことが、地方の、特に田舎へ行くほど多かったのである。ところが昨今は変なことを言う親がふえて、医者の方で気を使って難産と書くと、産科医の腕が未熟だったのだと言い出し、訴訟を起されるケースが多くなった。それで医者は自衛上、親の感情はかまわずに正確に先天異常と書いてしまうようになった。これが数字に現れるとかなり大きなものになる。

さらに昭和四十三年から死産の統計のとり方が、変化した。それまでは母胎の異常と胎児の異常を別々に記録していたのだが、母胎の異常たとえば羊水異常が無脳症（脳味《み》噌《そ》のない赤ちゃん）をひき起すように、二つを別々に記録せず、間接原因と直接原因という工合に細記する形に変った。だから昭和四十三年からの死産統計はピンとはね上っているのだが、これは記録法の変更から起ったものである。しかし、そうした事情はさしひいても死産がふえていることには間違いがない。

どうして日本に異常出生の統計、つまり異常があって生れて育っている方の統計がないのかといえば、日本では出生届は親が書きこむことになっていて、親は自分の子供のハンディキャップを公表する気にはなかなかなれないものだからである。つい最近、厚生省の統計局で、出生届に新しい欄を設け先天異常を書きこませようかと発案し、親の心を無視していると母性保護医協会の面々に袋叩きにされた。

異常といっても、どこからどこまでを先天異常とするか議論の余地が大いにあり、軽い湿疹《しっしん》や、痣《あざ》の類まで異常児の中に入れるかどうかは医者によっても意見が違う。スウエーデンには身障児には国家保障があるので、親も医者も、指一本多くても少くてもはっきり書くから、そういう保障のない国と較べると出生率が高く感じられる。

統計から真実を読みとるのは本当に難しい。

親が届けないなら、医者の方で秘《ひそ》かにデータを集めるしかないのだが、これをやるとプライバシーの侵害という大変なことになる。憲法違反だ。この統計をとるためには、新しい法律から作っていかねばならない。私は厚生省統計局に行き、説明を聞き、資料を山ともらって溜息《ためいき》をつきながら帰った。

*

目下妊娠中の読者のために、これだけは早く書いておこう。

母性保護医協会には外表奇形の統計があるが、これは日本では昔からずっと一パーセントである。百人に一人が目に見える障碍児であって、このパーセンテージはアメリカなどに較べると非常に低い。どうしてかと質問したら、梅毒の患者があちらのスラム街には大変多いからではないだろうかという返事が戻ってきた。

ともかく、少しばかりほっとできる。

が、これも実は三倍から五倍にふえかかっているのが現状だ。

原因はやはり一概には言えない。

一説に流産を薬で止めるのがいけないのではないか、というのがある。そもそも流産を一種の自然淘汰《とうた》と考えた場合、指先ほどの胎児では奇形になるかどうか分明でないのに、それを薬で流れるのを止めてしまう。その結果が、障碍児として生れ出ることもある。(必ずしも総てではない)

また、医術の進歩が、昔なら生れてもすぐ死んだ乳児を早産児保育器などに入れて助けてしまう。これが精薄児になる場合がある。(もちろん必ずしも総てではない)

第三には母親の栄養の摂《と》り方が昔とは較べものにならないから、胎内での子供の発育が著しい。ちょっとやそっとのハンディを克服して産声をあげる。

しかし母性保護医協会の方も、厚生省と同じ理由で正確な統計を持っているわけではないので、殖えているといっても推定と産科医の第六感というもので、科学者の発言としては歯切れの悪いこと夥《おびただ》しい。

これでいくと吉武さんの示した数は、やはり一桁多いということになってしまうのだが、しかし彼女のデータは産科医からのものでなく小児科医のものであることに注目すべきだ。健康でない状態を数字にすれば、彼女の言った通りになるだろう。

なぜなら、おそらくそれは英語では ill-health と呼ばれる状態も含めた勘定であろうと思われるからである。

ill-health というのは新語であって、日本にはまだ相応《ふさわ》しい訳語が出来ていない。「病める健康」とか、「健康のひずみ」という言葉を当てている人がいるが、どうも名訳と言い難い。

私の小説を持ち出して恐縮だが、何年か前に私は、「生」と「死」と二ツに別けられていた問題を、「生」と「死」の間に「老」という人間にとって避けることのできない問題があることを主題として『恍惚《こうこつ》の人』を書いた。

ところで、私たちはこれまで人間が生きているときの肉体的な幸不幸を、健康と病気の二ツに別けて考えてきたが、私がこの稿を起すに当って書こうとしているのは、この二ツの間には ill-health という帯が横たわっているということなのである。高度に発達した物質文明の社会で、私たちは、ことに日本人は全部、この帯の中に首までつかって、どんな明日を迎えるのか。

＊

人間の病気については医学という学問があるが、人間の健康については学問がない。だから何をもって人間の健康を規定するか、少しもはっきりしていない。

次の街頭演説で、紀平悌子は憲法二十五条を説き始めた。

「私たちは憲法で健康権と幸福の権利を保障されています。けれども今、私たちをとりまく環境が汚染され、私たち人間にとって最も大切な健康権は奪われようとしています」

そして再び豆腐のAF2と魚のPCBがいかに人体に有害か、語り続ける。たしかにこんなものを食べ続けていて、いい筈がない。人体に有害というのは、昔からある日本語では「毒だ」という。今日食べて明日死ぬ毒ではないものだから私も食べているけれども。私の現在の状態が健康であるとして、十年先のことを考えると本当に心配だ。

「皆さん、今度の選挙は衆議院の選挙では有りませんよ。衆議院なら政党を選ぶのが正しい選択ですが、参議院でも同じことをしたら、政党の力関係は変りませんから、衆議院も参議院も同じものができてしまいます。二つも同じものはいりません」

おやおや、とまた私は思った。これは候補者が言うよりも、応援弁士が説明すべき内容だ。どうも紀平さんは長く市川房枝の選挙の縁の下にいて、応援の方の癖がついているのではないか。次からこの台詞《せりふ》は私が言おう。紀平さんは、自分が当選した場合にはこれをやるという政策についてのみ語るべきだ。

吉武さんが最後にマイクを握り、

「皆さん、いま日本で一万人の赤ちゃんがオギャアと生れると……」

さっきと同じことを話し出した。

私が再び仰天したのは、彼女の口から出る数字のもの凄《すご》さからではなく、聴衆の方がこの怖《おそ》るべき演説の前で、ぎょっとも、はっともしていないことに気がついたからである。反応が全然ないのだ。こんなことがあっていいものだろうか。

見まわしたところ、どうもスーパーマーケットが傍にあるらしく、足を止めているのは買物籠《かご》をさげた主婦たちが多かった。雨はやんでいた。みんな私たちを珍獣でも見るようにじろじろと眺めていて、しばらくすると歩いて行ってしまう。吉武さんの話にショックを受けている様子がない。

「四日市の赤ちゃんたちが公害喘息《ぜんそく》に苦しんでいるのを私は見てきました。お母さんが赤ちゃんの爪《つめ》を切っても切っても、赤ちゃんは喉《のど》を掻《か》きむしって苦しんでいるのです。胸には血の刻印が……」

吉武さんは涙ぐんで切々と話しているのに、主婦たちはまったく自分とは関係がないという顔で、さっさと買物に行ってしまう。私は考えこんだ。

＊

五時に新宿駅東口で市川選対と落ち合い、再び合同演説会になった。このときの群衆の多かったことといったら、駅前が人の波で盛り上っているように見えた。数寄屋橋のときとはまるで趣きが違う。紀平さんだけでまわった二カ所では、ほんの十五人前後の足しか止らなかったのだけれど、流石《さすが》に市川房枝ともなれば大したものだ。

有権者同盟の年配の方が、

「インフレの影響でしょうねえ。有権者の意識が向上していますよ。三年前にはこんなに集らなかったですもの」

と驚いている。

「新聞が随分書いてくれましたからねえ」

「いいえ、有権者がめざめたんですよ」

「ははあ」

私は選挙の手伝いをするのは本当にこれが初めてだから、めざめたからかどうかという判断はできないのだが、何しろ大した集り工合だから、ただただ感心していた。

紀平悌子は数寄屋橋と同じ温和《おとな》しい演説を十分ほどしてマイクを市川房枝に渡したが、市川先生は群衆の拍手に迎えられてすっかりいい気持になったらしい。三十分を越す大演説になってしまった。

途中で軍艦みたいな車が、演説している市川房枝の背後に横づけになった。その大きさは、まずバスを考えてもらえばいい。バスの天井をくりぬいて車の中から上へ出入りができるようになっているのだろう。車の上部にはりめぐらした看板には公明党と書いてある。この大きさは社会党でも、自民党でも、政党の車となると同じ大きさなのだが、何しろ私には初めて見るものだから、その大きさにびっくりしていた。次第に車の上に背広を着た人数が多くなった。全国区の候補と東京地方区の阿部さんが胸に大きなリボンをつけて中央に立っている。みんなにこにこして市川さんの演説を見下ろしている。

「横井さんの立候補は、本当ですって」

「まあ」

運動員たちが早刷りの夕刊をまわし読みしている。

それも気にはなったけれど、私はどうも辺りの様子が変化しているのがほっておけなくなった。運動員の私たちを、こわい顔して睨《にら》みつけている小母さん連がいる。明らかに市川ファンの婦人層ではない。

「長い演説だな。いつまでやってるんだ。もう二十分も待ったぞ」

公明党の運動員が血相変えて怒鳴りにきた。どうやらこの夥しい人の波は、公明党の動員ではないかと気がついた私は、揉《も》み合っている運動員の間に割って入った。

「ごもっともです。私も長いと思っています。いますぐ止めますから」

私は壇上に駈《か》け上り、市川先生に耳打ちした。公明党の車から黒柳議員が駈け降りてきて、

「市川先生、御健闘を祈ります」

と、演説をやめた市川房枝に握手を求めた。

＊

選挙カーに戻った市川先生は、

「時間には制限がないんですよ。候補者自身が喋っているときは、後から来た方が待つのが礼儀なのです」

と私に、不満そうに仰言《おつしや》ったが、私は立って聞いている方の身になって頂きたいものだと思い黙っていた。話す方はともかく、聞いている方の肉体的な限界はまず一時間とみるべきだろう。合同演説会では、紀平選対の代表者と市川選対の代表者がそれぞれ喋り、私が双方の応援をして、それから二人の候補者がこもごも演説するから、あっというまに一時間は越えてしまう。

動き出した車から振返って窓の外を見ると、公明新聞と白く染め抜いたまっ青な旗が駅前に林のように立ち並んでいた。市川さんの演説が終るまで、横にして持っていたのだろうか。つい先刻まで一本も立っていなかったのに。

私は政党の動員力と、一糸乱れぬマス・ゲームを見て圧倒されていた。

紀平悌子の選挙カーに較べると、市川選対の車は古ぼけていて、もっと粗末だった。しかし二つとも、公明党の車に較べればどちらも小さくて、実にみすぼらしいものであった。私はどちらかといえば豪華なものが好みなので、どうも乗っていて底がガタガタ鳴るような車は落着きにくい。こんな車で闘うのか。

私の右腕には市川房枝、左腕には紀平てい子と墨書した腕章をつけている。これが車に乗るときは、乗員用腕章と一々つけ変えなければならない。公職選挙法を遵守《じゅんしゅ》するのが、市川、紀平両選対の理想選挙のモットーなので、面倒でも定められたことは守らなければならない。

市川房枝の選挙カーは、新宿からまっ直《す》ぐ代々木の婦選会館に戻り、そこで夕食になった。私は一人で帰ろうとしたのだが、運転手さんが、

「送って行きますよ、どうせ杉並の方を流す予定だから。まあ僕らと一緒に食べてって下さいよ」

と誘ってくれたので、選対の食堂で市川先生と並んで箸《はし》をとった。お料理は精進揚げと漬物とカマボコだった。炊《た》きたての御飯は茶碗《ちゃわん》に盛り上げて運ばれてきた。

「先生、ちょっと御飯かたいですよ。よく嚙《か》んだ方がいいよ」

と運転手さんが市川先生に注意している。

市川先生は肯《うなず》きながら、さかんに食べ、ときどき私を見て、疲れてないか、大丈夫かとお訊《き》きになる。

「いいえ、大丈夫です」

と答えたが、私はまるで食慾《しょくよく》がなかった。粗末で食べる気がしないだろうと運転手さんが冷やかすので、無理やり二口か三口食べて呑《の》み下したが、味がなかった。作った人たちが気を悪くしないか気になったが、とてもそれ以上は食べられない。

私は、そっと箸をおき、会館のロビーへ出た。

＊

食事を終った運転手さんが、

「さあ、出かけるかね。行くぞオ」

と叫びながら、車に乗りこむ人々を呼びこんだ。紀平カーの運転手さんより十歳は年上だろうが、どうもこちらの方が選挙なれしているように見える。

「随分古い車ですねえ」

「ひどいもんだよ、何しろ市川先生が最初に立候補したときから使ってんだから」

「まあ、十八年も」

「いや、二十一年になりますよ」

「古いのねえ、オンボロね」

「オンボロなんてもんじゃない、コーコツってのはこの車のことだ」

「そんなにひどいんですか」

「ひどいも何も、運転手の腕がいいから奇蹟《きせき》的に動いてるんだよ。機械をだましだまして、運転してんだから」

朗らかに喋《しゃべ》りながらも、赤信号でストップすると、

「ハイヨ」

背後のマイクを持つ男の子に合図を送る。

すると、若者が怖ろしく不景気な声で、

「こちらは、参議院全国区、市川房枝の宣伝カーで、ございます。革新無所属の、理想選挙で、推し出されましたア」

なんとも下手くそなスポットで聞いていられない。紀平カーのウグイスとは月とすっぽんの差がある。不馴《ふな》れなら不馴れで、せめて若者らしく威勢がよければいいのだが。

「ちょっと替るわね」

私の後で女の子がマイクを取った気配があったが、これもまるで素人《しろうと》で、市川房枝という大事な候補の名前まで言い間違える。

「ハイ、止めて」

運転手さんが声をかけると、信号は青に変り、車が走り出した。

「連呼はしないんですか」

「うちの先生は連呼はしない主義だよ、昔っから。理想選挙だからね」

「連呼は選挙法違反なの」

「いや、違反じゃないけど、理想選挙では流し連呼はやらないんですよ」

「ああ、だから、車が止ったときだけなのね」

家の近くで私は降りると言ったが、夜中までどうせ動き廻っているのだからいいと家の前まで送ってくれた。

「ここで一声マイクでやりましょうか」

「いや、もう御迷惑な時間だから、やめときましょう」

時計を見ると七時過ぎたところだった。公選法では八時まで叫び続けてもいいのだが、ベテランは理想選挙で徹底している。

帰ると家の者に食事はと訊かれた。すましてきました。疲れたから寝ますと言って、二階の寝室に上りかけて、階段の途中でめまいがした。頭が割れたかと思うほど猛烈な頭痛が襲いかかってきた。私は慌《あわ》てて頭痛薬を飲み、ベッドの中に倒れこんだ。全身に震えが来るほど疲れている。

＊

翌朝は頭痛で目がさめた。

起きるから頭痛薬を飲み、昨夜からこれで五錠目だと思った。深夜、あまり辛《つら》いので睡眠薬も飲んだのである。

これは駄目だ。私の体力ではとても続かない、とまず思った。

日程は午後一時二十分、自由ヶ丘の、市川・紀平合同演説会というのに参加する筈だったが、十二時になっても起き上れない。頭から踵《かかと》まで、痺《しび》れたようになっている。喉も痛い。排気ガスにやられたのだろうと思った。なるほど町中の空気の汚れはひどいものだ。まさしく大気汚染だ。耳鳴りがひどい。マイクを二つ握って二台の車に備えつけたスピーカーからガンガン演説を流したのだ。鼓膜にヒビが入ってしまったのだろう。騒音も公害の一つだった。

そこへ紀平選対から電話がかかった。

「お疲れが出ていませんか。市川も紀平も心配していますが」

「いいえ、いいえ、なんともありません」

どうしてこんなとんでもない返事をしているのか、私は自分で自分の口を捻《ひね》り上げてやりたかった。

「昨日は思いがけなかったといって、紀平が大層喜んでいました。有りがとうございました」

「どういたしまして。これからじゃ有りませんか」

もう落伍《らくご》したと思いきめていたのに、口は心を裏返したようによく喋る。しかし、私は仕事があるという口実で、自由ヶ丘と経堂は勘弁してもらい、五時の阿佐ヶ谷駅から参加すると言った。それでも相手は大変喜んでくれた。

他にもよく電話のかかる日であったが、用件は全部選挙がすんでからにして下さいと断ってもらい、私はベッドの中で各紙の朝刊をひろげた。出ている、出ている。「全国区、白髪の女性I候補を応援している有吉佐和子さんは……」とか「最高齢八十一歳の女性候補には作家の有吉さんが……」という工合に記事が出来ている。横井さんの立候補は顔写真入りで報道しているのに、市川房枝の名前はもうイニシャルだけになっている。

私が出て行った目的は、市川房枝を知らない人で私を知っているような政治意識の低い人に（私の読者にはそういう人がかなり多い）対するキャンペーンだったから、こういう記事が出ることは私には計算ずみだった。

＊

選挙に関係のある新聞記事だけ念入りに読んで、それだけで一日が過ぎてしまいそうである。私は掛声をかけて起き上り、午後四時半に家を出て、タクシーを拾い、阿佐ヶ谷駅に向った。車の中で運転手さんに話しかけてみた。彼は市川房枝の立候補を知っていた。

「だけどねえ、八十のばあさんでしょう。そんな年寄りを引張り出すのはどうかと思うねえ」

こういう受止め方もあることは知っておかねばならないと自分に言いきかせながら、私は市川房枝がいかに元気で矍鑠《かくしやく》たるものかと説明したのだが、

「写真を見たがねえ、皺《しわ》だらけじゃないですか」

「でも、頭も足腰もしっかりしているのよ」

「いやあ、年寄りに無理させるのは、いけないよ。政治ってのは躰《からだ》はってやらなきゃならねえんだから」

　と、遂に受けつけてもらえなかった。

　阿佐ヶ谷駅の北口か南口か分らない。早く着きすぎて選挙カーもまだ来ていない。うろうろしていると、背中をポンと叩《たた》く人があった。振返ると吉武さんが笑っている。

「あら、あなたも此処《ここ》から？」

「十二時から仕事でね、ちょっと抜けさしてもらったのよ、雑誌の座談会で」

「昨日は、朝からだったんでしょ」

「うん、昨日も今朝も八時から」

「昨夜はどうしたの」

「八時まで紀平さんの車で、後は選対に帰って十一時までミーティングがあったのよ」

　この人もてっきり頭痛を起して寝ていただろうと思ったのに、昨日も今日も朝の八時からやっていたとは。しかも間で自分の仕事もちゃんとやっているなんて。細い躰をしているのに、随分丈夫な人なんだなあと私は感心した。私の方は頭痛を抱えて寝ていたとは言いそびれた。

そこへ市川カーと紀平カーが相次いで現れた。駅の北口に二台の車を並べ、間に台を置いて、合同演説が始まる。

途中から、かなりの人だかりになった。聴衆の反応もばかにいい。私も二日目で落着いてきて、演説しながら手応《てごた》えというものを感じた。カムパを持って来る人が実に多い。運動員たちはその度に大騒ぎをして、紙や鉛筆を探し、カムパしてくれた人を追いかけ、住所氏名を訊いている。カムパ受付け専門の係を作るべきだと私は思った。候補者が演説している背後で、バタバタ騒ぐのはどうもみっともない。

迫力のある演説を終ってから、市川房枝女史は私の顔をのぞきこんで、訊いた。

「顔色がよくないですよ。疲れが出たんじゃないですか」

頭痛がまた始まっていた。二台の車の間に立っていると、一台のお尻《しり》から出る排気ガスをもろに吸ってしまう。しかし私が咄嗟《とっさ》に返事が出来なかったのは頭痛のせいではなかった。いったい市川先生の方は、なんともないのだろうか、私より四十も年上なのに……！

＊

市川先生は、ここで三度目の演説の筈だった。私は目一杯寝ていて、夕方一回きりの応援でもう頭痛だとは言えた義理ではなかった。市川先生はそこから本部へ帰り、今日はおしまい。紀平さんは八時まで杉並区を流すというので、私はその車に同乗することにした。

「その前に、お食事を御一緒に」

と、いわれ、私は食慾がなかったけれど、仕方がないから従った。演説をしたすぐ前のビルの四階にいろいろな料理屋があって、その一軒に案内された。

紀平さんはボリュームのあるものを注文し、吉武さんも同じものをとったが、私はメニューを眺めて「ひやむぎ」を頼んだ。どういうわけか十人ばかりの集りになっていて、私の隣にはお年寄りの女の人がいた。

なんだかファンの集いみたいで、ひどく寛《くつろ》いだ雰囲気《ふんいき》で、いつの間にか新劇の話を全員でしていた。

「私、民芸にいたことがあるのよ」

と、紀平悌子が言い出すと、

「あら、私は文学座にいたわ」

吉武輝子も告白した。

「ふーん、女優志望だったんですか、お若いときは」

私の態度は、この会話を境にして、たちまち一変したといっていい。初対面という遠慮も何もなくなってしまった。そうか、女優なのか。私は紀平悌子を見すえた。

私は小説書きだが、同時に劇作家であり演出家である。体力に自信がないので、あまりやらないけれども、しかし芝居の方が小説より打率はいいのだった。私は殊《こと》に女優には厳しい演出家で、山田五十鈴がある夜、乱酔して電話をかけてきたことがある。「明日は斧《おの》持っていきますからねッ、その気で待ってなさいよッ」。草笛光子にこの話をしたら「ええ、私も何度か殺意を持ちました」と答えた。それでも幕があいて評判がよければ稽古《けいこ》の厳しかったことはけろりと忘れ、女優さんは上機嫌になってしまう。来年はこの二人で私の『香華』を上演するのだが、私が演出するのを二人とも歓迎してくれている。

外へ出て、私は車の前で紀平さんに、早くも演出家の口調でこう言った。

「演説は車の上に乗ることにしましょう。でないと効果がありません。台の上では、車のかげになって見えないし、誰が喋っているのか、はっきり分りませんからね」

＊

紀平さんが車の上を見ながら、もじもじして、

「私、高いところは、こわいの」

と、甘ったれた口調で言う。

「私も、こわいわ」

と、吉武輝子。

四十過ぎた女が、何を言ってるんだ、と私は腹が立った。こんな小さな車の屋根に上るのがこわいだなんて、男が聞いたら、それこそこわいって言うだろう。

ウグイスが間に入って、

「これ、人間が上るように出来ていないんですよ。そのつもりじゃなかったから。あの台だって市川先生は有権者の方々より高いところで喋るのは失礼だといって、なかなか上りたがらなかったんですよ」

「明治生れのセンスですね、それは。紀平さんは大正ですか」

「あら失礼しちゃうわ、私は昭和生れよ」

「じゃ、上がんなさいよ」

「でも、こわいわ。やったことないんですもの」

私はもう相手にならず、運転手さんに、この上に上れないのかと具体的な質問に移った。彼は、三人ぐらいなら乗っても大丈夫だとはっきり答えた。

「梯子《はしご》を買っておきますよ」

「そうして下さい」

呆《あき》れたことに、食事に一時間もかけていたのだった。人通りの多かった時間帯が終っていて、阿佐ヶ谷駅の前はひっそりとしてしまっていた。荻窪駅の方に行ってみたが、演説をしても人が集って来るような場所がなく、駅前はどこも閑散としていた。

「時間、もったいないことしましたね。食事は八時以後にしたらどうですか。間にお握りでも差入れてもらえないんですか。選対には炊《た》き出しの人たちもいるんでしょう？

さっきの宝塚みたいな人たちに差入れ頼めないんですか」

「宝塚って、誰のことかしら」

ウグイスが、訊《き》き返した。

「おばあさんたちよ、ほら、演説をうっとり聴いている人たち。天津乙女のファンみたいな人たち」

誰より先に紀平さんが吹き出し、大きな声をあげて笑い出した。吉武さんとウグイスが躰《からだ》を叩きあって笑い転げている。理想選挙というのは、随分のんびりしたものだと、私は憮然《ぶぜん》としていた。

「紀平悌子も流し連呼は、やらないんですか」

「ええ、理想選挙は流し連呼をしない申し合わせなんです」

「やるべきじゃないのかしら。紀平悌子なんて名前、誰も知りはしないんだから。公選法違反でなければ、法律違反じゃない。犯罪ではないんだから、やるべきですよ。市川先生に叱《しか》られたら私が責任とるわ」

頭痛と闘いながら喋《しゃべ》っているので、私の話し方はどんどん乱暴になっていた。

＊

三日目は日曜日。午後から新宿と銀座の歩行者天国で二人の合同演説会をやった。大変な人だかりで、これはもう政党の動員ではないこと間違いない。随分いい気持だった。私はしかし一時間ごとに頭痛薬を飲み続けていた。

銀座三越前では、聴衆が車道へ溢《あふ》れて交通渋滞を起すほどだった。

青年リーダーの菅さんが寄ってきて、

「市川先生は六時に羽田から沖縄へ飛びます」

「ああそう、それじゃ羽田空港でやりましょう」

「羽田は意味がないでしょう。みんな飛んで行っちゃうんだから」

「どうして？　市川房枝は全国区よ。国際線じゃなくて、国内線のロビーめがけて演説すればいいじゃないの」

「しまった、考えてなかった」

「すぐ行きましょう。市川先生、行ってらっしゃい、沖縄の皆さんによろしくって言うだけでも効果的だと思うわ」

言ってしまってから、私はぎょっとした。

「ちょっと、どうして沖縄まで行くの」

「全国各地からですね、熱烈な声援があって、是非来てほしいという要請があるんです」

「そりゃそうだろうけど、そんな要請に一々応《こた》えていたら、先生の躰がまいってしまうわよ。いったい幾つだと思っているの」

この青年に好かれたら一大事だから、私は目を怒らして彼を非難した。

「しかし市川先生も行きたいと仰言ってますし、そういうスケジュールを組んでしまいましたから」

「ちょっと見せて頂だい」

今夜は九州板付に降りて福岡で一泊。明日の夕刻に沖縄着。その翌日は名古屋に戻って、それから、京都、大阪。土曜と日曜は東京へ帰って、それから北海道。翌日は仙台から郡山へ行く。また東京へ帰って、二日後には長野県……。

「冗談じゃありませんよ、こんなハードスケジュール。私の年でも寝こんでしまうわ。あなたたちは先生を……」

殺す気かという言葉が喉《のど》まで出て来たのを私は呑み下した。青年グループ。彼らは若さにまかせて、市川房枝の年齢を忘れ、候補者の健康保持を忘れて、暴走している。

「やめなさい、これは。沖縄から帰ったら東京を動かないように、今からスケジュール変更をなさいよ。東京は、大票田なんですよ。東京で三年前の五十五万票を掘り起せたら、必ず当選できるんだから」

「それは僕たちも考えていて、東京をかためたいんです。それで、明日の午後は有吉さんに、この車でずっと廻ってもらいたいんですけど」

「私はいいわよ、私は七月七日にばったり倒れてもかまわない。でも市川房枝にはあと六年あるんですよ。それをよく考えなさいよ」

＊

どうしてこんなおばさんに毎度ガミガミ言われなければならないのかと、青年代表はうんざりした顔つきで、はい、はい、と頷《うなず》いている。逆らったらいよいよ大変なことになるだろうと思っているのに違いない。気の毒にも思ったが、この若者にはどうしても嫌われたいのだ、私は。

市川選対の運転手さんが、

「もう時間がないからね、羽田はこの次にしましょう」

と取りなし顔で言いにきて、候補者をのせ、出発してしまった。

そこで私は紀平悌子の選挙カーに飛乗り、もう顔なじみになったウグイス（中野さんという名をようやく覚えた）と、吉武さんと一緒になった。

街中を走っているとき、横合から、

「紀平さん、紀平さん、頑張って下さい」

マイクで呼びかけられた。

見ると野坂昭如氏が、黒めがねで路上に立ち、手を振っている。

「有りがとうございます。野坂さんの御健闘を祈ります」

紀平さんがマイクを持って応えると、そのマイクを吉武さんが取って、

「野坂さん、頑張って下さい、吉武輝子です」

と言って私にマイクを渡してくれた。

「野坂さん、お元気でね。有吉佐和子です」

「やあ」

野坂さんとしては紀平悌子に声援を送ったのに、三人のオバサンから声がはね返ってきたので、かなりしらけたのではないかと思う。

この選挙期間を通して、紀平陣営がもっとも親愛感を持った他候補は野坂さんだった。何しろ東京地方区で政党組織を持っていない有力候補は二人だけだ。大量動員もきかないし、事前運動の票がためもできていないので、浮動票めあてに街中をうろついているのは野坂と紀平、通称メガネとオバサンの車だけだった。だから私たちは、よく街中で出会し、「紀平さん、頑張って下さい」「有りがとう、野坂さんもね」と挨拶《あいさつ》を交すことが多かった。

野坂さんの選挙カーは、初日は賑《にぎ》やかな応援団がいたようだが、後はほとんど彼一人がマイクを握って辻説法をしていた。流石に知名度が抜群で、どこでもノンポリ風の若者が黒山のように集っている。彼らの前で野坂さんが、早口で演説しているのが、私には大層文学的な光景に見えた。グリニッチビレッジに行くと、野坂さんのような身なりの詩人が、自作の即興詩を語り続けている。それとよく似ていた。野坂さんのポスターには、白地に墨で「二度と飢えた子供の顔を見たくない」と印刷してあった。食糧危機について、真剣に考えていたのだろうが、こちらも紀平さんの応援ばかりしていて、ゆっくり野坂さんの演説を聴く機会がなかった。しかし、ただ一度だけ……。

＊

ただ一度だけ、野坂さんが演説している最中に、彼の背後を通ったことがあった。候補者の演説中は邪魔をしないのが常識なので、私たちはスピーカーのスイッチを切って通りすぎたが、こういう一節だけ聞こえた。

「四畳半がわい、せ、つだというなら、どうして自民党のポスターがわい、せ、つではないのか。僕はあれを見ると、顔が赤くなる」

聴衆が笑い出したが、私には意味がわからなかった。自民党のポスターというのは、どれのことだろう。何しろ街中に、顔、顔、顔が氾濫《はんらん》しているので、政党のポスターなどはろくに目に入って来ない。

「なんのことかしら」

「さあ、ともかく野坂さんも刑法改正反対なのよね」

吉武さんも知らないらしい。

勝鬨橋《かちどきばし》を渡ってから、私は生れて初めて江東区という所へ来ているのに気がついた。昨日の杉並区とは、まるで雰囲気が違う。有吉佐和子が応援しています、吉武輝子も一緒です、と中野ウグイスが赤信号で止る度にマイクで叫んでも、誰も振返ってくれない。作家の知名度なんて、しれたものだなと、心細くなってきた。

辰巳《たつみ》団地というところで、無所属の区会議員という元気なおばさんが待ちかまえていた。四期やっているという。早速演説を始めたが、喉の鍛え方が違うのか、ビンビンと響く声で、実に分り易く、説得力のある口調で話をする。なるほど、うまいものだと私は感心した。

しかし残念なことに聴衆は極めて僅《わず》かだった。二十人もいたか、どうか。労務者風の中年男が数人、ひどく淫《みだ》らな目つきでこちらの女性群をじろりじろりと眺めている。私はまず不愉快になり、しかしこういうのを話の中身にひきずりこむにはどうしたらいいかと思い直すと、俄《にわ》かに闘志が湧《わ》いた。

「私は最後にやらせて下さい」

司会の中野ウグイスに頼んで、紀平さんの演説の間、これらの男たちがどんな反応を示すか、じっと表情を見守っていた。

紀平さんは相変らず豆腐のＡＦ２と、魚のＰＣＢ汚染によって、母乳まで赤ちゃんに飲ませるのは危険だと学者が警告するようになったこわい話をしたが、男たちはにたりにたりとしながら、紀平悌子の豊満な躰つきを観賞している。

吉武さんも情けなくなったらしく、

「どうぞ、お父さん方、お母さん方、あなた方の子供たちの健康について真剣に考えてみて下さい。公害の影響は、まっ先に弱いものに現れるのです」

哀願調になったが、男たちはにたりにたりを続けている。私は屹《きっ》となってマイクをとると、彼らに視点を据えて、言った。

「子供だけじゃありません。この排気ガスを吸い続け、毒のあるものを食べ続けたら、あなたたちどうなりますか。病気になるとは思いませんか」

＊

反応があったのは男たちだけではなかった。大して興味もなさそうな顔で、ぼんやり立っていた女の人たちまで、急に驚いた顔になった。子供の手をひいていた主婦が、真剣な表情になったので、私はもう少し続けることにした。

「排気ガスの規制は、みんなの願いです。しかし、自動車の数を減らすことを、自動車を作っている会社は考えない。その企業から献金を受けている自民党は、だから自動車を減らすことはできません。それでは自動車工場で働いている組合の人たちはどうでしょうか。組合は会社に向ってベースアップは要求しますが、自動車を減らせとは言いません。企業も組合も、求めている利益は同じです。組合は野党を支持しています。どの政党も組合の利益は守らなければならないので、自動車を減らせとは言いません。それじゃ、排気ガスを吸っている私たちは、どの政党が守ってくれるのでしょうか。

そういう政党は、ないのです。だから私は、参議院には無所属の議員を選ばなければいけないと思うのです。企業とも組合とも関係がない、お魚を食べている市民、排気ガスを吸っている市民の立場から立候補している人を選ばなければならないのです」

演説の後で、つくづく呆《あき》れたものだと私が思ったのは、吉武さんがあれだけ子供の健康について訴えたとき反応を示さなかった母親たちが、自分が病気になるかもしれない現状を知って急に身をのり出したことだった。子供より、自分の方が切実な問題と思っているのだろうか。母性愛といっても、いい加減なものだと私は悲しかった。

小柴さんという区会議員が寄ってきて、

「ずっとついて下さってるそうで、有りがとうございます。なんといっても知名度がなさすぎますからね、今後ともお願いしますよ」

と、大きな声で言う。紀平さんに聞こえないかと私はひやひやした。私の知名度だってこの辺りじゃゼロに等しいのに。

小柴さんは後部座席で、ウグイスと私の間に坐《すわ》り、吉武さんは後の伴走車に乗った。小柴さんの案内で彼女の地盤をまわり歩くのだ。

「あらッ、連呼しないんですか」

小柴さんが、驚いている。

「ねえ、やるべきだと私は思うのよ」

「そりゃあ、こんなところを黙って通る手は有りませんよ」

「やりましょう。責任は私がとります」

「では私がやります」

紀平さんも中野ウグイスも黙っていた。小柴さんは中野さんからマイクを取ると、パンチのきいた声で、連呼を始めた。

「地元の皆さま、私は小柴です。東京地方区の紀平悌子さんと一緒にご挨拶に来ました。作家の有吉さんが応援に来ています。後の車にはテレビでおなじみの吉武輝子さんが乗っています。御声援ありがとうございます。あら、奥さん、お願いしますよッ」

**

読者ですが、という電話がさかんに家にかかるようになった。選挙の応援をしていらっしゃるようですが、誰の応援ですかという問合せである。

「全国区は市川房枝です。東京地方区は紀平悌子。紀伊國屋《きのくにや》のキ、ヒラは平和の平、てい子は平仮名でも有効です」

家中の者が、これだけのことをすらすらと一息で言えるようになってしまった。

カムパを送りたいが選挙事務所の住所を教えて下さいとか、文京区にはいつ来ますかなどという問合せもしきりで、我が家もさながら選挙事務所のごとき有様になってしまった。

そこへ北海道の読者から電話がかかり、

「市川さんの応援をなさっているそうで、頑張って下さいませ。ついては息子が東京におりまして、自動車の運転技術だけは保証しますから、どうぞ使って下さい」

というお申し出があった。

小説を書き続けて十八年にもなると、読者との風変りなおつきあいというのも出来てくる。この北海道の方とは、何から始まったかよく分らないのだが、近年度々お目にかかるようになっていた。いつも珍しいものを持って風のごとく現れ、私が居ても居なくても玄関にドスンと置いて帰ってしまう。こちらは頂くばかりでお返しもしないままの一方的なおつきあいである。

大学生の坊っちゃんには二、三回、会っていた。感じのいい青年であったし、何分にも市川・紀平の選挙はケチケチ・ムードで徹底していたから、予備の車がない。私は、この御厚意を有りがたくお受けすることにした。

「坊っちゃんのお名前は」

「家では俊ちゃんと呼んでいます」

早速、明日は俊ちゃんから電話がかかるという日は、私は市川房枝の留守部隊で、男の子ばかりの選挙カーに乗り、中央線の駅前で一つ一つ演説をして歩いた。

国立の駅前でだったろうか、

「あっ、弱ったなあ」

と若者が、悲鳴を上げた。

見ると赤尾敏氏の選挙カーが、もう一台の泡沫《ほうまつ》候補の車を従えて、今しも演説をしているところだった。「打倒朝日新聞」と墨書した大きな幟《のぼり》を立てている。朝日新聞が公器の中立性を忘れて、アカの味方ばかりしているのが実にけしからんという趣旨の文章が書き連ねてある。

「大丈夫じゃないのかしらね」

私が運転手さんを顧みると、

「ええ、赤尾さんはうちの先生には好意的なんですよ」

と、彼も私と同じ考えのようだった。

運動員が走って行って、すぐ戻って来た。

「もうじき終るそうです」

「もう一人待っているんじゃない？」

「ええ、それも訊《き》いたんですが、かまわないから先にやって下さいって」

＊

大日本愛国党という看板をつけた車が行ってしまうと、

「どうなっちゃってるんだ」

と、青年グループは呆気《あっけ》にとられていた。さぞかし邪魔をされるだろうと覚悟していたのだろう。

私が説明をしてあげた。

「今から五十年も前にね、女に選挙権のなかった頃ですよ」

「ええ」

「市川房枝は五条撤廃運動のあと、初めて女で政談演説というのをやったんですよ。そのとき、女のくせに生意気だといって壇上に駈《か》け上り、市川房枝を引きずり落した男がいたの」

「はあ」

「それが弱冠二十三歳の赤尾敏氏だったというわけ」

「へええ」

「お互いに五十年睨《にら》みあってきたのだから、碁敵のような関係になっているのじゃないかしら」

この話を後で紀平さんにしたら、

「おかげさまで私も立会演説会では、全然いじめられなかったわ。他の人たちは、いびりぬかれていたけれど」

「立会演説会で、どうやっていびるの」

「候補者だけの控え室があるでしょう。あの人は一番乗りをして、次から入って来る候補者を睥睨《へいげい》しているの。あんたは運のいい子だねえって、私、言われたわ」

「どうして」

「初陣なのに有力七候補の中に入れてもらえるって。俺なんか何遍立候補してもマスコミが泡沫扱いにしやがるって憤慨してね」

立会演説会には何度か行ったけれど、控え室は候補者だけしか入れないので、私はその有様は想像するだけだった。

都内各地で開かれる立会演説会では、一人の候補者には十四分の持時間が与えられる。赤尾敏氏の演説は、名調子で、なかなか面白かった。自民党から共産党まで、東京の候補者を端から罵倒《ばとう》し、こきおろし、言いたいことを言っている。その中で紀平悌子の悪口だけは言ったことがなかった。もっとも、五つの政党の悪口を言っていると十四分はすぐ終ってしまう筈《はず》だった。当選の可能性なしと、なめられていたのかもしれない。それに、七十余歳の彼の目から見れば、四十六歳でも小娘のように可愛《かわい》らしく映ったのかもしれなかった。

それはともかく、私は市川房枝を担ぎ上げた青年グループが、たとえば市川先生のこれまでに書かれた伝記の類にも目を通したことがないらしいと知って、改めて驚いた。市川房枝の戦前の婦人運動における功績について、彼らはほとんど無知だったようだ。が、それでいいのだろう、と私は間もなく自分に言いきかせた。戦後、憲法改正で法律上の男女平等がともかく実現して以来、市川房枝の活躍はむしろ市民運動の方に切りかえられていたのだろう。

＊

俊ちゃんが洒落《しゃれ》たスポーツカーに乗って我が家に迎えに来てくれた日は、晴天で、新小岩駅前一時三十分という予定になっていた。バスケットに、おにぎりや、果物やお菓子を詰め、お茶もジュースも車のバックシートに乗せ、まるでピクニックに出かけるような調子で、私たちは出発した。

小岩の辺りなら、空気もいいだろうし、土手の緑に腰をおろして、川でも眺めながら食事をするといい、と家の者たちが言い出して、私もその気になったのだった。私の食《しょく》欲《よく》がとみに落ちているので、心配してくれているのだろう。

「新小岩の駅へ行く前に、どこか眺めのいいところへ行きましょう。そこで、お弁当を食べるのよ」

「いいですねえ。でも僕、小岩って行ったことがないんです。そんな場所があるんですか？」

「行先は新小岩駅なの。分る？」

「ええ、駅は地図で分りますから大丈夫ですけど」

「駅まで先に行って、それから探しましょう」

「そうですね」

しかし私も小岩というところへ行くのは初めてだった。方向オンチだから分らないが、どうもいつやらの江東区と似たような雰囲気の町々がふえてきた。車の窓から外を見て、私は溜息《ためいき》が出た。少しずつ私にも選挙用の第六感が養われてきているのか、人の集らないところや、政治に関心の薄い地区というのが予想できるようになっていた。中央線沿線は感度良好で、演説しても反応があるし、拍手が起ることもあってやり甲斐《がい》があるのだが、どうもこの辺りには私の小説など読んで下さっているような人々はいないのではないか。第一、本屋がちっとも目につかない。

親が自慢したように、俊ちゃんは運転上手だった。ただ、ドライブするには町の空気が悪すぎる。私は毎日、車の窓から車道の排気ガスをかぶって暮すようになって、それが頭痛の大原因であるところから、大気汚染に対する怒りに燃えていた。自動車というのは、動く工場のようなものだ、と私は改めて認識した。煙突から出る煙でさえ大問題になっているのに、自動車は毒ガスをまき散らして走っている。現在、私が乗っているこの車も、それをしている。すると私は、被害者か、加害者か。答えは簡単だった。私は被害者であり、加害者でもあった。自動車の排気ガスがいけないものだと知りながら、しかし自動車の便利さを知ったものにはこれを失った世界は考えられない。便利さと毒性が表裏一体をなしているところに、公害解決の難しさがある。しかし難しいからといって、放っておけるのか。平地面積と車の台数の比較では、日本はアメリカの八倍の自動車を持っているのだ。大気にまき散らされる排気ガスを、私たちはアメリカ人より八倍も濃く吸っている。（この表現が気に喰わない人のために、東京の道路には毎日一八

○トンの窒素酸化物が車から吐き出されている事実を記しておく)

＊

「緑の堤とか、美しい川なんてものが、こんなところにあるんですかねえ」

運転しながら俊ちゃんが不思議そうな顔をしている。

「もう小岩なの」

「ええ、その先を右に曲れば新小岩です。随分かかりましたね」

腕時計を見ると十一時半に家を出たのに、もうじき一時になるところだった。幹線道路をつっ走ってきたのだが、立木一本見当らない索漠とした市街がひろがっている。京都でこれだけ走れば山の中に入ってしまうのに、と私は東京の広さに改めて驚いていた。

「新小岩駅はそこですが、どこへ行ったら緑があるんですかね」

「なさそうねえ」

「でも、あるということだったんでしょう」

「江戸時代の話かもしれないわよ」

二十分ほどうろつきまわってみたが、お弁当をひろげたくなるような美しい眺めは見当らなかった。それよりも一時すぎてきたので私は少し慌《あわ》て出した。

「新小岩駅へ行きましょう。駅前で食べながら選挙カーの来るのを待ちましょう」

「そうですね、目的は川でも緑でもないんだから」

車の中で、バスケットを開け、お茶を汲《く》んで飲み、おにぎりを食べた。久しぶりで、おいしかった。駅前に、紀平選対で顔なじみの年配夫人が傘を持って駅の方から一人で出てくるのが見えた。私は飛出して行って、挨拶《あいさつ》をした。どうしたのだろう、と思ったのは、私は今日も市川選対の専属の筈だったからである。

「紀平さんの車も来ることになっています。市川先生の留守中は、両選対が一日一度合流することになっているんですよ」

「紀平さんは、この後どこへ行かれますか」

「団地です。昨日と今日は団地をずっと廻ることにしています」

新聞社の旗をたてた車が着いた。市川房枝の選挙カーが到着し、反対方向から紀平悌子の宣伝カーが着いた。駅前は商店街だったが、案の定、演説が始まっても反応は低調だった。私は新聞記者を意識して、人の集りの悪いのに恥じ入っていた。

吉武さんの姿がない。さすがの彼女もダウンしたのだろうと思っていると、紀平さんが、

「朝からずっとやって下さってね、お仕事があるのでたった今別れたところ。青戸団地にまた来て下さるのよ」

ところで、紀平選対の運転手さんは買っておきますと言っていたのに、まだ梯子《はしご》が買

ってない。私が市川選対の応援をしている間に、車に乗せておくように言っておいたのに、まだやっていなかった。私はかつて私の演出が俳優によって無視されたことがなかったから、大いに気を悪くした。

「俊ちゃん、梯子を買ってきてくれない」

こうなれば、私が買って、何がなんでも登らせてみせる。

＊

俊ちゃんは商店街に駈けこんで行って、銀色に輝く梯子を抱えて戻ってきた。梯子が金属で出来ているのかと私は目が丸くなった。

「有りがとう。いくらだった」

「一万二千円でした」

二つ折りになっているのを伸すと、恰度《ちょうど》路上から車の屋根まで届く寸法になる。

「あら、上るの？　いやだわ、こわいわ」

何をまあ、妙齢の処女じゃあるまいし、いやだも、こわいも、あるものか。私はさっさと先に上り、看板をまたいで乗りこえた。二、三人は立てる場所がある。ルーフキャリアの上に、板が二、三枚渡してあって、その四方を紀平ていい子という看板で囲ってあるのだった。

「さあ早く、上っていらっしゃいよ」

黄色いパンタロンスーツを一着した紀平さんは、意を決してのっし、のっしと上ってきた。片足で看板をまたいだまではよかったが、それきりお風呂《ふろ》の湯を掻《か》きまわすような格好をしている。

「ねえ、どうしたら中に入れるの？」

紀平さんが悲鳴をあげた。紀平悌子はタテよりヨコに立派な体格なので、足が私よりちょっと短いのか、上げた足が看板の囲いの中に届かないのだ。私は駈けよって紀平さんを抱き上げるようにして中に入れた。彼女がヘヴィ級であるのを感じた。

「こわい」

「摑《つかま》っていらっしゃい」

私の出した手を、紀平さんは右手でしっかり握りしめた。本当にこわいらしくて震えている。

しかし演説を始めると内容は立派なものだった。法律を作る立場になる国会議員が、まずその入口である選挙で法律を破っているのは、許してはならない犯罪だと言い、

「ポスター一枚が、いくらかかっているかご存知ですか。六色刷りで、表面にビニールコーティングをし、裏にベニヤ板を張り、日当を払って町に貼《は》れば、一枚当り五百円から八百円かかることになります。全国区の法定枚数は十万枚ですが、一番安いポスター

が三百円としても三千万円かかってしまいます。法定選挙費用の千八百万円を、ポスターだけで軽くオーバーしてしまうのです。しかも全国に十万枚では、まるで目立たない。百万枚でやっと、ああ貼ってあるなという工合になります。五百円のポスターなら、百万枚で五億ですよ」

随分うまくなってきたな、と私は感心しながら聞いていた。話はそれからインフレになり、それより大事な問題として食品行政がなっていないことから、また豆腐と魚の話で終った。

お豆腐のＡＦ２について、紀平悌子は二十三日間必ず喋《しゃべ》り続けた。食品添加物の問題をＡＦ２に絞っているのは、何か意図するところがあるようだった。実際、豆腐に防腐剤を入れるのは変な話であった。鑑真和上《がんじんわじょう》がこれを伝えて以来、豆腐に中毒して死んだ日本人は一人もいないのだ。

＊

竹輪でも蒲鉾《かまぼこ》でも、外来文化食品のハムやソーセージでも、本来その作られた目的は保存食であった。鮮魚や生肉よりずっと日持ちがいい。ところが業者たちは、それをもっともっと日持ちがいいようにしたいと考えた。店先で腐る心配がなく、製造工程で多少不潔にしておいても、保存料や殺菌剤を投げこんでおけば問題が起らずにすむ。買う方も、最初は腐らないカマボコや、腐らないソーセージは大歓迎だった。買ったものが家で腐れば、買った金が丸損になるからである。買溜めのきく食品は、来客があっても慌てて買物に駈け出さなくていいから主婦の手間が省ける。

しかし生物は、死ねば腐るのが本来であり、一カ月たっても腐らない豆腐やカマボコは常識で考えてみれば不気味な食品に違いなかった。それだけ強い殺菌力を持つものが、私たちの口から胃の腑《ふ》に納まったとき、胃液で分解されてしまうものだろうか。

この原稿を書いている今の時点ではＡＦ２は全面使用禁止になっているのだが、今後に備えてＡＦ２の前後の歴史を少し詳しく振返ってみたい。

ＡＦ２は日本だけで使われている殺菌料である。上野製薬という会社が開発し、昭和四十年から厚生省が認可して、各食品メーカーが一斉に使用するようになった。

ではＡＦ２の前は何を使っていたかというと、「Ｚフラン」という殺菌料で、これを開発したのも同じ上野製薬であった。使用許可になったのは昭和二十九年、パテントが切れるのは昭和四十一年。そしてＺフランは理由不明で昭和四十年に使用禁止になっている。

注目すべきは、この点だ。

厚生省がＺフランを使用禁止処分に付した昭和四十年に、同じ製薬会社にＡＦ２の認可がおりている。これは偶然の一致だろうか。

Ｚフランの前は何があったか。戦後この会社はニトロフラゾンという殺菌料のパテントをアメリカから買って製造販売をしていた。ニトロフラゾンは薬としては昭和二十六年に皮膚の色素が抜ける等の理由から目薬や化粧品に使用することを厚生省が禁止した薬品であった。食品衛生法ではあまり問題にされることなく、パテントが切れる前にＺフランが開発され、慢性毒性についてのテストも行われたかどうか、ともかく厚生省を通過してしまっていた。多くの業者は一斉にＺフランを使い出した。

ニトロフラゾン↓Ｚフラン↓ＡＦ２

この変遷《へんせん》を辿《たど》って、幾つかの妙な点があるのに気がつく。それはいつも一つが駄目になる頃には、別の化学製品が用意されていたことである。これを単純に開発する技術と毒性を検出する科学のシーソーゲームだと言ってしまっていいものかどうか。

ＡＦ２を認可した時点では、その毒性を指摘するほど科学が進歩していなかったというのが厚生省の言い分だが、それではこうした化学合成品が認可される前に厚生省はいったいどういう方法で毒性がないという判断を下してきたのだろう。

＊

私たちは戦争中と戦後、貧しさと物資不足の中で悩み苦しんでいたとき、こんなに物が豊かで生活が便利になる時代を迎えようとは想像もしていなかった。ワンタッチ式の電化生活、インスタント食品に象徴される時間の節約。電気洗濯機による家事労働からの解放。何もかも主婦にとっては有りがたいことばかりだった。

しかし腐らない食品の便利さと、殺菌料の危険性のどちらを選ぶかと言えば、私たちは少くとも食べるものだけは百パーセント安全であってほしいと願っている。医者や生物学の専門家たちが、ＡＦ２の強い毒性を指摘したとき、その安全が百パーセント立証できるまでは使用停止にするのが、厚生省の本来あるべき行政指導というものではなかっただろうか。疑わしきは罰せずというのは人間に対する法律であって、食品に関しては疑わしきはただちにストップをかけるべきではないか。

肝臓障害を起すという警告にひき続いて、ＡＦ２は突然変異を誘起するという報告が国立遺伝学研究所から出されても、厚生省では「微生物や昆虫の実験が、そのまま人間に当てはめられるとは考えられない」という見解を発表していた。

こういう言い方は、どんな危険物についても使われる常套《じょうとう》文句で「ショウジョウバエやネズミで行われた実験が、そのまま人間にあてはまるとは考えない」のなら、では人体実験がすむまでは、どんなものでも認可するのかと問い返したくなる。人体実験が出来ないから、虫やウサギを使うのだ。ネズミやモルモットに奉仕するために毒性のテストをするようなバカな科学者がいるものか。

高砂《たかさご》第一団地と、京成金町駅前団地でそれぞれ車の上で演説をした。三度目から紀平さんは私の手を放した。

「案外こわくなかったわ」

紀平さんが中野ウグイスに感想を述べた。

青戸第一団地では演説の途中で吉武さんが戻ってきた。いきなり梯子のぼりをやらされて面喰ったままマイクを握った。この人は小さいし、細いし、その分身軽なので、なんの苦もなく囲いの中に入ってきた。

「びっくりして上ったけど、私もこわくなかった」

という吉武さんの感想を聞いて、中野ウグイスが私も上りたいと言い出し、

「三人以上は無理ですよ」

と、運転手さんになだめられている。

それから京成電車の駅前を二つ三つまわって上野へ出た。食事時間がもったいないと私が言い出してから、八時まで何も食べずに続けることになっているらしい。

「連呼しましょうよ」

「ええ、実は内証ですけど、昨日も連呼していたんです」

中野さんが、笑いながら言った。

私は笑い返そうとして、急に顔がひきつってきた。またしても猛烈な頭痛。急いで薬を飲みながら、この人たちはどうして平気なのかしらと呆《あき》れていた。

＊

去年の九月、国立遺伝学研究所の田島弥太郎《やたろう》形質遺伝部長が記者会見の席上で語った言葉は、これから後も化学物質の危険性を考える上で、大切な考え方だと思うので書いておく。

「いま、AF2が私たち人間に突然変異を起すかどうかは、なんともいえない。しかし、もし将来、AF2がその作用を持つことが分ったとき、すでに取りかえしのつかないほどの悲惨な結果を招いているだろう。そしてそのとき、人々は、なぜあのとき学者は強く警告してくれなかったのだろうと非難し、私たちも一生の悔いを残すだろう」

この言葉に盛りこまれているように、物質化学文明の高度な発達は、科学の実証主義では安全性を支えきれない事態をひき起している。私たちの身近にある一つ一つの物質について、よく考えたいと思う。AF2に関して言えば、この選挙の最中に発ガン性が証明され、世論の高まりに抗しきれなくなって、選挙後に厚生省は全面使用禁止という行政措置に踏み切るのだが、それまで私たちは九年間、何も知らずに、どこにそれが入っているか、どのくらい入っているかも分らぬままで、九年間も食べ続けていた。その九年の前にはZフランを。

ネズミでは分らない、と言い張っている人たちがまだいる。ネズミに食べさせたほど多量にはまだ人間は食べていないと言っている人たちに、私は言いたい。仰言《おっしゃ》る通り、どれだけ人間が食べたら危険かということは、ネズミの実験では決して分らない。ネズミと人間は随分違う動物なのですから。

同量のサリドマイドでネズミの二十倍の反応がウサギに現れたという報告があるのを御参考までに記しておきます。ネズミとウサギでさえ、これだけ違う結果が出るのに、どうしてネズミでは分らないという言葉を反論に使うのか。本当に、ネズミを使った実験ではネズミのことしか分らないのだ。多量に与えた結果だけで私たちがショックを受けるのは、もう待っていられないからである。

慢性毒性（つまり長い時間食べ続けても安全かどうか）を調べ、突然変異（つまり子孫への遺伝の心配がないかどうか）もテストするには、一つの物質で四年間（ネズミで）という時間と、一億円という研究費がかかる。

本来なら、それだけの時間をかけて、安全性を確かめてから市場に出すべきであるのに、食品添加物三百三十六種類のうち、それだけ慎重な検査を終えているものが幾つあるというのか。厚生省は食品添加物のテストに対して三百億もの予算が組めるか、どうか。私たちは厚生省が潤沢なお金をもらっている役所ではないことを充分知っているから、心配している。

こういう問題について、演説の都度、ゆっくり主婦たちと話しあってみたいと思うのだが、法律で定められた運動期間は二十三日しかなく、東京中をかけまわると一ヵ所で二、三十分しか時間がとれない。

だからどうしても豆腐と魚の話だけになってしまう。

＊

私は我慢に我慢をしているが、六時すぎると世の中がぐるぐる廻り始めてくる。八時まで、とても体力がもたなくて途中で帰る日が続いた。疲れるから、俊ちゃんとはあまり口をきかない。俊ちゃんも心得ているのか余計なことは言わない。ときどき、今日どこそこでの演説はよかったとか、あの台詞《せりふ》効いてますよ、などとおだててくれる。

天然パーマのロングヘアー。金縁のダンディな眼鏡をかけ、気楽な身装《みな》りの俊ちゃんは、どこから見てもノンポリ学生だった。市川選対にいる青年グループとは、まず色彩的にも違う。

しかし彼は、実によく気のつく若者だった。親御さんの家庭教育というものをうかがわせるほど、行儀がよく、言葉遣いもきちんとしている。いつの間にかカムパ係を引受けていて、お金を届けて下さる奥さん方の名前や住所をきいてメモをしたり、選挙カーが止ると、すぐトランクを開けて梯子《はしご》をひっぱり出す。三日目にはもう完全に紀平選対の一人前の働き手になっていた。

「俊ちゃん、本当に有りがとう。私は明日から関西に行きますから、しばらく休んで頂だいね」

「恰度《ちょうど》よかった。親爺《おやじ》からクーラー付けるようにって金を送ってきたんです。取付けに、まる一日かかりますから」

「クーラーだなんて、学生なのに豪勢ね」

「有吉先生がおのりになるからですよ。これまでいくら頼んでも駄目だったんだけど」

「あら、私なら、いいわよ。選挙は七月六日までだし、それに私、クーラーに弱いの。つける必要ないわよ」

「そう言わないで下さいよ。僕はその方が有りがたいんですから」

俊ちゃんのお父様の御厚意は身に過ぎると思ったが、俊ちゃんが大喜びしているチャンスなので、私は翌日は北海道に電話をして御礼を申し上げた。

そのときの様子では、俊ちゃんの御両親は市川房枝の応援団になって、もう地域活動を始めて下さっているようだった。ポスターがないのが、本当に残念だった。それにしても有りがたいことだと思った。市川ファンの全国分布は思いがけない大きな広がりを持っている。

大阪の市川房枝個人演説会の前日、私は新幹線に乗っていた。三日間は街頭演説を休ませてもらって休養するつもりだった。シートの背に頭をつけて、私は眼を閉じていた。

この疲れ方では、中盤戦で私は伸びてしまうだろう。

ふと目を開けると、顔見知りの出版社の人が立っていた。

「あら」

「どちらまでです」

「大阪よ」

私の隣の席があいていた。彼は、そこへ腰をおろして、訊《き》いた。

「大阪で、取材ですか」

*

「いいえ、選挙なの」

「選挙？　へえ、ああ参議院ですね。選挙の応援ですか」

「ええ」

「大阪で、誰の応援ですか。あなたがそんなことするの珍しいんじゃないですか。何党です」

私は愕然《がくぜん》として、彼の顔を見た。来る日も来る日も街頭で、全国区は市川房枝、参議院には無所属をと叫び続けてふらふらになっていた私は、いきなり耳を撲《なぐ》りつけられたような気がした。

「市川さんですよ」

「ははあ、何党の人ですか」

「無所属よ。全国区の市川房枝」

「あれ、あのおばあさん、また立候補したんですか」

のけぞるほど驚いて、私はもう一度彼の顔を見た。どの新聞も書きたててくれていると思っていたのに、彼は新聞を読んでいないというのだろうか。私が街頭に飛出していると知って、読者から声援の電話や手紙が頻《しき》りと送られているのに、出版社で働く会社員が、市川房枝の立候補も、私が応援していることも何も知らない。私は信じられなかった。

「市川さんは確か落選したんじゃないですか？」

「ええ、三年前に東京地方区でね。今度は全国区です」

「ああ、そう言えば、なんかで読んだような気もするな。そうですか、また立候補したんですか」

私は開いた口がふさがらなかった。

彼とは十年ばかり前に仕事で付合いがあって以来だから、彼と同じ社の編集者で、目下のところ一番私と親しくしている人の噂話《うわさばなし》など、しきりと話しかけてくるのだが、私はショックがひどくて碌《ろく》なうけこたえができない。

「選挙といえば、横井さんも立候補しましたね」

「…………」

「どういう気なんですかねえ」

市川房枝の立候補を、まだ知らない人がいる……。

グアム島の帰還兵、横井庄一の立候補なら知っているという知識人が、市川房枝の立候補を知らなかった……。

私は目の前が、まっ暗になるような気がした。

週刊誌だ。週刊誌のせいだ、と大声で叫びたかった。

選挙戦に突入してから発売になった週刊誌には、市川房枝の特集を組んだところは一つもなくて、どれもこれも横井さんの突然の出馬を写真入りで派手な記事に仕立ててしまっていた。女性週刊誌は、こぞって横井夫人のインタビューや、御夫婦の並び立つグラビヤを飾った。女性解放を叫んで闘った市川房枝を取上げた女性週刊誌は、なかったのだ。市川房枝の婦人運動五十年のキャリアを、彼女たちは黙殺して横井さんに飛びついてしまったのだった。

＊

そういうものなのかもしれない、と私は静かに自分に言いきかせた。選挙に熱中している連中は、選挙に関する記事をむさぼるように読むけれども、関心のない人たちは読み飛ばしてもっとショッキングなニュース記事やスポーツ記事を、ちょっと読んで読み捨てにしてしまう。そういうものなのかもしれない。

その夜、私は悄然《しょうぜん》として関西にある私の仕事場に入って行った。それは小さなマンションの一室で、私が取材旅行の根城にも、一人になりたくて立てこもる砦《とりで》にもしている場所であった。辞書と、簡単な炊事道具が揃《そろ》えてあって、いつでも仕事ができるし、自炊もできる。人が滅多に訪ねて来ないので、掃除は三月に一回するかどうか。炊事もこのところ半年ぐらいしたことがない。

新幹線で受けたショックがあまりに大きかったので、私は夕食を摂《と》りはぐれていた。とにかく心身の疲れを癒《い》やすため、しばらくベッドにひっくり返っていたが、何も食べないのは健康によくないと思い直して起き上った。

10ｋｇ入りの大きな袋で買ってしまった米が、ほとんど減らずに残っている筈《はず》だ。むし暑い夜だった。私が台所の下の棚から米を入れてあるダンボールの箱を抽出《ひきだ》すのに、ちょっと逡《ため》らったのは、さだめし虫がわいているだろうと思ったからだ。半年ほうってある。黒いコクゾー虫が、白い米より多くなって、もぞもぞ動いていたら、どうしよう。

まあしかし、本を読む気もないのだから、虫退治に時間がかかってもかまわない。インスタント・ラーメンの買いおきがないのだから仕方がない。私は思いきって米の箱を引っぱり出し、蓋《ふた》を開けて、目を疑った。

お米は無事だった。一匹の虫もついていなかった。

ほっと安心する一方で、少し変だという気がした。私は鍋《なべ》に米を計って入れながら、底の方を手で掻《か》きまわしてみたが、虫は本当に、一匹もいない。

くる日もくる日も紀平さんのＡＦ２に関する演説を聞いていて、腐らない食品すべてに疑いの目を向けるようになった私は、虫がつかない米というものについても考えこまないわけにはいかなかった。

私は東京では滅多に台所に入らないのだが、それでも米の虫で家の者たちが騒いでいるのを耳にしたことがここ十年以上もなくなっているのを思った。昔は夏になれば、縁側で米を干して、動きまわる黒いコクゾー虫を一匹ずつ指先で摑《つか》まえたり、米を掻きまわして追い出したりするのが、いわば家庭の行事というものであったのに……。

どうして、お米に、虫が、わかなくなったのだろう。

米には、何が入っているのだろうか。

私は考えながら念入りに米を洗い、御飯を炊いた。梅干と塩昆布《こんぶ》とインスタント味噌汁が、この夜のメニューだった。

＊

どうも前日が異常にむし暑すぎると思っていたら、案の定、大阪で市川房枝の個人演説会のある日には、近畿一帯が大雨になった。私はこのところ朝は早く目が開くので、午前中は電話にかじりついて京阪神にある私の知人友人に全国区には市川房枝を頼みますよと言い続けた。テレビ関係の仕事をしている友人には、

「ねえ、どんな番組でも出ますから、私を買ってもらえないかしら」

「それで市川房枝って、言うの」

「うん」

「大丈夫よ、そんなことしなくても、悠々当選でしょ」

「そんなことないのよ。市川房枝が立候補してるのをまだ知らない人がいるんですもの」

「まさか」

「まさかじゃないわ、本当なのよ」

私は新幹線の車中で出会った人との会話を再現してみせた。それから江東区や小岩の辺りでは反応がまるでゼロに等しかったことをまくしたてた。

「ちょっと、まあ、あなた毎日応援に出ているの」

「うん」

「知らなかったわ。そんなに熱心にやっていたなんて」

「ほらね、あなただって、そのくらいしか知らないじゃないの」

「ところで、その紀平って人、どんな人なの？　どういうお知り合い？　あなたに毎日街頭演説させているなんて、どんな女なんだろう」

私は折角の相手の好奇心を満たしてあげるだけの親切さはなかった。なぜなら相手は東京の選挙権を持っていないのだ。このところ私は実に現金だった。関西の人には市川房枝の話しかする気がなかった。

「ともかく、テレビのこと、真剣に考えてほしいの。私、どんな低俗番組でも、出る」

「テレビ嫌いのあなたが、そんなこと言い出すなんて、よっぽどなのね。考えとくわ」

「即答してよ。時間がないんだもの。今日の番組で、どこかへはめこんでくれない。明日なら、いくらでも出るわ」

「分った。やってみます」

返事は難波の繁華街にある精華小学校で聞かしてもらうことにした。そこが個人演説会の会場だ。

親戚《しんせき》、知人、友人。片っ端から電話をかけた。電話で頼むのは公職選挙法では認められている運動なのである。

少し休養をとるために関西の仕事場に来た筈だったが、新幹線の中で事情が一変してしまった。私は東京にいる知人、友人にも長距離で電話をかけた。

た。

「へえ、市川房枝が出てるんですか」

という人が、やはり何人もいた。新聞なんて、当てにできないという気がしきりだった。

「あら、佐和ちゃんが応援してるの。ちっとも知らなかったわ」

私の従妹《いとこ》の一人が、のんびりと言った。

＊

昨夜の残り御飯を、また梅干と昆布で白湯《さゆ》漬けにして喉《のど》に流しこみながら、どうして米の虫がわかなくなったんだろうと、また考えた。

緑茶を切らしていたので、外国製の紅茶のティーバッグに何度も湯をかけて、砂糖を入れずに飲んでは、電話をかける。喉が渇くとまた湯を注ぐ。

「おや」

と私は、思わず呟《つぶや》いていた。

味も匂《におい》もなくなっているのに、いつまでも色だけ出続けているのは、妙ではないかしら。

私は新しいティーバッグに湯を注ぎ、香を嗅《か》ぎ、味わった。一杯目は申し分なかったが、二杯目はもうほとんど匂と味がない。しかし色だけは、たっぷり濃くて赤くなる。

何年か前に、宇治の茶百姓を訪ね歩いたときのことを思い出した。日本一という栄誉に輝く玉露作りのお爺《じい》さんが、こう言った。

「あんた、今の茶ァは、もう茶ァとは言えまへんで」

私は昔のお茶を知らないから、どこが違うのか分らない。

「どうしてですか」

と問い返すと、

「湯を注いでも一回しか匂も味も色も出ェしませんやろ」

「ははあ」

「ほんまの玉露ちゅうもんは、ぬるい湯をかけて、一回注いで、それから後まだ二回は完全に同し味と匂と色が出るもんなんです。ためしに、うちの玉露持って帰って東京で売ってる安い玉露と比べてみなはれ」

「どうして一回だけになってるんでしょう」

「土ですがな。土が昔の土ではなくなっているんですわ」

「ははあ。どういうわけですか」

「どういうわけて、硫安ですがな。化学肥料使うたら、茶ァはてき面に匂いませんのや。一回こっきりほか味と匂の出んもんは、硫安を使うてる茶ァです。はっきり言えまんな」

「お爺さんは化学肥料を使っていらっしゃらないんですね」

「うっとこは使うてません。そやから、立派に三回ええ香りがしま」

「肥料は何を使ってらっしゃるの」

「さあ、それでんね、苦労でっせ。昔はチンタイゴエを使うてましたんやが、今ではチンタイ肥らあらしませんがな」

私は咄嗟《とっさ》にチンタイ肥が何であるかは理解できなかった。茶作りの名人は続ける。

「そやから男子高校と特約してですな、水洗で流さんように頼みこんで、ションベンだけ別にとってもろうてますんや」

ここに至ってチンタイが鎮台であり、昔は兵舎から出る糞尿《ふんにょう》を肥料にしていたことが判明した。

「さあ一杯おあがり。見て下さい、ええ色でしょう。ええ香でしょうが。これがションベン使うてる本物の茶ァの味でっせ」

そう聞きながら味わうのは勇気がいったけど。

＊

お茶と肥料の関係に詳しくなった当座は、上等のお茶を飲むときは妙な気分になって困ったものだけれど、まったく同じことを蜜柑《みかん》百姓からも聞いたことがあったのを思い出す。

私が小説『有田川』を書くために柑橘《かんきつ》農家を歩きまわっていたときだった。北海道の鰊《にしん》が蜜柑には最高の肥料だと知って、

「あら、硫安は使わないんですか」

と私が訊《き》くと（その頃の私は化学文明の発達について、なんの疑いも抱いていなかった）、篤農家は私の無知を嗤《わら》うような表情で、

「硫安ら使うたら、蜜柑は味も香りも色も出えしまへんで」

と答えたのだった。

蜜柑は味と香りと色が命だから、硫安は滅多に使っていない。

しかし、お茶は……。

茶百姓も柑橘農家も、人手不足に悩まされているのは同じことだ。人糞より手軽な硫安を彼らが使うのは、労働力不足の現状を考えれば当然だった。

硫安という化学肥料。今では日本からアメリカにも輸出しているこの製品は、硫酸アンモニウムという窒素肥料である。

チッソといえばすぐ連想が水俣病《みなまたびょう》に走るけれど、水俣にある工場から水銀が湾内に流れ始めたのが昭和七年、それから二十数年後、水俣病という悲惨を産み出した……。

私はいつまでも赤い色の出る紅茶の袋を眺めながら、考えていた。味も匂もしないの

に、色だけ出るのは、常識で考えても着色料を使っていることになるのではないか。世界的な銘柄の、この紅茶が……。

公害について、私がそれを主題とした小説を書こうとして準備に入ったのは十三年前のことであった。まず外国の資料から集めにかかるのが、こういうときの私の癖で、化学の発達が容易ならない事態を全地球的に惹《ひ》き起していることを深く知るにつれて私は緊張した。

そのときの私の小説の大ざっぱな構成では、一人の腕こきの市会議員が主人公に設定されていた。彼が何も取柄のない地方の田舎町を復興させるために、大都会へ吸収されてしまった若者たちを故郷へ呼び戻すために、工場の誘致を計画し、それを公約して市長選へうって出る。大企業とのやりとりで彼は自分の夢が間もなく実現することで有頂天になる。彼は当選し、町は彼の思い通り大発展を遂げる。若者たちは帰ってきて、老いた両親たちと共に暮しながら、家から工場へ通うようになる。市民の総所得は殖え、どの家もテレビと冷蔵庫を備えて、町の文化生活は市長の夢と同じものになった。彼は自分の果した役割に満足していた。

だから、町に病人が殖えて世間が騒ぎ出しても、彼はびくともしなかった。自分の正義を信じていた。彼は賄賂《わいろ》を手にしたわけでもないし、ボロ儲《もう》けをしたわけでもない。彼自身は何も悪いことをしていないのに、どうして新聞が、市長と工場を非難するのか、彼には理解できない。

＊

企業のおかげで町がこれだけ発展したのに、それを忘れて何を騒ぐのか。市長は新聞記者を憎んだ。医者も化学の専門家も、病気の原因は工場の排水ではないと断言している。彼は、それを信じた。

病人は、確かに出ている。彼の孫の様子がおかしい。しかし、その病気は、工場が出来る前にも、町に決してなかった病気とはいえない。何かの拍子で、とんでもない病原菌がよそから町へ飛んできたのだ。断じて工場の排水のせいではない。

しかし、あちこちの若い学者が、頼みもしないのに町に様子をうかがいにくる。工場排水を取って帰る。川や海を掻きまわす。市長はその都度、激怒する。

やがて学者たちの研究発表が次々と企業側に不利なものになってきた。市長は怒り狂う。猫の話じゃないか、ネズミの話じゃないか。実際、学者の発表は、いつもネズミに現れた結果ばかりだった。

詰めかける新聞記者たちの前で、市長は工場排水を飲んでみせる。

「私には自信がある。ごらんなさい、私は死なんで生きている。この水が毒ではない証拠だ。さあ、もっと飲もうか」

しかし、彼の最愛の孫娘は、それから間もなく、苦しみながら死んでしまう。

——私が書こうとしていた小説は、ざっとこんな荒筋だった。

私は準備に三年かけたが、とても足りなかった。まず、どの化学物質を選ぶかというのが小説として重要なポイントだった。

人間がこの百年間に作り出した人工物質は二百万種類以上もある。その中で、およそ二十万種類が生産に移されている。アメリカ政府が持っている有害物質リストには、一万数千の名があげられている。ヨーロッパで作成中のリストには有害性のはっきりした物質が四万種類にも及ぶという。四万であれ、一万五千であれ、その数の多さに私は圧倒された。この数こそ物質文明の実態だ。

そのうちに水俣病がクローズアップされてきた。工場排水がいけないと企業の方で気がついて手を打ったのが昭和三十四年、その一カ月前に熊本大学の学者が水俣病の原因は水銀だという発表を行って、世間が騒然となり、有機水銀と無機水銀の違いについて企業側から激しい反論が出た。今から十五年前の出来事だった。

病人の躰《からだ》にあるのは有機水銀であり、工場が捨てているのは無機水銀だから関係がないという主張である。

それに対して学者たちは（この場合、市民の側に立つ良識ある学者たちという意味である。学者にもいろいろあるので特に断っておく）、工場の中で無機水銀が有機水銀に変化するといって反撃に出るのが昭和三十七年であった。誰も彼もが確認するのが、昭和三十八年である。

それでも水俣病患者が公害病に認定されるには、園田直《すなお》氏が厚生大臣になって英断を振うまで、それから五年もかかっている。

＊

水俣病の経過を見守っているうちに、私はだんだん私の小説の構想が色褪《いろあ》せたものになって来るのを感じていた。あちこちの工場に、新聞記者の前で排水を飲んでみせる工場長が現れたのを知って、私は完全に書くことを放棄してしまった。石牟礼道子さんの『苦海浄土』が出るに及んで、私はもう公害というものは小説という虚構で捕えることができないのを思い知った。事実の重みが、あまりにも大きい。事態は、小説という読みものにのせるには、あまりにも深刻だ。

それでも十年前の勉強が、選挙の応援には役立っている。私には少くとも環境汚染に対する基本的な姿勢があったし、それは消費者運動の主張と全く同質なものであった。

ただ、私には選挙中に驚くことが随分あった。私の知らないことが多すぎる。ＡＦ２なんて物質は、私が調べている頃には、無かったものである。何しろ九年前に開発されたのだから、無理もない。

私は仕事部屋のガスの元栓や、電気の元スイッチを切り、水道の蛇口をしっかり点検してから、外へ出た。掃除はしないけれど、こういうことだけはルーズにしておけない。何しろこの次は、いつ来るかまるで分らないのだ。今晩はこの部屋に戻るつもりではあったが、市川選対に出会えば、どうスケジュールが変るか分らない。市川房枝の立候補を知らなかった人に出会ったおかげで、骨休めをする気はけし飛んでいた。

雨だった。傘は部屋に前から置いてあったが、レインコートは持って来ていない。私はタクシーで、早目に精華小学校に乗りつけた。説明されていた通り、商店街の前で降り、この中のどこに小学校があるのか、うろうろと歩きまわった。

きっと由緒《ゆいしよ》のある立派な小学校に違いない。四階建ての大きな建造物だった。銀座の泰明小学校と似ている。

入口に女性が数人、机を並べて腰かけていた。

「市川先生は」

「まだお着きになりません。あらッ」

一人が私に気がついてくれて、今なら難波駅頭の筈です、と言葉を足した。

大声でないと聞こえないほどの土砂降りになっている。まさかこの大雨の中で、市川先生に演説などさせていないだろうな、と思いながらも私は心配になった。先生はレインコートを持っているだろうか。

秘書がいる。梅雨の季節だ、と私は思い直した。

すぐにも難波駅へ駈《か》けつけたかったが、私はここで待ち合わせている人がある。今朝、電話で叩《たた》き起したテレビ局の友人であった。

彼女は関西のテレビ界では、その人ありと知られた女ボス的な存在である。私は彼女が来てくれるのを今や遅しと待ちかまえていた。そして間もなく、彼女が大雨の中から精華小学校へ駈けこんできた。

＊

「まあ、なんてひどい雨でしょう」

「どうだった？」

彼女がハンカチで髪や洋服を拭《ふ》いているのを待ちきれずに、私は結果を訊《き》いた。

「どうもこうもないわよ。有吉佐和子がどんな娯楽番組でも出演するというてはるよと言ったら、みんなわっと集ってきたわ。あなた、出演依頼をいつでも素っけなく断っていたでしょう」

「それで」

「次の瞬間、みんな、あって言ったわ」

「どうして」

「煮えたっている薬罐《やかん》を素手で摑《つか》むようなものなのよ。あなたの口から市川房枝と一言出たら、プロデューサーは始末書ものだもの」

「そんなことない。お願いしますといえば選挙法違反になるけど、市川さんが立候補していますよとか、その応援で大阪へ来たのですとか、ついでに言うくらいなら、公選法には抵触しない」

「それでも局内では問題になるわよ。政治はタブーなのよ、しかも選挙のまっ最中でしょう」

「どうして選挙の最中に政治はタブーなの。ＮＨＫだって堂々と各党の書記長座談会をやっているじゃありませんか」

「それと、これとは違うわよ、あなた」

「どう違うの。市川房枝は無所属よ。テレビを見てると政党の話ばかりで、まるで衆議院の選挙みたいだわ。参議院なんだから、無所属について、もっとその意義を理解してもらわなきゃいけないのよ」

「ほら、そういう調子でやられたら、テレビとしては困るのよ」

「結局、駄目だというんですか」

「いいえ、どの番組でも是非出て頂きたいと言っているの」

彼女は四つ五つの番組の名をあげた。彼女の働く局とは違うテレビ局の番組も混っていたから、いかに彼女が全力を尽してくれたかよく分って、私は感激した。

「こちらこそ是非、出させて頂くわ」

「でも条件があるの」

「出演料なら、おまかせするわ」

「いいえ、出演中に市川房枝のイの字も言わないっていう条件なのよ」

私は潮がひくように失望した。それでは出演する目的が何もないではないか。私はただテレビに出たいという単純な理由で、彼女に無理やり頼んだのではない。

個人演説会が始まるまで、まだ時間があった。現金なようだが、私は難波駅へ飛んで行きたかった。しかし彼女が気を悪くしたら、彼女の一票がどこかへ行ってしまう。彼女は仲間が多いから、彼女の一票を失えば、同時に二、三十票は消えてなくなるだろう。私は必死の我慢をして、彼女からお寿司《すし》をごちそうになった。選挙の運動をするのは、随分つらいものだと思い知った。もう二度とは、やれないと思った。

＊

定刻十分前に、市川先生が精華小学校に飛びこんできた。頭からずぶ濡《ぬ》れになっている。

「ああ、有吉さん、有りがとう」

私を見てにっこりなさったが、私は青くなった。

「傘もささなかったんですか。ちょっと上着を脱いで下さい」

秘書が後から、新しいタオルを包紙を破いて取り出しながら入ってきた。市川さんの上着はぐっしょり濡れている。見ると先生のブラウスにも水が通っている。私は背筋が寒くなった。

この豪雨の中に、市川房枝を立たせていたのか。

八十一歳になる高齢者を！

怒りと心配で、私は躰が震えていた。やっぱり行くべきだった、難波駅頭へ。私が行っていたら、こんな無茶なことは決してさせていない。

全国縦断の強行スケジュールといい、青年グループのやることは乱暴で、全く目が離せない。

「着替えは持ってないんですか。レインコートをどうして用意しなかったの。今は梅雨なんですよ」

秘書嬢は聞こえないふりをして、市川先生の白髪を拭いている。私はまるで嫌われ役だなと思ったが、どうせ選挙が終ればどの人とも縁が切れるのだから、うんと嫌われようと心をきめていた。

「扇風機、とめて下さい」

私は大声で叫び、天井から緩慢にまわっていた古典的な扇風機も止めてしまった。

「まあお坐《すわ》りなさいよ、有吉さん。お鮨《すし》がありますよ。一緒に食べませんか」

市川先生は私を鎮めようと思ったのか、こう声をかけて下さったが、焼石に水のようなものだった。

「私、すましましたから」

「おや、そう」

私は廊下に出て、青年グループを呼び、詰問した。

「どうして先生をびしょ濡れにしたの」

「だってさア、止めてもきかないんだよオ。僕らもびっくりしたんだけどさア」

「傘もささなかったんですか」

「傘はずっと後から差しかけたんだけど、雨の方がひどすぎたんだ。僕らも、ほら、ずぶ濡れでしょ」

「あんた達は濡れてもいいのよ、若いんだから。あんた達は死んだっていいのよ、候補者じゃないんだから」

「ひどいなあ」

＊

四階にある講堂は、二百人ほどの収容力しかない小さなものだった。聴衆は七分、しかし圧倒的に男性が多い。

ひょっとすると選挙のプロ連が様子を見に来ているのかもしれなかったが、それにしてもそれだけ注目されているのは、それこそ悪くない。

何人かの地元の名士が応援弁士として登場した。私が敬愛している村山リウ女史も、その中においでになった。

定刻通り、司会者の挨拶《あいさつ》が始まり、何人目かには村山リウ先生のお話になった。私の方をチラチラ御覧になりながら、

「三年前、東京の選挙で市川先生が落選したとき、東京の女性よ、恥を知れと私は憤慨したものです。今度は全国区です。大阪の私たちで、東京の女を見返してあげようじゃありませんか」

と、まことにごもっともなお言葉だった。

その後を受けて、私は弁解がましい演説をした。

「村山先生のお叱《しか》りには一言もありません。しかし、前回の市川房枝の得票数五十五万票は、組織を持たない個人を支持する者の数としては決して少いものであったとは思いません。同じとき鳥取県では十四万票で当選しているのと較べて頂きたい。定数のアンバランス、つまり現行の選挙のやり方が、おかしいのです」

十五年前に私は中近東を旅行していた。そこで聞いた話は今も忘れることができない。その国では支配階級はキリスト教徒で、同時に知識層であり、下層階級は回教徒だというはっきりした宗教分布があった。だが人口増加率は圧倒的に回教徒が多い。したがって民主的な選挙をするとなれば、やがて政権を回教徒に奪取されることは明歴々たるものがあった。

そこでその政府は、五年前から国勢調査をやめてしまったというのだ。支配する側とされる側の人口差を絶対に公表しない方法をとり、議会には宗教宗派別に各何名と定めた法律を作った。苦しまぎれに、生れてくる国民の数や、成年に達する若者たちの存在を無視したままで、ずっと選挙が続けられている。

その国は今やアラブゲリラの拠点として有名になった。その国の空港は、頻発するハイジャックで日本でも有名になった。国の名は、レバノン。空港は、ベイルート。

私はアラブゲリラが活躍する度に、またベイルートで飛行機が乗っ取られる度に、反射的にあの国の政治を思い出す。パレスチナ難民がなだれこんで、あの国はより一層回教徒がふえている筈《はず》だが、アラブ諸国唯一《ゆいいつ》のキリスト教国という看板はまだ外していない。

日本の選挙のやり方を考えると、私はレバノンを思い出して仕方がない。自民党が提唱している小選挙区制は、発想においてレバノン政府とどこに違いがあるだろう。

参議院の議員定数は、昭和二十二年の第一回参院選のときの人口をもとに定められたまま、今日まで一度も手直しされていない。三年前の参院選地方区では、鳥取で十四万一千票、高知で十二万八千票で当選しているのに、東京では六十四万票の木村禧八郎《きはちろう》氏、五十五万八千票の市川房枝が落選し、大阪では共産党の三谷秀治氏が四十八万五千票で落ちるという極端な不均衡が生れていた。東京は五人で高知の一人前の投票権を持つというひどいことになった。

＊

この定数不均衡は、本来なら立法府である国会で是正されるべきだが、いつまでたっても実現しないので、これまでにも昭和三十七年と三十八年の二度、憲法違反の訴訟が起されたことがあったが、三十九年最高裁の判決は「配分が人口に比例していなくても極端な不公平を生じない限り違憲とはいえない」というものであった。

昭和四十六年に、婦人有権者同盟や、地婦連、主婦連などが集って三度目の行政訴訟を提起した。四十六年の参院東京地方区選挙を無効とする訴えである。遠くにいた私でもあのときはショックだったから、直接市川房枝を推薦していた婦人団体が怒り心頭に発したのは察するにあまりがある。

これに対する判決は去年の七月三十一日に出た。新聞にも出た筈だから、覚えている読者もおいでになるだろう。

杉山孝裁判長より、

「東京地方区の議員定数は明らかに不均衡で違憲の疑いがある。しかし公職選挙法を改正して再選挙するには改正のための期間が短く不可能であり、又現行法上他に方法がない」

という判決が下ったのである。

まあ十年前の判決と較べれば著しい進歩があるといわねばならないのだろうが、裁判所が他に方法がないと言うのだから、どうしようもない。

大阪の精華小学校で、市川先生は先刻大雨をかぶった人とは思えない元気溌剌《はつらつ》たる態度で、素晴らしい演説をなさった。街頭と違って、先生に強い関心を持って雨の中を集った人たちに向って話すのだから、先生もやりがいがあるというものである。

会が終った後で、私は全国を飛びまわるハードスケジュールは取りやめにして東京へ帰ることを口が酸っぱくなるほどすすめたが、

「いいんですよ。大丈夫です。私はねエ、こうしていた方が、躰が楽なんですよ」

全然とりあげて下さらない。

外はまだ大雨だった。

郊外の旧知の方の家で一泊するという市川先生を見送った後、草の根運動とかいうキ

ャラバン隊が合流していたので、夜中に選挙カーを走らせて東京へ帰るという青年グループたちと一緒に、私は食事をとることにした。

「東京より地方へ出る方が躰《からだ》が楽だって、どういう意味かしらね」

箸《はし》を動かしながら、私は隣の青年に訊いた。

＊

「先生は夜おそくまで起きてるんですよ、東京では。僕らと一緒になってさア。いくら寝て下さいと言ってもきかないんだ」

「困ったものねエ」

「だけど先生って怖ろしくなるほど丈夫だよ。どうなってるんだろうって思うよ、ときどき」

ジープに乗って日本縦断中の若者が、反対側にいて、小さな声で私に話し出した。

「正直なところ、僕らは市川先生が当選するなんて考えられないですね。地方へ行くと誰も知らないんですよ。ポスターもない候補者かって言われる始末だし。新聞がいくら書いてくれたって、関心のない人は読まないいんですよね」

「そうらしいわねえ」

私は新幹線の中での出来事を思い出しながら頷《うなず》いていた。全国区の選挙なんて、何を目安に運動したらいいのか、さっぱり見当がつかない。東京だけだって、二十三日間でまわりきれるかと思うほどであるのに、全国区も同じ二十三日間しか運動期間がない。

私はキャラバン隊の若者の話を聞いて、一層心細くなってしまった。

東京へ帰る選挙カーに乗せてもらったが、あいにくこの青年たちは関西の地理を知らない。

「この車で一緒に東京へ帰りますか」

「私は、夜はゆっくり寝ないと駄目なの」

「だらしないですねえ、市川先生の半分でしょう、齢《とし》は」

「それを言わないでよ。とても私にはあの真似《まね》はできないんだから」

車は迷いに迷った末、大阪のグランドホテルの前に出て、私を降してくれた。十二時はとっくに過ぎていた。私は諦《あきら》めよくホテルに一泊することにした。タクシーを見つけて仕事場へ戻るだけの元気がない。

明日は一日、中休みをさせてもらうつもりでいたのだけれど、新幹線での出来事や、キャラバンの青年の話を考え合わせると、とても心は安まらないように思えるので、明日はすぐ東京へ帰ろうと思いきめた。

ベッドの枕《まくら》に頭をつけたとき、今日一日一度も頭痛薬を飲んでいなかったのに気がついた。交通量の多い街に一度も出なかった。加えて土砂降りの雨だ。排気ガスを吸わなかったので、頭痛がおこらなかった。私は家の中にこもっている仕事なので、大都会の排気ガスについて、こんなに顕著に自分に現象が現れてみると、考えこまないわけにはいかない。

明日は東京に帰るとして、仕事場に食べ残してある御飯が気になった。もったいないという気がする。

再び、米の虫がわかない理由について考えてみた。

残した御飯が、もし腐らないようなことがあったら、こわい話だ、と思った。

若い頃、アメリカに留学していたとき、ボーイフレンドから贈られた花束のことを思い出した。

(ああ私にもそういう時代があったのだ……)

＊

十五年前、私の下宿に、ハンサムな(でないと話が面白くない)青年から贈られてきた花束には、四角い小さな紙の袋がついていて、

「花の命を長くするために、水の中にこの粉を入れて下さい」

という文字が印刷されていた。

花は、ピンクのカーネーションだった。

日本のカーネーションは、あまり匂《にお》わないが（化学肥料のせいであろう）、外国のカーネーションは芳香が強い。私は匂にむせながら花を活《い》け、部屋の隅に飾った。もちろん、ついていた薬の粉を入れて。

ニューヨーク郊外の下宿で、季節は厳冬だったが、部屋はセントラルヒーティングで夏服でも過せる温かさだ。私は毎日花瓶に水を足しては、朝早く大学へ行き、午後になって戻るという生活をくり返した。

一週間たって妙なことに気がついた。花が一向に凋《しお》れないのだ。匂も相変らず強い。

十日たった。もう枯れるだろうと思って毎日眺めているうちに怖ろしくなった。

三週間たってもカーネーションがイキイキしているのには、まったく参ってしまった。

用事ができて週末をマンハッタンに出かけて過し、三日ほどして帰ったときも、ドアを開けるのが憂鬱《ゆううつ》だった。まだ凋れていなかったら、今日こそは思いきって捨ててしまおうと決意してドアを開けると、カーネーションはやっぱり咲いていた。

私は悪魔と格闘するつもりで、花に摑《つか》みかかり、そして悪魔は私の手の中で粉々になってしまった。留守中に水が涸《か》れ、カーネーションはドライフラワーに変っていたのだった。

それからというもの、次々届く花束に（私にも若いときがあったのだ）ついている粉薬を、私は決して使わなかった。切り花は、短い命を楽しむものだと思い知ったからである。

それから十五年後の日本は大阪のホテルで、私は炊《た》いた御飯が腐らない時代がきたら、大好きな日本だけど国外逃亡でもしようかと思い悩んでいる。

しかし熟睡して、翌朝は実に気分よく目がさめた。さあ東京へ帰ろうと勇んで外へ飛び出した。

タクシーを拾おうとしてふと見ると、傍に大きなポスターがたてかけてある。なんだろう、これはと眺めているうちに、野坂昭如氏の演説を思い出した。

それは水色の大きなポスターで、中央に感じのいい若い奥さんが買物籠《かご》をさげて立っている。向って右側には黒い文字で、

「やってくれますね」

左側にも大きな白い字で、

「かならずやります　自民党」

と印刷してある。

このポスターのことだったのか。私も顔が赤くなり、同時に吹き出していた。タクシーが目の前で止り、ドアを開けた運転手が妙な顔をして私を見ていた。

＊

東京では俊ちゃんの車にクーラーが取りつけられていたが、

「なんてよく効くクーラーでしょ。東京中が冷えてしまったわ」

と私は笑い出した。お天気は雨続きで、半袖の夏服は着る気になれない。本当に今年の梅雨は、予報通りになってしまった。

私は午後は市川選対に一、二度、それから紀平さんと合流して夕方まで演説をしてまわった。雨のせいで街中では喋《しゃべ》っても三、四人しか足をとめてくれないことがある。私は悲しくなって、幾度か心の中でこう叫んでいた。

「青島さん、あなたどうしてヨーロッパへ行ったの」

小説書きは到底テレビの人気者に及ばない。紀平さんの隣に、もし私でなく青島幸男がいたら、若い青年たちも集るだろうし、もっと万事が景気よくやれただろう。青島さんの説得に失敗したので、少しは足しになるかと紀平さんについて廻っているのだが、誰も足をとめてくれない街角では、声をあげて泣きたくなるほど気持がみじめだった。

私の心の中は起伏が日によって激しく、頭痛もときどきぶり返していた。

俊ちゃんは彼の親友がやはり車を持っていて、大政党の候補者の応援をしていると喋り出した。選挙予算が十五億。アルバイトの学生の日給が一万円。もちろん、これは噂《うわさ》である。

「少いわねえ、その人、ひょっとすると当選できないわよ」

「え、少いんですか」

「ええ、四十億って噂を聞いてるわ。あのひとも、このひとも」

名を言う必要がないのだった。どこへ行っても、街中にその人たちの顔、顔、顔が氾《はん》濫《らん》している。

「本当ですか、十五億じゃ足りないですか」

「そうねえ、よくいって、すれすれじゃないかしら」

「高位当選の見通しがあるんだって親友は言ってましたがねえ。彼は逆に市川房枝が当選するわけがないって言うんですよ」

「なんですって」

私に元気がなくなると、俊ちゃんは私の怒りを巧みに誘い出すのである。車は次の演説場についていて、私はマイクを握ると威勢よく喋り出すという按配《あんばい》になっていた。

四十億とか十五億とかいう話は、風のようによく聞こえてくる噂だった。足りるも足りないも私に分る筈《はず》もなく、無責任に言っていたことだが、選挙の結果では、この予言が怖ろしいほど的中していた。

＊

選挙の間は、紀平さんと話をする機会があまりなかった。車にのれば彼女は前の席、なかった。

私はその後。そして窓の外に向って手をふって挨拶《あいさつ》をしているから、お喋りどころではなかった。

私が言ったせいではないだろうが、よくお握りの差入れがあるようになった。吉武さんと私は、人目の少いとき、それを急いで食べながら喋っていた。

「お米の虫だけど、近頃はちっともわかないようになってるでしょ。なぜかしら」

私が問いかけると、吉武さんはパクパク食べながら、

「ピペロニルブトキサイドのせいじゃないかしら」

と即座に答えた。

「なんなのそれは」

「防虫剤」

「ああ、DDTのようなものね」

「いいえ、DDTは農薬だから」

「どう違うの」

「DDTは殺虫剤だから、農林省で扱っていて、ピペロニルブトキサイドは厚生省の扱いで、玄米にしてから倉庫に貯蔵するときに使うの」

「殺虫剤をかけた後で、どうして防虫剤もいるの？」

「そうねえ、どうしてかしら。DDTもBHCもドリン系の農薬も四十六年に使用禁止

にはなっているけれど、残留汚染があるからねえ」

「ね」

「それに水銀農薬もあるし」

「カドミウム」

「それからＰＣＢ」

「お米にも」

「うん、ＰＣＢの大気汚染は見逃せないのよね。南極のペンギンの卵からＰＣＢが検出されたのは、大気汚染以外に考えられないでしょ」

私たちは話の途中で胸が詰った。

＊＊＊

米にコクゾー虫がわかなくなった原因は、ＤＤＴ、ＢＨＣ、ドリン系農薬などの残留汚染によるものであるのか、あるいはこれらの農薬が禁止されてから使われている低毒性殺虫剤のせいであろうか。それとも種籾《たねもみ》の消毒に用いられる水銀農薬のためか。大気中のＰＣＢその他の物質が雨と共に土中にしみこんで米を汚染しているからか。はたまたカドミウムか、ピペロニルブトキサイドか。

こういう質問を、生物学の専門家で環境汚染に深い関心を持っている学者たちや、食品衛生学の専門家に次々と投げかけてみたところ、

「うーむ」

みんな腕を組んで考えこみ、長い長い時間をかけてから、

「実験してみないと分りませんねえ」

という答えである。

「どんな実験をするのですか」

「DDTだけで汚染されている米とか、カドミウムだけ入っている米とか、一々作ってみてコクゾー虫を放してみるんです」

「あのオ、それでは大気汚染のない山中の新土《あらつち》を耕して、水田にして稲を作るところから始めるわけですか」

「そういうことになりますね」

「随分時間がかかりますね。少くとも一年は」

「いや、とんでもない。もっともっとかかります。BHCと水銀農薬の相乗作用ということも考えなければなりませんね。順列組合せで、二つずつ、三つずつと組みあわせて実験しなければなりませんから」

「気が遠くなるほど手間がかかりますね」

「ええ、複合汚染ですから」

やっぱりそうか、そういうことになるのか、と私はここに到って更に愕然《がくぜん》とした。複合汚染というのは、二つ以上の毒性物質の相加作用および相乗作用のことである。分りやすく言うと、私たちはいま、一日に何百種類の化学物質、つまり農薬や添加物の入った食品を食べ、排気ガスや工場の煙で汚染された空気を吸って生きているのだが、この何百という数は足し算であって、相加作用を示すものである。しかし厚生省が毎度やりきれないような顔をして説明しているように、一ツ一ツの物質に関していえば、私たちの口に入る量はごく微量であって、今日の生命を脅かすものではない。

しかし微量でも、長期にわたって私たちが食べ続けた場合はどうなるのか。たとえばDDTやPCBは、水に溶けにくい物質だから、口から入ったら最後、汗や尿で体外に排泄《はいせつ》されることがないし、分解もされにくい。だから躰《からだ》の中にどんどん溜《たま》る。こうした結果が、人類にどんな影響を与えるかについて、全世界の科学者にはまだ何も分っていない。

DDTに関して言えば、アメリカ人は日本人の倍のDDTを躰に蓄えている。インド人はもっと多いだろう。アメリカ人もインド人もまだ変になっていないから、多分私たちはDDTだけのことを考えるならまだ大丈夫なのだろう。

しかしBHCという殺虫剤についていえば、日本人はアメリカ人の数十倍のものを躰に蓄えてしまっている。米作地帯で最も多く使われたのがBHCであったからであり、それほど多量に農作物および農土に散布されたからである。BHCが人体にどんな影響を及ぼすかについて、多分世界中の科学者が日本人の様子をうかがっているに違いない。なにしろ、これだけの殺虫剤を食べてしまった人類は日本人以外にはいないからである。

＊

どうしてこんなことになったのか。

BHCはヨーロッパの学者が合成したものだが、それは日本でいえば江戸時代に当る頃である（一八二四年）。第二次大戦の最中に英国がこの物質の殺虫効果を発見し、日本が戦争に敗けた年から石炭や石油を原料にして大量生産を始めた。

日本には戦後二年目に導入され、たちまち十二の企業の手で生産され、農村に送り出された。

しかし、このとき、日本の企業も農林省も大きな誤ちを犯していた。

この塩素系農薬は稲にたかるニカメイ虫を駆除するのに効果があったが、BHC原体には次のような種類のBHCが次のような割合で含まれていた。

アルファBHC　六八〜七八パーセント
ベーターBHC　九パーセント
ガンマーBHC　一三〜一五パーセント
デルタBHC　八パーセント

この中で殺虫効果が抜群なのはガンマーBHCであり、このBHCは比較的分解が早く、人間の躰に入っても数日間で腎臓《じんぞう》から排泄される。だからガンマーBHCは躰に蓄積されることがない。

BHC原体からガンマーBHCだけ取り出すのは非常に簡単であるにもかかわらず、日本の農薬会社はその手間と経費を惜しんでアルファもベーターも混ざったBHC原体をどんどん農村に売ってしまった。アルファBHCも、ベーターBHCも、殺虫効力はないに等しいが、分解しにくいので人体には残留する。もちろん土にも残留する。

こんなことは素人《しろうと》の私でさえ、化学書をちょいと読めば分るのだから、農薬メーカーが知らなかった筈はない。どの会社の中にも専門の学者はいたし、彼らは知っていたに違いないが、誰も危険性の警告をしなかった。

彼らをチェックする機関は、農林省と厚生省だが、彼らは欧米諸国で使われているBHCはガンマーBHCであることを知っていても、何の手もうたなかった。外国ではガンマーBHCに限って使用許可を出しているので、日本のような汚染問題は起きていない。

いったい、こんなことが、あってもいいものかどうか。

日本のBHCは昭和四十六年にようやく使用禁止になったが、土に夥《おびただ》しくしみついた残留汚染がほぼ消えるまでガンマーBHCでも六年半かかるといわれている。私たちは、ガンマーBHCに関しては、あと三年半、我慢していなければならない。しかし、アルファや、ベーターBHCに関しては、資料がないから分らない。

*

日本人とDDTとの出会いは敗戦直後であった。満員電車にいきなり進駐軍の手でまっ白な粉を吹きつけられた記憶の持主が多いことだろう。アメリカ人の衛生観念はヨーロッパ人とかなり違うので、彼らは彼らの環境衛生を守るために、相手かまわず大量に撒《ま》きちらした。空から散布したこともある。その殺虫効力に驚きながら、私たちはろくな蚤《のみ》取り粉もない不如意《ふにょい》でみじめな戦後の生活を送っていた。

あの頃、DDTはアメリカ科学文明の象徴でもあった。DDTを手に入れることは、先進国の仲間入りをする最初のステップのようにも思えた。

事実、あの頃はアメリカ人もDDTに関して、なんの疑いも抱いていなかったのだ。

今になれば、ぞっとする話だが、赤ちゃんの虫よけに、パウダー代りにＤＤＴを使っていたお母さんもいた。

ＤＤＴも石炭や石油を原料として合成される化学物質だが、この歴史はＢＨＣより新しい。最初はドイツの学生が卒業実験として合成した。明治七年頃である。殺虫効果はスイスのミューラー氏によって一九三九年、発見された。五年後にアメリカで大量生産が始まり、ミューラーは一九四八年にノーベル賞を受賞している。

ダイナマイトを発明したノーベルは、ＤＤＴのミューラーが受賞したり、日本の佐藤栄作氏が前年のキッシンジャーに続いて、非核三原則によってノーベル平和賞を受賞したりしている彼の死後の出来事に、どんな感想を抱いているだろうか。

ＤＤＴは第二次世界大戦中、マラリア蚊や蚤の駆除という目的で、もっぱら熱帯作戦に多量に用いられた。それが戦後になって民間の農薬殺虫剤として一斉に普及する。軍需産業で急速に成長した大企業は、こうして大変結構な平和産業に切りかえられた。

しかし、この化学薬品の出現によって、自然の循環が破壊され、人間にとってどんな怖《おそ》ろしい破滅が待ちかまえていることになるか。最初に激しい警告を発したのは、アメリカの海洋生物学者レイチェル・カースン女史であった。名著『サイレント・スプリング』がニューヨーカーという雑誌に発表されたのは一九六二年だった。日本ではそれから二年後に青樹簗一氏の訳本が出版されている。

カーソン女史の美しくも怖ろしい名文を一部分だけ紹介してみよう。

「声のきこえない春だ。毎朝、あんなにわれわれの耳を楽しませてくれたコマドリやツグミ、ハト、カケス、ミソサザイ、そしてその他の何十という鳥の暁のコーラスはもうまったく聞こえない。沈黙のみが畑をおおい、森をつつみ、沼にひろがる。

鶏が卵をあたためている。だがヒナはかえらない。農夫たちは豚が育たないと嘆く。生まれた子豚は躰も小さく、そして間もなく死んだ。リンゴの花は咲いたが、ハチは花の間を飛びまわらない。だから花粉はつかず、実もならないだろう」

＊

佐藤さんがノーベル平和賞を受賞したとき日本では多くの週刊誌が特集を組んで、ノーベル賞の裏話を公開した。おかげで私たちはノーベル賞がいかなる性質のものであるかを知ることができたので、ＤＤＴの殺虫効果を発見したミューラーが、第二次大戦後でノーベル賞を（さすがに平和賞ではなかったが）受賞した経緯も容易に想像することができる。

それまでＤＤＴを疑うことを知らず、家庭常備薬の一つにまでしていたアメリカ人の間で、レイチェル・カーソン女史の論文は大きな反響を呼び起し、ケネディ大統領はただちに研究機関を設けることを議会で言明した。

しかしミューラーにノーベル賞を与えるように奔走したかもしれない農薬会社が、黙っている筈はなかった。ニューヨーカー誌に対抗して、タイム誌が、まるで農薬会社に買いきられたかのようにカースン女史に対する反論をのせた。つづいて学者や専門家たちが、カースン女史をヒステリーときめつけ(どういうものか女が理を詰めてものを言い、正鵠《せいこく》を射たとき、男どもがこういう非難を浴びせかけるのは洋の東西を問わないらしい)、ありとあらゆる罵声《ばせい》をあびせかけたのである。

「彼女の本は、彼女が非難する農薬より、ずっと有害である」

「感情を煽《あお》るような言葉を用いて民衆を恐怖に陥れた」

「極端に単純化し、明白な誤りをおかしている」

「彼女の告発は不公平で、一方的で、しかもヒステリックである」

「農薬がどこかの水に入れば、あらゆる場所の水が汚染されると書いているが、なんという馬鹿《ばか》げたことだろう」

「とりこし苦労というものだ」

「誇大な非科学的想像、気ちがいじみた農薬恐怖症」

今では南極のペンギンがＤＤＴを躰に含有していることは子供でも知っている常識だけれど、当時は一流の科学者たちが、こんな言葉を使ってカースン女史を非難したものだ。

私がこれから書き続けようとしているものが、もしうまくいったら、同様の罵詈讒謗《ばりざんぼう》を浴びせられると思うので、特に記しておく。

カースン女史の敵は農薬会社だけではなかった。もちろん農務省も「感情を害した」が、彼女が生体濃縮や、食物連鎖について詳述したために、加工食品の製造会社が怒り出し、栄養協会というのを抱きこんで激しく彼女を攻撃した。

農業雑誌「アメリカン・アグリカルチャリスト」には、ものすごく面白い風刺随想がのった。多分、日本でいえば「家の光」のような雑誌に当るだろうか。あんまり面白いので、日本の読者に紹介せずにはいられない。

それは一人の少年と彼の祖父との対話で、二人はドングリを貪《むさぼ》るように食べながら、最近出版された『静かな夏』という本について語るのである。

＊

「その本のおかげで、たくさんの人たちが畑に農薬を撒いちゃいけないと信じるようになったのだよ。俺たちは今、自然のまんまに生きてるんだよ。お前の母さんは蚊にさされてマラリアで死んでしまった。お父さんは飢え死にした。バッタが作物を全部喰いつくして、怖ろしい飢饉《ききん》が起ったのさ。俺たちが今、腹を減らしているのは、去年植えつけたジャガイモが病気で全滅しちゃったからだ。俺はこの本を書いた女の人がここへやってきて、大自然に生きる喜びって奴《やっ》を、俺たちと一緒に味わってもらいたいよ」

このお爺さんの言葉は、読みものとしてはこの上なく面白いが、それこそレイチェル・カースンの論旨を「極端に単純化し、明白な誤りをおかしている」と言えるだろう。『サイレント・スプリング』の中でカースン女史は、科学者らしく次のように明言しているのだ。

「私は合成殺虫剤をいっさい使ってはならないと主張しているのではない。私たちは有毒な、そして生物学的に影響する可能性のある化学物質を、それらの及ぼす危害について、ほとんど、あるいはまったく無知な人びとの手に無差別に渡してしまったということを、あえて主張したいのだ」

日本におけるBHC農薬は、いきなり農家の人たちに、その及ぼす危害について何も知らせず、無差別どころか強制的に押しつけられたといっていい。農家の人たちは、農林省ならびに農協および農薬会社を信用し、科学を盲信して、世界で最も質の悪いBHCをふんだんに農地へ散布してしまった。その中の十数パーセントしか効力がないのも知らず、八割以上は無意味でただ危険だということも知らず、青い稲に吹きかけ、稔《みの》る前に吹きかけ、おかげで害虫が出なかったと感謝をこめて、一匹も虫のいない農作物の上にも撒いてしまった。

DDTは、アメリカでカースン女史の警告から七年もたって人体への使用が禁止され、その翌年、一般農作物への使用を禁止された。

しかし世界でＤＤＴの使用を最初に禁止した国は、アメリカではなく、ハンガリーだった。農業国であるハンガリーは輸出している農作物が西側の国からＤＤＴを理由に拒否されたので、急いで規制したのが一九六七年である。それを見て、アメリカの最も進んでいるといわれるマサチューセッツ州が規制に踏みきり、三年の間にほとんどの州が規制してしまった。

アメリカの真似ならなんでもする愛すべき日本国では、アメリカ全土が規制して一年後に全面禁止になった。アメリカでは棉花《めんか》の栽培と森林業に限って除外例を設けたが、日本は全面的に禁止してしまった。日本人は完全主義者なので、使うとなれば世界のどこより沢山使うし、やめるとなればなんでも全面的にやめてしまう。ＢＨＣもドリン剤も同じ年に一斉に全面禁止になった。人体に蓄積しないガンマーＢＨＣも除外しなかった。

＊

昭和四十六年に禁止されたＤＤＴとＢＨＣが、それまでに日本の農地に叩《たた》きこまれた量は、耕地面積当りでアメリカと比較すると実に六、七倍という驚くべきものであった。

「どうしてこんなことをしてしまったんでしょうね」

私が溜息《ためいき》をつきながら訊《き》くと、専門家は、

「売れば儲《もう》かる人たちがいたからでしょう」

と憮然《ぶぜん》としながら答える。

「農薬会社ですか」

「それと、農協がマージンをとります」

「ははあ」

「農業協同組合によっては農薬の製造も手がけて巨大な複合産業体になっているところもありますからね」

「しかし農協を監督する立場にいたのは農林省の行政官じゃありませんか」

「官僚機構というのは誰も責任をとらないですむようになっていますよ」

日本の農業の現状を批判する人びとの中には、農協が諸悪の根源だとする説をなす人もいるが、私の考えは少し違う。農協があったから日本の農業はともかく守られてきたのだと私は思っている。

私は何度かアメリカで暮したことがあるけれど、カリフォルニア米を食べる度に、その美味に驚かされ、これが日本に輸入されたら日本の農村は全滅してしまうだろうと怖ろしく思う。

日本でDDTやBHCが全面禁止になった年、私はハワイで七カ月過していた。そのときは、もうこうした内容の小説（と呼べる態のものとは思えないけれど）を書く気になっていたので、カリフォルニア米の中でも最も味のよい国宝米について調べてみた。（カリフォルニア米ではサンライズとコクホーが代表的なものである）

カリフォルニアで栽培される陸稲が、日本の水稲よりずっと味がいいと言っても、日本人はなかなか信用しないので、私がハワイに滞在中、ホノルルへ遊びにいらした楠本憲吉氏をひきあいに出して書くことにしよう。

大阪の大料亭の「ぼんち」である楠本さんに、私はコクホー米で作ったおにぎりを持って行った。ワイキキビーチで海を眺めつつ、氏は丁寧に味わいながら、やがてこう言われた。

「おいしいですね。これは鮨米《すしまい》ですね」

御先祖様から代々美味というものを仕込まれた筈《はず》の楠本先生が、最上の鮨米と折紙をつけたのだから、どうぞ私の話を信用して下さい。日本人のスチュワデスの中には、ハワイからの帰りにコクホー米を持って帰る人たちがいる。はっきりいえば、それほど日本の米がまずくなっているのだ。

カリフォルニア州はアメリカ最大の農業地帯である。ここでの稲作は、日本人の想像を絶するだろう。大農場を耕耘機《こううんき》で耕し、飛行機で種籾《たねもみ》を蒔《ま》く。日本のように苗代で苗を育て、水田に植えつけるなどという手間ひまはかけない。蒔きっぱなしで、除草剤もろくに使わず、秋の稔りどきには小型の飛行機で鳥追いをしているのだ。農薬は使っても日本の数分の一とあれば、米の値段だってずっと安く上ろうというものである。国宝米は一番高価だが、それでも日本の自主流通米より一〇キロあたり千円安い。日本の米ほどまずいものなら、三分の一以下の値段で買える。

＊

稲作に限らないが、日本の農業というものを、アメリカやソ連の大農場方式あるいは農業の近代化と較べてみると、どんなに機械や化学肥料を導入しても日本の農村の仕事ぶりは、まるで盆栽でも作っているように思えてくる。一つ一つの野菜に目を配り、稲は撫《な》でるように、蜜柑《みかん》は舐《な》めるようにして可愛《かわい》がり育ててあげる。揚句は農薬のせいで昆虫がいなくなったので、人間が耳《みみ》搔《か》きみたいなものを持って果実の花の中を一つ一つ搔きまぜ、交配までさせてやるようになった。

こんなことをしている農業で、人間が費す時間と労力は、どんなに大きなものになっているか。

飛行機で蒔き、秋になれば機械で刈りとってしまうカリフォルニアの陸稲が、味も日本の米よりよく、値段も安いとなれば、どうなるか。日本は必要量の九五パーセントの小麦を輸入しているが、その結果は日本で作るより安いので、ますます小麦を作る農家が減り、裏作をしない地帯がふえた。

もし農協という一大圧力団体がなかったら――と考えてみよう。

国が農村から買い上げる米価より、消費者が買うお米の値段の方が安いという二重米価が、ただちに撤廃されるだろう。政府は毎年この不自然な売買によって大きな赤字を背負いこむ苦労から解放され、税金は大幅に減って私たちは相当助かるかもしれない。（これはひどく楽観的な観測である。多分、今の政府なら、それで浮いた分は原子力発電の開発にもっと力を入れることになるだろう）

米が自由化され、穀類輸入の制限がとり外されると、カリフォルニア米が日本に雪崩《なだ》れこんでくることは火を見るよりも明らかだ。そうすれば日本の米作地帯はほぼ全滅してしまうだろう。一部の風変りな「日本人だから日本の米を喰べる」と頑張る人たちだけが残って、高くて、まずくて、栄養のない（化学肥料を使っていればの話である）米を支えていることになるだろう。日本人は間もなく国宝米が日本産だという錯覚を持ち始めるに違いない。現在、多くの日本人が信州そばの原料は信州地方で作られていると信じているように。彼らはソバがアフリカや中国から輸入されているのを知らない。小麦や大豆が、どこの国から輸入されているか考えずに、パンを食べ、味噌汁《みそしる》をすすっている。（コクホーの農場は白人が経営者だ）

カリフォルニア米が入ったので、韓国の農村がたちゆかなくなり、人間が都会に逃げこむようになっているという噂《うわさ》を聞いた。韓国の労賃が安いので日本の企業がどんどんかの国に進出している裏には、こんな事情があるのかもしれない。手作りの農業では、とてもカリフォルニア米に太刀打ちできないだろう。

栄華をきわめたローマ帝国の滅亡は、貴族が自分たちの領地では葡萄《ぶどう》などの果樹を栽培させ、穀類すべてを外国から輸入したのが原因であった。

私は、農協が頑張っているから、日本はまだ滅びないのだと思っている。選挙になると農協おかかえの候補者が、まっ先に当選確実になる。彼らはやがて、お米の議員さんと呼ばれるようになる。

＊

さらに農協の讃美を続けよう。

農協は、農民を団結させ、彼らの利益を守る議員を国会に送りこむことのできる大いなる力を持った。議員たちは一部の例外を除いて保守党に属し、他は知らず事「お米」に関する問題になれば実によく活躍する。

農協は、農民の生活水準をひきあげることに貢献した。どんな過疎《かそ》地帯にも彼らは電線をひいて、文化を農村に導入した。どこの農家に行っても、電気冷蔵庫がある。テレビを二台持っている農家が実に多い。電気洗濯機によって農家の主婦は、都会の主婦と同じように家事労働から随分解放された。私は彼女たちに代って農協に感謝したい。

農協は、科学的な研究と指導において我国の農業を改変した。まず天気予報を克明に調べ、その地方の降雨量が多いようなら雨に強い種類の稲を、乾燥が心配されるときは水が少くても育つ稲を植付けるように指導した。さらに政府農林省の近代化に協力して、化学肥料や農薬を積極的に取入れ、くる年も、くる年も豊作を続けるという実績を示した。戦後の飢餓状態から日本人を救ったのは、農協の指導によって食糧増産が可能になったからであって、私たちは農協に心から感謝しなければならない。

農協は、経済的に農村の生活が向上したことを世に示すため、多くの農民にヨーロッパ旅行をさせた。行く先々で「ノーキョー」の団体旅行は日本の国威を宣揚することに功績があった。「ノーキョー」はパリのシャンゼリゼを団体行進し、ルーブル博物館で泰西名画を鑑賞し、それから日本料理店で食事をし、帰り道では必ず香港《ホンコン》に一泊して日本人相手の土産物屋で指輪や時計を買うというのがお定まりのコースだったようである。

私はあるとき飛行機で、こうした人々と乗りあわせたことがある。彼らの行儀の悪さを非難する人々がいるが、それは当っていない。彼らは外国式には何事も行わなかっただけのことである。アメリカ人が、畳の上で足をのばして坐《すわ》っても、行儀が悪いと咎《とが》める日本人はいないのだから、「ノーキョー」だけ悪いといういわれがあろうか。

私の隣席のおじさんは、離陸すると間もなく靴をぬぎ、背広をぬぎ、あっという間にシャツとステテコに胴巻きという軽装になった。隣席の私はパリで買ったトップ・ファッションで身をかためていたが、それがどんなに私に不似合か思い知らされたような気がした。できることなら私も脱いでしまいたかった。

「パリは如何《いかが》でした」

「歩くばかりだったからねえ。やっぱり日本人には日本が一番だな」

「旅行は楽しくなかったんですか」

「楽しかったけどもよ、何を見ても分らねえし、説明聞いても面白くねえ。それでもヨーロッパなんて、俺の村じゃ昔の庄屋でも行ったことがねえだから、帰ればいい思い出になるだろうねえ」

＊

私は隣席の、いかにも朴訥《ぼくとつ》で正直な農夫との対話をこよなく愛した。

「大したものですよねえ、お百姓さんって大変な景気ですね。土を持っている人間の強みですね」

「なに百姓は昔っから貧乏なものよ。今も昔とちっとも変っていねえですよ」

「ヨーロッパ旅行ができてもですか」

「農協が勝手に積み立てしていたからねえ。土地でも売った百姓ならともかく、俺たちには碌《ろく》な貯金もできねえし、生活は苦しいな」

「本当ですか」

「本当だ。暮しの方は、ちっとも良くはなってねえな。俺のところでは出稼《でかせ》ぎに出るのがふえたしな」

「どうして出稼ぎに出るんですか」

「金が、いるからな」

「どうしてですか。お百姓だけでは足りないんですか」

「そう、足りねえな。五ヘクタールより少いところでは、農協のいうだけの機械買えば、どうしても金が足りなくなる」

「機械って、高いんですか」

「高いなあ、金肥も高くなる一方だからよ」

「金肥って、なんですか」

「化学肥料ですよ」

それはとても花の都パリで三日過した旅人の話とは思えなかった。

私はそれとなく彼が農業国であるフランスについてどういうことを考えたか、訊いてみたのだが、はかばかしい返事は戻って来なかった。パリの近郊をバスでまわった様子なので、農村風景も見ただろうと思ったが、

「時差ってのかねえ、あれは妙なもんだ。バスの中では眠ってばかりいた。古い教会ばかり見ても、何も面白くねえしな」

「フランスの野菜はおいしかったでしょう」

「色の悪いタクアン喰わされたが、あれはフランスの大根で作ったせいかな」

「フランス料理は食べませんでしたか」

「いや、なんといっても味噌汁がねえとな」

「じゃ、フランスのお百姓さんたちには会わなかったんですね」

ステテコおじさんは、不思議そうに私を見てから、訊き返した。

「あの国にも俺たちのような百姓がいるのかね」

私は、胸をいきなりど突かれたような気がしたが、この質問には答えなければいけないという責任を感じ、一生懸命、私の知る限りのヨーロッパ諸国の農村生活について話した。ステテコおじさんは喰い入るようにして私の話を聞く。

「そうかね、それだったら俺はそっちの方をまわりたかったなあ。街中いくら歩いても女子供に頼まれた買物するだけだったから」

「惜しいことをしましたねえ。フランスはヨーロッパ第一の農業国なんですよ」

「俺はよ、言葉は通じなくてもかまわねえ。土だけでも見たかったな」

「土ですか」

「そう、土がよ、どうも昔の土と変ってきているんだな、俺たちの村では」

*

工業立国という国策によって農村の人口はどんどん工業に吸収され、人手不足が深刻になっている中で、万年豊作を実現したのも、躍進する農協の偉大なる功績である。

ところが、なんということだろう、日本の人口は増加しているのに、米が余るという事態が起った。どうしてそういうことになるのか、私には本当にわけが分らなかった。新米と古米という言葉は知っていたが、古古米と呼ばれるものの存在を知り、その始末に困って豚の餌《えさ》にするとかしないとか大騒ぎになった。

「あのとき米が余ったといっても、日本中の人たちが一日一杯の御飯をよけい食べれば解決するといわれてましたね。学校給食を全部御飯にするなんてことは出来なかったんでしょうか」

「栄養学者が猛反対してますよ、きっと」

「どうしてですか」

「小麦の栄養価を高くかっているし、偏食がいけないからです」

「大人たちがパンやラーメンを食べないで、カレーライスや玉子丼にするというようなことは、政府が言うわけにいかなかったんでしょうね。業者が怒り出すからですか」

「それより小麦の輸入量を減らすことの方がもっと難しかったでしょう」

「ああ、相手の国がおへそを曲げるからですね。日本って、随分なさけない国なんですね」

これはあるジャーナリストと最近交した会話である。

しかし、私は古古米の騒ぎで本質的に理解できなかったのは、米は籾をつけておけば十年でも二十年でも虫がつかず、腐らないという知識を持っていたからである。天保時代の種籾が見つかり、昭和になって蒔いたら発芽したという新聞記事を見た覚えがある。

世界的な食糧危機が叫ばれているのに、日本では主食の穀物が余って困るのは変だ。どうして、万が一の災害に備えて籾つきの米を貯蔵しようとしないのか。いくら農協が優秀でも、天災には勝てないのではないか。冷害や旱《かん》ばつに備えて、余った米は備蓄するということをどうして考えないのだろう。

私のこの疑問が氷解したのは、化学肥料で育てた米は三年以上の保存に耐えないことを知ったときである。籾をつけておけば十年でも二十年でも保存がきいたというのは、随分昔の話だったらしい。お米の議員さんたちは米の質の問題については、どう考えているのか。

化学肥料の話は、ひとまずおいておこう。

農薬の話を続けよう。

米を汚染しているDDTもBHCもドリン系の殺虫剤も、三年前に全面禁止になったが、DDTとドリン系は十年も土に残留する。だからまあ、あと七年ちょっと我慢すればいいだろう。たった七年だ。二十数年も知らずに食べていたことを思えばなんでもない。これらの毒は油に溶けるので米では糠《ぬか》の部分に多く含まれている。私がなぜ玄米食を実行しないかというと、こういう知識が邪魔をしているからである。

しかし水銀農薬はどうなっているだろうか。

*

有機水銀は一九一二年（大正元年）頃からドイツで殺菌剤として使用され始めたが、欧米で農作物の種子の消毒用としてアルキル水銀（水俣病で有名な）が登場するのは一九三〇年である。日本でフェニル水銀が稲のイモチ病に特効があると発見されたのが昭和二十七年、翌年から大々的に日本中の農村で使われるようになった。

種籾を苗代に蒔く前に水銀で消毒するのが、それまでの農林省の指導であったが、あまりの素晴らしい効力に、農林省も農協も水銀こそ最高の農薬だという信仰を持ってしまった（としか思えない）。

田植の後も、稲に散布することを思いついて下さったのは、いったい誰だっただろう。世界中で、農作物に水銀を空中から散布したのは日本だけだった。ウンカやクモまで全滅したといって、農民が大変に喜んだが、日本の農村医学会で初めて農薬に関する研究が報告されたのが、それから五年後のことになる。それは有機水銀による肝臓障害という形でだけ発表されたが、実状はもっと複雑で深刻だった。農家の人々が次々に原因不明の病気にかかり始めた。

熊本県水俣市で起った公害病が、工場の廃液中の水銀が原因であることを熊本大学の研究班が発表したのが昭和三十四年であるというのに、農林省では水銀が農村でバラまかれていることについて、何の警告も発しなかった。農協の幹部たちは、水俣病にどうして関心を寄せなかったのだろう。今から思っても不思議としか言いようがない。

ここに一九六四年（昭和三十九年）東京オリンピックのとき、日本へ来た各国選手の毛髪をとって、水銀含有量を調査した資料があるので、よく見て頂きたい。

西ドイツ	〇・一〇
イギリス	一・五〇
アメリカ	二・五七
日本	六・五〇

頭髪に関して言えば、日本人は西ドイツ人の六十五倍の水銀を含有しているのである。

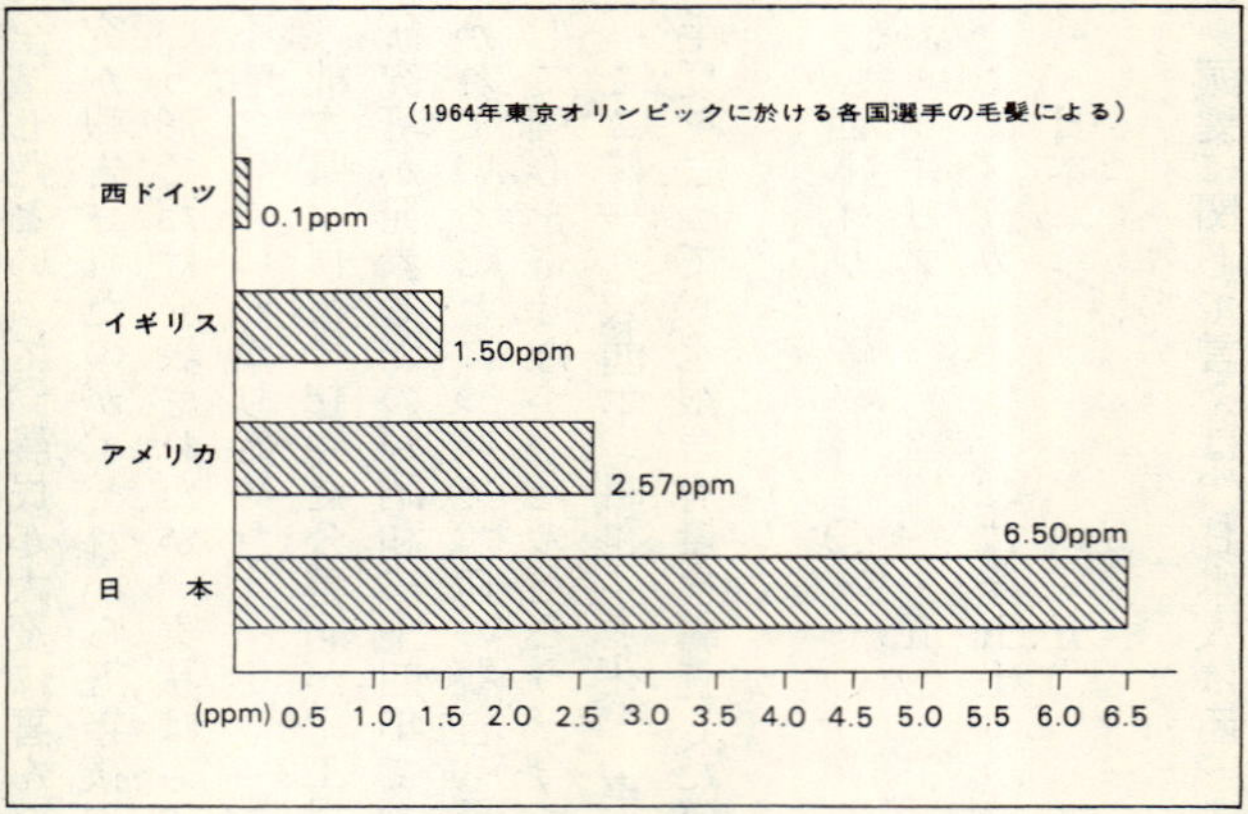

毛髪に含有する水銀の量

（数字はｐｐｍを表すもの）

世界に名高いミナマタ病は、脳に八ｐｐｍの水銀が入って神経を冒したとき発病するといわれている。東京オリンピックに参加した日本選手の髪の毛には六・五ｐｐｍの水銀があった。

なんとも薄気味の悪い話だが、もう少し続けよう。

昭和三十年代、十二年間にわたり田畑一ヘクタールに入っている水銀農薬の量は、

スウェーデン	四
ドイツ	六
イギリス	六
フランス	六
オランダ	九
アメリカ	二五

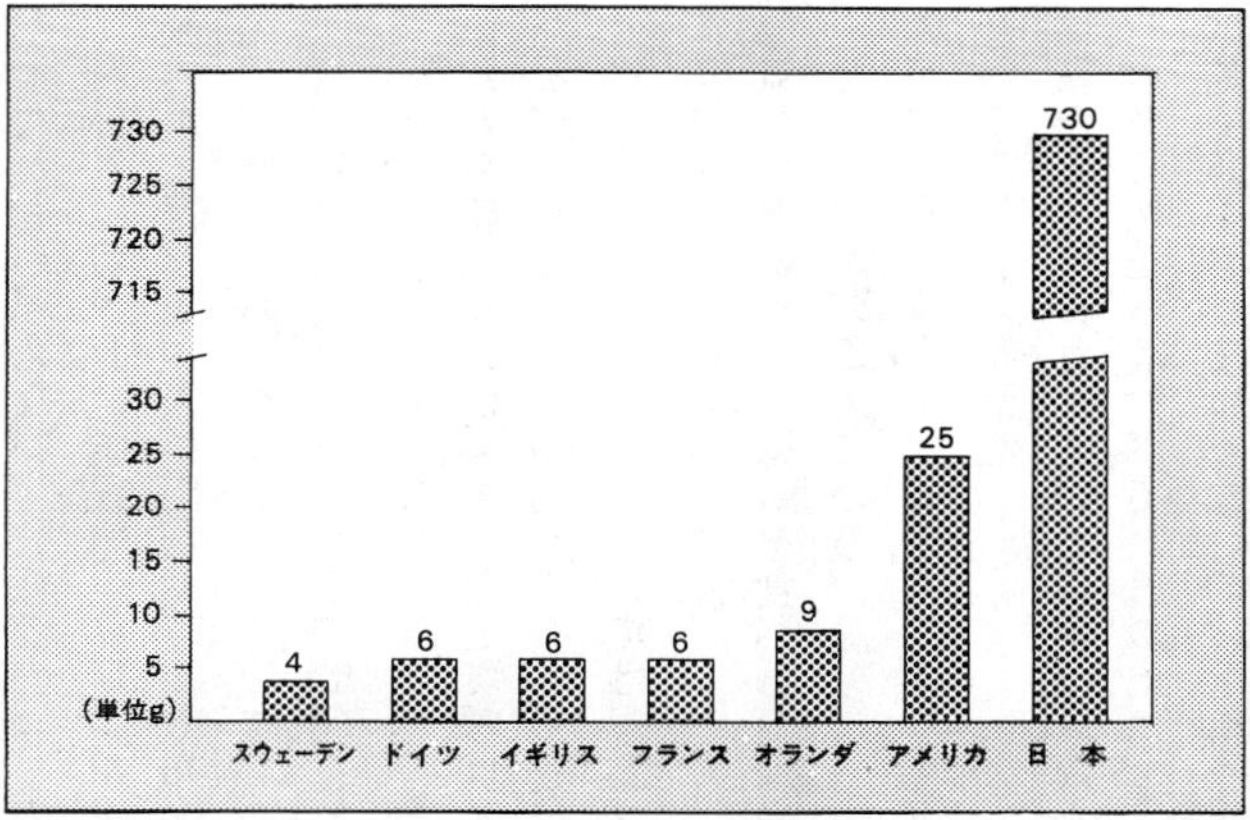

昭和30年以後、12年間にわたり田畑１ヘクタールに入っている水銀農薬の量

ところで日本はどのくらいの数字になるか。明日までゆっくりお考え下さい。お友だちとカケをなさっては如何ですか。（数字はグラムを示すものである）

＊

田畑一ヘクタールに投じた水銀農薬は、日本では表に示す通り、七三〇グラムという滅茶々々なものである。愛するアメリカの三十倍、尊敬するイギリスの百二十倍もの水銀を日本はヘリコプターによる空中散布で、タンボにぶちこんでしまったのだ。

こういう数字を見ていると、農林省というところは、いったい何をするための役所なのかと考えこんでしまう。農林省の行政官は、まるで農薬会社の猛烈セールスマン

だったとしか思えない。彼らは売って売って売りまくった。

農林省はＧＮＰ（国民総生産量）を上げるために、日本人の健康を悪魔に売り渡した。農村から続々と病人が出た。直接散布に当った農協の職員は、まず目をやられた。散布の後は腫《は》れた瞼《まぶた》を冷やしながら寝ていたものだそうだ。次いで彼らは肝臓障害を起した。

公明党と社会党が国会へこの問題を持ちこんだのは昭和四十一年だった。農村医学者である若月俊一氏と白木博次東大医学部教授（今日のこの数字は、実は白木先生から頂いた資料である）が参考人として呼ばれ、二人は口を揃《そろ》えて水銀散布は即刻やめるべきだと主張した。が、即刻どころか、散布が禁止されるまでそれから三年もかかっている。

水銀農薬の土壌汚染については、あまり書きたくない。最も希望のもてる数字で、五十年残留するといわれている。

「気持が悪いから、御飯を食べるのはやめよう」

という声が聞こえている。

が、どうぞ皆さん、最後まで読んで下さい。そうすれば、米はまだしも安全な食物だということが分る筈だ。

私たちが毎日食べている水銀は（なんという怖ろしい言い方があるものだろう。しかし本当に私たちは食べているのだ）、米から二割、魚から八割といわれている。御飯の四倍も魚を食べてはいないのにと御不審のむきには、魚や牛肉の中に何がどういう理屈で濃縮されて入っているかについて、多分来年（一九七五年）になってから書くことになるだろう。

ともかく今年中は、お米のことだけに絞って書いてしまおう。

公害と呼ばれるものはほとんど工業から生れている事実について考えてみたい。そしていつも、最初の犠牲者は漁民か、農民だということも。

十年前の調査だが、こういう数字が出ている。

非農家の母親　五・八二（ｐｐｍ）
その新生児　七・三八
農家の母親　七・三一
その新生児　九・八九

私はこの資料を見せて下さった専門家に向って悲鳴をあげた。

「先生、八ｐｐｍで水俣病じゃないですか。すると農家の子供たちは、もう」

「いやいや、これは髪の毛の含有量です」

「脳に入るのと髪の毛とは違うのですね」

髪に一〇〇ppmの水銀を持っていても発病しない人がいるし、五〇ppm以下でも発病している例があるという。

「髪の毛に出るのと脳に入るのと、どう経路が違うんですか」

「まだよく分りません」

*

化学物質による中毒について、医学的にはまだ何も分っていないと言ってもいいらしい。水俣病にもイタイイタイ病にも特効薬は発明されていないどころか、何が水俣病であるかということも、まだ定義づけられていない。

あの気の毒な患者を前にして、この症状は水銀でなくても現れる。あの症状も、別の原因で起りうる。という工合に医学的に分析していくと、水俣病というものがなくなってしまう。目の前に悲惨な犠牲者がいてもなお、医学的には水俣病が存在しなくなる。医者たちは人間の肉体について、特に神経とかホルモンとかいう微妙な問題に関する限り、あまりにも何も分っていない。

水俣病の第一号患者が出たのは昭和二十八年十二月だった。これが公害病であることを政府が正式に認めたのは、前にも書いたが十五年後のことである。

その同じ年に、水銀農薬の散布もようやく禁止になった。

私は農村に水俣病患者が出なかったのは奇蹟《きせき》だったと思っている。水銀が多量に入っている水田で田植をしている情景を思うだけで、ぞっとしてしまう。田植機ができたので、皮膚から水銀が入る機会が少かったのは不幸中の幸いだった。

この話を農村の人々に話していたら、

「なに、水銀は僅《わず》かなものだから、水俣病になる心配はないさね」

と、今でも事もなげに言う人がいる。

「でも、水虫の薬を塗って、水俣病で死んだ人がいるんですよ」

「どうして」

「水虫の薬に有機水銀が入っているからです。発見したのは冲中内科で、昭和三十七年頃だと思いますけど」

「水虫の薬で、ねえ」

本当はインキンタムシだったのだけれど、私も女の端くれで、ちょっと表現を変えざるを得なかった。

「もう使ってないと思いますけど避妊薬にも入ってたそうです」

「どの避妊薬だろう」

誰でも心当りがあるせいか、必ず真顔で訊《き》き返してくる。

「男性用の避妊具です」

「コンドームかね」

「ええ、ゼリーつきのがあるそうですね。あのゼリーの中に有機水銀が入っていて、きっと精虫を殺す目的だったのでしょう」

「ひでえなあ」

「それで水俣病になった症例はないかと調べてみたんですが、水虫の薬ほど毎日使うものじゃないらしくて、見つかりませんでした」

＊

このコンドームの広告はテレビコマーシャルの傑作の一つだったが、近頃は少しも見ないから、きっと自主規制をしたのだろう。

有機水銀入り避妊ゼリーについては、専門家に話をきくと、

「それを頻繁《ひんぱん》に用いた場合には、水俣病になる前に男性は不能になっている筈ですよ。有名な科学者で実験室の床下に水銀が溜《たま》って不能になったという話があるくらいですから」

と言われた。(これは化学肥料の産みの親、リービッヒのことである)

水銀については、ブラック・ユーモアとでも呼ぶべき逸話が実に多い。医学や生物学、あるいは環境衛生学などの国際学会に日本の学者が出席すると、学会

の後の交歓会などで各国の学者から、こういう冗談をよく言われるそうだ。

「日本では動物実験の必要がないですね」

国際科学者連合の環境問題委員会が三年前に全世界の科学者に呼びかけて五つの汚染毒物の調査を促した。

水銀
カドミウム
鉛
ＤＤＴ
ＰＣＢ

今すぐ全世界的に取上げなければいけないと、学者は一致して危険信号の旗を振った。このうち三つの物質が、日本では大量な人命を損う公害事件を惹《ひ》き起している。

水銀の水俣病（それも二カ所）
カドミウムのイタイイタイ病
ＰＣＢはカネミ油事件

日本は今や公害によって世界一の先進国になってしまった。すでに人体実験はやっているし、ひき続き実験はネズミやウサギでなく私たち自身をモルモットとして行われていることを、外国人は笑いながら指摘してくれるのである。

「世界中の水銀がなくなってしまったら、ひとつ日本へ出かけて掘ることにしますかな」

こんなことも、よく言われるそうだ。

水銀は、随分貴重な重金属だと思われていた。水俣の工場から水銀が海へ捨てられているとつきつめたとき、熊本大学の学者たちは呆然《ぼうぜん》として、最初は信じられなかったという。

日本は全世界水銀産出量の約一割を輸入して、石油化学工場などで使っている間に、大量の水銀が漏れたり、こぼれたりして、海を汚染してしまった。その上、農地にまいて(つまり捨てて)とり返しのつかない土壌汚染をしてしまった。

五大汚染のうち、日本人の主食である米には、何と何が入っているか。

厳密に言えば、全部入っている。

稲作地帯を貫いて国道が通り、トラックが走っている。自動車の排気ガスには鉛も含まれているし、大気にはPCBが飛び散っている。DDTは野菜畑と果樹園で専ら使用されたが、稲作にも用いられたことがあるからである。

世界保健機構WHOでは水銀の安全量は毛髪で六ppmと考えられているそうだが、東京オリンピックの日本人選手は六・五ppm。安全量をこえているではないか。

*

ＷＨＯやＦＡＯ（食糧農業機構）では、有害な物質に人間が常時さらされていても危害を生じない量を規定して、これを「許容量」と呼んでいる。

許容量の定め方にはいろいろあって、たとえばグルタミン酸の場合は一日に人間が食べていい許容量が、ＷＨＯでは六グラムと規定されている。皆様先刻御承知の「味の素」に代表される調味料のことである。

近頃は味噌《みそ》にも醬油《しょうゆ》にも漬物にも、日本酒にまで入っているので、知らず知らずに食べている量が一日二グラムだという。味のいいラーメンを食べると、店によって四グラムも入れているところがあるので、それで一日の許容量は一杯になる。

「味の素」が有害だというので一時は大騒ぎになったが、どうしてあのとき売る方も、買う方も、ＷＨＯの許容量の一日六グラムという数字を確認しなかったのだろう。

化学物質に限らず、どんなものでも「質」と「量」と「使い方」さえ誤ることがなければ、人間は安全なのだ。昔、春日局《かすがのつぼね》というお婆《ばあ》さんは、三代将軍家光に、

「うまいものは何か」

と訊かれて、

「塩」

と答え、

「まずいものは」

「やはり塩でございます」

と言ったというが、しかしこの問答には、物の使い方については正確この上ない哲学が語られている。(家光としては狩野《かの》川のアユとか、目黒のサンマとかいう返事を無邪気に期待していたのだと思うと、どうも彼が気の毒になるけれど)

塩が毒だという人はいないが、だからといって塩のかたまりをむさぼり食う馬鹿《ばか》はいない。塩からいものを食べすぎた後は、どうしても水を飲みすぎてしまう。これは量を誤った場合で、誰でも経験があるだろう。

「味の素」がいくら美味であっても、それだけ飯代りに食べる人間はいないし、一日分の六グラムは決して少い量ではないから、それさえ心得ていれば日本人も「味の素」株式会社も安全だ。

だが、WHOの水銀安全量は、同じ六でもppmの数値で、髪の毛に現れる量だから、私たちの食生活ではどうやったら安全性を保つことができるか。調味料のように個人的な防衛をすることができるだろうか。

現に、オリンピックの日本選手は六・五ppmであり、農村の母親が七・三、生れる子供が九・九という工合に、WHOの目安を軽くオーバーしている現状はどうしたらいいのだろうか。

専門家にこの質問をしたら、

「水銀の目安などは、WHOが日本人を観察して、そのうちにもっと数値を上げるでしょうな。日本人がまだ変にならないから、この位までは大丈夫だといって、そのうちに一〇ppmぐらいになりますよ」

「そんないい加減なものなんですか」

「ええ、目安とか許容量のきめ方には、学問的というか、科学的根拠はないも同然なんです。第一、複合汚染についての配慮が全くないですよ」

＊

複合汚染というのは学術用語である。二種類以上の毒性物質によって汚染されることをいい、二種類以上の物質の相加作用および相乗作用が起ることを前提として使われる。分りやすく言えば、排気ガスで汚染された空気を呼吸し、農薬で汚染された御飯と、多分農薬を使っているが、どんな農薬を使っているのかまるで分らない輸入の小麦と輸入の大豆で作った味噌に、防腐剤を入れ、調味料を入れて味噌汁を作り、着色料の入った佃煮《つくだに》を食べ、米とは別種の農薬がふりかけられている野菜、殺虫剤と着色料の入った日本茶。という工合に、私たちが日常、鼻と口から躰《からだ》の中に入れる化学物質の数は、食

品添加物だけでも一日に八十種類といわれている。（農薬と大気汚染を勘定すると、何百種類になる）

この八十種類の一つ一つについては、きわめて微量であるし、厚生省も農林省も責任をもって安全を保障している毒性物質であるから、何も心配をすることはない、ということになっている。

しかし八十という数は、決して少いものではない。少くとも三十年前までの日本人は、この中の十種類も食べてはいなかった。

八十という数は、種類を足し算にしたものである。これが相加作用と呼ばれる。ところで、この八十の物質が、掛け算になったら、どうなるか。これが相乗作用と呼ばれるもので、複合汚染といえばまずこちらの方を指していると思っていい。

現在までのところ、日本の学界で分っているのは、

ＰＣＢとＤＤＴ

ＢＨＣとＰＣＢ

ＰＣＢとＡＢＳ（合成洗剤のことである）

など、僅かな組合せの相乗効果だけである。いずれも一種類である場合の何層倍という強力な作用を生物にもたらすという結果が報告されている。その他、水銀や、プラスティックに含まれているフタール酸なども相乗作用があるに違いないといわれている。

もちろん研究に使われたのは、イエバエ、ショウジョウバエ、ネズミにモルモットなどであって、つまりイエバエ、ショウジョウバエ、ネズミやモルモットに関してしか分っていない。人間についての研究は、今の科学の力では及ばない。

大げさな言い方をすれば（と特に断っておく）、プラスティックの食器を台所用中性洗剤で洗って、その上に焼魚をのせて食べるとどうなるか。

専門家に質問すれば、真面目《まじめ》な顔をして、

「それはまだ分っていません」

と答える筈である。

なぜなら私の設問は、

フタール酸×ABS×PCB

という三種類の組合せで、それについては、まだ研究が出来ていない。

「いったい三種類以上の複合汚染については、どこに資料があるんでしょう」

「世界中どこの国にも、まだないんです」

「日本の場合、どのくらい時間がかかるんですか」

「日本中の科学者が総力を結集してですね、まあ五十年はかかるでしょう」

＊

五十年！

学者によっては、もっとかかるという人もいる。複合汚染の結果が分るまでに。

私たちは、毎日々々食べているというのに。呼吸している空気そのものも、何百種類かの毒が、ごく微量だが、複合して入っているというのに。

五十年！

とても待ってはいられない。

「いいじゃないですか、それまでに僕たちは死んでますよ」

という友だちがいた。

「死ねればいいんですけどね、死ぬ前に理由不明の病気になって十年も苦しむのは嫌やでしょう」

「そうなれば僕は自殺する」

「親が自殺したら、子供は結婚しにくくなりますよ」

「結婚？　古いなあ。これからの若者は結婚なんか、しないよ」

「あなたの坊っちゃんや、お嬢さんもですか？」

「ああ、僕は自分の子供たちに、始終言ってるんだ。恋愛は自由だよ。だけど結婚なんかする必要ない」

「子供ができたらどうするんです」

「古いなあ。もう僕らの世代で孫の顔を見ようなんて、誰も考えちゃいけないんだ。僕はそのことは、子供たちによく言っている。お前たちは万一結婚しても、決して子供は作るなよって」

「どうして」

「だって危険だもの。怖《おそ》ろしいもの食って生きてるんだから。染色体が相当めちゃめちゃになってるんじゃないですか。遺伝子への影響を考えたら、とても子供は産めないよ、これからは」

こういう半端な知識人が一番の困りものだと思って、私は黙っていた。これは最も男性的な意見である。こんなことを言う人に限って幸せな結婚をしているし、子供の出来も悪くない。自分は幸福だったのに、その幸福を子供にも与えたいと何故《なぜ》考えないのだろう。

もしも彼の子供が、彼の意に反して結婚をし、彼の意に反して妊娠したとき、そして自分たちの子供を産みたいと願ったとき、

「産むな」

という権利が彼にあるのか。

若い男女が愛しあえば、子供が生れてくるのは大自然の理であるのに、それを阻止する権利が親にあるというのか。

「安心して産め」

と言うのが、親の義務ではないのか。

そのための安全な環境を作るのが、大人の義務というものではないのか。

私は男女同権論者だが、子供の話になると男親は女親とまったく別の人類だという気がするので困ってしまう。

母親で、知識を持っている人たちは例外なくこういう考えで行動し始める。

「私は自分の人生で何よりも子供に恵まれたことが幸福だったと考えているから、自分の子供にもこの幸福を味わせてやりたいと思うの」

＊

五十年も、誰が待てるか。

全国母親の会や主婦連、婦人有権者同盟、消費者運動の根本精神は、これだと思う。女性たちが数において多く、男性よりはるかに熱心なのは、こと子供に関する限り、母親は実際的な責任者であり、男性のように社会の仕組みに対してすぐ絶望するような意気地なしがいないからである。

米ひとつだけ取上げても、複合汚染なのだ。

ＤＤＴとＢＨＣとドリン系の農薬は一応禁止されたが、農薬会社で倒産したところは一つもなかった。彼らは次々と低毒性の農薬を開発し、農林省は次々とこれを許可し、今でも農協が手助けをして農薬は多種大量に売りさばかれている。現在、低毒性といわれているものが、本当に安全なのかどうか、私のような素人《しろうと》にはとても理解が出来ない。

農薬の残留性や毒性に関する専門の研究所が去年（一九七三年）できた（つまり去年まで無かったのだ）。政府が二億円出資し、農薬の業界から五億の金を集めて作られ、（だから当然）理事長は製薬会社から送りこまれている。

この方が高潔な人格者でありますように。農薬会社の利益よりも、日本人の健康を優先して考えて下さいますように。私は神様にお祈りしている。（しかし農薬専門の神様というのは、どこにいらっしゃるのだろう）

何が禁止になっても農薬会社が倒産しなかったという例では、アメリカのＤＤＴも同様である。大量に生産していた会社は、アメリカ全土からＤＤＴが追放される以前も以後も、つまり現在も、盛大にＤＤＴを製造し、東南アジア、インドやアフリカ諸国に売り続けている。

アフリカ周辺の海洋も、アフリカ大陸から雨によって流れ出てくるＤＤＴによって汚染されているだろう。その結果、かつてカリフォルニア州ペリカン島で起ったような異

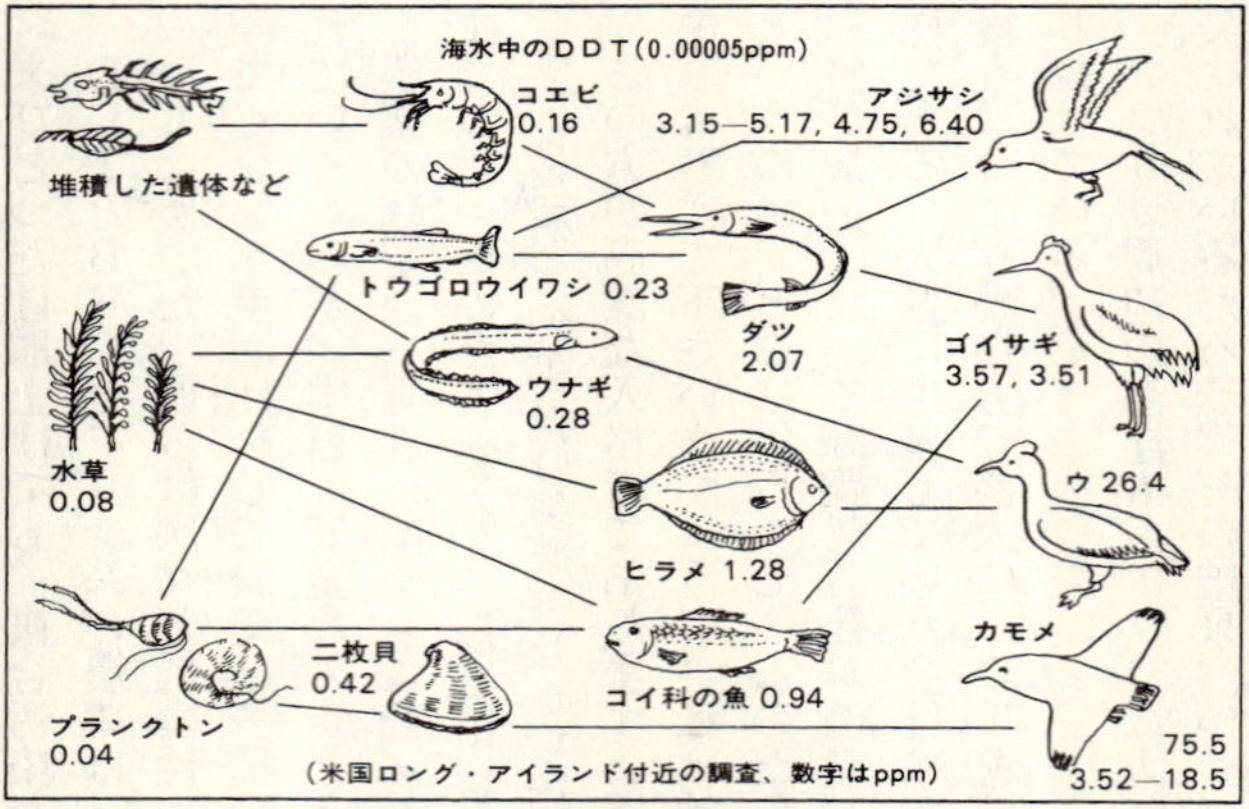

食物連鎖によるＤＤＴの濃縮(ウッドウェルら)

変が見られるようになるだろう。

ペリカンが棲息《せいそく》しているので有名なその島（アナカパ諸島）で、ペリカンが殖えなくなっている事実に人々が気がついたのは一九六〇年代の初めである。島へ上陸した博物学者は、ペリカンの産んだ卵が卵殻の薄いフニャフニャしたものになり、親鳥の重さでつぶれてしまうのを見届けた。原因はカリフォルニアの大農場から雨によって海へ流れ出たＤＤＴのせいだった。

ＤＤＴをまずプランクトンが食べ、それを小魚が食べ、それを中魚が食べ、それをペリカンが食べる（こういうのを食物連鎖という）。その結果、ペリカンの卵に異変が生じたのだ。

ペリカンに限らず、世界の野鳥の多くは農薬によって絶滅の方向に向っている。しかし反対に人類の人口増加はどこの国でも頭痛の種だ。鳥と人間とどうしてこうも違うのだろう。

四万種にものぼる毒性化学物質に囲まれながら、人間がまだ絶滅しない理由は、鳥と違って雑食だからである。御飯におかずがついているから、日本人はまだ生きている。すべての食物連鎖の終着駅は人間の口であるのに。

＊

相乗作用そのものを利用して、かつてアメリカでＤＤＴとＰＣＢが混合して用いられたことがあると聞いて、私は飛上るほど驚いた。そんな怖ろしい農薬が、いったいどういう種類の農作物に用いられたのか。

「あのオ、日本に輸入される穀物について、農薬の検査はどこでやっているのでしょう」

「やっていないと思いますよ」

「どうしてですか。表向きでもやる筈《はず》の機関はあるでしょう」

「うちでは植物防疫《ぼうえき》課かなあ。通産省の方かもしれませんがね」

農林省詰めの新聞記者に教えてもらって、最初は農林省植物防疫課に、私の書斎から電話をかけた。

「輸入穀類の農薬汚染ですか。それはこちらではやっていません。厚生省の方ではないかと思いますが、我々の方では植物に付着している害虫のチェックが仕事なんですよ。ああ、しかし食糧庁の輸入課がやっているかもしれませんね。この電話をお廻ししましょうか。ちょっとお待ち下さい」

農林省食糧庁輸入課では、

「それは私どもの課ではやっておりません。輸入する穀類の名称や数量ならお答えできますが。どこで調べたら分るか？　そうですね、農林水産技術会議にお訊《き》きになれば分ると思いますが、この電話お廻ししましょうか」

農林水産技術会議の総務課では、

「ああ、それは食糧庁輸入課で聞けば分ります。え？　食糧庁が分らないと言ったんなら、こちらでも分りませんよ。税関の関係じゃないかなあ。ちょっと待って下さい」

別の人が代って、

「通産省の輸入課でやっていると思います」

通産省の輸入課に電話をしたところ、

「え？　農薬ですか。うちは関係ないですよ。切符を切るだけですから。切符って何のことか？　つまり何をどれだけ入れるかという仕事をですね、やっているだけですから。それはきっと厚生省ですよ。食品衛生課へお問合せになったら如何《いかが》ですか。いや、大丈夫ですよ、厚生省ですよ。厚生省に食品衛生法というのがありますから、食品衛生課で、その法律の専門家がどこにいるか、お聞きになれば分りますよ」

　厚生省の食品衛生課に電話をすると、

「米麦は食糧庁の管轄《かんかつ》ですから、そちらへどうぞ。え、農薬の検査ですか。食品衛生法？　食品衛生法では第十六条で輸入の届出を義務づけています。それで、うちの課の内規によってですね、全国十三港に、監視員がいます。電話番号ですか、十三全部申し上げましょうか」

　東京にある厚生省食品衛生監視員事務所に電話をすると、たった一人の食品担当専門官が出た。

「農薬の検査ですか。やらなければならないと思っていますが、この事務所だけでも年間三万件をオーバーしてますのでね。直接市販されるもの、悪質業者とマークされているものをチェックするだけで手一杯なんですよ。現実には、つまり技術的にも人手が不足してますのでね、やらなければならないと思っているんですが」

＊

　電話で、ほんの一、二分お話しただけだが、どの役所のどのお役人さんも、感じがよくて丁寧で親切だった。これぞ公務員の理想の姿と思いながら、私は書斎の中から電話で、農林省、通産省、厚生省を一廻りした結果、どの官庁も輸入穀物の農薬について検査をしていないことを確認し、茫然《ぼうぜん》とした。

アメリカでは、ある年、スイス製のチーズにDDTが入っていると言って突き返したことがある。

「我がアメリカにおいては、DDTを規制して国民の健康を保持する方針であります。よって貴国のチーズにDDTが含有されている限り、遺憾ながらこれを輸入するわけにはいかないのであります」

スイス政府は激怒した。

「我国においては、かつて一度も牧場でDDTを使用した例がない。従って我国の乳牛はDDTで汚染された環境におかれたことがない。従って我国の世界に誇る味、スイス・チーズにDDTがまぎれこむ筈がない。従って我国のチーズにDDTは入っていない」

しかしながらスイス政府の調査結果でも、チーズにDDTがあることが判明してしまった。仰天したスイス政府は、ただちに原因追及にのり出し、間もなく理由は判明した。スイスがアメリカから輸入した乳牛用の飼料に、DDTが入っていたのである。

この笑い話を、私は笑うことができない。アメリカで拒否されたチーズは、それからどこへ行ったのか。

輸入食品について、日本では農薬の検査どころかチェックすること自体、何もされていないのが実情である。小麦や大豆ばかりではない。食肉、酪農製品など、一つとして取締りの対象になっていない。

アメリカやスウェーデンは、とりわけて厳しく輸入食品に目を光らせているが、日本では十三ある港からどんどん無検査で陸揚げされている。よほど変テコな虫でもわかない限り、国立衛生試験所へ廻されることがない。アメリカで拒否されたチーズは、日本では決して拒否される心配がない。

これだけ書けば、まだしも米の方が、何がふりかかっているか分るだけでも安心だ。私たちは三度三度、御飯を食べよう。農協を守るために、パンより、うどんより、米食を選ぼう。何が入っているか分らないものより、何が入っているか分っている方が、まだしも気持が落着く。今日食べて明日死ぬような毒ではないから、よく噛《か》みしめて御飯を食べよう。そのとき日本の農林行政が過去に犯した誤りを、いつもいつも思い出そう。

殺虫効果がなく人体に有害なアルファやベーターBHCを田畑にぶちこんだ農林省が、昭和四十六年以降はまったく心を入れかえて、危険な農薬を使っていないか、どうか。

スープが舌をやくほど熱かったからといって、サラダを吹くのは馬鹿《ばか》だと、笑える人がいるだろうか。スープはBHC原体だ。サラダは現在使用中の低毒性農薬だ。

＊

もう大分前のことになるが、厚生省の食品課長さんをお訪ねして、いろいろ話を伺った。魚肉ソーセージの起源というのが面白かった。

ビキニ環礁《かんしょう》で核実験が行われたとき、日本の漁民が死の灰を浴びて原爆症になった事件は、誰でも忘れていないと思う。あのとき荷揚げされた原爆マグロは捨てたが、ついでに売れなくなったマグロの処置に困って、これとＺフラン（ＡＦ２の前身である）を結婚させたのが、日本における（つまり世界最初の）魚肉ソーセージだったのだそうだ。

面白い話だから私は詳しく知りたいと思ったが、次に続いた話に圧倒されて、この話は途中までになってしまった。

医学博士という肩書を名刺に刷りこんである課長さんは、素晴らしく感じのいい方であった。食物に関して彼は深く深く思索しておいでのようにお見うけした。

「科学よりも哲学の時代が来たのだと私は思うのですよ。科学的に判断するよりも、哲学的に判断すべき事柄が多くなりましたからですね」

まだＡＦ２が禁止になる前のことであったから、私は彼が消費者運動に攻めたてられて、ついに哲学にたてこもったのかとお察しした。つまりＡＦ２を食べてガンで死ぬ方を選ぶか、ＡＦ２を使わずボツリヌス菌に中毒して死ぬ方を選ぶかというのは、哲学的選択だという意味かと、私なりに理解したのであった。

が、私には洞察力《どうさつ》がまるでないことを思い知らねばならなかった。次いで彼の口をついて出た言葉は、思いがけないものであった。

「カドミウム米のことですが、あなたはこれをどうしたらいいと考えられますか」

「どうするというのは、どういうことでしょうか」

「私はですね、カドミウム米を東南アジアやインドの人々にあげたらいいと考えているのです」

私は仰天した。

「あのオ、カドミウム米というのは、いわば毒なんじゃないですか」

「毒は毒ですけれども、そこが考え方です。カドミウムを食べて何人か手足の骨がおかしくなることより、ああした国々の深刻な飢餓状態を救うことの方が大切なのではないかと私は考えるんですが、あなたはどう思われますか」

こんな難しい哲学的な質問に、私は答える用意がなかった。

日本の食糧庁には約六万トンのカドミウム汚染米が過去六年間にためこまれ、地域の住民の反対があって、焼くもならず捨てるもならず、どう処理することもできず、倉庫料年間二億円の支出にネをあげている。その御苦労は分るけれど、私は幼時を東南アジアで数年暮しているので、かの国の誇高き人々がこの話を聞いたらどういう反応を示すだろうかと咄嗟《とっさ》に考え、ひどく狼狽《ろうばい》した。

私は蒼惶《そうこう》として哲学の殿堂である厚生省から逃げるように外へ出た。

＊

カドミウムについて私の知識はゼロであったから、早速私は専門の学者の門を叩《たた》いて教えを受けた。カドミウムだけに限らないが、複合汚染について私の勉強を助けて下さった方々は実に多い。どの専門家もその分野において日本の現状に対する危機意識を持っていられたから、小説という通俗的な手法で多くの人に知識がひろまることを想定し、(多分)それを願って(だろう)、私以上に熱心に教えて下さった。

「さあ、何からでも訊いて下さい。知る限りのことをお教えしますよ」

「あのオ、それでは最初に、カドミウムが何と何の化合物かというところから始めて頂きたいのですけど」

私を見ていた学者の顔が一瞬青くなり、彼は目を伏せてしばらく感情を抑えにかかったようだったが、今度は見るみる顔が赤くなった。やがて彼は意を決したように私を見詰めて、言った。

「カドミウムは、元素です」

私は朗らかに笑い飛ばした。

「あら、そうですか。私はまたアルミニウムの親類かと思っていたんですよ」

学者は憮然《ぶぜん》として、また答えた。

「アルミニウムも、元素です」

このくらいのことで恥しいなどと思ったのでは小説家にはなれないのである。「訊くは一時の恥、知らざるは一生の恥」というのが私の座右の銘なのだ。

私は平気だったが、相手の大学教授は気の毒に思ったらしく温容を取戻して、救いの手を差しのべて下さった。

「カドミウムは、カルシウムの親類です」

「ははあ」

よく分らない。

「貝がありますね、海の中にいる貝ですよ。分りますか」

「はい」

「あの貝の外側と中身と、どちらがカルシウムか、お分りですか」

「それは、貝殻の方でしょう」

答えながら私は、自分が幼稚園の子供になったような気がした。

「そうです。よく出来ました。貝は砂粒ほどの小さいものから蛤《はまぐり》のように大きくなる過程で、海中のカルシウムを吸収します。そのとき親類ですからカドミウムも集って来ます」

「あらッ」

私は驚いて、叫んだ。

「それじゃ先生、貝の身はカドミウムが一杯ですね」

学者は、いかにもやりきれないという表情で、悲しそうに私を見た。彼はそこに素人が知識と知識を短絡してしまう危険を感じたのだろう。

「いやいや、そんなことは、カドミウムを排出している工場の傍の貝だけです。天然の海に存在するカドミウムは、ちっとも危険はないのです。質においても、量においても、ですね。よろしいですか」

＊

地球が出来て、どのくらいになるのだろうか。原始地球と呼ばれるのが数十億年前の状態である。生きものがそこに誕生してから三十億年の歴史を持っている。

カドミウムのような元素は、地球が出来たときから存在していたが、この存在に人間が気がついたのは、たった百五十年前のことであった。

貝の説明ではまずいと諒解《りようかい》した学者先生は、やはり専門的にやろうと考えて、ただちに始めた。私には最初から何が何だか、まるきり分らなかった。三十分ほどして、たまりかねて口をはさんだ。

「あのオ、まことに恐れ入りますが、低能の学生を相手にして講義をするというおつもりでお願いします」

相手は、さらにさらに憮然としてしまった。が、やがて謹厳な面持ちで仰せになった。

「さっきから、その線でやっているんですがねえ」

しかし人間の一念というのは怖ろしい。いや、私の場合はコケの一念、ゴケのがんばり、今では煽《おだ》てられればカドミウムについて一冊の本が書けるほどの理解と知識を持つに到っている。(どうぞ煽てないで下さい)

ジェット機が無事に離着陸できるのも、公衆電話が赤いのも、電池が小さく便利になったのも、私が着ている合成繊維の布地が手軽く生産されるのも、みんなカドミウムが効果をあげているからである。エレクトロニクス、宇宙産業、原子力等々、未来を指向する金属としてカドミウムは今では欠くことのできない大事なものになった。使用されている量といえば亜鉛の三百分の一という少量である。

しかしカドミウムは地殻の中から亜鉛鉱と共に地表に現れてくる。日本のように火山地帯の多いところは、カドミウムの分布もそれだけ大きく拡がっている。

富山県神通川では、上流の岩石が風化して、川の流れと共に平野部に八万年にわたって堆積《たいせき》した。もともと大量の重金属を含んでいる水田に、上流の神岡鉱山からカドミウムが、流れ出た。それが、それまで風土病と呼ばれていた病気の直接原因であることが分って、昭和四十三年に公害病と認定された。カルシウムが脱けて骨がもろくなり、躰中の骨という骨が折れる。激しい痛みを伴うのでイタイイタイ病と呼ばれている。患者の大半が中年以上の女性であるのが特徴で、死者だけで大正時代から百二十名をこえている。

ＷＨＯで定めたカドミウム一日摂取許容量は五〇〜七〇マイクログラムだが、東京都集団給食施設の調査で、私たちが実際に食べている量は五八マイクログラムであることが分っている。その半分は米から摂取されている。カドミウム米は厳しくチェックされ、基準以上の汚染米は売られていない。農林省も厚生省も今年さらに一万トンものカドミ米が生産されてしまうので、この処置に頭をかかえている。たとえば家畜のエサにすれば糞《ふん》になって土を汚すというので、どうにも売ることができない。捨てることも焼くこともならずで、遂には前に述べたような哲学的思索にふけってしまうのであろう。

＊

厚生省が自信をもって発表している食品添加物のリストの中で、米にはピペロニルブトキサイドが添加してあることが明示されている。倉庫に貯蔵される前の玄米に噴霧している。

この舌を嚙《か》みそうに長い名の防虫剤は、石油から合成され、それ自体低毒性なのだけれども、各種殺虫剤と共存すると相乗的に殺虫効果を強めることは三十年前に発見されていた。日本でも外国でも、除虫菊から抽出されたピレトリンと混ぜて用いられる場合が多い。

日本ではピレトリン一に対し、ピペロニルブトキサイド一〇の割合で混入し、殺虫剤として用いられている。

家庭用殺虫剤の多くは、この二種類に、フレオンというそれ自体は無害な物質の代表とされているエアゾール噴射剤をまぜ、つまりスプレーとして使われている。

十年前にアメリカで、シンナー遊びが流行したとき、フレオン入りのヘア・スプレーをビニール袋に噴きこみ、これをシンナー代りに使った若者たちがいた。彼らの中には、突然狂ったように走り出し、心臓が止って倒れた者がいる。死者の数は百名余り。フレオンが心臓に影響してアドレナリンの作用を強めたからであろう。

この事件は日本には報道されなかったようだけれども、アメリカでは、それまでフレオンは無害と信じこんでいた人々が、それ以来すべてのスプレー（殺虫剤も、整髪用も含めて）に気をつけて使うようになった。

フレオン

ピペロニルブトキサイド

除虫菊（ピレトリン）

この三つは、一つ一つは低毒性なのだが、複合されると相乗作用を起し、互いに効果を強めあう。フレオンとピペロニルブトキサイドの相乗毒性と、ピペロニルブトキサイドと除虫菊の相乗毒性だけが解明されている。三種類の複合作用については、学問的にはまだ立証されていない。

さて、米に添加されているピペロニルブトキサイドは温度は二百度や三百度では分解しない。御飯に炊《た》いても消えないことになる。これは困ったことになったと調べてみたら、ピペロニルブトキサイドは、禁止されたＤＤＴやＢＨＣなどのような土に残留している殺虫剤と同じく、水に溶けにくいが、油に溶けやすい性格を持っていることが分った。つまり、他の殺虫剤と共に、どちらかといえば糠《ぬか》の方に沢山混っているので、精白された米を、よく洗って食べる分には、あまり心配しなくていいだろう。

どんなに夏の暑い日でも、糠味噌《みそ》に虫がわかなくなっている理由について、もう書く必要はないと思う。学者に訊《き》いても、複合汚染だから、分らないと答えるだろう。

昔は糠味噌に虫がわくと慌《あわ》てて塩を足して掻《か》きまぜたものだった。今はどんなに糠漬けが酸っぱくなっても虫がわかない。だから塩に殺虫力があること、防腐剤としての効果が塩にあることを、人々はともすると忘れてしまっている。

＊＊
＊

読者の皆様、

新年おめでとうございます。

旧臘《きゅうろう》は薄気味の悪い話が続きましたので、せめて松の内は、お餅《もち》が喉《のど》へひっかからないように、明るい希望のある話をすることに致しましょう。

それは日本全国に、農薬を使わない農民運動がひろがりつつあるという報告です。

「そんなものは微々たるものでしょうな。農協が邪魔をしますからね」

「でも、もう約一万人の農家が真剣に有機農業と取組んでいるんですよ」

「続かないと思いますよ、きっと。農薬が売れなければ農協が潤《うるお》いませんからね。それに有機農業は人間の労働力が大変です。毒でも薬を撒《ま》いてる方が楽に収穫が上るのですから、とてもそんなやり方はひろがりませんよ。有機農業は、化学肥料も使わないというじゃないですか。化学肥料の業者が黙っていませんよ。農協にしてみれば、農薬も肥料も売れないのでは儲《もう》からないから、奨励するわけがない」

例によって私の周辺には実態を見ないうちから悲観論をぶつ人がいるのだけれど、私はこの学者たちの鼻をあかすために、まず有機農業と真剣に取組んでいる農業協同組合が果して一つもないのか、探してみた。その結果、驚くなかれ、もう八つもの農協が、それも農協の幹部が積極的に農薬を使わない農業を志向していることが分った。

宮城県農業協同組合中央会
長野県　内山農業協同組合
神戸市　西農業協同組合
愛知県　東知多農業協同組合
神奈川県　あしがら農業協同組合
岩手県　和賀町農業協同組合
福島県　御木沢農業協同組合
熊本県　矢部農業協同組合

もし私の調査が不充分で、無農薬運動を始めておいでになる農協が他にもあるようでしたら、朝日新聞学芸部まで御一報下さい。逐次発表させて頂きます。なぜなら農薬を使っていない米や野菜を食べたいと願っている日本人は全国にゴマンといるからで、それがこのたった八つの農協へ買出しに殺到することは必然だからである。

しかしお断りしておかなければならない。この八つの農協は組合員全員が農薬を使わないというわけではない。憲法が保障している自由に基づいて、どの農協もほぼ三つのグループに分れているようだ。

第一が農薬を一切使わない農家。

第二が農薬を使うけれども少量にする農家。

第三が従来のように農薬を使う農家。

農協の幹部といえども昔の軍隊のように一斉に第一方式に向わせることができない。総《すべ》ては一人々々の農民の自由意志による決定にまかせている。買う側にいる私たちは、そこのところをよくわきまえなければならない。

*

農協単位でなく、個人や篤志家《とくしか》で無農薬運動を続けている人々は、ほぼ全国的に分布している。四年前に結成された日本有機農業研究会（お問合せがあると思うので住所と電話番号を書いておく。東京都文京区本郷二―四〇―一三―一〇〇一　ＴＥＬ０３―三八一八―三〇七八）の会員名簿をひろげてみると、北は北海道から南は沖縄まで、各都道府県から漏れなく参加しているので心強くなる。東京を除くと一県で三十名を数えるところもあれば、大分県と和歌山県はなぜか今のところ各一名ずつである。何分にも出来て間もない会であるので、その存在が知られていないのも無理がない。今までのところ八百名近い個人会員がいるが、農家の人々ばかりでなく、正しい食物をどうしたら食べられるか模索している消費者側の人々も会員になっているので、東京都の会員数は非常に多い。大都会に住んでいる者にとって、これは切実な問題だからだろう。

昨日今日出来たような研究会ではあるが、会員の農家には無農薬の農業を自分で開発して十一年になる方や、お医者さんで農夫病の診療をしているうちに農薬の弊害に気づき、農民運動を指導して十八年になるというベテランもいらっしゃる。この会の集りに顔を出すと、みんな真剣に現状の農業を憂《うれ》えていて、近代農業の行詰りを痛感させられる。時流に惑わされることのない人や、時流に惑わされて痛い目を見たあげく、これではいけないと反省して地道に有機農業と取組んでいる人々が集って、互いに体験を語りあい、技術交換に励んでいる有様を見ていると、公害で沈没しかかっている日本だけれど、この運動にだけ明るい明日が見えるような気がしてくる。

「しかし僅《わず》かな数でしょう」

という悲観論者に、

「何事も最初は一人から始まるんですよ」

と私は言い返して、ある日、上野駅から特急「やまばと」に乗った。山形県高畠町《たかはたまち》に、五十人の農村青年が集って有機農業研究会を作り、去年（一九七四年）の秋が最初の刈入れだった。

有機農業を始めた人々の中で彼らの存在が特異なのは、平均年齢二十七歳というのが示すように、ものごころついてから彼らは化学肥料と農薬を使った近代農業しか知らない人たちだということである。多くの会員が、戦前の農業を知っているのに、彼らの場合は未知の農業、新しい農業を文字通り開始したのだった。

高畠町は米沢に隣する置賜《おきたま》盆地の中でも豊かな農業地帯であった。稲作はもちろん乳牛や豚を飼う農家も多く、リンゴ、ブドウ、サクランボ、等々の果樹栽培もさかんで、出来ないものは柑橘《かんきつ》類だけだという。

私は青年たちの一人々々に、有機農業を始めた動機を訊いてみたが、驚いたことに、彼らは一人々々違うキッカケで研究会に入ってきていた。

*

一人の若者は、言葉を選びながら、こう答えた。

「農薬を撒くと、お爺《じい》さんの躰《からだ》が弱るんだ。俺たちの家では、お爺さんは大事な人だから、うまくねえなと前から考えていたんです」

「あなたのお祖父さんですね」

「うん。お爺さんが、俺に子供のできるとき、子供のためにって山を拓《ひら》いてブドウを植えてくれたんですよ、四十本」

「ああ、生れてくる孫のためにですね」

「いや、孫は俺だから」

「ヒ孫のために四十本のブドウを……、お爺さんはお幾つです」

「七十四だけど、山を拓いたのは四年前だから、お爺さんは七十だったな」

「お元気な方ですね」

「それで俺は、お爺さんのブドウ畠《ばたけ》には農薬は使わねえことにしたんだ」

「殺虫剤のことですね」

「そう。だから、化学肥料も使わねえ。どうしても堆肥になるけど、お爺さんの躰には代えられねえからよ」

農家の人たちは、みんな知っていた。化学肥料を使うと、作物の成育は確かにいいのだが、薬ばかり飲んで育った金持の坊っちゃんのように、ひ弱な野菜や果物ができる。何に弱いかといえば、まず虫に弱い。そこで殺虫剤をふんだんに撒くという悪循環が生れる。それを農家の人々は、みんな知っていた。

「女房が妊娠しているとき、俺の果樹園には入れないようにした。こわいから、だ。それから赤ん坊が無事に生れてよ、俺は俺の作ったブドウを自分の子には喰わせるわけにいかねえと思って、こりゃあ、うまくねえなと思ったんだ」

彼は農薬の危険性を熟知していた。お爺さんがヒ孫のために植えたブドウ畠は二年後もう実を結んだが、本当にヒ孫に食べさせることができるのはこのブドウだけだった。粒は小さいが、甘くて、味のいいブドウがとれた。青年はその絞り汁を子供に吞《の》ませてやりながら、考えこんだ。

農薬の怖ろしさは、誰よりも農家の人々がよく知っている。ホリドール（パラチオン）という殺虫剤で、農村では殺人事件も起ったし、農民が一年に数百名も事故死している。昭和四十三年には禁止になったけれども、今でも農家によっては家に隠し持っていて、野菜のツヤ出しに使っている。ホリドールをごく薄く水に溶いたもので洗っておけば、茄子《なす》のツヤなどはいつまで店頭においても大丈夫なのだ。農林省も厚生省も全面使用禁止し、完全に回収したと言うけれど、今も社会面に現れる農薬自殺というのは、ホリドールのことなのである。

農薬の最初の犠牲者は、まず農民だった。ＡＦ２の場合も、お豆腐屋さん一家が病気になって店を畳んでしまった例がある。消費者という食べる立場にいる私たちと、生産者とは、少くとも危険性については共通点があり、危険の大きさと認識の深さにおいては生産者の方がはるかにまさっている。

＊

農家の人々の多くは、自分の家で食べる野菜や果物には、ほとんど農薬を使わない。

農家を訪ねると、

「これは無農薬です。どうぞ安心して召上って下さい」

そう言いながら果物や漬物をすすめてくれる。御厚意に感謝して口に入れても私の心は複雑だ。

昨日の青年の話を続けよう。

「一昨年この辺りは大旱《かん》ばつで、夏の終に八十日も雨が降らなかったです。ほとんどのブドウ畠は根が枯れて、全滅したんですけど、お爺さんのブドウ畠は無事でした」

「どうしてでしょう、まだこんなに細い樹なのにねえ」

彼の案内で、私はその「お爺さんのブドウ畠」を歩きまわっていた。それはまだ四歳のヒ孫の手首ほどにしか育っていない果樹であった。旱ばつに不作なしと言われるが、山地で作る高畠のブドウは手ひどい打撃を受けてしまった。その最中に、しかしどうしてこんなか細い四十本のブドウが無事だったのだろう。

「土が死んでいなかったからだね。化学肥料と農薬を使い続けていると、人間も弱るけど、土も力がなくなって、どうも土が死んでるのではねえかと思うことが多かったんだ」

やっぱり堆肥《たいひ》でやらなければ、どうも駄目なのではないかと考えこんでいるときに、この高畠町にも工業化の波が押寄せてきた。

別の青年が、話してくれた。

「ジークライト工場が出来たんです。ええ、僕らは公害闘争に参加してですね、工場の煙突から亜硫酸ガスが流れて、まわりの住民に被害が出ましたから、住民運動をやったんです。だけど、その闘争の最中に、俺、ちょっと、待てよ、って思ったんですよ。俺たち百姓は農薬をこんなに使っているのに、それで工場の煙が公害だって言う資格があるのかなってですね、考えたんです。農民の倫理として、有毒な食物を作るべきではない。その頃でした、有機農業研究会があると聞いたんです。この土地は伝統的に青年団の活躍がさかんなので、青年団を通して知りあった仲間で話しあって、五十人近くの会員が集ったんですよ」

みんなで励ましあいながら、この一年は頑張りぬいた。

「仲間があったから、やれたと思います。一人じゃとても、まわりの反対が大きくて、続かなかったと思います」

「どんな人たちが、なんといって反対したんですか」

「まず親ですね。年配の人たちは、昔の農家の苦労を覚えているから、またあんな農業に逆戻りするのか、とんでもないことだと言うんです。田畑を四つン這《ば》いになって草とりするのか、化学肥料を使わないで反当り収入が減れば、また貧乏百姓に逆戻りするぞといって脅かすんですよ」

別の一人が、重い口を開いて言った。

「だけど、近代化の農業といっても、百姓はいつまでたっても貧乏で、幸福にはなっていないですよ」

*

農業の近代化というのは、耕作機械と、化学肥料と、殺虫剤から除草剤にいたる各種農薬という、三種の大がかりな併用だった。

機械について言えば、土を耕す機械、肥料を散布する機械、種をまく機械、草刈り機、田植の機械、水田の除草機、農薬散布に用いる機械、稲刈り機、トウモロコシの刈取り機械、脱穀機、稲を束ねる機械等々、私のような素人《しろうと》が理解できるだけでも、ざっとこのくらいの種類がある。それから必需品として、農家には自動車がいる。

一通り必要なだけ（と機械屋がいう）の機械を買うと、軽く一千万円をオーバーしてしまう。機械というものには耐用年数があるから、十年こわれないと仮定しても一年に百万円が機械にかかる経費になる。しかも農機具メーカーは、決して十年などという保証期間はつけていない。四、五年で壊れたらどうなるか。

メーカーは毎年のように機械のモデル・チェンジをしているので、四、五年で壊れた機械を直すとなると部品がなくなっている。一年にたった一度だけ使う機械は、錆《さ》びつきやすいし、田畑の泥や石が入りこんで故障も起しやすい。それがおいそれと修繕してもらえなければ農家の経済はどうなるか。

「機械貧乏」

という言葉を、いたるところの農村で聞いた。

農協で借金して機械を買い、その借金を払うために現金収入の必要ができる。そこで都会へ出かせぎに出る。工業に人口を吸収され過疎《かそ》化した農村は、出かせぎによって更に人手不足に拍車をかけられた。

ビニールハウスの普及によって、四季を問わず胡瓜《きゅうり》も茄子《なす》も食べられるようになったが、昔の温室より手軽く出来るビニールハウスは、その分だけ災害に出遭うと壊れやすい。ある農家が、農協から借金をしてビニールハウスを建て、その返金のために都会へ出稼ぎに出た。留守中に台風で新築のビニールハウスは吹飛ばされてしまった。出稼ぎに行かなかった家では、風の中で手当てをして防いだが、彼の家は女手ばかりで力足りなかったのだ。

ハウスは機械と呼べないかもしれないが、これも近代化の一連のものと思えば、機械貧乏の悲劇は想像しただけで背筋が寒くなる。出稼ぎで現金を抱えて帰った農夫は、ハウスの跡形もなくなった荒地の前に、どんな顔をして立ったのだろうか。

立派な機械を手に入れて、ようやく借金を払い終ったときに、その機械が動かなくなってしまったら……。

農村まわりをしていて、こんなこわい噂《うわさ》を聞いた。

「農機具メーカーが集って、機械の耐用年数を三年にしようか、四年にしようかと話しあっている」

というのである。

そんな噂がまことしやかに流れるほど、機械がこわれやすいのだろうと私は思った。お米の議員さんたちは農民の生活保障のために農機具の耐用年数や、業者の無料アフターケアについて、議会で立法化するべきではないか。お米の議員さんたちが、もし農機具のメーカーから献金をもらっているのだったら、彼らにはできないから野党の政治家に、ぜひこの問題を取上げてもらいたいと思う。

＊

問題はしかし、機械の完備だけでは解決しない。耕耘機《こううんき》で、どんなに田畑を耕しても、化学肥料をまけば、土はカチカチの固りになってしまい、大雨は作物の根を流すし、旱ばつには作物の根をひからびさせる原因になる。

「土が死んでいる」

という言葉ほど、農村をまわっていてよく聞く言葉はなかった。

私は最初のうちは、それが殺虫剤、殺菌剤、除草剤によるものかと思って聞いていたのだが、もちろんこれら農薬の強い毒性が土に与える影響は大きいけれど、もっと根本的に言えば、多年にわたる化学肥料の、きわめて多量な使用が、土の本来的に持っていた活力を失わせている事実はどうしても見のがせなくなった。

私たちが日常食べている、御飯も、パンも、ラーメンも、野菜の煮物も漬物も、すべて土なくしては生育しないものなのだから、私たちの食生活に最も大きな関係のあるものとして「土」について、しばらく考えてみたい。

「土が死んでるって、たとえばどういうことですか」

私が高畠町の青年に訊《き》いたところ、このとんでもない素人に分らせるには、どう説明したらいいかとみんな悩んだらしいのだが、やがて一人が子供に話してきかすように、方言のままで喋《しゃべ》り出した。

「たとえばよ、分りやすく言えば、ミミズのいねえ土のことだな。硫安かければよ、ミミズは即死すっから。ミミズがいねえとよ、土が堅くなって、どうにもなんねえす。土が死ぬことは、早く言えばミミズが死んだっちことだなあ」

土とミミズ。

例外はもちろんあるけれど、ふつうのミミズは、農土を豊かにするために決定的に重要な生物である。進化論で有名なチャールス・ダーウィンは『腐葉土とミミズ』という著書をあらわし、多年にわたる研究成果をもとにして、大自然の中でミミズが受持つ役割について詳述し、もしミミズがこの世にいなくなったら植物は滅亡に瀕するだろうと結論している。

この説明を農業や土壌学にはまるで素人の私がやってみると、こういうことになる。ミミズは毎日、土を食べて生きている。土はミミズの口から入って外へ出ると、また土になる。しかし、ミミズの口へ入る前の土と、ミミズが外へ出した土とは、土の性質がまるで違っている。第一に、土と一緒に呑みこまれた新鮮な草の葉や半腐れのワラなどが、ミミズの体内の分泌液によって豊かな黒い土になって出てくる。第二に、出てきた土は細かい団粒状であるから、空気が通りやすく、ふわふわと柔かなものになる。ダーウィンは、肥沃《ひよく》な土地では、ミミズの糞《ふん》によって毎年平均して五分の一インチの表土がつけ加えられると書いている。(日本の研究では、もっと多い)

＊

ダーウィンの言う肥沃《ひよく》な土というのは、有機質を多く含んでいる土壌のことである。そしてミミズは有機質の多い土を好んで集ってくる。ミミズの好む有機質というのは、分りやすく言えば堆肥のことである。

堆肥を施した土の中では、ミミズが盛大に繁殖し、もりもりと土を食べ（畠の土は三年に一度はミミズの躰を通りぬける）、日がな夜がな表土を上下して動きまわる。ミミズが活躍すればするほど土の中の有機物が見事に混合され、土は豊かに、ふっくらと盛り上り、農耕に適した立派なものに仕上る。いわばミミズは大地という大工場の勤勉な労働者なのである。

殺虫剤や消毒薬を多量に散布した果樹園の土が、カチカチに堅く、耕しにくくなっているのは、ミミズが死滅したからだといっていい。高畠町の「お爺《じい》さんのブドウ畠」が旱ばつに対して強かったのは、ブドウの根がはっている土がミミズの活躍によって柔かく、深い土の底から湿気を吸い上げるのに適していたからだという説明ができる。反対に、化学肥料や農薬をふんだんに使っていた果樹園では、ミミズがいないために表土が堅くなり、それが旱《ひで》りで乾燥したので、果樹の根が酸素の欠乏症にかかり、窒息してしまったのだ。

去年の秋は日本ばかりでなく、アメリカもヨーロッパも雨が多くて世界的な不作だった。アメリカの穀物輸出量が減るというので、農林省は随分慌《あわ》てていたようだが、外国の不作で日本の食糧庁が頭を抱えるというのは、考えてみると日本人のおかれている状況をよく現している。

ところで、雨の多いときは、ミミズのいる土地はどうなるだろう。
ミミズが活躍している土は、ふくらみがあり、柔かく、いわば海綿みたいな構造になっているので、十五秒で五十ミリの降雨量を吸いこむことができる。ところが、ミミズのいない粘土質の土壌では、同じだけの雨量をしみこませるのに二時間かかってしまう。ミミズが土を食べて通り抜けたあとには小さなトンネルができるのだが、これが悉く《ことごと》雨を受けて吸水管の役目を果す。

土の中にミミズがいれば、農作物は長雨にも強く、旱ばつにも強いという、まことに有りがたい話であるのに、このミミズの存在や活動について、あまりにも長い間日本人は忘れていたように思う。ミミズの掘ったトンネルは、作物の根が伸びるときにもちろん簡単に利用することができるし、ミミズのトンネルは最上の肥効を持つミミズの糞で内張りされているので、作物は土の上にも、土の下にも結構この上なく成長することができる。

ミミズの体内を通った土は、ふつうの表土より窒素が約五倍、リンは七倍、カリは十一倍、そしてマグネシウムは三倍も多いというのが、アメリカはコネチカット州立試験所の報告である。

窒素も、リンも、カリウムも、三大化学肥料と呼ばれる元素であるのに、これが硫酸アンモニウムや過リン酸石灰や、硝酸カリウムなどの化学肥料となって土に投げこまれると、たちまちミミズは死んでしまう。

＊

化学肥料を使うと、どうしてミミズは死ぬのだろう。

窒素についていえば、硫安がその代表的な化学肥料だが、これが農土に入って作物に必要なアンモニアが吸収されると、土に硫酸が残る。

リンについていえば、過リン酸石灰を使うと、作物がリンを吸収したあとに、やはり硫酸が残ってしまう。

カリウムについても、たとえば塩化カリを使えば塩酸が土に残る。硝酸カリウムを使えば、作物がカリを吸いとった後に硝酸が残る。

どの化学肥料を使っても土が酸性になってしまう。ミミズは酸性の土を嫌うのである。薄い酸性の水に浸しただけで、すぐ長々と伸びてしまう。

土が酸性になると、さまざまな要素がぬける。カルシウムがなくなる。土が本来持っているカリウムもなくなる。マンガンや硼素《ほうそ》のような微量元素もぬけてしまう。

この酸性の土を中和させるために、さらに化学肥料として石灰を投げこむと、土がカチカチにかたまってしまう。カルシウム分を加えると、カリウムが逃げ出す。カリウムを入れるとマンガンが逃げる。こうして土の中に本来共存してあるべき筈《はず》の元素が、化学の手で動かされると少しも人間の言うことはきかなくなってしまうのだ。

これをどうして肥料と呼べるのか。

いったい誰が、こんなものを発明したのだろう。

十九世紀の始めに、ソシュールという化学者が、植物を焼いて、その灰を分析した結果、リンとカリウムと窒素が多量に含まれていることを知った。これらは元素であるから、他のものから変化するはずがない。そこで彼は植物がそれを土壌から得ていると結論した。

私はここに、化学と生物学の根本的な相違点を見出すことができる。つまり化学では人智でもって分った部分だけを追求するのだが、生物学は未知なる部分を抱きかかえて懊悩《おうのう》するのである。化学者は分明したデータを積み重ねて時代の先端を突っ走ることができるが、生物学者ならばリンとカリウムと窒素という三つの元素を同じように組みあわせても決して元の植物には戻らない理由について考えこむのである。

生物学者は、人間について、生物について、「この未知なるもの」という懼《おそ》れを常に持っているが、化学者は人間の理解した範囲の中でその知識を複雑化することばかりに血道をあげてきた。

化学肥料を開発した化学者たちは、いつの頃からか、それが土に施されるものだという大切なことを忘れてしまっていたのだ、きっと。どうして彼らは一グラムの土の中に数千万から数億のバクテリアやカビが棲息《せいそく》していて、農作物を成長させるための重大な働きをしていることに気がつかなかったのだろう。

＊

しかし今に至るも日本では、農林省が近代化の旗印を掲げていて、化学肥料の欠点や、弊害については一歩でも立止って考えようとはしていない。

百五十年前のソシュールの考え方は、ドイツのリービッヒや、イギリスのローズやギルバートらに受けつがれ、植物に三つの元素を与えると驚異的に成長し、繁茂し、大きな収穫をあげるという実験的な成果を得て、十九世紀前半にはこの考え方はヨーロッパで不動のものになっていた。

けれどもリービッヒ自身も化学肥料を万能とは思っていなかった。農家には堆肥《たいひ》の利用を同時に奨励していたし、イギリス人が下水をテームズ河に流しているのを見て、貴重な肥料を捨てていると非難している。

それに、この頃、化学肥料と呼ばれていたものは、貴重品で、量的に多く使われなかった。だからあまり困った問題も起きなかった。

窒素肥料としては、チリやペルーで産出するチリ硝石（硝酸ナトリウム）が、一八三〇年代からヨーロッパにさかんに輸入され、肥料と火薬の原料として用いられるようになった。

肥料と、火薬。

同じ硝石が、農地を豊かにする一方で、戦争に必要な火薬の材料にもなっていた事実を、私たちはよく覚えておく必要がある。

硝酸カリウムの方は火薬用の需要の方が多く、肥料にはとても使えなかった。しかし一八五六年、ドイツで豊富なカリ鉱が発見されて以来、カリ肥料の利用が大々的に行われるようになった。

ドイツはもともと岩塩の多い国だが、カリ鉱や岩塩からやがて多数の副産物（マグネシウムや臭素など）も得られるようになった。こうしてドイツが化学工業大国になる要因は揃《そろ》ったのである。

三大元素のうちのリンについては、リン酸肥料を製造する工程で、硫酸を大量に使うので、この需要拡大が硫酸工業の発展をうながした。十九世紀には製鉄業がさかんになったが、その製法の一つであるベッセマー法ではリンを多量に含む鉱滓《こうし》が出るので、これがリン酸肥料の大きな原料になった。こう見てくると、化学工業は互いに関連しながら発達していることがよく分る。

ところでリン酸肥料はともかくとして、窒素肥料もカリ肥料も、どちらの原料も肥料になると同時に火薬の材料であることにもう一度注目してみよう。

十九世紀後半には、照明用ガスが普及した。その製造過程で副産物として出る硫酸アンモニウムつまり硫安が窒素肥料に用いられるようになる。日本では明治三十四年に東京ガス株式会社が硫安の製造を始めた。

日本における化学肥料の発達は、明治に入るとただちに始まり、日本の農業はもともと収量に重きをおいていたので、化学肥料の使用量は戦前でもすでに相当なレベルに達していた。

＊

化学肥料の驚異的な発達も、農薬の飛躍的な進歩も普及も、どちらも戦争と密接な関係がある。私は、どういう過程を踏んで、今日の土を死なせる化学肥料や、人間を損う農薬を人々が使うに至ったか、歴史を振返って、よく考えてみたいと思う。

二十世紀に入ると、ヨーロッパ諸国の緊張が高まり、いわゆる国際関係が複雑微妙なものになってきた。ドイツは戦争を始める意志を早くから持ったが、開戦になかなか踏み切れなかったのは、遠くチリから輸入している硝石が、戦争と同時に各国に阻まれて入手不能になるからだった。火薬がなくては鉄砲が撃てない。このため硝酸の合成はカイザーの至上命令になり、ドイツの化学者はその研究に総動員された。一流の化学者たちは、火薬作りに没頭したことになる。

遂に一九一〇年、水素と窒素から（簡単に言えば水と空気から）アンモニアを合成することに成功した。一九一四年にはアンモニアを硝酸に変えることに成功した。

一九一四年七月二十八日、第一次世界大戦は勃発《ぼっぱつ》する。ドイツはただちにアンモニアと硝酸の工業化、つまり実用化に移ったのだった。水と空気から火薬を作る技術を手に入れたドイツは、猛然として戦争を開始したのだった。

日本も参戦した第一次世界大戦は、大正三年から七年まで、四年の間に欧州全体を火の海にしたあげく、ドイツでは革命が起って皇帝が退位し、死者一千万、傷者二千万を出して終結した。

ドイツが開発した火薬を作る技術は、ドイツが戦争に敗けてからは化学肥料を作る技術として「平和利用」されることになる。

日本では大正十二年に、日本窒素の延岡工場でアンモニアの合成が始められた。世界中がドイツの開発した技術を受けついで肥料を作り始めた一例である。日本窒素は、すでに明治四十一年に創立、翌年には例の水俣に石灰窒素工場が建設されていた。

昭和二年には朝鮮窒素が設立され、この頃から日本は硫安の輸出国となるまでに工業的発展を続けていくのである。

ところで第一次世界大戦は、火薬の合成技術を著しく進歩させたと同時に、近代化学戦争の悲劇的な幕開けにもなった。

一九一五年四月二十二日、ドイツ軍とフランス・イギリス連合軍はベルギー国内で対《たい》峙《じ》していた。夕刻になってドイツ軍の塹壕《ざんごう》から黄色い煙がもくもくと立ちのぼり、そよ風にのって連合軍の陣地へ流れて行った。

英仏連合軍は、何が起ろうとしているのか全く分らなかった。しかし黄色い煙が彼らの塹壕に流れこむと、たちまちむせ返って悶《もだ》え苦しむもの、卒倒して意識不明になるものが続出した。指揮する者は誰もなく、大混乱の中で彼らは敗退した。このとき一日だけで英仏軍の死者は五千名、中毒患者一万五千名、捕虜二千五百名。

黄色いガスは塩素だった。今日、有機塩素化合物（ＤＤＴ、ＢＨＣ、ドリン剤、ＰＣＢなど）と呼ばれるものが犯した犯罪の第一ページを飾るのが、この毒ガスだった。

＊

当時のドイツは化学工業がさかんであり、ソーダ工業の部門で多量の塩素が副産物として出ていた。それに目をつけたドイツ軍部は、これを毒ガスに利用することを計画していた。

連合軍側には、まったく不用意なことであったが、イギリスもフランスも化学工業の勃興期だったから、いつまでドイツにやられっ放しではいなかった。五カ月後にはイギリスも塩素ガスを使い出したし、防毒マスクも開発した。

するとドイツは、イギリスの防毒マスクが役に立たない別種の毒ガスを開発して、三カ月後にはイギリスを攻撃し始めた。

この後は新種の毒ガスをどちらも次から次へ作り出し、収拾がつかないほどの近代兵器戦争になってしまった。毒ガスは、どんどん強力に、いよいよ悪質なものにエスカレートしていった。

一九一六年　フランスもホスゲン使用

同　年五月　ドイツはジホスゲン開発

同　年七月　連合軍が青酸ガスを使用

一九一七年七月　ドイツがイペリットを使用

こうして次々と怖ろしい開発が進んだ中に、ヒ素系ガス、クロルピクリン、クロルアセトフェノンなども現れる。

クロルピクリンは、今でも米貯蔵庫の燻蒸剤《くんじようざい》として使われている（つまり毒ガスの平和利用である）。クロルアセトフェノンというのは、日本の警察が現在「暴徒鎮圧用」として使っている催涙ガスのことである。これも「平和利用」と呼ぶべきであろうか。実物がどんなものか知っている人たちは、涙を催すようななまやさしいものではないと言うだろう。由緒《ゆいしよ》を辿《たど》ってもまさしく毒ガスそのものなのであるけれど、日本は憲法で戦争放棄をしているので、平和的に催涙ガスと名づけているのだろう。

結局、第一次世界大戦の間に約四十種類の毒ガスが開発されてしまった。その多くが、何度も書いておくが塩素系で、二十年後のＤＤＴやＢＨＣ、ドリン剤など塩素系農薬の基礎が、この時期に築かれたといっていい。

　この戦争で、十二万五千トンの毒ガスが使用され、約十万人が死に、中毒したものが百二十万人、その大部分が後遺症に苦しめられた。

　この悲惨を世界中の人々が認識し、反省して、一九二五年にはジュネーヴで毒ガスの使用禁止の国際的な議定書が作られたが、参加した諸国の中で日本とアメリカがこれを批准《ひじゅん》しなかった。（日本は五年前〔一九七〇年〕に、アメリカは去年〔一九七四年〕の暮に、やっと批准した）もっとも、この議定書なるものは、研究も製造も貯蔵も禁止していないザル法であったのだが。

　一口に毒ガスといっても種類は多々あって、催涙、嘔吐《おうと》、精神錯乱、皮膚びらん、窒息ガス、血液ガス、細菌性毒素、神経ガスという八種類が一応数えられる。前の三つを非致死剤、後の五種を致死剤と分けるけれど、厳密に言えば量次第ではどの毒ガスでも人間は死ぬ。毒というのは薄くても、少くても毒なのであって、毒ガスには悪質なものはあっても良質なものはない。

　このとき開発された毒ガスが、後の時代の農薬となって田畑ばかりでなく台所までしのびこみ人間の安全を脅かすようになる。

火薬と肥料、毒ガスと農薬がシャム双生児のような関係にあることは、第一次世界大戦よりずっとずっと昔の日本の歴史でも立証することができる。

*

千早城に楠正成がたてこもったとき、寄せくる敵をめがけて、城の櫓《やぐら》から、それまで溜《たま》りにたまっていた将兵の糞尿《ふんにょう》を肥柄杓《こえびしゃく》でふり注いだ。これは毒ガスの効果をあげたので、火薬のように火を吹かなかったと言えるかもしれないが、いずれにせよ敵をさんざん悩ませたのは事実だった。

ところで火薬についていえば、日本で鉄砲が実戦に使われ出したのは織田信長《おだのぶなが》以来だが、秀吉《ひでよし》、家康《いえやす》と三代の武将によって、それまで大混乱の戦国時代から比較的早く天下統一がなされたのは、刀剣と弓矢だけしか持っていなかった日本で、鉄砲（つまり火薬）を大々的に使ったからだということができるだろう。

徳川氏によって幕藩体制が確立してしまうと、幕府はこの危険な兵器に武士が関心を持つことのないように、ひたすら教化につとめた。儒学思想を植えつけることによって、飛道具は卑劣なものであるとか、鉄砲は身分の卑《いや》しい足軽の持つものだという格下げが行われた。これは秀吉の刀狩りより効果的だったといっていい。この結果、三百年後には鉄砲大砲装備を持たない徳川家の親藩が、薩摩《さつま》と長州に敗れて明治維新を迎えることになる。

それはともかく、火薬の生産については、信長も秀吉も家康も、他にその秘法を洩《も》らすまいとした点でも共通していた。

関ヶ原に近い滋賀県長浜にある国友村が、江戸時代を通して幕府直轄《ちょっかつ》の鉄砲製造と火薬生産を専業とする砲兵工廠《こうしょう》となり、鉄砲鍛冶《かじ》匠は優遇された代り、「鉄砲薬調合之事」つまり火薬の調合法と「玉割竝出合之事」つまり火薬分量と口径の割合などは極秘とすることが厳命されていた。

種子島の渡来当時、火薬の製造は、硫黄と木炭と硝石の混和であったが、当時の日本は鉱石の豊かな産出国であって、金、銀、銅、鉄は不自由がなかったのに、硝石と水銀だけはどこを掘っても出て来ない。

硝石と、水銀。

なんという皮肉なことだろう。今では水銀は田園にも海にも湖沼にも夥《おびただ》しく散在して私たちを悩ませているし、硝石は硫安と並ぶ化学肥料として、農地のバクテリアを駆逐してしまったのに、明治以前の日本では、硝石と水銀は輸入に頼るしかなかったのだ。

堺港は、硝石の輸入を扱う商人たちで一時活況を呈したが、やがて家光《いえみつ》の打ち出した鎖国政策で、いわゆる死の商人たちは生気を失ってしまう。

そして、鎖国によって硝石を手にすることが出来なくなった日本では、これを人工で

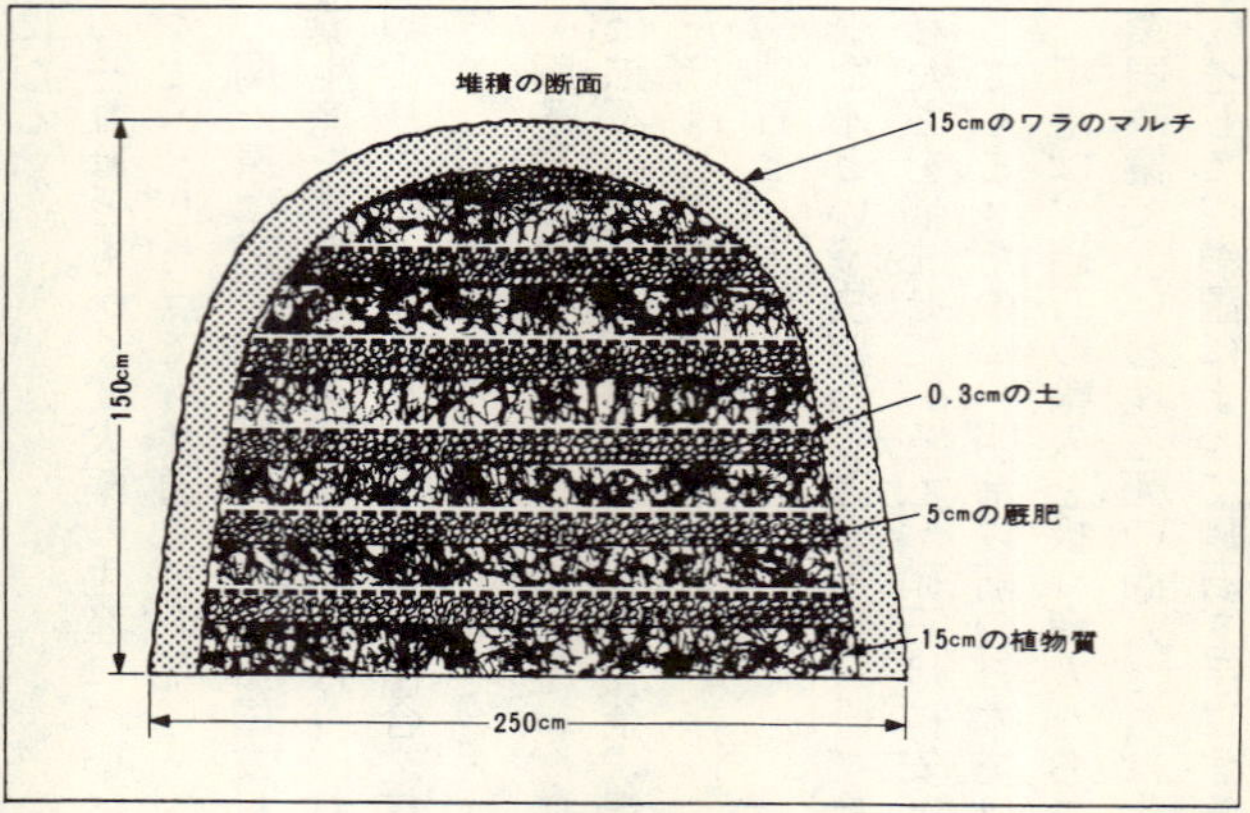

ハワード方式による堆肥の作りかた

製造するより仕方がなくなった。加賀藩がこれを開発して幕府へ納めていたという記録がある。

その製法は、雑草を天日で乾燥し、人尿で湿らせ、蚕の糞をまぶし、家の床下を掘って前記のものと土を交互に積みかさね、床板で押えて一年おくというものである。

＊

江戸時代の火薬の製法が、その過程で堆《たい》厩肥《きゅうひ》の作り方と寸分違わない。

加賀硝石の秘伝と、今は有機農業と呼ばれている堆肥の作り方を較べてみよう。

堆肥の作り方は「土つくり」に励んでいる農家の人々にはそれぞれ自慢の方式があるので、分量や割合についてはアメリカのハワード方式、またはインドール法を紹介しよう。それによれば、植物性廃物と動物性廃物を混合し、それに土と水を加えて作るとしてある。

植物は、それだけで分解すると酸性になって農作物の栽培には適さない。この酸を中和させるために動物の糞尿を混ぜ、石灰あるいは木灰を混入し、さらに土が必要になる。できれば日蔭《ひかげ》の土を選んで、ワラや干し草を積み、牛小屋や馬小屋の排泄物《はいせつぶつ》と交互に積上げる。植物でも動物でも多種類であるほど豊かな堆肥が出来上る。

植物十五センチの厚みに、五センチの厩肥や糞尿、その上に軽く土をかぶせる。これを繰返して大きな山ができたら（百五十センチ）一番上はワラのようなもので覆《おお》う。排水のいいところなら、雨が降ってもこのままで大丈夫だけれど、日本のように雨量の多いところでは一応の屋根みたいなものがいるかもしれない。

加賀硝石の秘伝と、ハワード方式と、どこに違いがあるだろう。加賀硝石も植物については、ヨモギその他の雑草、茄子《なす》や大根の茎と葉、里芋の葉などと多種類の名を数え上げている。そして人尿と蚕の糞という二種類の動物性廃棄物を混ぜ、しかも土と交互に積み重ねている。

ところで、土の中には何があるか。

ミミズがいる。バクテリアがいる。カビがある。

ミミズについて、昭和に入ってから発表されている研究の中に、ミミズを入れた土と、ミミズを入れない土を比較して、ミミズを入れた箱の方が硝酸が著しく多かったという報告があることをつけ加えておこう。

火薬を作るにしても、肥料を作るにしても、ミミズに代表される小動物と微生物の活躍は黙殺するわけにはいかない。

「化学肥料って、何から作るの？」

という質問を、一人の友人から受けたとき、私はごく分りやすく、

「空気と水からよ」

と答えたところ、

「あら、それじゃ問題ないじゃない」

と言われて、困ったことがある。

火薬と肥料が同じ材料だという江戸時代の話から、それなら危険はない筈《はず》だと短絡して結論されるのは困るから、ここから後が火薬と肥料の違うところだという大切な一点を、明日の分で、ゆっくり書くつもりだ。一卵性双生児といえども、ジキルとハイドのように違う。その根本の理由について……。

＊

完熟した堆肥は、まっ黒な土同然で、芳香を持っているが、加賀硝石もまた外見内容

ともに土と同じものであったろう。これを唐銅《からかね》の釜《かま》に入れ、水で溶いて、かきまぜながら煮つめる。そこへ木炭粉と硫黄をつきまぜて固め、細かく刻み直して天日で乾燥すれば出来上りである。

堆肥の方は、決して煮ないし、乾燥しないように晴天の日が続くときは水をかけて湿気を保つように心がけるのが土つくりの秘訣《ひけつ》である。

火にかけて煮たり、天日で干すとどういうことが起るか。

第一にミミズが死ぬ。バクテリアが死ぬ。カビが減る。堆肥の中では好熱性バクテリアが大活躍するが、これは天日で乾燥させられるとやはり死滅してしまう。

江戸時代の火薬と堆肥を較べると、ここに大きな違いがある。

この違いがそのまま現代の化学肥料と堆厩肥との違いなのだ。くどいようだが、これは火薬と肥料の違いではない。肥料と肥料の違いである。そして化学肥料と火薬の間には、江戸時代の堆肥と火薬のような違いがない。(この部分は、早口コトバのようにややこしいので、二、三回読み直して頂きたい)

篤農家たちが化学肥料によって「土が死んだ」と嘆く場合、当然そこには、

「土は生きている」

という前提がある。

前にも書いたが、一グラムの土の中には数千万から数億という数えきれない多くの原

生動物やカビが棲息《せいそく》していて、互いに複雑な関係を持っている。ミミズやケラが、微生物を食べるように、もぐらや野ネズミが、ミミズやケラを食べる。そのもぐらや野ネズミは畑の作物を荒らすが、彼らの天敵は蛇である。蛇やネズミやミミズぐらいまでは、人間の眼に見える生態系だが、バクテリアやカビの世界になると土壌学とか細菌学の分野で、しかも数億の種類の生態は、まだ研究しつくされていない。

生きている土の中の生態系について、学問はまだこれを全部理解したわけではないが、土の上で植物が成育するのに必要なものがソシュールの言う窒素とリンとカリだけではないことだけは、はっきりしている。化学肥料が土の中の生態系を乱し、一本の稲に八百粒もの米をつけるような曲芸もしてみせる一方で(稲穂が垂れるのは植物学的に言うと奇形なのだそうである。私は東南アジアや中国で秋に直立している稲穂を幾度も見たが、それは茎が太く野性的で、つまり原始の稲であった)、自然がもっている復元力も及ばないほど化学肥料を多用したために土がすっかり酸性になり、微生物が死に絶え、とにかく二、三百粒ついた稲穂でも、中の米は弱々しく、いじけた、短命なものができあがる。

＊

天保時代の種籾《たねもみ》が、ごく最近になって見つかり、土に蒔《ま》いたところ芽を出したというニュースがあって、稲がどれほど長命かを立証したというのに、なんということだろう、化学肥料を使った米は、籾のままで蔵《しま》っておいても三年たったものは、土に埋めても芽を吹かないという。

土が死んでいるから、作物もまた短命で終ってしまうとしか言いようがない。

戦後の食糧難時代、ただもう量産だけを目標に必死で励んでいた農林省の気持も分らないではないけれど、せめて万年豊作で米が余った時点ででも、その余っている米の質と、死んでしまった土の現状を考えてほしかった。米が余るからというので、農林官僚の机の上で、減反政策という非常識な方針が打ち出された。米を作らなければ報償金を払うという制度である。働かずに遊んでいれば、御褒美が出るという、常識では考えられないような政策が、農林省という官庁で堂々と論議され、実行に移された。今から四年前の出来事であった。

去年の晩秋、山形県の高畠町を訪ねた私は、「土つくり」からスタートして一年になる田に立って、東京とはまるで違う「おいしい」空気を存分に吸いながら、稲刈りが九分通り終った辺りの景色を眺めていた。

「この辺は稲束の干し方が違いますね。私の知っているのは横に渡した長い棒に、稲穂を下にしてぶら下げるのですけれど」

「ああ、この辺りじゃ杭掛《くいか》けって言うんだ」

杭を土に押したてて、そこへ地上三十センチほどのところから稲束を上手に引掛けて積上げる。最初は稲穂を外にして積み、稲穂が適当に乾燥したら積み変えて藁《わら》の方を外へ出す。若い夫婦が二人して手際《てぎわ》よくその作業を続けて見せてくれた。

「大変な手間ですね」

「なに、草採りより楽なものだ」

「乾燥機は使わないんですか」

「乾燥機でいきなり乾かすとよ、米が割れるんだ。粉々になっちまうっからよ」

「まあ」

「しかし俺んちは今年、堆肥でやったから、割れにくいかもしれねえな。米がしっかりしてっからよ」

「一年でも違いますか」

「大違いだな」

隣の田の稲と、稲穂を較べてみて驚いた。粒の大きさがまるで違う。同じ品種とはとても思えない。籾がはじけそうに実が入っている。化学肥料で育った稲穂は、思いなしか貧相である。粒を勘定してみると、二、三十粒は化学肥料の方が多いのだが、籾の大きさがどうも小さく感じられる。指先で押してみると、化学肥料の方は簡単に潰《つぶ》れる。堆肥で育った方は、どんなに力を入れても潰れない。こんなに違うものか、と私は茫然《ぼうぜん》とした。

この二つの稲穂はハンドバッグに入れて東京へ持って帰った。十日ほどして思い出し、並べ較べてみると、化学肥料の方は籾が皺《しわ》だらけになっていて、堆肥の方は変らなかった。化学肥料で育った稲は、米と籾の間に空間があり、乾燥すると籾がしぼむときいていたが、素人目《しろうとめ》にもそれは歴然としていた。

*

稲株が絣《かすり》模様を描いている田を眺めて、私は突然、

「あっ」

と声を上げた。

刈田の色が、隣の田とまるで別なのに気がついたからだ。

私の顔を見て、青年は美しい歯を見せて笑った。

「俺も生れて初めて見たんだ、これはよ」

私も思わず田の中に蹲《うずくま》って、稲株から勢よく吹き出た緑を撫《な》でていた。稲を刈りとった後に、稲の余勢が芽を出して、十日ほどの間に十五センチも葉が伸びている。

「ヒコバエって言うんだってな」

「ああ、この地方でもそうですか。孫が生きるって書くんですよね」

孫生という字を当ててヒコバエと訓《よ》む。子供が米なので、その後から生れた葉は孫になるのだろう。中にはそれから短い秋の間に一人前に実を結ぶものもあるという。

それにしても孫生《ヒコバエ》を初めて見たという農村青年の言葉は私を驚かせた。改めて、彼の田以外の田を眺め較べて、私はもう一度、茫然とした。今度は声も出なかった。

隣家の田の稲株には、緑のミの字も見えない。白っぽい土に点在する黒い絣模様。それが化学肥料と殺虫剤と除草剤をふんだんに浴びせかけられている稲田の刈跡であった。株の色は泥を吸ったまま褐色になり腐っているようだった。何年も前の古い稲株みたいだった。まさしく土が死んでいるというのを絵にしたようだった。

この若夫婦が無農薬でやろうと決意したのは、奥さんが妊娠したときだった。本業が養豚業なので、御主人の方が神経質だった。豚に奇形が殖えている。病気の豚が殖えた。その手当てをしていると、どうしても人間の血液に豚の病原菌がまじることがある。彼は早速、病院へ出かけて血液検査を受けた。結果は陽性だった。彼は青くなった。一匹の牝豚《めすぶた》から一年に二回、約二十四の仔豚《こぶた》が生れる。奇形の数が殖えているのは、養豚業者の間で囁《ささや》かれている現実だ。奥さんのおなかが大きくなるにつれて、彼の不安は募った。

五体健全な子供を望むのは、親ならば誰でも共通な願いだった。彼は懸命になって、奇形児が生れてくる原因は総《すべ》て断つことを思いついた。

それには、まず農薬をやめるのが第一歩だった。去年の夏、身重の奥さんと二人で、除草剤をまかずに草採りをした。

「この田ん中を四つん這《ば》いになってよ、カンカン照りでよ、つれえってもんじゃなかったな。あれが一番きつかったっけな」

奥さんは、黙って、しかし明るい笑顔だった。健康な子供が生れたからだ。若い夫婦は、その子が病気になることのないように、農薬はもうこれからも使わないつもりだと言った。

「だけどよ、正直言ってよ、子供がなければ、やんねえな。減収だしよ、きついもんな」

＊

子供がなければ、やっていない。危険な農薬使っても、楽な方がいい。という言葉ほど私の心に重く響いたものはなかった。こういう正直な声が聞けたのは、むしろ私には有りがたかった。

「どのくらい減収になりますか」

「まず、米は二割だな」

「化学肥料と農薬を買わなかった分で差引くと、経済的にどうなりますか」

「そうだなあ、金にして、まあ五分ぐらいの減収だね。堆肥《たいひ》はタダだからな。それに、まだ不馴《ふな》れだからよ。うまくやれば、経済的にはトントンまでやれっかな。それに精白したときに、こっちの米は目減りしねえしな」

「病気になる心配を考えたらどうですか。医療費は高いですからね」

「それだな、それが一番だから」

農家に病人がふえている。ことに今では日本の農業の主力的な働き手である婦人層に、戦前にはなかった貧血症が激増している。どこの家の母ちゃんが畠で倒れた。あの家でも母ちゃんが入院したという話をよく聞いた。原因は、まだ分っていない。

科学者は言えないが、私は学者ではないから、実験結果を待たずに言う。それは何かと何かの、複合汚染であると。農家の方が殺虫剤や除草剤が、口や皮膚から体内に入る危険が大きいので、農村婦人の肉体は随分むしばまれている筈だ。

ネズミによる実験で、性別の結果が出る場合が実に多い。明らかに性ホルモンに対する影響が考えられる。

殺虫剤ピペロニルブトキサイドと噴霧剤フレオンの相乗作用の研究がアメリカで報告されているが、それによればオスネズミに肝臓ガン、メスネズミが白血病になっている。

そして原因の分らない病気にかかった患者を、治療する方法というのは、当然のことながらないのだ。入院した患者たちは増血剤を飲まされても、めまいが癒《なお》るわけではない。

気休めに薬を飲むだけで、農繁期には家に帰って耕耘機《こううんき》に乗る。あの振動の激しい機械に。農薬の被害は、まず最初に農民に現れている。犠牲者はいつも、生産者の側に現れる。海が汚染されれば、病気になるのは漁民が第一号だ。ＡＦ２では、豆腐屋さんだった。もちろん誰よりも早く、毒物を作っている工場の工員が病気になっている。

減反政策で、雑草の繁茂するにまかせてある農地をあちこちに見る度に、私は荒廃している農政というものをまのあたりにするような気がした。思い出すのはこの机上計画が農林省を通過する頃、静岡県伊豆の狩野《かの》川では、上流の工場排水が原因で一千万円の鮎《あゆ》が死ぬといって漁民が騒ぎ出した事件である。

経済企画庁が斡旋《あっせん》にのり出した。上流の工場の排水口に浄化装置をとりつけると十四億円の金がかかる。十四億円も金をかけて一千万円の鮎を救うのは、いかにも馬鹿々々しい。各工場から毎年金を集めて漁民に補償金を出したらどうか。

この斡旋案は、地元の人たちによって袋叩《ふくろだた》きにされてしまった。問題は十四億と一千万という金額の比較ではないのだ。川が汚れれば、鮎が死ぬだけではないのだ。それは海域汚染という大犯罪に繋《つな》がるのだ。

＊

有能な官僚ほど、問題を小さく限定して、スマートに解決しようとする。その結果は木を見て森を見ない。もし水質汚染について人々の関心が薄く、狩野川の鮎が死ぬままに放置され、漁民が魚をとらなければ金になるという政策が通っていたらどうだろう。働かなければ金がもらえるという状態が、どれほど精神を荒廃させるか。考えると背筋がぞっとしてくる。しかし役人は、大蔵省は経済のことしか頭にないので、下流の人々の健康や、海の魚に異変が起ることまで考えないのである。健康は厚生省の管轄《かんかつ》であり、海域汚染は環境庁、漁民の問題は農林省と、各自の責任範囲が区切られているので、大蔵省は十四億円と一千万円のことだけで解決しようとした。

だが私たち国民は、税金を大蔵省に納め、健康は厚生省にゆだね、食物は農林省によってまかなわれている。私たちの収入と胃袋は別々になっていない。精神と肉体も別々ではない。しかし官庁では、精神の方は文部省の管轄である。

減反政策がとられる頃、人々の関心は公害に向っていたが、農政に向っていなかった。公害は主として庶民の台所と結びついた。具体的に言えば、魚だった。豆腐だった。だが主食の米と麦について言えば、副食物以上に大問題だったのに、人々はＰＣＢで海が汚れたと騒いだが、水銀で魚が汚染されて水俣病が生れたことを知っても、同じ水銀が農村に散布されていることには騒ぎたてなかった。農村に水俣病が出なかったからである。

水銀農薬が茶畠《ばたけ》に大量にふりまかれたときのことを想像してみよう。（水銀の散布は昭和四十三年に禁止になったが）緑茶畑から私たちの茶の間に入るまでに、農薬を洗い落す作業があるだろうか。茶の葉は八十八夜すぎて摘みとられると、蒸して揉《も》まれ、乾燥されて卸屋から小売店に届く。私たちはそれを洗うことなく、湯を注いで飲んでいた。水銀農薬について、日本茶でいえば、私たちは昭和四十三年までそのことを知らされずに飲んでいたのだ。（もちろん水銀以外の殺虫剤は、今でも散布されている）

お米が余ったとき、それでは作るのを減らせばいいという単純な発想で事を解決せず（呆然《ぼうぜん》とするほど単純な考え方だ）、米作の現状と農土の実状を、農林省は真剣に考えてほしかった。各地の農事試験所では、同じ頃に「地力低下」の問題が資料的にはかなり集められていたというのに、農林省の中枢部には、この声がどうして届かなかったのだろうか。

「俺たちはよ、農薬っちものを、甘く見てたんだな。それが俺たちのよ、いけねえところだったんだ」

一人の農村青年が、私をじっと見詰めて言った。それが彼の無農薬方式に切り替えた理由だった。短い言葉に、万感こめられていて、私はしばらく相槌《あいづち》が打てなかった。

「ホリドールで、やたらと人死にが出たときに、農林省が低毒性といって奨励したのがＤＤＴやＢＨＣだったんだからよ。十年前の話だからな。それがいけねえと分ったと言われても、俺たちはどうすることもならねえ。甘く見てたのがいけなかったんだな」

＊

農民が農薬を甘く見ていたのではない、農民は農薬会社と農林省に、まったく甘く見られていたのだ。

それにもかかわらず、農家の人たちは反省する。おそらく大自然と共に生きている人々の習性というものかもしれないと私は考えた。封建時代以来のお上の意向に常に従ってきた習慣だと思うのは、あまりにも悲しすぎる。

年度	中毒（死に至らないもの）	事故死	自殺
昭和二八年	一五六四人	七〇人	一二一人
二九年	一八八七人	七〇人	二三七人
三〇年	八九九人	四八人	四六二人
三一年	七〇六人	八六人	九〇〇人
三二年	五七〇人	二九人	五一九人
三三年	八一六人	三五人	五二二人
三四年	四八四人	二六人	四七〇人
三五年	五三七人	二七人	四六八人
三六年	五六四人	三二人	四七〇人
三七年	三〇四人	二五人	四二〇人

農薬に関して、最初で最大の犠牲者は農民だった。昭和二十七年から使われているホリドール（別名パラチオン）に関しての報告を詳しく数字に示すと、右の表のようになる。

これを見ると自殺が圧倒的に多いことに気がつかれるだろう。都会ならノイローゼ自殺が多い理由はいくらも数え上げることができるが、広々とした大自然に抱かれて、土に親しんでいるお百姓さんが、どうしてこんなに自殺するのか。

理由は二つある。第一は農村医学者からの報告だが、農薬を多用すると、最初に神経系統に影響が現れ、情緒不安定、不眠症という微症状が出て、次第々々に自殺願望が強くなるというのである。

第二の理由は、農家の生活の急変である。出稼ぎがふえて夫婦関係の安定が崩れた。出稼ぎ先の都会で、男は女を作る。現金を抱えて帰ってきた夫の態度が違えば、主婦は敏感に察知する。深刻な夫婦喧嘩《げんか》の末、

「死んでやるッ」

と、妻が夫の目の前でホリドールを飲んでしまう。こういうケースが実に多い。

農薬の多用が、農村に病人をふやしているのも、家庭不和の原因として見逃すわけにはいかない。病院通いは憂鬱《ゆううつ》な生活だ。しかも治療法がほとんどないのだから薬を飲んでカラリと癒るわけではない。家中の者が不愉快になる。子供は中学を卒業するときは、この暗い環境から逃げ出そうと考えるようになる。こうして農村の人口はますます減る一方になり、病弱と先の見通しに絶望して、ホリドールを飲む人々がまたふえる。

第二次世界大戦のときに開発された毒ガスの中に神経ガスという怖ろしいものがある。その大多数は、農薬でいえば、マラソン、パラチオン（ホリドール）、スミチオンと似

た構造を持っている。神経ガスは強力な致死剤で、実戦に使用されると、三十秒以内で精神錯乱が起り、一分で意識不明、数分で四肢がけいれんし、呼吸が止る。辛うじて生き残った場合には、脳障害という後遺症が残る。

＊

前に毒ガスが殺虫剤として「平和利用」された例を幾つか出したが、毒ガスと農薬の関係もまた、火薬と化学肥料の関係そっくりである。ホリドールに関して、その歴史をちょっと振返ってみよう。

日本の米に当る主食は、ヨーロッパではジャガイモだが、第一次世界大戦の直後、アメリカ原産の害虫コロラド葉虫が、フランスのボルドー地方に入り、たちまち繁殖してフランス中のジャガイモ畑を荒らし始めた。

ジャガイモの危機は、ヨーロッパでは文字通りの食糧危機である。フランスに隣接するドイツでは、息をこらしてこの害虫がいつ自分たちの国に飛んでくるか、心配していた。同時に彼の国の化学者はコロラド葉虫を絶滅する殺虫剤の研究に、国家的使命感をもってとりかかった。

有名なバイエル製薬会社では、シュレーダーという化学者を中心にして、本格的に農薬の開発にとりかかった。もともとこの国は、有機化学工業が非常に発達していた。さらに神経生理学が非常に進歩していたので、生物の体内に入りこんで神経をおかす毒の研究に全力を傾けるのが容易だった。そして有機リン系の農薬が誕生した。一九三四年（昭和九年）には遂に第一号殺虫剤ヘトプが開発された。次いでテップが開発された。これはアブラムシやアカダニの殺虫剤として今でも世界中で使われている。

ところが、当時のナチス・ドイツ政府は、この研究の公開を、一九三八年テップの開発と同時に禁止してしまった。ヒットラーの命令で、化学者たちは農薬の研究から化学兵器毒ガスの開発に方向転換させられた。タブン、サリン、ホリドール（パラチオン）などの毒ガスが続々と開発された。これらはドイツのゲルマン民族の頭文字をとって、G剤と呼ばれている。

毎度、ドイツばかり引合いに出すのは気の毒だから、同じ頃からアメリカの学者は原子爆弾を作るのに熱中していたことや、日本では瀬戸内海にある大久野島《おおくの》に秘《ひそ》かに毒ガス工場が作られて、イペリットなどの生産が進められていたことを書いておこう。

広島県下のこの島は、戦後三十年たった今も草木が生えず死んだままである。戦争中に毒ガス工場で働いていた作業員の肺ガンによる死亡率は、広島県一般の四十倍という高率を示している。しかも生き残った人たちの六割が、呼吸器系疾患で現在も苦しんでいる。

一九四五年、ドイツも敗けた、日本も敗けた。戦争は終った。

ドイツの毒ガス研究は、アメリカとソ連軍によって押収された。

やがて戦後の日本には、新しい殺虫剤として、ホリドールが導入された。昨日のホリドールによる死者の表を、もう一度よく見直して頂きたい。

平和を迎えた日本の農村に、第一次世界大戦後は火薬の「平和利用」と、第二次世界大戦後は毒ガスの「平和利用」が大々的に行われることになった。農林省はこれを農業の近代化と称した。

*

こうして農村の土が、火薬と毒ガスの集中攻撃を受け続けているところへ、さらに第二次化学兵器と呼ばれるものが登場する。

除草剤のことである。

その代表的な24Dという除草剤について言えば、一九四一年にアメリカで合成され、翌年には草を枯らす作用があることが発見された。石油から合成されたDDTやBHCの親類であり、つまり毒ガスとも兄弟。人間の口に入れば体内に残留する可能性がある。

日本には戦後五年目に輸入され、昭和二十七年から国産化されている。しかし日本での除草剤の使用量が激増するのは、この十五年の間である。昭和四十六年には殺菌剤を上まわり、殺虫剤使用量と似たようなところまで迫っている。（多分、今に殺虫剤を追

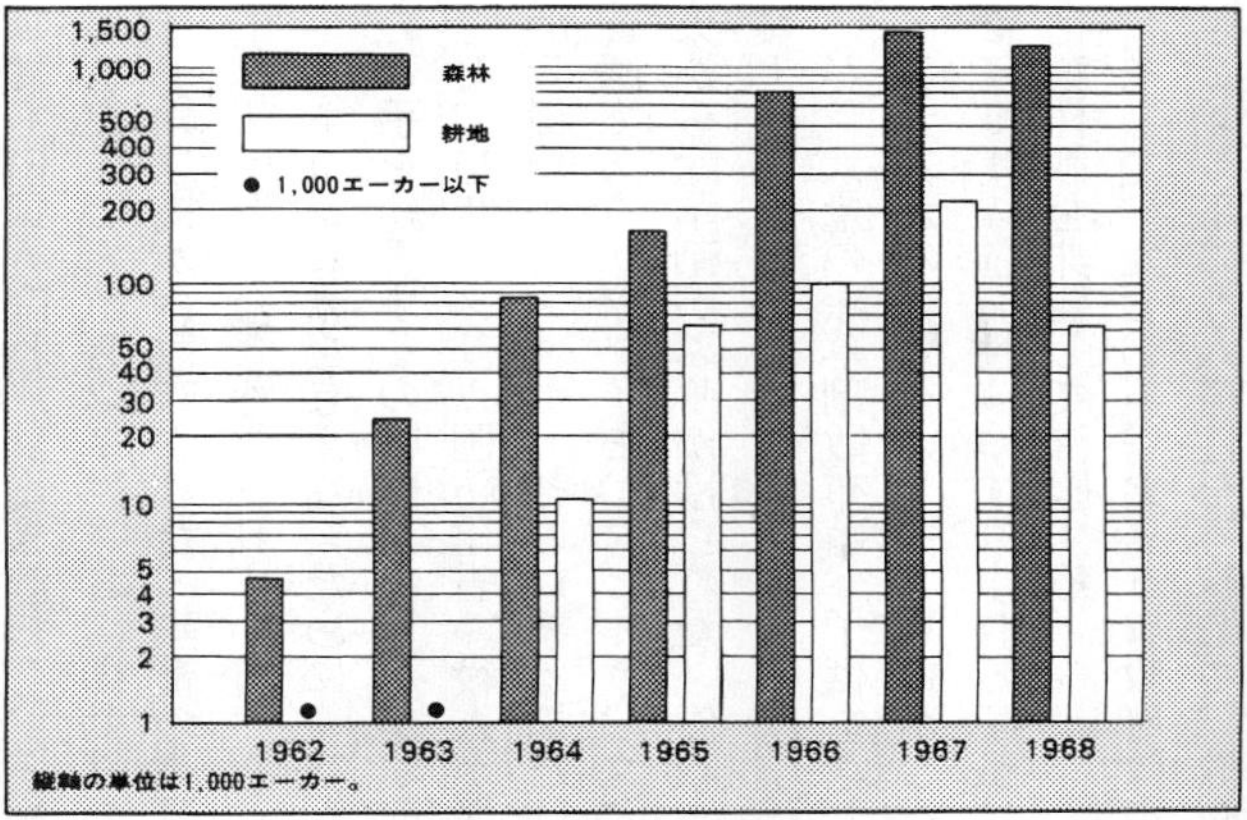

南ベトナムでの除草剤散布面積の変化

いぬくだろう）

　一九六一年、南ベトナムのアメリカ軍は「ジャングルの繁みを取り払い、作戦を有利に展開し、またベトコンの食糧資源を破壊するために」大々的な除草剤散布作戦を開始した。これが第二次化学戦と名付けられるものである。アメリカ軍はこれを枯葉作戦と呼んだ。

　上のグラフを一目見れば分るように、この作戦は猛烈な勢でエスカレートし、ジャングルを裸にすると同時に、農耕地をもどんどん使用不可能なものにしてしまった。この作戦の最初から最後まで使用されたのは２４Ｄおよび２４５Ｔと呼ばれる二種類の除草剤である。

　散布を受けた面積は一九六七年の一年間だけでも神奈川県の三倍に当る広域である。

森林も田畑も問わずにまき散らし、植物も農作物も根だやしにしてしまった。除草剤の質もどんどん改善（?）され、即効性のあるものが開発され、農薬使用量の五倍の濃度で、輸送機から散布された。熱帯の高温多湿という風土の中で、この除草剤は一層効果的（!）だったと報告されている。

「ベトコンに米を与えないために、空から稲を破壊するのと、地上兵力を送りこんで米の入手を妨害するのは同じことだが、前者の方がはるかに小人数ですむ」

と、当時アメリカ国防総省の役人が発表した。これが人類の史上最初の大規模な化学的兵糧攻めであった。その対象は稲だけではなかった。ベトナム人にとって大切な食糧資源であるサツマイモ、タピオカ、マメ類も、サトウキビや、ヤシやバナナの果樹園も天から除草剤がふりかけられた。停戦までに南ベトナムの耕地の六割は、台無しにされてしまったといわれている。

が、大量の除草剤散布は、子供を殺し、妊婦を流産させたあと、土や水にしみこんでベトナム人の健康をいつまでも脅かした。先天異常児の出生がふえたという報告がある。2 4 5 Tの催奇性（つまり生れる子供に異常が出る可能性）が問題になり、国際世論が枯葉作戦を非難して沸騰《ふっとう》する。

そして一九七〇年、アメリカ政府は声明を発表した。

「2 4 5 Tの非人道性を考慮して、散布を中止する」

＊

ベトナム戦争の途中で使用禁止になった245Tは、農業用の除草剤としては、日本の農村では使われたことがない。しかし生産している。ミカンの肥大促進剤として今も使われている。24Dの方は、日本の農村では使われ続けている除草剤だ。催奇性が動物実験で立証されているにもかかわらず、である。

私はベトナムの話をしているのではない。日本の農地について、土について、書いている。除草剤で丸裸になったマングローブの林をカラー写真で見ると、孫生《ヒコバエ》の出ない稲株を残した田園とまったく同じ色をしているのに気がつく。私のように農業に従事していない人間でも気がつくことを、農林省の役人は、どうして気がつかないのだろう。不思議でたまらない。

それにしても、「農薬」という言葉は、いったい誰が使い出した日本語であろうか。私がもしも農薬製造会社の社長であるならば、この意味のあいまいな新語を発明した人に感謝状を呈上するところだ。農薬という文字には無毒で有益なオクスリというイメージがある。

さて一口に農薬というけれど、その種類は実に多い。最新の『農薬要覧』から、その名を羅列してみよう。カッコの中は、私の解釈と感想である。

殺虫剤（害虫を殺すのが目的であるが、同時に益虫も殺すので困っている。日本では主として予防用に散布されている）
忌避剤（害鳥などがよりつかなくなるクスリ）
殺菌剤（これも主として予防用に使われている。悪性のカビやバクテリアを殺すのが目的である。しかし必要なバクテリアも死ぬことがある。カビの種類、バクテリアの種類に応じて多種ありとされている）
殺ダニ剤（ダニを殺す）
殺線虫剤（土中にミミズがいれば、こんな薬は必要がないのだが。線虫〔ネマトーダ〕を食べるミミズが死んだために、いよいよ使う薬がふえた）
殺虫殺菌混合剤（イモチ病、モンガレ病、ニカメイチュウ、ツマグロヨコバイ、ウンカ等を主な対象とする万能農薬のごときもの）
除草剤（カタカナとＡＢＣが火花を散らしているような名前ばかり、多種多様にある。広い葉の草だけ枯れるのだとか、ホルモン系に作用してシュルシュルッと成長させて倒すなど、よくここまで考えたものだと感心してしまう）
植物成長調整剤（これについては、どんな調整の仕方があるか、書いておく）
発芽抑制剤（芽の吹くのを押さえる）
着果促進剤（実が沢山つくように）

成長促進剤（実が大きくなるように）
落果防止剤（実が落ちないように）
摘果剤（実が落ちるように）
肥大促進剤（実がもっともっと大きくなるように）
摘葉剤（葉を落す）
サビ果防止剤（実が腐らないように）

まるで何もかも薬をまけば自由自在になるように思われてくる。しかし植物の身になって考えれば、おそろしく忙しい話だ。

貯穀用殺虫剤（これも予防に使われている）
果実防腐剤（クダモノも腐らないのか！）

＊

現在農薬として農林省が許可している殺虫剤から除草剤に至るものの数は、全部で四百種以上もある。私は折があれば『農薬要覧』をひっくり返して見ているけれども、有効成分の種類および含有量という欄は、いくら眺めても私ぐらいの知識では到底なんのことか分らない。

この連載を書くに当って御指導を受けている専門家に、

「殺虫剤だけでもこんなに難しいのに、農家の人たちは分るんでしょうかねえ」

と訊《き》いたら、

「僕らだって分りませんよ」

という意外な返事だった。

「ははあ」

「たとえばこのジメトエート粉剤ですが、成分の欄にはジメチル−S−（N−メチルカルバモイルメチル）ジチオホスフェートと書いてありますね」

「はあ」

早口ことばみたいだな。舌を嚙《か》まずによく読めるものだと感心していると、

「ほら、四つの会社のは五パーセントと書いてありますね。残りの二社は七パーセントと書いてありますね」

「ええ」

「残りの九五パーセントないし九三パーセントは何が入ってるのか、まるで分らないじゃないですか」

「あのオ、水じゃないでしょうか」

「粉剤と書いてあるんですよ。前には、こういうところにＰＣＢが入っていたりしていたのです。ＰＣＢは農薬じゃないですからね」

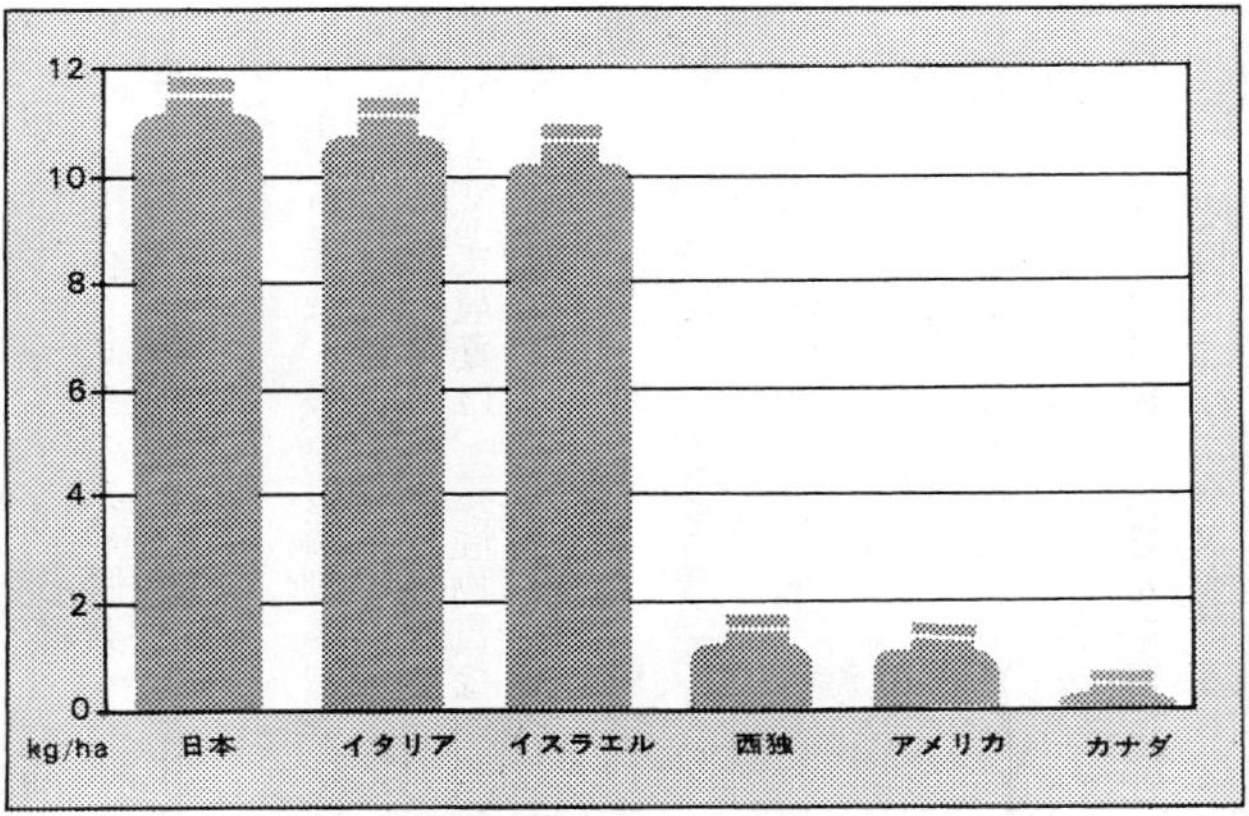

耕地面積当りの農薬投入量(1967) (FAO Yearbook. 1968より)

分らないといっても、いろいろな分らなさがあるものだと私はもう言葉がなかった。農村へ行く度に、使っている農薬についての知識をどのくらい持っているものか、農家の人にそれとなく訊いてみると、

「いやあ、勉強する気に一度はなったんだがね、とても分らないですよ。何月何日ごろに何を散布しろと農協が言ってくるので、いわれる通りしてるのが現状だね」

と、笑いながら答えてくれる。

上のグラフは耕地面積当りの農薬の投入量をグラフにしたものである。化学肥料の使用量については、日本は西独に次いで世界二位であるのを思うと、西ドイツは殺虫剤の使用方法を間違っていないのだと気がつく。

私は、農薬は、すべていけないなどとは

言っていない。質について理解し、適切な量を、使用方法さえ誤りなく使うのなら、結構だ。誰も虫だらけの米や野菜が食べたいわけではないのだから。

西ドイツやカナダでは、殺虫剤は害虫が発生したときに使われている。それは常識である筈《はず》だ。

しかし日本は、殺虫殺菌剤が、予防薬として使われているのだ。クシャミも熱も出ていない子供にセキ止めや解熱剤をしじゅう飲ませたらどうなるか、ちょっと想像してほしい。まして農薬は、毒性物質なのである。

農林省の方々に、お願い致します。せめて殺虫剤は虫が出てから使うように農協を指導して下さい。それから、もう一度、害虫に強い作物の作り方について考えて下さい。農村へ出かけて、「土」を見て下さい。

＊

農林省の方々に、今日も、もう一度お願いを致します。たとえば害虫が発生しても、一匹残らず殺そうなどと思いつめないで頂きたい。一匹や二匹の虫がついていたって、毒がたっぷりかかっているより安全なのですから、どうぞ神経質にならないで、ほどほどに使うように農家の皆さんを御指導下さい。

農薬を使わなければ多収穫が望めないと思いこんでいらっしゃる方々のために、次の

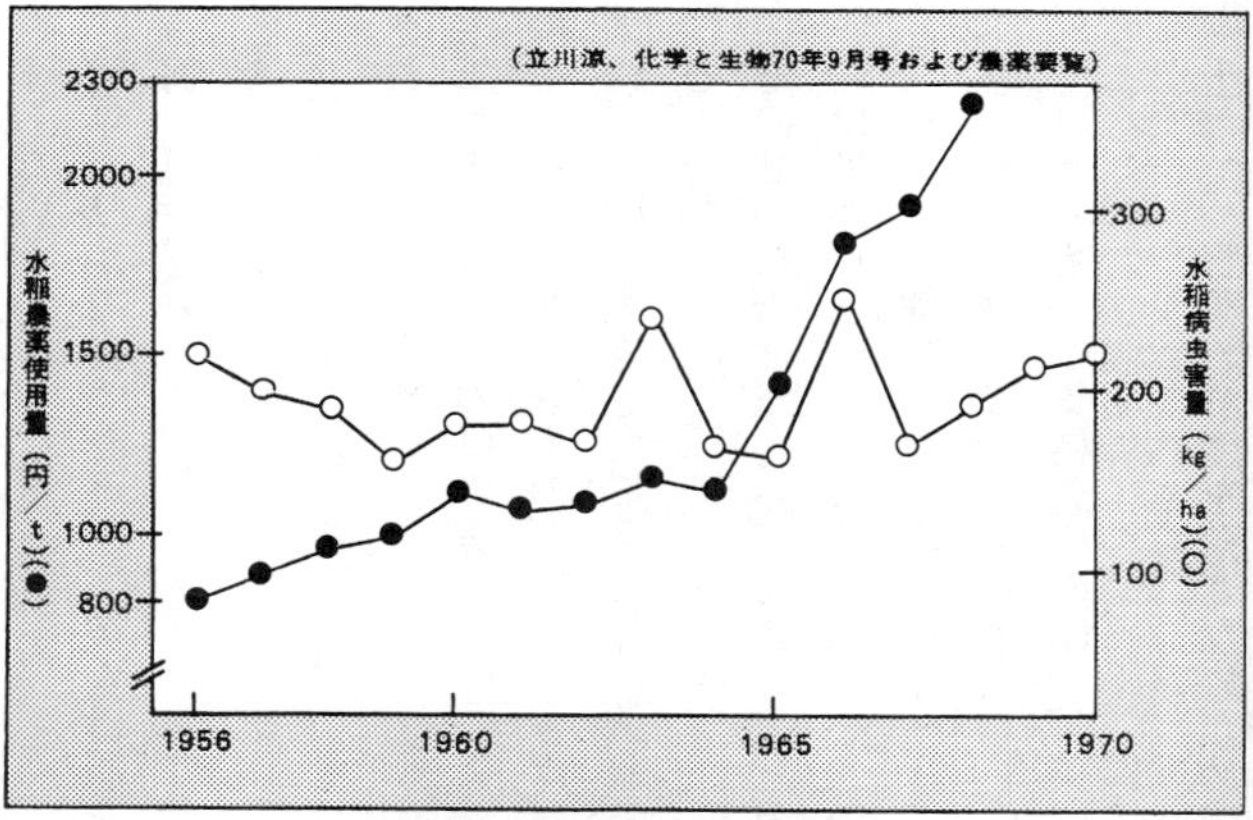

水稲用農薬使用量と水稲病虫害被害量の変化

グラフをお目にかけます。

黒丸は農薬の値段だが、農薬そのものは諸物価値上りの時代に反比例して値下りしてきたので、黒丸をつなぐ線はそのまま投入量を示していると思って差しつかえない。白丸の線が示す病虫害の被害の量と、農薬の量を較べて下さい。農薬を沢山使っても病虫害はほとんど減っていない。

私の女学校の同級生が、フランス人と結婚して、パリで暮してもう二十年になる。三年ばかり前に御主人が日仏会館の館長に就任なさったので、久しぶりに日本に帰ってきた。日本の中世仏教文学の専門家として著名なベルナール・フランク氏の夫人である。

「ねえ、ちょっと、日本の果物と野菜はどうなっているのかしら。私は薄気味悪くてたまらないわ」

　何年ぶりかで会ったとき、彼女は眉《まゆ》をひそめてこう言った。

「何が気持悪いの」

「だってリンゴも蜜柑《みかん》もピカピカじゃないの。お茄子《なす》でも胡瓜《きゅうり》でも、まるでプラスティック製品みたいに、形も色も同じでしょ。どうなっちゃってるのかしら。野菜が工業化されてるのかしら」

「工業化されてるのは事実らしいのよ。昔はお百姓さんは茄子はもいで大きなモッコに投げこんで出荷したものだけど、今はバラ荷の解消とか、容器入れ出荷とかが奨励されていて、同じ大きさで揃《そろ》えて箱に入れるのが、農家の最も手間ひまのかかる仕事になってるんだわ」

「そのせいなの。だから玉ねぎまで、みんな同じ大きさなのね。でも変じゃない、大きいのは切ってシチューに使うし、小さいのはバタ炒《いた》めにして肉の横に置きたいと思うけど、そういう選択は買う側がやるべきでしょ」

「まったくね。バラ荷でいいのよね」

「それと、も一つ気持悪いのは、野菜に土がついてないことね」

「えッ」

「土って、野菜の鮮度を落さないために必要なものでしょ。それなのに、みんな洗ってあるじゃない。日本の八百屋さんは、前には泥のついたの売ってたわ」

「うーん」

「子供にせがまれて困ってるんだけど、日本では木から落ちたリンゴは、どうやったら買えるのかしら」

「木から落ちたリンゴ？」

「虫喰いリンゴのことよ。リンゴのパイやジュースを作るのに、店で売ってるリンゴは美術品みたいに立派だし、高すぎるし、とても買う気になれないわ」

＊

お恥しいことだが、私は台所を一切やらないので、主婦として二人のお子さんを手塩にかけて育てているベルナール・フランク夫人の話は、一々新鮮な驚きだった。

「あなた、覚えていない？　ヌイイの市場によく一緒に買物に行ったじゃないの。日本のリンゴみたいなの一つだって売ってなかったでしょ」

「そうだったかなあ、牡蠣《かき》が泥つきの方がおいしかったのは強烈な記憶になって残ってるけど」

「ね？　泥のついてない牡蠣は古いから、生では食べられないし、値段も安いのよね。泥って鮮度の保証なのよ、パリでは」

「ああ、そう」

「そうよ、だって泥のついてるサラダ菜の方が高いじゃない？　古くなると八百屋が水洗いして安く売るのよ。そういうのは煮物に使うんだけど」

「なるほどね」

「日本の八百屋は新しいのも古いのも同じ値段よ、変じゃない？　新しいのはおいしいけど、一日たてば野菜の味は落ちるのに、同じ値段よ、ひどいと思うわ」

「うん、うん」

「古いのは古いで使いようはあるのよ。漬物用の胡瓜なんて、この頃の日本じゃ売ってないのね」

「漬物用の胡瓜？」

「ほら、曲ったのや、しなびたのや、昔は積上げて安いものだったわ。夏の終には古漬けにするのに買込んだものだったけど」

「それはね、ビニールハウスの発達で、春も冬も茄子が食べられるようになっちゃったからね」

「野菜の工業化ね。さすがに工業国ニッポンだわ。蜜柑にワックスかけて磨いてるんだって？　皮でジャムなんか作れないわね」

「ワックスの前には農薬使ってあるしね、果物の皮はどれもこれも食べられないのよ」

「虫喰いが一つもないリンゴなんて、私に言わせれば気持悪くて食べる気になれない。フランス人はリンゴに虫喰いがあると、反射的に、ああ美味《おい》しそうだって思うものなのよ」

「うーん」

それから三年後、御主人が任期を終えてパリへ帰ることになって、フランク夫人と私は二人きりで別れを惜しみながら、三年前の話を思い出した。私は日本の農政と農業の現状に深く思いを致していて、事情に明るくなっていたから、あのとき答えられなかった諸問題について、改めて説明をした。

「虫喰いリンゴを喜んで買うようになれば、消費者と生産者とは利益が一致するのね。農薬の危険から身を守れるし、農家も野菜や果物の標準規格にふりまわされずに無駄な労力がはぶけるのよ。私は、あなたの話で随分啓発されたわ」

フランク夫人は急に深刻な顔になった。

「考えてみるとこわいわね。この三年間で、私って大きいリンゴや、色のいい茄子を見ても平気になっているわ。人間って、こんなに環境に支配されるものだったのかしら」

＊＊＊

山形県高畠町で、リンゴ園の持主が紅玉という種類を次々と伐《き》り倒しているという話を聞いた。

「どうしてですか。紅玉って、一番おいしいリンゴなのに」

「やっぱりそう思われますか。僕らも紅玉が本当のリンゴだと思っているのですが、業者に滅茶滅茶に買い叩《たた》かれるもんですから」

「どうしてですか」

「酸っぱいのがいけないって言うんですね」

「まあ、酸っぱいから紅玉は本当のリンゴじゃないんですか。紅玉以外のリンゴではカレーに煮こんでもおいしくないし。第一、他のリンゴは味がないでしょ、ボサボサして。大きいばかりで何がデリシャスだと思うわ」

「はあ、ジャムやジュースにできるのは紅玉だけなんですが、業者は古いって言うんですよね。だから僕らは自家用には紅玉を残してあります。虫のつきにくい品種ですし、袋をかける必要もありませんし」

「それじゃ一番栽培しやすい品種じゃありませんか」

「そうなんですが、ムツとか世界一という品種が今はスター級なんです」

「ジャムやパイには使えないでしょ、そういう美術品は」

私はベルナール・フランク夫人の受け売りをして、パリの人たちは虫喰いを喜んで買うのだと言うと、

「羨《うらやま》しいですね、それが本当なら」

と、高畠町の有機農業研究会の面々が若い顔を見合わせていた。

リンゴの実に一々袋をかぶせるのは、虫よけかと思っていたら、太陽光線を遮る目的もあるのだと知った。色が美しく仕上るのだそうである。しかし太陽を浴びないで赤く色づいても、それは健康とは程遠い果実だろう。ところが、その方が業者は高く買うのだ。

一方では、輸送の途中で腐るのを防ぐために、青いうちに樹からもぎ、庭に並べて水をかけて濡《ぬ》らし、太陽に当ててると早く赤くなる。地元の人たちは、これを着色と呼んでいる。日もちがいいのと、色が美しいので、業者には評判がいい。

そんなものが、都会の果物屋で、ピカピカに磨きたてられて並んでいるのだ。

化学肥料を使ったリンゴと、堆肥《たいひ》で育てたリンゴを食べ較べてみると、同じスターキングでも、まるで味が違う。堆肥の方が甘く、コクがある。匂《におい》もいい。化学肥料のリンゴは、およそ味がなくて、舌ざわりがパサパサで、ボリュームを感じさせない。

「僕たちも地域の消費者運動している人たちと話しあうんですが、形がよくて、色がよくて、大きくて安いリンゴがほしいと言われるんですよ。どうして味がよくて、栄養があって、安全なリンゴがほしいと言ってくれないんでしょうねえ」

無農薬のリンゴは皮から食べることができる。私は、高畠町のおいしいリンゴを丸かじりしながら、リンゴでも野菜でも買う側の人たちがもっと知識を持つ必要があると痛感していた。

＊

味のいいものの栄養価と、まずいものの栄養価の違いという研究が、どうも見つからない。もう少し科学的に言えば、化学肥料と堆肥の違いを作物の栄養価で対比したものが手に入らない。もし御研究なさっている方々があれば、御教示を頂きたい。栄養学御専門の学者の方に、切にお願い致します。

私が集めた資料では、化学肥料で育てた野菜が持っているビタミンは、堆肥で育てた野菜の半分もないという報告だけである。植物性蛋白質《たんぱくしつ》について、また澱粉質《でんぷんしつ》について、どうなのだろう。ビタミンについても、各種ビタミンと各種野菜の関係では資料が少ない。女子大学の家政学部には食品の栄養学を専攻している学生さんたちが多い筈だが、このテーマにとりくんで卒論を書く人たちはいませんか。ぜひやって頂きたい。

穀類に関しては、人間の味覚と栄養は反比例する。つまり玄米より白米を美味とする人の方が圧倒的に多いし、フスマ入りのパンよりも、小麦の皮も麦芽も（栄養は抜群なのに）とってしまった白いパンの方が外国人も好きである。

しかし、穀物以外の食べものでは、人間の味覚は栄養のあるものの方を、旨《うま》いと思うのではないだろうか。牛肉でも、鶏肉でも、卵でも、農薬や抗生物質入りの飼料で育てられているものより、念入りに吟味した自家製の安全食を食べさせてもらった牛や鶏の方が、私の経験では、絶対間違いなく、味がいい。

石油蛋白を飼料にするという話が、消費者運動の反対にもかかわらずまた再燃しようとしているが、そういう妙なものを食べさせられた豚が、トンカツになって私たちの口に入る前に、豚肉の栄養と味について研究してもらいたいと思う。

もっとも味覚には個人差があり、甚だしいのは生れついて味覚ゼロとか味覚オンチという気の毒な人もいるので、味のテストをするときは、荻昌弘《おぎまさひろ》氏とか作家の開高健《たけし》氏のような味覚に鋭敏な人々を選んで審査員になって頂く方がいい。

「土つくり」に励んでいる農家の人たちが一番がっかりするのは、野菜や果物をすすめても、

「そうですか、無農薬ですか。それなら安全ですねえ」

パクパク食べながら、味について何の感想ものべない無神経な客である。

堆肥で作った野菜も果物も、味や香りが素晴らしいのだ。栄養については、ビタミンが倍も三倍も豊富なのである。

「苦労して旨い果物を作ってもよ、出荷してしまえば誰が喰ったか分らないし、うまかったでなし、まずかったでなし、反応がないからね。甲斐《かい》がねえな」

有機農業をやっている人たちから、こういう声も聞いた。一般にいって生産者と消費者の距離が遠すぎるのだ。

千葉県の農家と東京のある主婦グループが、直結して無農薬栽培の野菜の売買をしているところでこんなエピソードを聞いた。農家に戻ってくるカラの容器に、

「大変いい味でした。ありがとう」

「又よろしくね。子供がおいしいと言いました」

などと書いてあったりして、農家の人たちは喜んでいるという。

＊

農家の多くは、自家用の野菜や果物類には農薬を使っていない。種々様々な農薬の、どれが危険で、どれが安全か、もうわけが分らないので、自分たちの食物には農薬を一切使わないことにしている。（なにしろ安全な殺虫剤がもしあるとすれば、虫は死なないのだ）

これを知って、「けしからん」と怒る消費者たちには、農家の人々に代って私が答えよう。虫喰いの野菜や果物を買って食べる気になれば、農家の人たちは彼らが食べている野菜を売ってくれますよ。曲った胡瓜を、まっ直ぐな胡瓜と同じ値段で買うのなら、無農薬野菜は間もなくあなた方の食卓に届くでしょう。需要が供給を呼ぶというではあ

りませんか。「求めよ、さらば与えられん」というのは、このことです。

　イチゴを栽培している農家の隣に住んでいるから、イチゴを決して食べないという人が多い。

「なぜですか」

「気持が悪いんです。殺虫剤でしょうか、なんでしょうか、何遍も何遍もジャージャーと、いろんな薬をかけていますからね」

「殺菌、除草、殺虫剤のほかに肥大促進剤、成長促進剤などでしょうね。だから、あんな立派な巨大なるイチゴが出来るんです。日本に初めて来た外国人を驚かすのは、あれが一番ですよ。ハチャトリアンが、両手をあげて、これがイチゴかって言ったもの。あの世界的な作曲家が日本に来たとき、私は彼のホテルにイチゴを届けたの」

「大丈夫なんでしょうかね、あんなに農薬まいていても」

「大丈夫なんでしょうね、農林省も厚生省も認可しているのだから」

　日本の農林省は、日本人の食物に関して一切を司《つかさど》る官庁である。日本の厚生省は、日本人の健康を守るために存在するお役所である。私は、税金をきちんと納めている国民の一人として、農林省と厚生省で働いている人々の人格と良識を信用していたいと思う。

「ねえ、お茶はどうなんですかねえ。お茶も農薬使っているんでしょう」

「ええ、まあ使っているでしょうねえ」

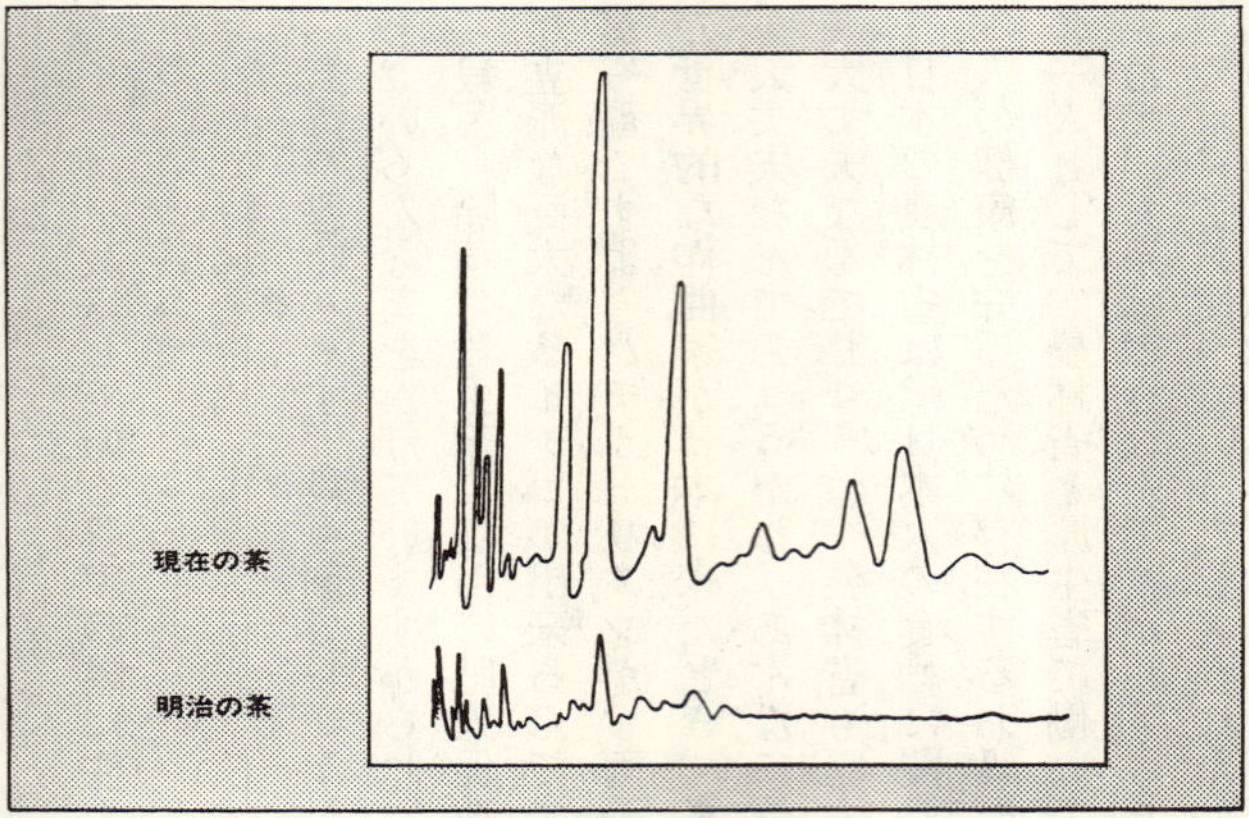

明治と現在の抹茶の汚染度

「大丈夫なんでしょうか。お茶は洗いませんからねえ」

「まったくですね。精製の過程でも洗わないし、お茶の間じゃいきなり熱湯を注ぐわけですから」

三年ばかり前に、ある旧家の土蔵から明治末年の抹茶《まっちゃ》が発見された。それと現在市販されている抹茶を比較分析した結果が、上の図である。上が現在の茶、下が明治のお茶。ガスクロマトグラフという分析機械を使って、チャートを自動的に描かせると、汚染物質のあるものは高いピークを示す。一見して明治のお茶は、汚染されていない安全この上ないものだったことが分る。ことわっておくが、これは塩素系農薬の残留量だけを調べたもので、重金属その他の物質による汚染は分析していない。

私は玉露作りの名人から聞いた言葉を思い出す。

「あんた、今の茶ァは、もう茶ァとはいえまへんで。土が違うてきてますんや」

＊

私は日本の厚生省も、農林省も信用していたい。しかしながら次のような文章を読むと、私としては考えこまないわけにはいかないのだ。

それは一九七四年版の最新の『農薬要覧』の四九八ページに示されている農薬の安全使用基準というものである。それは四十六種類の物質を有効成分とする殺虫剤と殺菌剤と除草剤に関して、農家が絶対に守らなければならない大切な基準だ。

「①散布された薬剤が、河川、湖沼、海域及び養殖池に飛散または流入するおそれのある場所では、使用せず、これらの場所以外でも、一時に広範囲には使用しないこと」

「②散布に使用した器具及び容器を洗浄した水、使用残りの薬液ならびに使用後の空びん及び空袋は、河川などに流さず、地下水を汚染するおそれのない場所を選び、土中に埋没するなどの方法で処理すること」
①については、まあ分るとしても、②の使用基準にある「地下水を汚染するおそれのない場所」で、「土中に」埋める方法などというものが、いったいあるものだろうか。考えられるのは、大きな家の床下か、鉄筋ビルの地下室のも一つ下ぐらいしかないの

だが、農薬の空びんや空袋は日本中のものを集めたらどんな夥《おびただ》しい数になるか分らない。

農薬を入れた容器を洗った水を捨てるのまで、地下水を汚染しない場所を探すのは大変な事業ではないだろうか。いったい農家は、実際にはどこへ捨てているのだろう。

②をさらに①と併せて考えてみると、もし田畑に雨が降ったらどうするのか心配になってくる。レイチェル・カースン女史が指摘した通り、どんな小さな水たまりでも汚染すると、世界の海の汚染につながるのは、もう常識である。それなのに、空の容器や、その容器を洗った水を捨てるのに「地下水を汚染するおそれのない場所」を指定していながら、田畑には一時に広範囲でさえなければ散布してもいいという。雨が降ったらどうするのか。雨は、確実に農薬とともに土中にしみこみ、やがて地下水となって、河川、湖沼、海域へ流れこむ。こんなことは小学校の子供でも知っている常識だ。

『農薬要覧』は日本植物防疫《ぼうえき》協会が、農林省農蚕園芸局植物防疫課の監修のもとに発行したものである。「水産動物の被害の防止に関する安全使用基準」というのが、この条々の正式名である。つまり魚が死ぬのを防ぐのが目的なのだが、魚が死ぬような毒なら人間も飲んで安全というわけにはいかない。(随分長い間、ホリドールは冷血動物だけに作用すると言って売っていた業者がいたというが、実際はそうではなかった)

列挙されている農薬の有効成分を書き連ねると、とても一回分では足りないが、まあどんな工合のものか書けるところまで書いてみよう。

オクタクロルテトラヒドロメタノフタラン（別名テロドリン）、オクタクロルメタノテトラヒドロインデン（別名クロルデン）、クロルジクロルフェニルビニルジエチルホスフェート（別名ＣＶＰ）、ジブロムヒドロキシニトロアゾベンゼン（別名ＢＡＢ）、ジニトロオルソクレゾール（別名ＤＮＯＣ）、ジニトロシクロヘキシルフェノール（別名ＤＮ）、ジニトロセコンダリブチルフェノールのトリエタノールアミン塩（別名ＤＮＢＰ）以下三十九種みんな二つ名前である。

＊

「土つくり」の基本である堆肥は、それが出来上る過程において、殺虫と除草という大きな働きをする。堆肥を使えば虫害が少く、草取りの苦労も少くなるのである。

その説明をするには、落語の「厩《うまや》火事」から話を進める必要がある。

ある日のこと女髪結いが仲人のところへ飛びこんできて、

「あんな怠け者には、もう我慢がならないから別れたい。あの人は私を、これっぱかしも愛していないんですよ」

と泣き叫ぶ。

「それはよくない了見だ。亭主がお前さんを心の中ではどう思っているか、ひとつためしてごらんよ」

と、仲人は女をなだめながら智恵《ちえ》をつける。なかなか学のある仲人で、論語から例え話をしてきかせるのだ。

「孔子には二頭の愛馬があった。一匹は青、一匹は白。孔子は白馬をことのほか可愛《かわい》がっていた。ある日、青馬に乗って出勤した留守に、家来の不始末で厩から火が出た。馬は火を見ると四つ脚ふんばっていななくばかり、どうしても動かないものだから、そのまま焼け死んでしまった。主人の愛馬が死んだのだから、家来は青くなって、孔子が帰ってきたらどんなに怒られるか心配した。ところが孔子さまは流石《さすが》に偉いお方だ。人は死ななかったのか、それはよかったと言ったそうだ」

論語では「厩、焚《ヤ》ケタリ。子、朝ヨリ退キテ曰《イワ》ク、人ヲ傷ナヒタリ乎《カ》ト、馬ヲ問ハズ」とあるだけだが、仲人さんは話し上手で、女をさとしながら、亭主が大事にしているものをわざと壊して夫の愛情をためしてみろと言うのである。

そこ《ソコ》で女は、夫が大事にしている茶碗《ちゃわん》を割ることにした。亭主は驚いてきく。

「お前、怪我《けが》をしなかったかい？」

「まあお前さん、やっぱり私が好きなんだねえ。そんなに思っていてくれたのかい。嬉《うれ》しいよ」

「なに、指に怪我でもされた日には、お前が働けなくなって、俺が食いっぱぐれるからさ」

というのが、オチである。

ところで、孔子の厩の火事の原因だが、私の考えでは家来が厩の掃除を怠っていて、馬糞《ばふん》が積上げられていたからではないだろうか。これについて論考した書物はないが、私は絶対に馬糞が原因だったたと思う。

なぜなら馬糞には、ことのほか好熱性バクテリアが多いので、積上げておくと発火する。堆厩肥《たいきゅうひ》は、好熱性バクテリアの繁殖によって、ふつう内部では八〇度から一六〇度までの高温に達し、植物の腐植を早め、土中や稲ワラにある害虫の卵を殺し、雑草類の実も根も焼死させてしまう。その働きを完全なものにするために、外部と内部の入れかえをやらねばならない。

「大変な労働でしょうね」

と私が質問したら、

「なあに、手あぐらかいて百姓はできないですよ」

農村青年の一人が昂然《こうぜん》として答えた。私はこの言葉に日本の明るい明日を感じた。

＊

有機農業に取組む人の中には、

「経済は度外視してやっています」

とか、

「金が入っても病気になったのでは何もかも台なしだから」

「俺たちが食えないものを売るわけにはいかないです」

「どうして消費者は安いものばかり求めるのか。百姓の身になって考えてくれない。一番の不満だな」

という声が多いのだが、

「俺は、金儲《かねもう》けがしたいから有機農業をやることにした」

と、はっきり言った青年に出会った。

彼は二十七歳の養豚業者だった。

「豚飼って儲けるためには、健康な豚を育てなければならない。健康な豚は、売ってる飼料では育たない。病気になれば、バンバン注射をうつ。そんな肉は、とても喰う気にはなれない。それに注射で健康が取戻せるわけじゃないからね。売ってる飼料の中には防腐剤と抗生物質がゴマンと入っているからよ、そんなもの子豚に食わせられないですよ。豚の健康に一番大事な食物は、健康な土なんだ」

すでに三十年も前にアメリカでは、生れた豚の半数しか育たないことが連邦農務省によって報告されている。獣医や科学者はもっぱら病豚の治療に当り、入手できる限りの医薬、ワクチン、血清、新しいサルファ剤やペニシリンを使用していたが、それでもこの有様なのである。つまり薬では根本的な解決にならないことを、死んだ半数の豚が証明している。彼らは死をもって抗議したのだ。

イギリスの養豚業者の報告で、こういうものがある。（一九四二年『園芸記録』）

「豚小屋すなわち家屋のなかに豚が閉じこめられると、生後一カ月くらいで白色下痢にかかりやすくなる。私はこれらの若い豚に、腐植が多くあって化学肥料が施されたことのない土地から新鮮な土壌をとって与えると、この病気にかからないということを申し分なく証明した。この土は子豚が生後一週間くらいのときに与え、それから六週間目まででつづけるべきである。子豚が大量の土を食べるのに驚かされるにちがいない。おもしろいことがある。つねに化学肥料ばかりで、堆肥が施されていない土では、この病気の予防はもちろん治療上の効果もない」

私が出あった若ものは、よく勉強しているようだった。私は、豚が土を食べると健康になることを知識として知っていても、実際に見たことはなかったので、彼の家へ出かけて行くことにした。

何しろ日本の農林省の調べによれば、屠畜場《とちくじょう》に送りこまれる豚の六十五パーセントは胃病だというのである。

＊

人里から少し離れた小さな山の麓《ふもと》に、彼の家があった。建築ブームの時代に、あちこちの家で不要になった古材をタダで集めてきて、三年前、男女二人で建てた家だという。二十四歳で、彼はよき伴侶《はんりよ》を得た。二人で親許《おやもと》を飛び出し、まず家から自分たちで創ったのだった。要所々々は本職の大工さんに手伝ってもらい、建築の要領をそれで覚えてしまった。豚舎の方は全部二人だけで建てた。奥さんはガスバーナーを使って溶接までやる。

その家へ向う道は赤い山土であったのに、左手前の豚舎の前は、約百坪ほど、まっ黒い土だった。

青年は豚舎へ飛び込んで、眠っていた豚を黒土の方へ追い出した。

「ここは山だから、前には木と草が繁《しげ》ってたんです。まわりに電線が張りめぐらしてあるのが、囲いで、豚は利口な動物だから、一回も電気通せば、もう囲いの外には出ない」

数匹の豚が、鼻の先を土に突っこんで、のそのそと動きまわりだした。

「あらッ、豚が耕したんですか、この土地は」

「うん、始めは木と草が一杯だったから、草を喰って、それから草の根と木の根を喰って、だから木は自分で倒れたんだ。あれですよ」

数本の木が、電線の外に積んである。いずれ薪《まき》にでもなるのだろう。

やがて私の目の前で、豚が勢よくオシッコを始めた。もの凄《すご》い音だ。土は濡《ぬ》れると黒《くろ》飴《あめ》のような色艶《いろつや》になった。そうしている間も、豚は鼻の先を土に突っこみ、もぐもぐと口を動かしている。

「草や木は、どのくらいでなくなりましたか?」

「まあ半年もしなかったねえ」

「これだけの豚で?」

「豚は妊娠するまでの期間で、妊娠したら小屋に入れてしまうから」

「どのくらい?」

「三、四カ月くらいだねえ」

「この場所は、豚の放牧をしてどのくらいになるんですか」

「一年半になるなあ。もう耕しすぎたから、場所を変えようと思ってるとこなんだ」

私はあらためて目の前の草一本はえていない黒一色の土を見渡して感嘆した。生えていた植物を悉《ことごと》く食べた豚は、次々と排泄《はいせつ》し、糞尿は山の赤土をたちまち細菌の多い豊かな黒土に変えてしまった。その細菌がまた豚には絶好の健康食になっている。土はみるから柔かく、温かそうだった。黒い土は、太陽熱を強く吸収する。

それにしても、豚の鼻が、耕耘機《こううんき》も顔まけの働きをするとは、見るまでは考えたこともなかった。

「ブルトンザーですね」

青年は私の下手な洒落《しゃれ》に失笑しながら、こうしておけば餌《えさ》代はいらないし、豚は運動不足にならず、太陽も浴び、健康この上なくなるのだと言った。牝豚《めすぶた》は半年に一度の回転率で約十四の子豚を産む。

「土を食べさせておけば変な子供は生れないから安心だしな。何もかも経済的なんですよ。もっとも当分は山の土しか喰わせられないけど」

*

豚に食べさせられる土は、今のところ山にしかない、と青年が言った意味を、よく考えてみよう。

二十年にわたって夥しく田畑に散布した水銀、ＤＤＴ、ＢＨＣ、ディルドリン等の農薬が、土から完全に消え去るまで、あとどのくらい待てばいいのだろうか。

水銀は別として、塩素系の農薬は、人間の躰《からだ》に入ると外へ排泄されにくいので、体内にどんどん溜《たま》ることはすでに書いた。それと同じことが、豚でも、牛でも、鶏でも起る。

家畜と人体の農薬汚染を比較した学者が嘆きながら報告している。

「現在の日本において人間の汚染度は他の哺乳《ほにゆう》動物や家畜と、ほぼ同じくらいである」

どうして、そんなことになったのか。

家畜の飼料には、動物質と植物質と二種類あるが今では田畑も海も汚染されているので、いつかのスイスのチーズ同様、塩素系農薬の汚染やPCBの汚染は免れることができない。汚染された土から生れて育ったものは、少量でも汚染物質を身に備えてしまう。たとえば稲ワラを食べた牛は、稲に散布された農薬の中で水溶性のないものが体の中に溜りこむばかりである。魚粉を食べる鶏も同様に、魚の中の水銀とPCBが体の中に溜っていく。食べるほどに育つほどに体の中のPCBやDDTの量がふえる。これを専門語で「生体濃縮」というのだが、もう今の世の中ではこの程度の知識は常識として持っていないと自分の健康を守ることができないと思うから、特に書いておく。

魚に関していえば一昨年の夏はPCB汚染で世間がひっくり返るような騒ぎになり、お魚屋さんがデモをしたのだが、あのとき消費者運動の人たちはお魚屋さんと一緒にデモをするべきだった。しかし、PCBそのものについて詳しく書く機会はしばらくおくことにしよう。

PCBや水銀で魚が汚染されたのは、もちろん工場排水が海へたれ流され、その量があまりに夥《おびただ》しかったために自然の復元作用がその毒性物質を分解しきれなくなったからだが、一匹の魚が汚染魚になる過程について、もう少し詳しく考えてみよう。

田畑に散布された農薬は、雨が降ると土にしみこみ、地下水を汚染し、やがて河川を流れて海に注ぎこむ。それをまずプランクトンが食べる。プランクトンを小魚が食べる。小魚を中ぐらいの魚が食べる。それをさらに大きな魚が食べる。工場排水についても同様である。プランクトンが水俣の水銀を食べ、それを小魚が食べる、中魚が食べる、大魚が食べる。こういうことを「食物連鎖」という。

食物連鎖の一つ一つの鎖ごとに「生体濃縮」が行われる。鶏がそうだ。牛もそうだ。豚もそうだ。

そしてすべての食物連鎖のターミナル（終着駅）は人間の口なのである。

＊

お米の農薬汚染について書いたとき、米はまだまだ安全な食物だと私が言ったのは、植物の場合は、食物連鎖が行われないからである。

一粒の種籾《たねもみ》が土にまかれて育つと、二百粒前後の米になることと、プランクトンが食べた水銀が、大きな魚まで食物連鎖で辿《たど》りつく過程を較べあわせてみれば、どっちが量的に大きな結果になるか、説明するまでもないだろう。日本人が食べている水銀は（本当にひどい言葉だけれど）、穀物から二割、魚や肉類から八割といわれている。食物連鎖と生体濃縮というイキサツを理解すれば、納得がいくと思う。

有機農業と養豚業を結びつけた青年が、豚に食べさせる土は、今のところ山にしかないと言った意味は、残留農薬のある田畑の土を豚に食べさせると豚が汚染してまず病気になるし、食肉としても安全とは言い難いものが出来上るからである。

彼は最初は養豚業という単種の畜産だけに専念するつもりだったが、健康な土を求めて有機農業の研究を進めるうちに、農林省の畜産近代化路線に疑いを持つようになった。多頭化飼育というのが、農林省の指導で、豚なら豚を何百匹も飼うのが儲けの厚い畜産だということになっているのだが、するとどうしても飼料は売っているのを買わねばならない。買えば、その飼料で豚が病気になる。飼料費も医療費も年々値上りする一方である。第一、そういう路線で多頭飼育をしている業者たちが、今もっとも始末に困っているのは夥しく排泄される豚や牛や鶏の糞尿である。日本中のあちこちで、豚の糞がかもし出す臭気が公害だと迷惑がられ、養豚業者はやむなく石油をぶっかけて燃しているのが実状だ。

他方では農林省は単作を奨励し、米作農家は特別待遇を与えられた。化学肥料と農薬で手早く作業をして機械を買い、その資金作りに急いで出稼ぎに行く。そういう家にはワラを食べさせる牛も馬もいないから、稲束は穂をこき落したら次々と燃して灰にしてしまう。八郎潟では、稲刈りの後は一斉に稲藁《いなわら》を燃すので、もうもうとたちこめる煙が煙公害と呼ばれ、汽車が立往生してしまうほどだ。

堆肥《たいひ》の値打ちを知っている者にとって、この現状はとても黙って見てはいられない。家畜の排泄物を石油で燃し、米作農家がワラを焼き捨てる。こんな猛烈で愚劣な無駄を、どうして農林省は手をこまぬいて眺めていられるのだろう。まったく分らない。家畜用飼料の販売会社に、よほどの義理でもあるのだろうか。まだ病気にもなっていない豚に大量の抗生物質を混ぜこんでいる飼料を与えるというのは、殺虫剤を予防薬として使わせている農業への行政指導とまったくよく似ている。貴重な厩肥に貴重な石油をかけて、どちらも無駄に燃してしまう。片一方ではワラを焼く。農林省がやっていることはバラバラで、畜産と農業を有機的に繋《つな》ぐことなどまるで考えることもないらしい。

*

農林省が考えてくれないので、何度か痛い目を見た農民たちが、自分たちで考えるようになった。

「売ると思って作るな」

という金言を、私は彼らの仲間から聞いた。

養豚業の若者は、この金言に従って、まず豚に山肌を開墾させ、この春からは農業を始め、蜜蜂《みつばち》も飼うつもりだという。彼は二年ばかり前に知りあいの養鶏業者から廃鶏を何羽かタダでもらってきた。

「ハイケイって、なんですか」

「卵を産まなくなった鶏のことです。養鶏の方じゃ絞めてスープにするだけだって言うから、もらってきて放し飼いしていたら、卵を産み出したんです」

「あの鶏が、そうですか」

「うちの鶏は全部そうですよ。雄鶏だけは買ってきたけど、一羽だけ。だから俺とこのは有精卵ですよ。一味も二味も違うから」

「なるほどねえ」

「乳牛も飼いたいけど、まだ金が足りないから、今は山羊《やぎ》一匹で家中の者の飲む分をまかなってます。山羊の乳は、旨《うま》いですよ」

「じゃ、買ってるのは」

「まだ米も味噌《みそ》も買ってるし、まだまだだな。将来は自分とこの分は稲作もするつもりだ。豚舎の敷ワラがいるからよ。今のところは、有機農業の仲間と組んで、ワラ持ってきてもらって、その代り厩肥《きゅうひ》にして返してる。金は動いてないよ。ワラも厩肥も、お互い必要なものだからね」

彼の横から仲間の一人が言った。

「残留農薬が消えたら、お前の豚を俺たちの田へよこさないか。耕耘機がいらなくなるべ」

「よし。そうなればプレハブ式の豚舎作って、電線持って、どこの田でも出張するぞ」

私は彼らの会話を聞きながら、ここにも希望の明日が見えるとしみじみ思っていた。

一軒の農家が五ヘクタールの農地を持ち、一匹か二匹の乳牛と、三匹の豚と、数羽の鶏や山羊を飼えば、家畜の飼料も自給できる、田畑の堆厩肥も自給できる。土がどんどん豊かになり、地力が恢復《かいふく》すれば病虫害に強い農作物ができる。殺虫剤がいらなくなり、農民は健康を取戻す。家にいるだけで、味噌も醤油《しょうゆ》も植物油も作ってしまえば、あとは余分なものを売った金で衣類その他を買うことができる。

これが農家の本来あるべき姿だった。戦前は大地主の存在があり、搾取《さくしゅ》されている百姓がいたけれど、今はすべてが自作農になっているのだから、農林省が近代化などと言って単作や多頭飼育などを指導しなければ、農民はもっと落着いた暮しができた筈《はず》だったのだ。

工業立国が叫ばれ、まず農村からは大量の人口が工場へ送りこまれた。まるで徴兵制度のある時代に働き手が国策に従って召集されてしまったように。農村は最初、工業によって人手を失い、次に工業製品である化学肥料と農薬によって大事な「土」を骨と皮にされてしまった。公害と呼ばれるものの元凶は、常に工業であることをよく考えてみたい。

さらに農業は、商業によって滅茶々々に喰いあらされた。

農業が、商業によって、どれだけ痛めつけられてしまったか。例を野菜のキュウリにとって考えてみたい。

*

昭和四十八年八月に、農林省食品流通局野菜振興課が設定した「野菜標準規格」の第一ページに、こう書いてある。

「野菜は近年商品としての標準化も進みつつあり、生産者団体、地方公共団体によって標準規格を設定しているところが多くなっている」

農協や、各県別に青果物検査員協会のようなものがあるので、規格がまちまちになり、複雑に細分化されている現状だから、取引の合理化ならびに流通経費の節減に資するために、主要野菜の規格の簡素化をはかるのが目的で作られたというのだが、「この規格は出荷段階における（野菜の）品位、大小、量目、包装の基準を定めている」

そして規格を明示された主要野菜なるものは、たまねぎ、レタス、キャベツ、きゅうり、トマト、なす、ピーマンの七種類である。

どの野菜についてみても面白い発見があるが、胡瓜《きゆうり》に限って言えば、「品位基準」は、同一の品種群で品質、形状および色沢により、AおよびBの二等級に区分されている。

品位Aのキュウリというのは、①適度に成育して（どうしてこんな当り前のことを文

大小区分	1個の長さによる場合		1個の重量による場合	
	短形種	長形種	露地もの	ハウスもの
L	21cm以上23cm未満	26cm以上29cm未満	120g以上150g未満	90g以上120g未満
M	19cm以上21cm未満	23cm以上26cm未満	90g以上120g未満	75g以上90g未満
S	16cm以上19cm未満	20cm以上23cm未満	70g以上90g未満	65g以上75g未満

キュウリの品位基準

字にするのだろう)、②色沢良好で(こんなことを言うから農家は野菜を磨かなきゃならなくなるのだ)、③品種の特性を有し(キュウリはキュウリじゃないですか)、④形がよく、⑤曲がりの程度が二センチ以内であること。⑥清浄であること。

品位Bのキュウリは、①から⑥までAクラスと同様で、ただ⑤だけが、曲がりの程度が四センチ以内であること、というのが違うだけである。

AにもBにも当てはまらないものは、つまり色も艶《つや》もよくなくて、四センチ以上曲がっていると規格外になる。農林省ではこれを重欠点果と、軽欠点果の二種類にしている。

腐っているもの、未熟果と過熟果、傷もの、病虫害の被害のあるもの、が重欠点果。

容器の中に品種の異なるものがあったり（ウリのつるにナスビはならないのに）、かたおち、しり太の程度が軽微な形状不良果、軽微な傷のあるもの、欠点程度の軽微なもの、以上が軽欠点果。

それが更に大小区分では、一個の長さがLと、Mと、Sの三種に、一個の重さもLMSの三種に、しかも露地もの（ふつうに栽培されたキュウリ）とハウスもの（ビニールハウスで栽培されたキュウリ）は重量基準が違うのである。

これで「規格の簡素化」と、どうして言えるのだろう。お台所の一本のキュウリが、どこに属するか、前ページの表を見て考えてみて下さい。これがさらに品位によってABという等級に分れる。

*

次ページの表は、昭和四十六年のものだけれど、キュウリに十三階級あるという見本である。A級のMと、B級のMを較べてほしい。まっ直ぐなキュウリと曲がったのとでは、値段が半分になっている。

曲がり工合の数ミリの違いで半値になるのなら、買い手の主婦たちは安い方を歓迎すると思うのに、売り手の農家は懸命になって、まっ直ぐなキュウリを作ろうと努力する。これは当然だ。

規格		コード	単価（円）	規格		コード	単価（円）
A（秀）	SS−AA	1	——	B（優）	SS	6	900
	S	2	1,300~1,250		S	7	800
	M	3	1,250~1,200		M	8	600
	L	4	1,000		L	9	550
	LL	5	650		LL	10	550
				C（良）	SSS. CS. A	11	500
					C. CM. B	12	450
					CCD. L. CC	13	——

キュウリの等級別価格

ところで、まっ直《す》ぐなキュウリは、どうやったら作ることができるか。本来のキュウリは長さの中ほどにイボとトゲがあって、ここは身がしまっていて味も歯ざわりもいい部分だが、高いところでぶら下っても、この辺りで身がよじれる。そこで農家の人たちは、キュウリの一本一本のお尻《しり》にオモリをつけ、成長促進剤を塗りつける。虫がつくと品位にかかわるので、殺虫剤をたっぷりかける。

農薬の種類を説明するところで、あまり多いから省略したものを、ここで御披露すると、各種殺虫殺菌剤その他には、添加剤として次のようなものが必ずといっていいほど混合されている。（　）内は、私がつけた蛇足である。

効力増強剤（つまり相乗作用のある

ものを混ぜる。除虫菊とピペロニルブトキサイドをまぜているのが一例である）

蒸発防止剤（散布した殺虫剤が蒸発して効力を失うのを防ぐクスリである。アメリカでDDTにPCBをまぜた理由であり、日本でも使われていたという噂《うわさ》がある。今は何が使われているのかしら）

流失防止剤（殺虫剤が雨で流されるのを防ぐクスリ。水に強いわけだから、台所で洗っても簡単には落ちなくなる。農林省は、雨で流されない殺虫剤が、台所では洗い落せると思っているのかしら）

展着剤（界面活性剤つまり合成洗剤と同じものなど。散布した殺虫剤を野菜や果実の中にジューッと浸透させる働きをもつクスリである。こうなれば雨にも風にもまけないし、もちろん台所の水で洗っても落ちない）

多くの農薬は複合して用いられている。その相乗作用は、確実に複合汚染になる。

農家の人たちがキュウリをまっ直ぐに作るために、必死で努力をし、収穫後は自分たちで大きさ長さ品位で十三種に選りわけ、洗ったり磨いたりして箱におさめるという作業は、土を耕し、種をまき、実をもぐという農業本来の作業の倍以上も時間がかかる。ただでさえ人手不足の農家に、こんな仕事をやらせているのは誰か。

苦心惨憺《さんたん》の成果であるまっ直ぐなキュウリは、都会の主婦たちの手で、トントントントンと無造作に切り刻まれてしまう。サラダでも漬物でも、キュウリがまっ直ぐでなければならないオカズなんて一つもないのに。主婦たちは、曲がったキュウリでも安ければ喜んで買う筈であるのに。

キュウリの品位や曲がり工合を問題にするのは、青果市場だけであり、農林省はそのお先棒をかついで野菜の標準規格を作っている（としか思えない）。

*

私はキュウリのことだけ言っているのではない。トマトでも、ピーマンでも、およそ七種目の野菜は、食べる側からみればみんな馬鹿《ばか》げた規格があり、値段は大きさや色艶できまっている。

畠《はたけ》でとった野菜は、大小とりまぜ、花粉のなごりを止《と》めたまま大きな容器に投げこんで、重さで売買していれば、農家の手間は省けるし、消費者の食卓には新鮮で、おいしくて、しかも安全なものが届くのだ。主婦はその日のメニューで、大きなトマトは切って使うし、色の悪い茄子《なす》は古漬けにする。八百屋の店先で熟しすぎたトマトは、シチューに入れるし、形のいいのがあれば輪切りにしてサラダにするだろう。選別は、昔は主婦たちが八百屋の店先でしたものだった。

今の若い主婦たちは、キュウリはまっ直ぐなものだと思いこんでいる。トマトはまんまるで、薄ピンクの色のものだと思いこんでいる。これは全部、生産者と消費者の間に割って入っている流通機構（つまり商業）の御指導の賜物である。

農家は、商業と農林行政官の指導のもとに、畠からまだ青いトマトをもいで、時間をかけて形で揃《そろ》え、大きさで揃え、別々の箱に入れて出荷する。中央卸売市場はこれをまとめて八百屋さんに売るので、東京の世田谷区に千葉県の遠隔地のトマトが届く。世田谷近郊の農家のトマトは、まわりまわって練馬区の八百屋さんで売られる。こうして長い旅路でようやく青いトマトは箱の中で赤くなる。しかしビタミンはどんどん減り、味は決してよくなっていない。もともとが未成熟のトマトが、古くなって赤く色を変えただけのことだから。

いったい農林省は、どこを向いて行政指導をしていらっしゃるのかというのが、私のきわめて素朴な疑問である。

卸商の人たちは儲けを追求する人々なのだから、キュウリが曲がっていればそれを口実にして買い叩く。まっ直ぐなキュウリは高く売る。商人はそれが商売で、安く買って高く売り利ザヤを稼ぐのがいい腕だと、古今東西そう相場がきまっている。しかし農林省や通産省は、それをチェックして国民の生活安定を心がけるべき役所ではないか。行政官は、どちらの味方をしているのだろう。

ビニールハウスの普及で、冬も野菜がふんだんに食べられるようになった。ナスもキユウリも、トマトもタマネギも、どの季節の野菜だったか、私でさえ考えないと即座に言えないくらいだ。

しかし冬の野菜は、高価なものである。ビニールハウスの中で石油を燃し、化学肥料と農薬で育てたナスやキュウリは、最初は農家にとって利の厚い作物だった。都市近郊の農家は争ってハウスをふやし、農林省もそれを奨励した。その結果、冬の野菜は生産が多くなり、野菜の値段は暴落した。ハウスに切りかえた農家は、経済的にたちゆかなくなった。

一方、夏場の野菜は近郊ではとれないので、遠隔地から包装して、トラックにのせ、石油を燃料としてはるばる青果市場に届く。だから、夏のキュウリは高くなった。しかも台所へ届くまでに鮮度が落ちる。

*

前に、化学肥料で育てたトマトやキュウリのビタミンは、堆肥《たいひ》で育てた野菜の半分以下だと書いた。ビニールハウスで育てたトマトは、直射日光を受けないので、露地栽培の野菜よりビタミンCが半分以下だという。すると、化学肥料とビニールハウスで育てられたトマトのビタミンCは、本来のものの四分の一以下になってしまう。こんなトマトを健康な野菜と呼べるだろうか。

「いやですねえ。いったい何を食べたらいいんですか」

「現状では、安全な食品は何もないのですよ。空からPCBやら排気ガスやら降ってきますしね」

「キャベツも、白菜も、殺虫剤に殺菌剤ですか。魚は水銀にPCB、牛豚肉は残留農薬が濃縮されている。胃かいようの豚なんて、食べたくないですよ、私は」

「肉を見たって見分けがつきませんからね」

「どうしたらいいんでしょうね。何も食べないってわけにはいかないし」

「まあ、食べてる連中が怒り出さないことにはね」

「作ってる人たちと一緒に、ね」

「ともかく偏食が一番いけません」

「ははあ」

「いろいろ食べて、つまり雑食ですよ。今やれる唯一《ゆいいつ》の防衛策は」

「でも、病気になるでしょう？」

「ええ、病気になっているでしょうねえ。おかしなものを食べていて、おかしくならない方が、どうかしている」

「そういう報告は、ないんですか」

「ありませんね。地域で集団発生しない限り、原因が摑《つか》みにくいんです。病人がいても、まず分らないというのが実状でしょう」

水俣でも、阿賀野川でも、多勢が一斉に発病したので、世間が騒ぎ出し、政府も重い腰をあげて公害病をしぶしぶ認定した。

「各地方の食品が集ってくる都会で発病した場合は、どうなるんでしょう」

「分りませんね」

「でも、あるでしょう」

「ある筈《はず》ですよ。たとえば胎児性水俣病などは水俣以外でも出てるんじゃないかって気がしますね」

「なんですか、タイジセイミナマタ病というのは」

「お母さんのお腹にいる間は、赤ちゃんは排泄《はいせつ》しないんです。ご存知ですか」

「ええ、お臍《へそ》から養分が入って……あッ」

水俣で、母体は健全であるのに、生れ出た赤ちゃんが脳性麻痺《まひ》で、重症身障児であるという例が沢山あった。

水銀以外の毒物で、いったい私たちに何が起っているのか。私たちには何も知らされていないし、知るすべもない。

東京で、山口県で、また猫がおかしくなってきた。原因が、まだ分っていない。ごく僅《わず》かな量の水銀で、猫が狂っている。多分、他の物質何種類かの複合汚染であろう。猫の次は、水俣では人間だった。

＊＊＊

困ったとか、こわいとか、何遍繰返して言ったり書いたりしたところで、一つも物事は解決しない。

そこで消費者運動は、厚生省の食品添加物を端から一つずつ退治することを始めた。三百三十六種類の食品添加物の安全性のチェックである。

だが私に言わして頂けるならば、厚生省は食品会社や製薬会社との義理やおつきあいの一切を断って、食品添加物は全部やめてしまうべきだ。昭和二十六年までは、ほとんど使われてなかったものばかりなのだから。

たとえば防腐剤は、冷蔵庫が普及したのと反比例して使用量は減る筈であるのに、逆に厚生省はどんどん認可し、業者はどんどん使っている。

しかし、業者と一口に言っても、いろいろな人がいる。私の知っている漬物屋さんの話をしよう。

この漬物屋さんを知るに至ったキッカケは、私が常日頃「横丁の御隠居」と呼んでいる口うるさいお爺《じい》さんが、

「私はもう老先短いのですから、せめて、うまい飯と、うまい漬物だけ喰いたい」と言い続けてもう十年になるということから説明しなければならない。この人は、今年で七十歳になる。

私はこの年寄りには常日頃大層お世話になっているので、旅行をする度に地方の名産の米や漬物を買って帰って届けるのだが、年々気むずかしくなる一方で、

「どうもなんですな、名物に旨いものなし、というのは本当ですな。しかし昔の名物は、こんなものではなかった。京都は私の曾遊《そうゆう》の地ですが、あなたが持って来るしば漬なるものは、昔のしば漬とは似ても似つかぬ品ですな。昔は、こんなものではありませんでしたよ」

「あのオ、昔のしば漬って、どういうものだったんですか」

「歯ざわりが違います」

「はあ」

「味が、まるで違いますな」

「はあ」

機嫌がいいことの滅多にない人なので、届けたものをボロクソに言われるのには馴《な》れていたが、数年前に京都の親しい人から、

「本物のしば漬を売ってる店、ご存知ですか」

と訊《き》かれた。

「え？　しば漬に本物やニセ物があるんですか」

「あります、あります。御案内しましょう」

と有名な神社の前まで連れていってもらった。小さな店構えで、各種の漬物が四斗樽《しとだる》に入って店内に並んでいた。入って行くと、お茶と、漬物を盛ったお鉢をすすめてくれた。

「いらっしゃい」

「あのオ、しば漬を頂きたいんです」

「東京へお持ち帰りですか」

「ええ」

「なるべく四日ほどで召上っておくれやっしゃ」

＊

本物のしば漬なるものは、私のような若いものには、とてもしば漬と思えないほど色が赤くなくて、茄子《なす》も胡瓜《きゅうり》も見たところぺちゃっと押し潰《つぶ》れていた。あんまり美しい感じではなかったし、一口味わってみても歯ごたえがない。味はたしかに悪くなかったけれども、これでいいのかなあと不安な思いで、しかしともかく本物と聞いたのだから、買って帰って横丁の隠居に届けてみた。

「また漬物ですか。やれやれ、うまくもないものを持って来られると、無理して食べるだけ苦痛ですよ」

「どうも毎度すみません」

「婆《ばあ》さんや、仕方がないからすぐ切って持っておいで。どうせまずいにきまっているが、御厚意だけは頂かねばならん。味だけきかせてもらいましょうか」

「あのオ、また来ますから」

私は自信がなかったので、家に飛んで帰った。

ところが追い討ちをかけたように横丁の隠居から電話がかかってきた。

「どうも驚きましたな。何年ぶりですかな、昔のしば漬に出会ったのは。あなたも、なかなかやるじゃないですか」

「あのオ、あれはやっぱり本物でしたか」

「まさにしかり、本物でした」

「どうしてですか」

「歯ざわりが違います」

「はあ」

「味が、まるで違いますな」

「はあ」

「妙ですな、あなたには分ってないようですな、私の喜びが」

「全然分らないんですよ」

「それではすぐにお出でなさい」

「え？」

「御一緒にお茶漬を。おい、婆さんや、仕度をしておきなさい。すぐ来るからね」

一方的に電話を切られたので、私はまた横丁まで駈《か》けて行った。

隠居は、珍しい恵比寿《えびす》顔で、

「今日は久々で食がすすみましたよ。さあさあ、あなたもお上りなさい。なんといっても日本人には、米と漬物です」

その品を届けたのは私だのに、年をとって物忘れがひどくなったのか、まるで自分で漬けたように自慢顔である。私は私の家にも買って帰っているにもかかわらず、隠居さんの部屋でお茶漬をご馳走《ちそう》になる羽目になった。

「どうです、うまいでしょう。これが、私の若かりし頃の京都のしば漬です」

「ははア」

「歯ざわりが違うでしょう」

「そうですね、私の知ってるのは、もっとパリパリ、シャリシャリいいますけど」

「あれは偽物《にせもの》ですな」

「これは、ペチャン、クチャンとなっていて歯ざわりの方は、あんまり良くないですけどねえ」

「お気の毒に、本物を知らん人間は不幸ですな。今は不幸な人間が多くなりました。末世ですなあ」

*

私は、この小説（と言っていいかどうか知らないけど）を書くに当って、パリパリシャリシャリと、ペチャンクチャンのしば漬二種類を持って、ある学者の研究室へ出かけて行った。

「あのオ、毎度お騒がせしますが、また分析をお願いしたいんです」

「今度は、どういうことですか」

「こっちの漬物はパリパリいいますが、こっちはご覧の通り、ペチャンコで歯ざわりが違うんですが、どうしてそうなのか調べて頂きたいんです」

数日後、結果が分ったというので、またお訪ねした。

「こちらには防腐剤と調味料と着色料が入っていました」

「パリパリシャリシャリの方ですね」

「そうです」

「この昔の味とかいう方は、如何《いかが》でした」

「それですよ、この店はどこにあるんですか、僕にも教えて下さい。防腐剤も人工調味料も着色料も入っていないんですよ。是非とも食べてみたいです」

「あら召上らなかったんですか」

「分析資料として使ってしまいましたから」

「あのオ、パリパリシャリシャリいうのと、いわないのと、どういう理由からですか」

「え？」

「私がお願いしたのは、歯ざわりが違うのは何故《なぜ》か、その理由を知りたかったからです。最初たしかにそう申し上げた筈ですが」

「それはねえ、防腐剤の関係かと思いますがねえ」

「どうして防腐剤が入ると、パリパリシャリシャリになるんでしょう」

「分りませんね」

「分析してもですか。あなた、学者でしょ」

相手の方は苦笑して、私を見た。

「学者がなんでも分ると思ったら大間違いですよ」

「そうですね、学者と政治家がもう少し分っていたら、この世の中はこんなに間違っていなかったでしょうよ。でも、それにしても」

「たとえばですね、コーラをポンと出されて、ここに何と何が入っているかと訊かれても、学者には分らないんです」

「本当ですか。どうしてでしょう」

「たとえばコーラにタール系色素が入っているかどうかと訊かれれば、その実験はできます」

「タール系色素が、入ってるんですか、コーラに」

「いや、入っていないようですよ」

「ああよかった」

「それはともかく、学者にもいろいろありますのでね、僕らが同じ学者として恥じているのは、企業内の学者たちが何故黙っているのかということですよ」

「激しい毒性について分っていながら、人体に現れる結果も当然知っている筈の学者が黙っているなんて、犯罪ですね」

「そうです。犯罪です」

＊

学者には分らないということがよく分ったので、私は漬物屋さんに直接会って質問することにした。高い杉木立に囲まれた上賀茂《かみがも》神社の境内のちょうどまん前に、そのお店はあった。

私の顔を見ると、福相の御主人が奥からにっこり出てきて、

「ええお天気どすな」

と迎えてくれた。京都へ来ると必ず買っては横丁の隠居に届けているから、もうすっかり顔なじみなのだ。

「あのオ、いつも訊きたいと思ってたことがあるんですけど、教えて頂けますか」

「へえ、なんなりと」

「あのオ、この店の漬物は、よその漬物と較べて、パリパリシャリシャリいわないんですけど、それはどうしてですか」

「それはまあ、私とこは塩しか使うてない漬物屋やからですわ」

「はあ、ですけどそれとパリパリシャリシャリは」

「よろしいか、野菜に塩つけて、重いもので押しをかけます。これが漬物の作り方です。古くは中国から伝来した昔ながらの正しい方法ですねん」

「はあ、はあ」

「塩は防腐剤ですねん。保存料ですねん。漬物は保存食ですわな」

「ええ」

「ところが塩して押しすると、水が出ます。漬物だけの目方が軽うなります。目方で売る商品やから、軽うては損やと思う漬物屋は水入れてふやかします」

「まあ」

「すると腐りやすうなります。当り前ですわな」

「ええ」

「そこで防腐剤を入れまんのや、よそさんは。良心的な漬物屋は、私とこだけではおまへんけど」

「まあ、それで防腐剤が入るんですか」

「防腐剤を入れると味が落ちます。それで味の素やら何やら調味料ですな、それを入れます。スーパーで山積みしてある漬物の袋眺めてると、私は何やら怖ろしゅうなってきますわ。防腐剤ちゅうのは毒でっせ」

「あのオ、このお店はどのくらい昔から続いているんでしょう」

「私が始めたのは昭和六年です。が、私は小売りはしてえしませんでした。店も、もっと町中にありましたし」

「あのオ、小売りをしてなかったといいますと」

「卸し専門です。店で売るようになったのは戦後です。戦前は東京へも九州へも、全国に卸売りしてたんですが、昭和三十年に店を畳んで、ここへ移りました」

「どうして卸売りを止《ゃ》めてしまったんですか？」

「戦後になって、急に返品が多うなりました。色が悪い、いたみやすい、よそは腐らん漬物を作っているぞと言われましてなあ。どんどん返やされてきたんです」

「それが昭和三十年ですか？」

「いや、昭和二十七年頃からです」

厚生省がむやみやたらと食品添加物を認可し始めるのは昭和二十六年からであるから、この話はピシャリと符丁があう。

＊

昨日の漬物屋さんの話を続けよう。

「東京の業者から、紫の粉ォを渡されて、紫のしば漬を作れと言われたときは驚きました。なにが悲しゅて京都の漬物屋が東京の人間から漬物の指図されななりませんね」

「なんですか、その紫のしば漬って」

「私も訊いたんですわ、ほほう、どないして紫のしば漬ちゅうものつくりまんねて。ほたら、ムラサキの粉ォ入れるんやと言うてくれましたわ。ほほう、そのムラサキの粉ォは、どないして買いまんねて、私、訊きましてん。ほたら、薬局へハンコ持って行って買えと言わはります」

「なんでしょうね、それ」

「私、びっくりして訊き返したんですねん。薬局へ？　ハンコ持ってですか？　ひゃアー、ハンコ持たんと買えんもんちゅうたら毒と違いますかいな。私、そんな毒入れた漬物ら、よう作りませんわ。それで私とこの漬物は、防腐剤入れてないから腐る言うて返される。菜の花漬も色悪いというて返される始末です。戦争前は、誰も何も言わんで、これが京都の漬物やと思うていたんです。塩だけしか使うてません」

「塩が防腐剤で、保存料なんですね」

「それが昔からの漬物です。そやから私とこの漬物はナマの野菜で歯ざわりよく仕上げるわけにはいかんのですわ」

ここに至って私はようやく、シャリシャリパリパリいう漬物は、ナマの野菜を防腐剤で腐らないようにしてあるのだということに気がついた。

「でも、お困りになったでしょうね。そんなに返品が出たのでは」

「困りました」

「ねえ」

「しかし、毒売って儲《もう》けとうはなかったんですわ。えいっと店畳んで、賀茂へひっこんで小さく細々と小売りでやっていこうと決心したのが昭和三十年です」

二十年も前に、厚生省の認可している食品添加物に対して、こういう反撥《はんぱつ》を示していた漬物屋さんがいた。なかなか誰もがやれることではないと思うにつけても頭がさがる。手広くやっていた卸商をやめたと一口で言うけれど、経済的にもどんな大きな苦痛を伴ったことだろうか。けれどもこの漬物屋さんは、笑顔を崩さずに淡々と話し続けた。

「一人や二人の人間殺しただけでも殺人犯やの死刑やのと言われるのに、ようまあ毒が使えますな。そうですやろ、ハイジャックで刃物見せただけでも逮捕されるのに、店先に毒を並べていて、なんで犯罪にならんのでっしゃろ。他のお人の考えは分りませんが、私は毒使って漬物つくっては御先祖さまに申訳ないので、毒は使うてません」

こういう人たちが日本中のあちこちにいて、どうにか日本が滅亡するのを支えているのではないだろうか。

「うちは塩だけですよって、高い金出して防腐剤やの調味料、保存料、着色料を使うてないんで、安うあがります。何より味の分るお客さんが、よう買うてくれはります。東京の有名な料理屋におさめさしてもろうてます。ああ、ご存じでしたか。あこの御主人、味にうるさいお方ですよってな」

＊

私はこの仕事にかかってから実にしばしば、日本のあちこちで、偉大な人物に出会うことが出来た。私にとって何より幸せだった。書くことよりも学ぶことの多い毎日である。

京都の漬物屋さんは、その中の一人である。立派な人というのは、こういう人のことだと、私は感心した。民間から大臣を出すなら、こういう人こそ厚生大臣になって頂きたいものだ。

「近頃は無添加の漬物やというので、買うて下さるお方がふえる。宣伝もせんのに東京からも大阪からも送ってほしいというお客がふえました。郵便で送りますさかい、うちところは配達の手間かかりません。毒やのクスリやの使うてませんから、金は儲かるばかりで、商売繁昌《はんじよう》させてもろてます」

今でこそ、こんなことを言って笑っているけれど、毒を使わず店の規模を縮小した当時は大変な勇気と二十年の忍耐があったに違いない。私はすぐきや六郎兵衛さんに、心から最敬礼をしていた。

それにしても、ムラサキのしば漬というのは何事だろう。薬局で売っているムラサキの粉というのは、いったい何だったのだろう。ハンコを持っていかなければ、売ってくれない毒というのは、何のことだろう。

それを質問すると、

「さあ、知りませんがな、うちは使うてないんですから」

「あのオ、それじゃ、よその店で使ってる防腐剤や着色料は、どういう種類のものなんでしょう」

「知りませんがな、うちは使うてませんし」

ごもっともだが弱ってしまった。

仕方がないから自分で厚生省許可の食品添加物の表をひろげ、食用タール系色素について調べてみた。

あった、あった。「ムラサキ色一号」というのが見つかった。昭和二十七年に許可になり、昭和四十八年に使用禁止になっている。許可から二十一年後に禁止になった理由は「使用されないから」という不思議なものだ。いったい使用されないものを許可していたというのは、どういうことか。

そこで又もや専門家のところへ、のこのこ出かけて行って、ムラサキ色一号なるものの正体について説明してもらった。

「ええ、ムラサキ色一号はトリフェニルメタン系色素でして、化学構造式から見ると発ガン性がある可能性があるのではないかという疑いがありますね」

「もっと分りやすく言って頂けませんか」

「これ以上分りやすくなんか言えませんよ」

「だってトリフェニルメタン系なんて、なんのことか想像することもできませんよ。タール系と、どう違うんですか」

「タール系の中の一つです」

「はあ、すると原料は」

「石油です」

またしても、石油か。

「ムラサキ色一号が四十八年禁止された本当の理由は、何ですか」

「分りませんが、厚生省が許可していたタール系色素は三十七年以前は二十五種類だったのが、今では十一種類に減っていますから、その中の一つでしょうね」

*

厚生省が現在自信を持って許可している食品添加物は三百三十六種類あることはすでに書いた。それについて、どういう形で検査をしているのか心配だ、とも私は書いてきた。

タール系色素の二十五種類が、約十年間で十四種類も使用禁止になっているという。ムラサキ色一号もその一つであり、最近では赤色二号が日本でもアメリカでも問題になっている。

「あのオ、消費者運動の成果でしょうか」

「残念ながら消費者運動は、まだそこまで盛り上っていません」

「厚生省自身が毒性の検査をしてから禁止処分にしたのでしょうか」

「それもあるでしょうが、主として諸外国での研究発表を見て一つ一つやめていったというようなことでしょうね」

石油から合成されているタール系色素については、まだ研究が不充分で、動物実験では今のところ安全性が高いと言われているが、漬物の原料である野菜の農薬を考えると、複合汚染であるから、ないにこしたことはない。私が食品添加物はみんなやめた方がいい、安全なことはないと言う論拠である。

「防腐剤はどうでしょうか、漬物の」

「しば漬をお調べでしたね」

「いえ、市販されている漬物全般に入れてある防腐剤です」

「味噌《みそ》漬《づけ》などですと、前には味噌の防腐剤としてデヒドロ酢酸が使われていましたが、肝臓に変化を起すことが分って禁止になりました。もっとも、これは味噌に関してだけですがね。ですから多分ソルビン酸でしょう、現在使用されている防腐剤というのは」

「ソルビン酸は安全なんですか」

「防腐剤のなかでは安全性が高いと言われています」

学者さんの言葉づかいというのは、いつも正確を期するために慎重で、まわりくどく、結果としてあいまいな表現になってしまう。

「あのォ、私が知りたいのは、安全か、安全でないかという単純な御返事なんですけど」

「防腐剤というのは細胞レベルで生物の繁殖を止めるのですから、人間という生物の体内に入っていいという保障は何もありません」

「いつまでたっても腐らないものなんて、安全ではない筈でしょう」

「そういうことも言えないこともないでしょうね」

ビン詰やカン詰入りの漬物には防腐剤が入っていない（筈である。入れている業者がいたらバカだと思う）。熱処理をして空気を遮断《しやだん》し密閉することによって、腐らないようにしてある。そのかわり、ビンやカンから出すと、長くはおけない。ビン入りの福神漬など、昔からあったものは防腐剤に関する限り安心していていい。

スーパーマーケットの入口で、ビニール袋に入った漬物が、太陽の光をさんさんと受けながらいつまでも積んであるのを見る度に寒気がしてくる。

「漬物なんか、どうして買うんでしょうね。安い野菜が出まわる時期に、自分で漬込んでおけばいいのに」

私は八ツ当り気味でこんなことを独言しながら、ああと溜息《ためいき》が出た。安い野菜は、中央市場の価格操作で、滅多に出まわることがないのだ。

私がこの仕事にかかってから出会うことのできた最も立派な方を、今日から御紹介いたします。

***

レイチェル・カースン女史がＤＤＴに代表される殺虫剤は生物界の秩序を乱すと警告して『サイレント・スプリング』を発表した一九六二年（昭和三十七年）。それより一年も前に日本では奈良県五条市の一開業医が、「農薬の害について」というパンフレットを自費出版していた。

三代続いた仏教学者の家に生れた彼は、家で教えられる仏教的世界観と、学校で教育される科学的世界観のギャップに悩んで、理科へ進み、自然科学から人間の躰《からだ》に興味が移り、京都大学で医学を修めた。そして医学の基礎は生命力であることを悟ったのだった。

「結核菌は誰でも持っています。しかし肺病になる人と、ならん人がある。どうしてか。生命力の弱い人が病気になるんです。生命力があるから、盲腸の手術した後がふさがるのです」

「なるほど」

「ところが今の医学は、人間が持っている生命力を無視しています。病気はクスリで癒《なお》せると思うてるところが間違いなのです。そうして病気を直して病人を作るという結果を生んでいるのです」

それは今、医原病と呼ばれている。むやみやたらと薬を飲ませるお医者さんがふえた。クスリなら何でも効くと思って飲むのは、農薬をやたらと田畑に撒《ま》いて病気になっている農家の人たちと同じことである。

臨床医となった五条の青年医は、大勢の患者を診療しながら、人間が病気になるのは生命力の衰えに起因しているのだが、何が生命力を衰えさせるものであるのか思索を続けていた。

若い彼は広島県に修業に出かけ、そこで瀬戸内海に浮ぶ小島を診療してまわりながら、佐木島には病人がほとんどいないのに、生口《いくち》島には病人が多い。どうしてだろうと具体的に考え、観察を始めた。

健康な佐木島で、病人がたまに出れば、それはきまって「旦那衆《だんなしゆう》」だった。そんなところから、彼は患者の食生活の調査に取組むことになった。

「たった一万人だけのカルテですから、原因究明にはなりませんでしたが、まあ傾向は分ります」

「先生、一万人というのは、たったとか、だけとかいう数じゃありませんよ」

「はあ、しかし統計をとるには決して充分な数ではないのです。私の力が足りないのでして」

「でも傾向は分ったと仰言《おつしや》いましたね」

「はい。食生活が生命力の大きなファクターであることだけは分りました」

魚肉を多く食べる島の住民は、概して不健康であり、野菜と海草を沢山食べる佐木島の人々が健康だった。彼らは白米を食べず、麦飯だった。白米をどっさり食べ、おかずの少い人は短命だ。果物は野菜の代用にならない。そうした傾向が分った。

「それから農村の食生活を調べてみたのです」

梁瀬義亮先生は、きっとして顔を上げ、語り出した。

＊

昭和三十年頃から農村には生活改善指導というのが行われていた。動物性蛋白《たんぱく》をとらなければいけない。さかんに肉食がすすめられた。危険な防腐剤の入った魚肉ソーセージが、主として農村で売りさばかれるようになった。

「農家の人たちに胃病と肝臓病が急増しています。戦前にはなかった傾向です。原因は何やろと思いました。もちろん食物や、と最初から分っていたのですが、食物の何がいけないのか分りません」

きれいな空気を吸い、土と緑に親しんで暮しているお百姓さんが胃を患うというのは、明らかに変だ。胃病の原因は、食べすぎの他には、神経性のものが考えられる。

「ノイローゼですね、胃病も。精神が冒されると、まず胃へきます。理由が、どうしても分りませんでした。私は患者の食生活の指導をさせてもらいまして、麦飯と野菜を沢山食べるように言うてましたが、魚も肉も滅多に食べん人たちが、どんどんおかしくなるんです」

「あのオ、おかしいというのは、たとえば」

「まず無気力になり、生きるのが嫌やになってしまうのです」

「ああ、農薬に自殺願望を強める傾向があるというのは、そのことですね」

「はい、随分、死にました。このあたりでも一家全滅した例が幾つもありますから、全国的には大変な数になるでしょう」

「ホリドールで事故死や自殺をした数は、データがありますが、一年に五百人近くも自殺してますね」

「それはホリドール飲んで自殺した数でしょう」

「そうです」

「実際は、その十倍も多いですよ。自殺として届けてない家がほとんどですからね。世間体もありますし、第一、ホリドールで生きるのが嫌やになって首吊《くび》った人は、ホリドール自殺の統計に入っていないですし、これは農村以外にも大勢いる筈です」

主人が胃病で毎日不機嫌だ。酒ばかり飲んで暮すようになる。主婦は自律神経失調症になった。息子はノイローゼで井戸へ飛込む。お爺《じい》さんが首を吊った。こうして一家が全滅した例を、梁瀬先生は怒りを抑えるようにして幾つも話して下さった。

「すべてホリドールですか」

「いや、今使われている農薬のほとんどが長く多用すれば同じことです。ホリドール以外の有機リン剤は禁止されていませんからね。本当に、どうしてこんな状態を野放しにしているのか、私にはまったく理解できません」

「犯罪ですね」

「大犯罪です。大量殺人ですよ」

「農林省も製薬会社も、使用禁止にしただけで誰も責任をとった者がいないんですが、これをどうお思いになりますか」

「どういう人たちが農林省や製薬会社にいるかと私もよく考えます。彼らも毒物の入った野菜を食べているのに、ですよ」

＊

農家に往診に行くと、よくとりたての野菜をもらうことがある。梁瀬先生は、おいしいものが大好きだ。昭和二十七年の秋、もらってきた野菜が、同じ品種でも家によって味が違うのに気がついた。そして、おいしい方の野菜は、台所に何日かおいておいても、おいしくない野菜より日もちがいいことに気がついた。

どうしてだろう、梁瀬先生は首をかしげ、次の往診の度ごとに栽培の仕方をきいてみた。理由は、すぐ分った。

「化学肥料を使った野菜は、まずいんです。堆肥《たいひ》をやっている土から生れた野菜は、おいしい上に、鮮度が落ちにくい。化学肥料の方は、すぐ腐ります」

「ええ、ええ」

「そこで私とこでも家内に協力してもらって畠を作ってやってみました。化学肥料と、堆肥と、二通りの畠を作ってです。僅《わず》かな土地でしたが」

「あのオ、先生御自身で、ですか」

「そうです。そして、やっぱり自分で確かめました。味も色艶《いろつや》も、まるで違うんです。栄養も、これは絶対に違うと思いました。少くともビタミン含有量が堆肥の方が多いのです」

それから梁瀬医師は、稲のイモチ病やウンカが発生する度に被害状況を調べてまわった。そして化学肥料と農薬を多用しているところと、していないところで被害の大きいところと小さいところの違いがはっきり現れている「傾向」があることを確認した。

「堆肥を入れている土地では、病虫害の被害が少いように思いました。化学肥料で育てると、むやみと虫がつきます。それで殺虫剤を使う。すると益虫が死ぬ。農家に病人が出る。ええことは何もないのです」

医学を修めた梁瀬先生が、改めて農学を第一ページから勉強することになった。診療の後、夜おそくまで農業に関する書物を読みふけった。

しかし梁瀬医院には、奇病を持った患者がふえる一方だった。どんなに食生活を改善し、魚肉をやめて菜食に切りかえさせても、農家以外の人たちにも精神障害がふえる一方だった。

「お好み焼が好きで、よう食べる人に、肝臓炎や口内炎が起るという傾向に気がついたときは、メリケン粉が悪いかと思って、いろいろ分析してみました」

「結果は？」

「メリケン粉ではなくて、キャベツだったんです」

「キャベツ？」

「ホリドールを千倍から二千倍に薄めて、出荷前のキャベツや茄子《なす》にふりかけると、いつまでも凋《しぼ》まないし、ツヤがとれないのです。当時は業者がさかんにすすめてまして、農家の人たちは野菜の化粧に一生懸命だったのです」

明治以来、野菜と果物は当らないと思いこまれていた。梁瀬先生もその一人だった。

しかし菜食をすすめ、生野菜を食べさせても、ホリドール入りの茄子やキャベツでは病気になっても健康にはなれない。

＊

病気の原因が野菜で、さらにいえば農薬が悪いと梁瀬義亮氏が気付いたのは昭和三十四年だった。

五条でまっ先かけて農林省の指導に従い、近代農業に切りかえ、ハウス栽培を始めた家で、主人がノイローゼにかかり、主婦は手足が冷めたくなり、関節がかたまってリューマチのようになった。家中のものが這《は》って動くという重症の地獄絵だった。

この家が、一家全滅の危機から立直れたのは、梁瀬先生の話を信じたからである。化学肥料をやめた。農薬をやめた。ビニールハウスもやめてしまった。

「農薬中毒の治療法は」

「ありません。農薬のかかってない食物を食べる以外に方法がありません」

その近代農業をやめて十四年になる農家をおたずねした。畠のキャベツも白菜も、外側は虫喰いがあったが、中の方は見事な色艶だった。除草剤は使わないので、ハコベが生い繁《しげ》っていた。草採りをする手間がないのであろう。農村から若者が、どんどん都会へ出て行ってしまうのだ。ここでも、と思っていたら、

「草に野菜は負けたことありませんで」

と、その農家の人は自信ありげに言いきった。

「死の農法をやめた当座は、草も虫も一杯でしたが、こっちは病人でどうすることも出来なんだ。そやけど、草は、よっぽど背の高い草や、根の強い草の他は、野菜の邪魔はしませんで。ハコベは、とらん方がええように思います」

「マルチ（土を掩《おお》うこと）になるからでしょうね」

「さあ、なんでですやろか」

主婦があいまいに答えた横で、御主人は感慨深げに、

「うちは死の農法をやめて十四年になりますから、土も肥えて生き返りましたが、今でも除草剤ようけ使うてるとこは、先へ行ったらどうなりますんやろか。去年の稲は、こ こらではうちだけウンカにやられませんでした。去年はウンカが大発生でしたが、死の農法をやめたところだけは、被害がほとんどなかったんですわ」

「あのオ、死の農法って、なんですか」

「近代農業のことです。化学肥料と農薬を使う農業のことです。土が死にます。百姓が死にます。金出して買うてくれた方も、食べれば病気になって、まあ死んでるんと違いますか」

化学肥料と農薬を二大支柱として、収穫の収量ばかり考え、作る人間と、食べる人間

の健康と生命を無視した農業を、五条市慈光会の人々は「死の農法」と呼んでいる。元来、農業というのは、人間の健康と生命のためのものであったというのに。

梁瀬先生が農薬の惨禍に気づき警告を発していた当時、これに耳を傾ける人は少かった。却《かえ》って気違い扱いにされた。往診にいくと、

「先生、農薬で頭がおかしくなってるちゅう噂《うわさ》やけど、大丈夫ですか」

真顔で訊《き》く患者がいたくらいだった。

＊

しかし梁瀬先生の治療（つまり生活指導）を受けて、地獄の淵《ふち》から甦《よみがえ》ることのできた農家の人たちは、梁瀬先生を信じた。

農薬使用をやめてから、目の疲れがとれる。耳が聞こえてくる。不眠症から解放された。イライラしないから夫婦喧嘩《げんか》も起らない。家庭に最も大切な平和が戻ってきた。この人たちは、梁瀬先生を信じた。

「そうやったんか。農薬ちゅうのは、毒やったんか。わしらは毒を使うて、毒のある野菜を売っていたんか」

徐々に健康を取戻した人たちは、今更のように農薬の怖ろしさを知り、愕然《がくぜん》とした。

「毒を使うた罰で病気になったんやから、もう金輪際、毒は使わん」

と決意した農家で、翌年の果樹園にひどい被害が出た。

「お父さん、どないしよう、やっぱり殺虫剤は使うことにしませんか」

「ならん。長年毒を使うた罰なんや。我慢せないかん」

その翌年も、翌々年も、果樹園は稔《みの》らなかった。私は、その話を聞きながら胸がつぶれるようだった。

「いや、最初の頃は私が不馴《ふな》れでして失敗ばかりしていたんです。土を生き返らすために有機物を入れればいいと奨励して、青い草も、野菜の残りも、すぐ土に入れたんです。これが失敗の原因でしたが、長いこと分りませんでした。牛糞《ふん》、鶏糞、どんどん土へ入れて、却って病虫害がひどくなるという経験もしました。私の方針に従ってくれた農家の人たちには、ほんまに申訳のないことばかりしていたんです」

その頃のことを思い出すと、梁瀬先生は今でも涙ぐんでしまう。

途方に暮れながら、山奥の患者の家へ往診に出かけ、帰路ふと山の木を眺めて考えた。

肥料も殺虫剤も使わない山の木が、どうしてこんなに勢よく伸びるのやろか。育つのやろか。

誰が植えたでもないのに、雑木がどうしてこんなに枝をはり、葉を繁らせているのだろう。

秋であった。山の木の根は落葉で掩われていた。やっぱり有機質が土の栄養になっているのだと思い、しかし、どうして病虫害が発生しないのか。山の木が虫で全滅したという話は滅多に聞いたことがない。梁瀬先生は山林へ入り、木の根に積った落葉の上に踞《うずくま》って考えこんだ。

やがて、一枚ずつ落葉を上から拾ってみた。落葉の色が下へ行くほど枯れている。湿度が高くなっている。下の木の葉ほど温かい。そして土に近いところでは、落葉が黒く変色し、指で突けば形は崩れ、黒い土と変らなくなっていた。

「これだ、と思いました。大自然は偉大なものやと思いました。大自然は、落葉が土中のバクテリアの作用で完全腐植するまで土の中には入れていないのです。つまり堆肥が完熟するまでは、土に入れていないのです」

*

去年（一九七四年）の秋は、有機農業が勝利の凱歌《がいか》をあげた年だった。長梅雨で、高温多湿が続き、イモチ病が全国的に大発生した。緑がただれ、焼野原のようになった稲田の中で、化学肥料と農薬を拒否した田だけが青々とした葉の色を失わなかった。有機農業に関心を持たなかった農家の人たちは、殺菌剤が予防薬としても、応急処置に使っても効果がないことを知り、愕然としながら、イモチの殺菌剤を使わなかった青い田を眺めた。イモチで全滅した稲田から、有機農業で見事な収穫をあげている田を見て、それまで有機農業を小馬鹿《こばか》にしていた人々は、考え直さなければいけないと思っているらしい。

近畿地方はイモチもさることながら、ウンカの大発生で稲作農家は大打撃を蒙《こうむ》った。(農林省は単作を奨励しているので、米なら米しか作らない農家がふえたから、こういうときは他で補うことができない)

五条で、梁瀬先生に協力している農家の人たちには、ほとんど被害が出なかった。

その理由について、

「まあ一口で言えば、クモですなあ。殺虫剤を使うてませんから、クモが田の中を這いまわっています。一反当りクモは六〜七万匹いまして、一日に二十万匹の虫を食べてくれるのです。ウンカは、クモの大好物ですから、去年はクモが大喜びしましたやろ」

と、梁瀬先生は謹厳な顔で仰言《おっしゃ》る。

「あのオ、つまり害虫というのは」

「そうです、害虫は益虫の餌《えさ》なのです。害虫がいませんと益虫が死んでしまいます。白菜でもキャベツでも、多少の虫喰いは辛抱して頂かんと、益虫の餌が喰うんですから。しかし益虫という天敵のおかげで、白菜もキャベツも、中の方は無事なんです」

「外側だって、茹《ゆ》でれば虫は死にますものね。農薬は、一〇〇度や二〇〇度では分解しませんからね」

「その通りです。どんな害虫でも農薬ほど怖ろしいものではありません。人間の神経を冒すような害虫というものは、ありませんからね」

しかし、ちょっとでも虫喰いがある白菜やキャベツは、中央市場では買い叩かれる。農薬を使わない形の悪い野菜や果物は、いい値で売れない。

一方では、無農薬野菜を買いたいが、どこで買ったらいいのか困っている人たちがいる。梁瀬先生は、御自分の患者さんたちに生産者と消費者がいるので、この両方を結びつけた。

奈良県五条市の慈光会は、こうして発足した。八百余軒の会員に対して協力農家は十軒である。週三回、販売所には朝早くから主婦が買物籠を下げて行列している。日本の農薬洪水の中で、慈光会の人たちは「ノアの方舟《はこぶね》」に乗っているようなものだ。日本人がみんな半死半生になっても、この人々だけが明るく健康で明日を迎えることができるだろう。

＊

読者の皆様、

私が慈光会を御紹介したからといって、慈光会がどこか、梁瀬先生に会いたいなどと、むやみにお問合せなさらないで下さい。

昨日も書いたように、慈光会は会員制度で、協力している農家十軒だけが八百軒の家族に安全な野菜、安全な蜜柑《みかん》、安全な鶏卵、安全なメリケン粉、安全なハチミツ（この頃は水飴《みずあめ》をまぜたのが出まわっているので）、を供給している。もう慈光会は手一杯で、これ以上の会員をふやすことができない。

「慈光会はノアの方舟の第一号です」

梁瀬先生はそう仰言る。

「私たちは、うまくいきました。農家の方たちも、消費者の方たちも、どちらも喜んで売ったり買うたりしています。しかし、もう私の力では、この販売所の規模を大きくしたり、支店を作ったりすることはできません。なんとか山を拓《ひら》いて、慈光会の農園を作ろうと思ってやり始めてはいますが、今すぐには間に合わないのですし」

「第二、第三のノアの方舟を、全国各地で農家の人と消費者が手を繋《つな》いで作っていけばいいのですね」

「それが一番望ましいのですが」

こんなことは、本当は農林省と厚生省と通産省にいるえらい人たちが話しあうべき事柄なのだ。それを奈良県の山奥で、一人の人格高潔な医者と、一介の小説書きが話しあっている。私は笑い出したくなったが、しかし問題の本質を考えればとても笑ってはいられない。政治家は、いったい何をしているのだろう。

ホリドールは昭和四十三年に禁止されたが、同じ有機リン剤が低毒性という名目で今も殺虫剤、除草剤に使用され続けている。

「低毒性というのは、どうですか」

「高くても低くても毒は毒ですな」

「はあ」

「農家に現れた急性中毒を見て使用禁止にしているだけですから、毎日食べ続けて十年二十年たつうちに、手足が冷めたくなる、貧血が起る、疲れやすい、目がかすむ。何するのも嫌やになってしまう。無気力と病苦から、首を吊《つ》る。死の農法を続ける限り、田舎といわず、都会といわず、みな神経からやられてしまいます。農薬は、全部いけません」

私は、戦前には決してなかった小学生の自殺が急増している事実について、文部省がどう考えているのか知りたくて中央教育審議会委員を引受けたことがあった。しかし私が任命されたときの中教審は国際交流がテーマで、日本の子供に関して何も審議せず、つまり中央で教育について何も審議しないで終ってしまった。

子供の自殺という、昔は決してなかった現象が起っているのを、どうして大人たちはもっと重大な事件として考えないのだろう。農薬による慢性中毒の症状と並べて考えれば、体力の弱い小さな子供や老人に早く大きく破滅が訪れる理由が分るというものではないか。学者たちは、まだ研究ができないでいたり、結論を出すには手間も時間もかかりすぎる。だから小説書きの私が言うしかない。子供の幸福を守るために、死の農法はやめるべきだ、と。

＊

読者の皆様に、重ねてお願い致します。

五条市にお住いの梁瀬先生は、立派なお医者さまです。だからといって、講演会の依頼や、個人的なインタビューをなさるのは、やめて頂きたいのです。

梁瀬先生は、お忙しいのです。どうぞ先生の生活をこれ以上忙しくしてしまうような邪魔はなさらないで下さい。

もう十年も前から、梁瀬医院の前には朝の四時から診療の順を待つ人たちが詰めかけている。この人たちは、冬は医院の前で焚火《たきび》をして暖をとり、八時の診療時間を待つのだ。

しかし四時から火をたいて待っている人たちを、梁瀬先生の性格では放っておいて寝ていられない。午前六時には先生は白衣を着て起きてくる。御自身で雨戸をくる。

「家内が疲れてしまいますので、今以上のことはもうやれんのです。家内の協力あって、私はここまで来たのですから」

梁瀬夫人はもちろん夫と共に起き、掃除から何から全部して、二人の看護婦さんと一緒に薬局で忙しく働いている。あちこちの医者に見放された農薬中毒の重症患者が、全国各地からはるばる訪ねてくる。まるで華岡青洲《はなおかせいしゅう》の春林軒塾のように、待合室の中は人がぎっしりと詰っている。

先生の診察は、おそろしく丁寧である。時間がかかる。一人一人の食生活について、症状の起り出した時期をさかのぼって訊《き》くのだから大変だ。食事の時間も惜しんで、夜の十一時になっても患者さんが残っている。

「もっとやりたいと思うてますが、私はお恥しい医者でして、充分なことは何もしてあげられません。私には癒せん病気が多すぎるのです。未熟で、申訳のないことやと思うています」

私は華岡青洲が、晩年になってから、彼のもとを巣立つ弟子に必ず与えた漢詩の一節を思い出していた。

唯《た》ダ思フハ起死回生ノ術
何ゾ望マン軽裘《けいきゅう》肥馬ノ門

青洲ほどの名医でも、患者が死ぬ度に未熟を嘆じていたのであろう。医者なら寿命というものを信じるわけにいかないだろうから。立派な家も、毛皮のコートも、自家用車も、いらない。ただ起死回生の術について考えているのだ、と青洲は詠じ残している。

五条市の傍を流れる「吉野川」は県境を越えて和歌山に入ると「紀ノ川」と名を変える。五条市から、華岡青洲生誕の地は歩いてでも行ける距離にある。青洲が世界で最初の乳癌《にゅうがん》摘出手術を行った相手は、五条の藍屋《あいや》利兵衛の母親であった。

小説『華岡青洲の妻』の作者が、こうして吉野川と紀ノ川の接点で、昭和の青洲に出会うとは、なんという因縁であろうか。私には感慨深いものがあった。

「ところで農薬の慢性中毒の患者には、どう治療したらよろしいのでしょう」

「正しい野菜を食べて、食生活を農薬と関係のない健全なものにする以外、何も方法はありません。私は、庭のある方は、コンフリーでもいいから、植えて、自分で無農薬の食物を作る以外にないと思います」

＊

梁瀬先生を中心とした社団法人「慈光会」は宗教団体ではない。梁瀬先生は仏教を信仰していらっしゃるけれども、梁瀬先生の宗教は大自然と人間の関係を説くことによって現実的で立派なお考えになっている。

「自然と人間は切って切り離せるものやないのです。それを切り離そうとしたのが、近代農業で、今日の地獄を招いたのです。私は有機農業以外の方法では日本民族は生き残れないと思っています」

診療のお邪魔にならないように、私はハラハラしながら先生の医院をお訪ねしたのだけれども、先生のお話は次第に熱を帯びてきた。

「いまこのあたりで七十五歳以上のお百姓さんは、今年は田ァから一石もらった、二石もらった、いや去年よりはもらえなんだという言い方をしますが、六十歳以下の人たちは、今年は田ァからなんぼ取った、取れなんだと言うのです。言葉が、もう違うてきてるんです。昔の人は自然を敬っていましたから、米でも野菜でも、自然からもらったのだと考えていました。田畑から作物を取るというのは不遜《ふそん》です。言葉の違いは精神の違いです」

本当に、この頃は言葉が違ってきた。私でも子供の頃は太陽を「お日さま」と呼んでいたし、月は「お月さま」と言いなれていた。今の子供に、こう呼ばせている親が何人いるだろうか。

太陽と水と土と緑。この大自然が、人間を生み、育て、成長させている。この最も大切な事実を、学校教育でも、家庭教育でも、教師や両親は忘れないでほしい。

「自他不二というのが、私の宗教でございます。自分と他人は切り離せない。他人あっての自分です。自分も人のためにあるのです。精神と肉体も不二です、切り離すことができません。どんな軽い病気でも、患者が癒《いや》す気にならなくては医者は何もできるものではないのです。

医学と農業は、同じ誤ちをしているように私は思います。医者は病気の症状だけ見て、薬を与えるだけ、農家は害虫だけ見て殺虫剤を使う。根本的なこと、つまり何故病気になったか、なぜ害虫がわいたかという最も大切な原因究明を忘れて、現象面での解決を急いだばかりに、今日の医原病と農薬禍を招いたのです」

農村の人たちが胃病とノイローゼという都会病を持っている事実が、何より雄弁に農薬の怖《おそ》ろしさを語っている。忘れてならないのは、都会の人間も農薬をかぶった野菜を食べ続けているという現実だ。

梁瀬先生は言う。

「現在使用中の低毒性有機リン剤、塩素系農薬には、ホリドールのような急性毒性はありませんが、食べ続ければホリドールと同じ症状が現れることは、私の臨床例だけでも明らかです。まず脳神経を冒す毒です。軽いもので自律神経失調症になります。肝臓にも毒です。内分泌機能にも毒です。軽くて口内炎の原因になります。甲状腺機能が低下して新陳代謝が悪くなります。体が冷めたくなり、関節がかたくなります。私は牛の甲状腺の粉末を飲むのをすすめていますが」

＊

梁瀬先生は更に言う。

「農薬は、いけません。全部いけません。増血器官も冒しますから、田舎でも都会でも、貧血の人がふえました」

「あのオ、除草剤は、いかがでしょう」

「一番いけませんな」

「化学肥料と殺虫殺菌剤で息もたえだえになっている土が、最後の止《とど》めをさされているのが除草剤だ、と私は思うのですけれど」

「その通りですな。その通りやと私も思います」

私は梁瀬先生が私のかねての意見に賛成して下さったので嬉《うれ》しく光栄に思った。

除草剤の歴史は、化学肥料や殺虫剤と違って使われ始めてまだ日が浅いので、人体に及ぼす毒性についての報告が少い。しかし除草剤を作っている工場の周辺には被害が出て、各地で住民運動が起っているし、工場で働いている労働者にもかなりの病人が出ているのではないかと思われる。今のうちに、やめた方がいい。でないと、水俣病の惨禍と同じことが、日本列島全土に及ぶだろう。

慈光会の協力農家で、人手不足の理由もあって草とりをしないところがあるのを私は見た。除草というものについて、いったい雑草は総《すべ》ていけないかどうか、私にはかなり現実的な意見があり、いずれゆっくり書くことになるだろう。

梁瀬先生のところで、慈光会の農園が作られているのを見せていただいた。山を三つ切り拓《ひら》いて、果樹を植え、野菜を作っている。

「御案内しましょう」

「お忙しいのに、本当にすみません」

「素人《しろうと》ばかりでやりました。本当は五千万円ほど基金を集めて、と考えていたんですが、寄付金集めに歩かんうちから、私が農園を作るという噂《うわさ》が立っただけで一千万円も集ってしまったんです。感激でしたア。それも金持がくれたんやないんです。大口の寄付は一つもなしで、どちらかいえば貧しい家の方から五万円、七万円というお金を出して下さる方々があったんです。有難いことやと思いました。私は人に恵まれてます。本当に幸せです。それで寄付を集めるのは、やめることにしました」

人口三万五千の五条市の郊外に、その農園があった。入口には週刊誌ぐらいの大きさの立札が立っているだけである。車で山の天辺まで上り、リンゴ、サクランボ、蜜柑、桃、ハタンキョウなどの苗木が雑植されている果樹園に立って、驚いた。

「あのオ、これはなんですか？」

急傾斜の山腹に、まっ白いものが、まるで雪が降りつもったように敷きのべられている。

「ワタですよ」

「まあ」

「綿屋で木綿ワタの打ち直しのときに出る古ワタです。今まで始末に困って焼いていたらしいのですが、もったいないからもらって来ました」

「除草とマルチ（土を掩《おお》うこと）の働きをしますね」

「そうです」

古綿に掩われて雑草が芽を出さない。地表を寒風にさらさないから土中のバクテリアが活躍し、やがて古綿は上等の堆肥《たいひ》になる。

＊

「古綿が堆肥になるかどうか、学者に分析してもらったのですが、セルローズは堆肥にならないと言われました」

「まあ、どうしてでしょう。セルローズって植物性繊維のことでしょう？　土の中の微生物が必ず働いて土に返すにきまっているのに」

「結果的にそうなっています」

梁瀬先生がかがみこんで、サクランボの下の古ワタを手で掘り返した。

「ほら、下はもうまっ黒ですよ」

「どのくらいたってますの」

「一年、ですかな」

いったいどんな学者が古綿の分析をしたのだろう。土に微生物がいることを知らない人だったのか。堆肥として完熟するのに一年もかかるのでは肥料といえないという気短かな判断だったのだろうか。

古ワタの山を越えると、古ダタミが累々と並べてある。みんな果樹の根元の土を掩い、マルチの働きをして、除草と、やがて自然に堆肥になるのを待つ仕掛けになっている。

「畳屋さんは古畳の始末に困っていたんですな。燃やすと煙が出るので公害やと近所から苦情が出るんで困っとったんですわ」

タタミというのはタタミ表のことだけではない。表も台も、あの五センチほどの厚さのタタミ全部の意味である。

二、三枚ずつ重ねて放っておくと、一年たてば下の畳はまっ黒に腐植して、結構この上ない堆肥になる。ただしビニール製の糸だけは、その中から取り除かなければならない。ビニールは、いつまでたっても腐らない、ということを土の中から一本、私も引きぬきながら改めて考えていた。土の中でも腐らないというのは、本当に気持が悪い。

「これは、何ですか」

私は糠《ぬか》のようなものが一面に撒《ま》いてあるところで梁瀬先生にたずねた。糠より色が淡く、糠とは違う芳香が辺りに漂っている。

「桐の粉です」

「はあ?」

「下駄屋さんからもらいました。捨て場に困っていたんです」

下駄をとったあとの木屑《きくず》は、地表を掩うマルチの働きをするし、もちろん太陽光線を遮《さえぎ》るので草が生えて来ない。そして土中のバクテリアが徐々に木屑を下から腐植させてくれる。

古ワタ、古ダタミ、カンナ屑。

慈光会の農園は、まるでゴミ捨て場のようなものだった。私は東京都が一千万都民の家から出るゴミの始末に四苦八苦しているのと考えあわせないわけにはいかなかった。台所から出る野菜の屑も、魚や鶏肉など混えた残飯も、田畑からみれば上等の肥料になるものばかりであるのに、どうして巨大な焼却炉で燃やしてしまわなければならないのだろう。もったいないなあ。

慈光会の農園を眺めていると、この世の中には捨てるものなど何もないではないかという気がしてくる。有機農業に日本中を切りかえるには、有機質が足りないなどと半可通なことを言う人々に、この農園を見せてやりたい。

＊

しかし慈光会の農園には古ワタ、古ダタミ、カンナ屑、にまさる傑作があった。

「これは、何ですか」

黒褐色の粉の山を指さして私が質問すると、

「カブト虫のフンですよ」

梁瀬先生は目の奥で笑いながら答えた。

「これが甲虫の糞ですか」

「そうです。十五トンあります」

「あのオ、どうして、こんなに沢山甲虫のフンだけ集めることが出来たんでしょう？」

まったく信じられない話だった。

説明を聞いても、しばらくは十五トンものフンの山を見上げて声が出なかった。

五条市内に、甲虫を養殖している業者がいたのだった。椎茸《しいたけ》をとったあとの廃木を餌《えさ》にして、カブトムシを飼い、都会のデパートで売る。これが近頃では大変結構な商売になっているらしい。

大量のカブトムシは、椎茸をとったあとの廃木を盛大に食べ、茶褐色の粉状のものを盛大に排泄《はいせつ》する。業者はこの糞の始末に困って、石油をかけて燃やしていたのだそうだ。

「まあ、もったいない」

「この世に生をうけたもので不必要なものは何もないのです」

のです。捨てるものは何もないのです」

「本当ですね」

「甲虫の糞は上等の肥料ですよ。こちらのレタスをごらんになりませんか」

私と同行していたNETのカメラマンが、驚きのあまりカメラを落して叫んだ。

「これが、レタスですか」

梁瀬先生が、真面目《まじめ》に肯《うなず》かれた。

「そうです、レタスです」

私は大声で相槌《あいづち》をうった。

「そうよ、これが本物のレタスの色なのよ。ヨーロッパで食べるレタスは、こういう色をしているのよ。味だって、匂《におい》だって、東京で売ってるレタスとは違う筈《はず》よ」

NETの「奈良和モーニングショー」のスタッフが、私の取材に大層協力してくれている。このときはカメラマンの他にディレクターが二人ついていた。この三人の青年たちは揃《そろ》って喰いしんぼで、おいしいものには目がない。

山畠の青々としたレタスを、三人の都会青年は、その場でムシャムシャ食べてから、しばらく声がなかった。

「これがレタスですか」

「そうですよ」

「僕、レタスって白くて味のないものだと思っていた」

「太陽光線が充分当らなければ緑色にはならないのよね」

「僕、レタスがこんな匂のするものだって知らなかったなあ」

「化学肥料と水だけで清浄栽培っていうのをしていれば、決して野菜に香りは出ないのよ」

「そうか、これがレタスか。レタスがこんなうまいものとは思わなかったなあ」

カブトムシのフンを施肥にした山土の色はもう随分黒くなっていた。都会からきた連中は、レタス畑にうずくまって、いつまでもレタスを食べ続けた。もちろんその中に私もいた。

＊

「来年になれば、この桃もサクランボも実をツケるやろと思います。この蜜柑《みかん》は今年の末は少しでも実をつけますやろ。楽しみです」

「楽しみですねえ」

「あこの松の木は伐《き》らんと残しておこうと話しあってます。将来は老人ホームを建てたいと思うとります」

「桃源境ですね」

「理想ばかり言うてますが、この頃は若い人もやっとその気になって力を貸してくれてますんで」

「この山は素人が拓いたと仰言《おっしゃ》ってましたね。どのくらいの人数でしたか」

「延べにして二千人くらいになるんと違いますやろか。私は人に恵まれて、幸せものです」

松の木の切株が白い切口を見せている。梁瀬先生は慈光会の農園を、まだ拓いて二年にしかならない果樹園と蔬菜《そさい》畑を、いつまでも愛《いと》しんで眺めていた。

カブト虫のフンの他に、椎茸をとったあとの廃材も、業者が捨て場に困っているのをきいてもらってきた。廃材というのは直径七センチ、長さ四十センチほどの丸太で、何年か椎茸を取ったあとは指で突いても壊れるほどボロボロになっている。

「こうして積んでおけば、夏になるとカブト虫やコガネ虫がわんわん飛んできて食べてくれますねん。またたくうちに糞《ふん》の山に代ります。肥料としては最高ですな。すぐ完熟しますし」

「ははあ」

「椎茸栽培をしているお方から、こんな話をききました。椎茸を栽培するのには、もちろんこういう生の丸太が土台ですが、何年かたつと木を新しくしても椎茸が湧《わ》いてこないのやそうです」

「どうしてでしょう」

「丸太の置場所を何年かたったら変えんとあかんのやそうです」

「どうしてでしょう」

「土、と違いますかな。椎茸は、木ィだけで生えるんやない。土が、何か、助けてくれているんと違いますかな。土というのは底の知れん有りがたいものですなあ」

梁瀬先生の思慮深げに考えこんでいる横顔を、私もしばらく黙って眺めていた。哲人というのは、こういう方に相応《ふさわ》しい呼称であろうと思い、親しく謦咳《けいがい》に接することができて私は本当に光栄だった。

もしレイチェル・カースン女史がまだ生きていたら、この二人の会見こそ世紀の顔合せであったろう。私は、公害国日本を「滅亡への急行列車」と名付けている外国の新聞記者たちに、梁瀬先生の存在をどうしたら知らせることができるだろうかと思っていた。

＊

健康な土から、健康な農作物を作り、それを食べてこそ人間は健康に生きることができる。大地という自然の恵みなしに私たちは一日も生きることができない。二十年も前から梁瀬先生は化学肥料と農薬の弊害を訴え続けている。この声が日本の天地に轟《とどろ》きわたるのは、いつのことだろう。

しかし私は五条市で、梁瀬先生がすでに医者としても確たる信用と名声を持っていることを、この目で見届けてきた。

それは寒い冬の朝である。診療の順を待つ人が午前四時から梁瀬医院の前に焚火《たきび》をして暖をとっている。

暗闇《くらやみ》の中に、めらめらと燃え上る赤い火を見て私には言葉がなかった。八時の診療開始時間の前に、午前四時という未明から順を待つ患者（またはその家族）がいるような、そんなお医者がこの日本に、いったい何人いるだろう。

診療は、夜の十一時まで続き、それから往診になる。夜中の一時、二時に帰宅した先生が、それから仏教と農学の書物に目を通して勉強するというのだから、いったい御自身の睡眠時間はどうなっているのだろう。私はお訪ねして、先生の健康が心配だった。先生が過労で倒れることのないように、ただもうそれを私は祈っている。

読者の皆様にお願い致します。これを読んで押しかけて行ったり、電話をかけたり、講演依頼をしたりするようなことは、どうぞ決してなさらないで下さい。私は梁瀬先生は日本の宝だと思っているので、先生の生活を守りたい。

梁瀬先生の書いたものや講演の記録は、有機農業研究会の方にありますから、どうしても先生の話が聞きたい方々は、そちらから印刷物を入手して下さい。もっとも、内容のほとんどは、私がここ十回ばかりで書いてありますが。

梁瀬先生は、日本医師会の会員ではない。どういう経緯で脱退なさったのか、伺ったが先生はお話しにならなかった。先生の治療は懇切丁寧で、患者の食生活を正しくする指導が根本だから、応急処置以外は滅多にクスリをすすめないし、注射もよほどでなければうたない。

「農薬中毒の治療法は、まだないのです。しかし、青汁がよろしいように思いますので、それをおすすめしています」

「青い野菜のジュースですか」

「はい、農薬のかかっていない野菜のですね。庭のある方には家庭菜園を作るように言っております」

こんな塩梅《あんばい》だから、梁瀬先生の診療費は保険なみに安く、患者さんたちはみんな恐縮している。門前市をなす賑《にぎ》わいなのに梁瀬医院の建物はみすぼらしく、梁瀬先生は貧乏だ。

＊

五条市にある慈光会は、梁瀬先生の患者だった農家と消費者を結びつけて、健康な野菜や果物類と、味噌《みそ》、醬油《しょうゆ》、お茶から即席ラーメンまで売っている販売所である。

何度も書くが、協力農家十軒で会員八百軒の台所をまかなっているので、もう慈光会は手一杯だ。読者の皆様が、慈光会へ買出しにいらっしゃっても余分な品物はありませんから、健康な食物で子供や御自分の健康を維持したい方々は、地域ごとにかたまって、できるだけ近距離の農家に頼んで第二、第三の慈光会を作ることを考えて下さい。あなた方がやらなければ、できないのです。厚生省も農林省も通産省もやってくれないのだから。

全国に散在している有機農業の人たちの悩みは、

「農薬を使わない蜜柑は、皮に傷があったり、シミがあったりして売れない。味わってくれれば値打ちが分る筈なのに」

「農薬を使わないと、ニラが凋《しお》れると業者が言うのですが、日がたてば野菜は凋れるのが当り前なんです。それが何日たってもピンピンしているニラの方がいい値で売れるのですから」

「作るところを見てくれれば、形が悪くても農薬を使っていない方がずっと安心だと分る筈なのですがねえ」

というものが多い。

無農薬の農作物を求める人々と、作っている人々を、有機的に繫ぎあわせる仕事も日本有機農業研究会（東京都文京区本郷二—四〇—一三—一〇〇一 TEL03—三八一八—三〇七八）のやるべきことではないかと私は思っているので、もう一度、住所と電話番号を書くことにした。

もちろん日本の中で、こうした運動は、すでに一部の生活協同組合や、消費者運動では、やっているし、また、やる方向にむかっている。だが、最初に持つべきは正しい知識である。

泥ならば台所の水で洗い落せるが、農薬の多くは洗っても落せない。本来なら洗い落せる筈の天然殺虫剤（除虫菊など）も、効力増強と称して作物に深達あるいは浸透してしまう薬と混ぜて使われている。

こうなると、人間にとって有毒な成分は、洗っても、皮を剥いても、煮ても、取り除くことができない。

毎日々々、食べている米にも、麵《めん》類にも、野菜にも、醬油にも、食用油にも、お茶にも、農薬が入っていないものはないのが現状だ。今は人体に無害といっている農林省も、厚生省も、いつかは梁瀬先生と同じ結論に辿《たど》りつかざるを得ないだろう。しかし、待ってはいられないから、私は書いている。

慈光会の販売所では、土の上を放ち飼いしている鶏の産んだ有精卵も売っている。昔は日本の農村は、朝は雄鶏《おんどり》のコケコッコーという声で明るくなったものだった。ところが今の農村では、鶏を飼っているところでも、雄鶏のトキの声は滅多に聞くことがない。「オンドリは卵を産まないから無駄だ」といって、ヒヨコが育って雄になると、すぐ絞めてしまうのだそうだ。この合理主義の怖ろしさについて、特に男性の方々に今日一日考えて頂きたい。あなた方は廃鶏ですか。

*

タマゴの話を続けよう。

慈光会の鶏卵は、農家の放ち飼いで育てているニワトリのタマゴである。彼らは農林省推奨の配合飼料を食べていないし、大手の業者による近代式多頭飼育という災難を受けていないので、小さな部屋に押しこめられたり、一歩も歩けず運動不足でノイローゼになるようなことがない。健康なニワトリは、コ、コ、コ、と声をあげながら土の上を駈《か》けまわり、萌《も》え出た草の芽を食べ、土中の虫を（益虫も害虫も）ほじくって食べる。

私はもちろん慈光会の会員ではないのだが、この鶏卵と無農薬のお茶は内緒で頒《わ》けてもらって（読者の皆様、ごめんなさい。でも、ちょっとだけですよ）東京へ持って帰った。もちろん、まっ先に横丁の隠居のところへ半分を届けた。

「御隠居さん、本物のタマゴをもらってきましたよ」

「ほほう、今度はタマゴですかな」

いつも皺《しわ》の中に不機嫌を幾重にも折畳んでいる老人だが、本物というと眼の奥がチカッと光って皺が動き、笑顔になる。

「これは、これは。なるほど、なるほど」

私の持って行った箱の中から数個の卵を取り出して、畳の上に並べ、しきりと頷《うなず》いているから、私は不思議な気がした。

「見ただけで分るんですか」

「分りますとも、これをご覧なさい。一つとして同じ形のものがない」

「ああ、そういえばそうですね」

「近頃東京で買える卵といえば、型でとったように同じ形ですな。工業製品と変りませんな」

「そうですねえ」

「懐《なつか》しい卵ですな。長いのあり、丸いのあり、細いのあり。これは産み落すとき、ひょいと震えでもしたのでしょうかな」

一つ一つ形の違う卵を、しばらく私たちはそれが生れるときの環境や状況を想像しては口に出し、久しぶりで楽しい時をすごした。

「卵の殻の肌ざわりが違いますな」

「ザラザラしてますよね」

市販されている鶏卵は、洗われている。どういう液体で洗われているのだろうか。中にはワックスで磨いてある卵もあるという。

「婆さんや、小鉢と醬油を持っておいで。さて、それでは味の方を。楽しみですな」

有精卵をポンと割ると、球形の黄身が白身の中から盛り上るようだった。

「黄身の黄色さは絶品ですな」

「あのオ、黄身を黄色にするのは配合飼料でも出来るんだそうですよ。つまり色素の多いものを入れれば黄色になるんです」

「あなたも業者なみの知識を持ったようですが、よくごらんなさい。その黄色とは色も照りも違います。第一に、味が」

生卵を一口すすって、老人は眼を細めた。

「本物ですな、これは」

「はあ」

「香りが、卵ですよ。本物の卵の匂《におい》がします。いやあ、これはいいものを下さった。有りがとう、有りがとう」

＊

私は横丁の御隠居相手に、梁瀬先生と慈光会の話を興奮して喋《しゃべ》り続けた。老人は、もとより閑をもてあまして末世を嘆いている人であるから、珍しく毒舌をはさまず傾聴してくれた。

「卵がね、腐るんですって」

「どの卵がですか」

「この卵ですよ」

「そりゃ腐るでしょう。昔の卵は、よく腐ったものです……あッ」

御隠居の顔に、私は押しかぶせた。

「やっぱり、でしょう？」

「そういえば近年の卵は腐りませんな。冷蔵庫のせいかと思っていたが、どうして卵が腐らんのですかな」

「餌《えさ》のせいじゃないかと思うんですけど。配合飼料の中に何が入っているか、ご存知ですか」

「ＡＦ２でしょう、新聞に出とりましたな」

「ＡＦ２は去年使用禁止になりましたが、ＡＦ２の親類であるニトロフラン系の添加物は、家畜の飼料の中に大量にぶちこまれているんですよ」

「防腐剤が、卵にまで及んでいるのですかな。道理で味も落ちる筈《はず》だ」

「学問的にはまだ立証できないらしいんですけれどね」

「どうして家畜の飼料に防腐剤や抗生物質を入れるんでしょうな。飼料が腐らんように、ですか」

「家畜の成長促進剤として使われているんですって」

「いけませんな、その了見は。クスリで成長させようというのは神を怖《おそ》れぬ不所存ですな。そもそもそういう考え方が根本的にいかんのです」

私は飼料添加物を認可している農林省の代りに、さんざん横丁の御隠居から叱られる始末だった。

次のページにあるのはニトロフラン系のAF2とその前身Zフランおよび飼料用に現在もっとも多く使われているフラゾリドンの、三つの化学構造式である。NO_2やCHなどという化学記号が何か、一々説明の必要はないと思う。この三つが一目見ただけで親類同士だということさえ分ればいい。

ニトロフラン系の飼料用添加物は、フラゾリドンの他に、ナイハイドラゾン、フラミゾール、パナゾン等が使われている。いずれも製造元は上野製薬である。一年間に四〇〇トン生産されている事実を、かつてAF2が同じ会社から一年に三トン製造されていたことと較べて考えてみよう。

豆腐に入っていたAF2の親類が、その百三十倍の量も配合飼料に入り、鶏や、ブタ

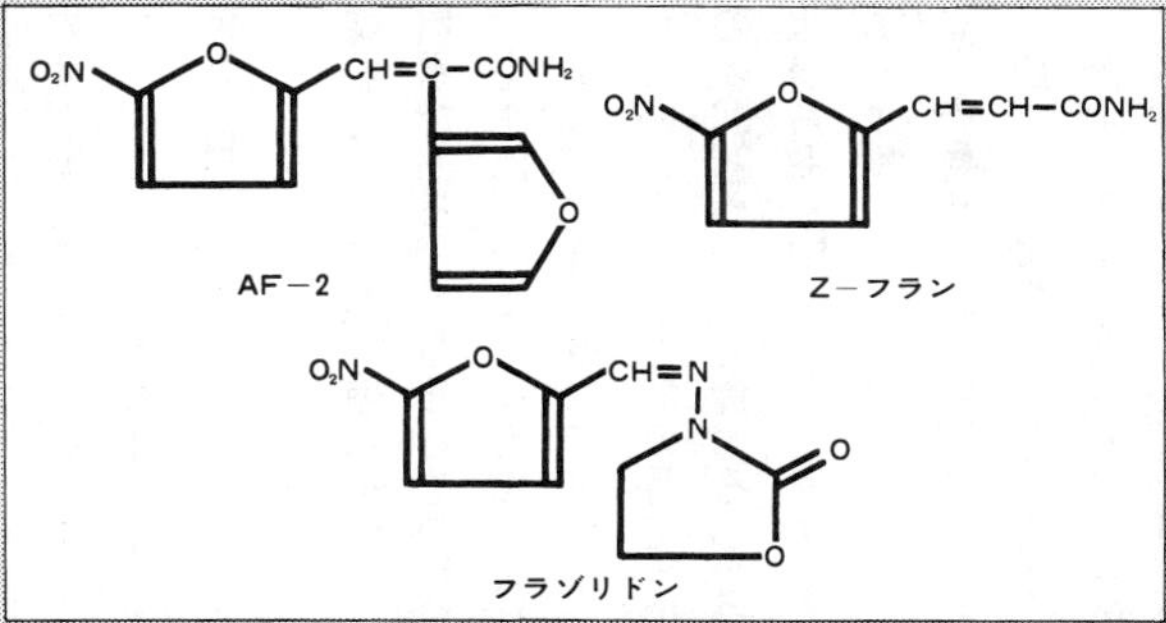

の餌として彼らの胃袋に送りこまれている。その結果は、どういうことになっているだろうか。(いずれ詳しく書くつもりだが)

ニトロフラン系の添加物が、動物の体内でどういう化学変化を起すかについては、まだよく分っていない。しかし鶏の卵について、昔の卵を知っている人は、みな横丁の御隠居と同じ考えを持つ筈だ。何よりも慈光会で扱っている卵が、夏場は腐るので困っているという事実が、それを雄弁にものがたっている。

＊

「しかし慈光会もなんですな、売れ残った卵を腐らせてしまうとは、もったいないことですな。塩卵にしておけばいいものを」

「なんですか、塩卵って」

「中国料理の塩卵ですよ」

「あのオ、塩茹《しおゆ》でにするんですか」

「あなた、こんなことも知らなくて、よく小説が書けますなあ」

「訊くは一時の恥と思っているから、私は横丁の御隠居に塩卵の作り方を教えてもらった。

水に塩を入れて飽和塩水を作る。つまり塩を入れて煮ても塩が全部溶けないくらいの濃い塩水である。もちろんその熱がさめてから、生の鶏卵を殻のままその塩水に沈めておく。塩水は壺《つぼ》のようなものに入れて蓋《ふた》をし、床下においておけばよい。

「それから、どうするんですか」

「それでいいんです。何カ月でも保《も》ちます」

「あのオ、どうやって食べるんですか」

「塩水から取り出して茹でます」

「はあ」

「鵞鳥《がちょう》の卵ですがね、中国では。私の家では婆さんが卵の安売りがあると買ってきて、老人夫婦二人の世帯では余りますから、すぐ塩卵にしてしまいます」

私は御隠居さんに所望して、その塩卵を一つ、目の前で茹でてもらった。殻をとると、まっ白な茹で卵だ。しかし塩味が黄身の芯《しん》まで浸透していた。要するに茹で卵全体が塩からいのだ。塩の濃いチーズみたいな風味だった。塩水につけて三カ月たったものだという。御飯のおかずにも、酒の肴《さかな》にもいいと思った。

私は家に飛んで帰って、梁瀬先生の協力農家から頒《わ》けてもらったホウレン草を一束持って御隠居さんに見せた。

「このホウレン草も本物なんです。私、サラダを作りますから召上って下さい」

水洗いしたホウレン草の根を切ると、御隠居さんは、その根をすぐに庭先へ埋めに行った。ひょっとしたら芽が出るだろう。この家では、三ツ葉も葱《ねぎ》も、八百屋で買った分の根を庭先に植えて、以来、外では買っていない。

生のホウレン草をトントンと四センチほどに切り、布巾《ふきん》で水気をとった。塩卵の白身をこまかく刻み、黄身をつぶして和《あ》え、そこへ市販のフレンチドレッシングに食用油を足して、さっとホウレン草も一緒にしてかきまぜた。御隠居は庭から戻ってきて目をむいている。

「ホウレン草を生で食べるのですか」

「まあ召上ってみて下さい」

「これは知らなかった、ホウレン草が生で食べられるとはね。婆《ばあ》さんや、冥土《めいど》のみやげに味だけきかせてもらうとしよう」

本当は脂《あぶら》をとった後のベーコンの、パリパリしたのをまぜるのがフレンチ・サラダの特色なのだが、お年寄りの歯にはどうかと思ったので、塩卵を応用してみた。

横丁の御隠居さん夫婦は、二人で一束分のホウレン草を食べてしまった。日本人はホウレン草は茹でるものと思いこんでいる。

＊

日本人はホウレン草は茹でて食べると思いこんでいるし、レタスは生で食べるものと思いこんでいる。しかしレタスのバタ炒《いた》めは最上の美味なのだ。チシャを知らない関東の人たちには、レタスのお浸しに醤油《しょうゆ》をかけて食べさせてあげたい。レタスは高級野菜と呼ばれているが、家庭菜園で簡単にできる。西洋のものであろうと、東洋のものであろうと、野菜は、野菜だ。野菜に高級も低級もあるものか。

横丁の御隠居は本物の卵と、本物のホウレン草にすっかり感激し、庭先でまだ咲いている寒菊を切ってくれた（これは一月の話である）。こんなことは本当に珍しい。

「よく寒中に咲きましたね」

「土作りを念入りにしておくと、花はいつまでも咲きますな」

「なるほどね、慈光会の農園でも、吹きっさらしの山の天辺で、雑草から黄色い花が伸びて咲いていました」

「園芸用に売っている肥料では、こうはいかんのですよ」

「本当ですか」

「ええ。私の土つくりには秘伝があるんです。滅多な人には教えられませんな」

「あのオ、私も、駄目ですか」

御隠居さんは、しばらく快げに声を出して笑ってから、私の耳に口を当て、小さな声でいった。

「人糞《じんぷん》が一番です。私と婆さんのひり出したものを、落葉とまぜて一年ねかせておくんです」

私も小さな声で、この企業秘密に大仰な反応を示した。

「やっぱり人糞ですか。私もねえ、牛や豚やニワトリより、人間のものの方が上等じゃないのかって考えていたんですよ」

「そりゃ、あなた、人間は万物の霊長です。その躰《からだ》を通過したものなんですから、悪かろう筈はありませんよ」

私たちの内緒話を、お婆さんはどう勘違いしたのか、

「土つくりに、秘伝なんてないですよ。うちの庭じゃ、野菜だって、花だって同じもので育ててるんですから」

と大声で叫んで、台所へ行ってしまった。

御隠居さんと私は、しばらく縁側に腰かけて笑い続けた。

「ところで園芸用の殺虫剤ですが、どうもいけませんな。使うと後できまって私は胸苦しくなるので、使うのをやめましたが、しかし虫がつくのは困りものですな」

「ニンニクと一緒に植えたら、どうかしら」

「ほう、どうしてです？」

「バラとニンニクを一緒に植えると、バラの花の匂がよくなって虫がつかないんです。野菜畠《ばたけ》でも、ニンニクやニラと混植すると虫がつかないものが多いんです。コムパニオン・プランツ（共栄植物）といいましてね、ヨーロッパじゃ、昔から園芸家の方では常識なんですよ」

「ほほう、ニンニクねえ」

＊

私だって、たまには御隠居さんにきかせるくらいの話はしなくちゃいけない。コムパニオン・プランツについて、私は講義を続けることにした。

「ヨーロッパ、特にイギリスが植物同士の共存共栄について研究が深く、さかんです。私は子供の頃ジャバ島で数年暮していますが、ジャバやインドの茶畠と、日本の宇治や静岡の茶畠と、どうも眺めが違うので、なぜだろうと長い間考えていました」

「緑茶と紅茶の違いですかな」

「あら。いいえ、紅茶は精製の過程が違うだけですよ」

「これは、やられましたな」

「マザートリーがあるんです、イギリスの植民地だったインドも、オランダの植民地だったジャバの茶畠も」

「なんです、そのマザートリーというのは」

「訳せば母なる樹木でしょうか。茶畠の上で、枝を張って葉を繁《しげ》らせているんです。ちょうど日本の抹茶《まっちゃ》や玉露を作るところで日覆《ひおおい》をかけるように」

「そうそう、上等のお茶は覆下《おいした》の茶と言いますな」

「私も、きっと熱帯の直射日光を遮《さえぎ》るのが目的だろうと思っていたのですが、どうもそれだけではなさそうです。どうやら豆科の木らしいので、根瘤《こんりゅう》バクテリアで土を豊かにする作用があるのでしょう。専門的なことは私には分らないのですが、共栄植物であることは確実です。日本でも柿の木の隣にハンの木が植わっていると柿は万年豊作だと言われています」

「本当ですか、それは」

「こんなところで嘘《うそ》ついたってしようがないでしょう。梁瀬先生にハンの木がどれか見せてもらってきましたよ」

「どんな字でしょうかな」

「榛と書きます。カバノキ科ですが根瘤バクテリアのある木です。マザートリーでは、胡椒《こしよう》栽培の纏繞木《てんじようぼく》などいい例です。インドや東南アジアでは、その木に胡椒のつるをからませたまま、二百年というもの病虫害を知らないんです。ところがブラジルの胡椒栽培では、棒杭《ぼうぐい》を土に突きさして胡椒のつるをまきつかせているので、十五年もすると病虫害やら胴枯れ、根ぐされ、細菌の発生と、胡椒畠が全滅してしまうんだそうですよ。ブラジルでは、十五年くらいで胡椒の植えかえをしなくちゃならないのに、インドは二百年そのままですよ」

「インド人の智恵《ちえ》ですかなあ」

「それと、植民者として入ったイギリス人に博物学の知識があったからでしょう」

イギリスでは紳士の資格として野鳥観察（バード・ウォッチング）と園芸趣味（ガードニング）を持つことが必要とされている。望遠鏡で空を眺めるのも、庭の樹木や花の手入れも、一家の主人のなすべき仕事であるのが常識だ。

「あの国の階級制度が生み出した智恵だったのではないでしょうかね」

＊

国を支配する者にとって、忘れてならないものは大自然の動きである。どの国の国民も農作物を食べて生きるのだから、農作物を作る気象条件は支配者にとって瞬時も目をそらすことができない筈《はず》である。中世以前からイギリスの貴族は、邸内の花を手ずから作ることによって、領地の農民たちのおかれている生活環境と近接して暮していたのではないだろうか。園芸と野鳥観察によって、生物が太陽と水と土を必要としていることを実地に知らしめるために、彼らは紳士にこの趣味を義務づけたのではないか。

貴族すなわち知識人であるイギリスで、博物学がもっとも栄えたのには深い歴史があるように思う。

英国紳士たちは園芸趣味を持つことによって、土を忘れなかった。土中の微生物と、土上の植物との関連を注意深く見守り、花と虫、果実と野鳥、そして人間と彼らのかかわりあいを探り続けていた。博物学者たちは多岐にわたる彼らの専門分野で、動物と植物の共栄関係、あるいは動物同士の、あるいは植物同士の共栄関係について、自然界には人智でまだ理解し得ないものがあることに気づいていた。

「日本が今日、公害先進国として世界の注目を浴びているのは、狭い土地に一億を越す人口があり、化学工業が著しく急速に発達したという理由をあげるのは簡単ですけれど、水俣病やカネミ油症事件などを予知すべき博物学の分野が大変遅れていたからではないかという気がします」

「博物学といいますと」

「私の考えですけれど、明治維新の後、ヨーロッパ文明を積極的に取入れた日本政府は、学問の分野ですぐ実際に役立つもの以外は切捨てたのではないかという気がします。博物学のように金と時間のかかりすぎる気の長いものは、短兵急な日本人の、特に当時の政治家の性格にあわなかったのでしょうね」

「今の政治家も変りませんな」

「博物学者がいたら、水俣の猫が狂ったとき、猫の専門家がすぐ原因究明にとりかかって、人間に症状が現れるまでに手を打つことができたんじゃないでしょうか。少くとも、あれほど悲惨な多くの犠牲を出さずにすんだのではないでしょうか」

「なるほど、猫の専門家が日本にはいなかったんですか」

「ニワトリもそうです。昭和四十三年二月から三月にかけて、北九州のニワトリが百万羽もやられたでしょう。飼料の中のダーク油にＰＣＢが混じっていたんです。西日本で人間にカネミ油症が現れたのはその直後ですけれど、ニワトリのときに原因究明をすぐしていなかったので、人間の犠牲をくいとめることができなかったんです」

「日本には博物学がないんですか」

「弱いと言った方が正確かもしれませんね。ダーク油で死んだニワトリが一羽だって保存されていないといいますから。日本では人間が死ぬまでは騒ぎにならないし、でもそのときは手遅れなんです」

*

博物学のついでに、日本でいう博物館はミュージアムであって、内容は美術博物館であるのに、イギリスやアメリカの博物館はナチュラル・ヒストリー・ミュージアムと呼ばれていることに気がついた。自然科学史博物館と訳すべきか。ニューヨークで初めてこの博物館へ入ったときのことを思い出す。

「石」の部に属する部屋の大きくて幾つもあったこと。世界各地の岩石から、各種宝石の原石の展示もあった。ひと抱えもあるメキシコ・オパールを見つけたとき、運の悪いことに私はメキシコ・オパールの指輪をはめていた。カレとコレを見較べて、私のはコナだなと思って溜息《ためいき》が出た。

チャールス・ダーウィンの進化論を更に発展させたものが、一つの壁面に展示されていたのも忘れることができない。それは水生動物から陸上動物になり、やがて人間に進化するまでを順次に粘土細工のような形で示したものであった。

「最初がダボハゼなんですよ」

私は横丁の御隠居に説明した。

「ほほう、ダーウィンの進化論は猿からだったですがな」

「それが、ダボハゼから猿まで、十段階以上あるんです。見なければとても分って頂けないと思うけど、見ればなるほどと思うように進化していましてね」

「ほほう」

「猿から人間になる手前がギリシャ像だったのが可笑《おか》しかったですね。そして究極の人間がアイゼンハウワー大統領そっくりでした」

私たちはしばらくアメリカの現状について互いに僅《わず》かばかり持ちあっている知識を交換しあった。

奈良から持って帰った無農薬のお茶は、あんまり香りも味もよくなくて、私は黙って飲んでいたが、御隠居はしばらくして、

「これは昔の番茶の味ですな、うむ」

と言い、

「婆《ばあ》さんや、このくらいの茶なら庭の茶の木で、わしらでも作れるよ。なに、葉をむしって、蒸して、乾せばいいのだ。茶の木をただ眺めていることはなかった。これからは番茶も家で作ることにしよう。決して長生きはしたくないが、妙な病気で苦しむのはご免だからね」

と、もう庭下駄《げた》をつっかけている。そうだ、と私も思った。私の家にも小さな茶の木が一本あるのだ。私も手作りの番茶を作ることにしよう。

帰りかけた私に、御隠居が急いで訊《き》いた。

「園芸用の殺虫剤や除草剤ですがな、どこへ捨てたらよいもんでしょうな。買ったものの使えば気分が悪くなるし、猛毒とあってはそこらへ捨てられず、どうしたもんでしょうな」

縁の下から一抱えも各種のスプレーを取り出して困惑顔である。

「そうですねえ、捨て場所はありませんねえ。どこへ捨てても土壌汚染か、海洋汚染につながりますからね」

「弱りましたな」

「床の間へ飾っておいたらいかがですか。現代文明の象徴ですからね」

＊＊＊

コムパニオン・プランツについて、日本の一隅で、一人こつこつと研究を続けている篤農家《とくのうか》がいる。私は去年（昭和四十九年）の秋、埼玉県児玉《こだま》郡上里町に、そのひとを訪ねて行った。日本で一番稲刈りのおそい地方だということで、晩秋であるにもかかわらず、どこの田もようやく黄金色に輝き始めていた。

「理想の土というのは、山の土ですね。人間が耕したことのない大自然のままの土です。たとえば竹藪《たけやぶ》に入ると、足の下の土のやわらかさが違います。ふんわりとした絨緞《じゅうたん》の上にのったようですよ。ほら」

須賀一男氏は、やさしい目を持った長身の好男子だった。御自分の畠へ案内して下さる途中で、どんどん竹藪の中へ入って行った。

「耕耘機《こううんき》もスキも使っていないのに、ふわふわと軟かいでしょう。落葉と土の接点に毛細根がこんなに張っています。そして、ほら、この土の色を見て下さい。匂を嗅《か》いでごらんになりませんか」

つまみあげてみると土は黒く、そして私の掌《てのひら》の上で芳香を放った。

奈良県の梁瀬義亮氏は大自然が作る堆肥《たいひ》について山林で悟りを開いた。埼玉県の須賀一男氏は藪の中の土を見て学んだ。自然から学ぼうとする謙虚な心に対して、自然は次々と惜しみなく知識を与えた。

「私は雑草観察もやってみました。いろいろ多種類の草がありますが、場所によって生えるものが違うことに気がつきました。それから大雨でも旱《かん》ばつでも、雑草は枯れることがない。病虫害で草が全滅するということもないのに気がつきました。きっと各種の草が共存関係を作っているのではないか、と思いました」

同じ場所で、生える草の種類が年々歳々変化することがあるのにも気がついた。畑や田んぼに生える草も、作物がとれるごとにだんだん変っている。

土手や畠道に生えるオヒシバ、メヒシバという雑草は、人の足で踏みかためられるときは生い繁るが、何かの理由で人通りが絶えると、間もなく姿を消してしまう。

「やはり何かの使命があって生えていたんでしょうね」

須賀さんは田畑の雑草を除去せずに農作物を作る方法を考えついた。最初のうちは失敗が幾つもあった。

「土手の野菊にはアブラムシがつかないのに、畑の野菊にはアブラムシがつく。これはなぜだろうと悩みました。田のアゼに植えた大豆にはコガネムシがつくが、土手に植えた大豆にはコガネムシがつかない。有機質を土に入れればいいと思い、落葉も雑草も耕耘機で土にすきこむと、野菜は病虫害でやられてしまう。悩みました」

奈良で梁瀬先生が試行錯誤をくり返していて、ようやく自然が作る堆肥は完熟したものであることに気づく頃、埼玉では須賀さんがまだ腕を組んで考えこんでいたのだ。もっと早くこの二人が連絡をとりあうことができていたら、と私は過ぎた話でも心苦しく聞いていた。

*

植物学では、酸性の土壌にはスギナが生えることが知られている。そしてスギナには非常に多くのカルシウム分が含まれている。誰も種をまかないのに、大自然はこうして土つくりをしているのだ。

須賀さんには特別の植物学の知識はなかった。しかし自然を観察して養われた勘から、イネとタマネギの輪作を「自然」の中で根気よく続けることにしたのだった。

「最初からタマネギに一番力を入れていました。しかし土ができていない頃には、苗も悪く、できたものも小さいし、しかも味が悪い。困りました。それに収穫前に病気にやられて葉が丸くなってしまう。ええ、スリップスが出たんですよ」

しかし須賀さんは根気よくタマネギを作り続けた。須賀さんには宗教理念があって、厩肥《きゅうひ》は使わない。落葉や敷きワラ以外のものは一切肥料として土に施さない。土を清浄にしなければ清浄な野菜は育たないという信念を持っている。

四年目から、須賀さんのタマネギは見事なものが出来るようになった。稲を刈り終った後を耕耘機でたがやし、タマネギを植えつけたら敷きワラをするだけという方法をやり続けて去年で十五年になる。今では大きさも形も品質も、須賀さんは胸をはって自慢できるタマネギが、毎年反当り三トンもとれる。

「生で食べても辛《から》くなくて、甘いんです。輪切りにしてもパラパラにならないですよ、家のタマネギは」

私は貰《もら》って帰って近くの八百屋で買ったタマネギと較べて、その違いに本当に驚かされた。形に勢があるような気がするのは気のせいかもしれないが、味が、まるきり違うのだ。私はタマネギを刻んで水に晒《さら》し、カツブシと醤油《しょうゆ》をかけて食べるのが好きだが、須賀さんのタマネギは水で晒して辛味を抜く必要がない。第一そんなことをしてはもったいないほど味にコクがあり、甘い。

輪切りにしてもパラパラにならない理由は、身がしまっているからだった。これは又しても横丁の御隠居に届けねばならなかったが、あのお爺《じい》さんがどう言って喜んだかは、毎度のことになるからもう書かない。

農薬の弊害にたまりかねて、有機農業に切りかえた人々に、何が一番つらいかという質問を私がしたとき、

「草とりだなあ」

異口同音の返事だった。

ところで須賀さんは除草剤の毒性に気づくずっと前から「草とり」をしていない。五条の慈光会協力農家でも、「農作物は草に負けない」と胸を張って言っていた人がいた。

須賀さんの場合、たとえば稲作では、草の問題をどう処理しているか。

「草が土を作るのではないかと考えましてね、同様に農作物も土を作ると思っています。田んぼの除草は、田植機で植えつけたあと、除草機で二回ほど掃除をしますが、後は何もしません」

＊

須賀さんが今の農法に切りかえたのは十八年も前のことである。彼自身が大病続きで、健康を取戻すには清浄な土で健康な農作物を作るのが一番だという知識を宗教から得て、彼の農業を根本的に考え直した。

「最初はこの辺りで馬の毛と呼ぶ雑草が田んぼ一面に生えました。小さくて栗《くり》のイガみたいな草です。その頃は稲もなかなか伸びなくて、黄色くていたいたしい育ち方をしました。それまでの田んぼには化学肥料も厩肥も入ってましたから、つまり穢《けが》れているので、山の土と取りかえてみたこともあります」

「どうでした」

「草も生えませんでしたが、稲も全滅でした」

きっと表土の下の粘土質のものを田んぼの土と取替えた結果だったのだろう。腐植どころかバクテリアもいなかったのではないだろうか。

「カヤツリ草が繁《しげ》って、どうにもならないこともありましたが、何年か我慢しているとウマノケもカヤツリ草も消えてしまって、コナギが生えてきます」

「あのオ、コナギって雑草ですか」

「お目にかけましょう」

須賀さんの後について、黄金色の田んぼに出かけて行った。主に似たる稲穂かな、と言いたくなるような背の高い稲田の前に立つと、須賀さんは身をかがめて稲を掻《か》きわけた。

「ほら、これがコナギです」

ツルナのような広葉の水生植物が、下にびっしり密生していた。

「へえ、これがコナギですか」

「そうです。コナギさえ生えれば、もうしめたものです」

「あのオ、どういう意味ですか」

「収量が上りますし、もう何年でもコナギしか生えなくなります」

「本当ですか」

「本当です。コナギは稲と仲のいい草なんですよ。この辺りの米作農は化学肥料や農薬を使っても反収五俵半くらいなんですが、コナギが生えれば間違いなく私のところもそれくらいの収穫が上ります」

「夏の草とりは」

「しません」

「夏は何をしてるんですか」

「夏場は畠《はたけ》に野菜を植えたり、実をとったり、結構忙しいんですよ。田んぼは刈入れまで何もしません」

私はしげしげとコナギの葉が地表を掩《おお》っている稲田の中を覗《のぞ》きこみ、はたして他の草は何もないかと目を皿にして探した。しばらくたって、背の高い雑草を一本見つけた。

「これは何ですか」

「カヤツリ草ですが、ほっといても来年は出なくなりますよ」

コナギが何科の植物か、私はそのときには知識がなかった。一生懸命観察した（ミズアオイ科で、別名がササナギ、ミズナギ）。艶《つや》のある丸い葉のかげに、小さな蕾《つぼみ》が一ツ二ツ、ふりかえると須賀さんの奥さんが黒い眸《ひとみ》を輝かせながら教えてくれた。

「青い花が咲くんですよ。そりゃ綺麗《きれい》ですよ」

*

埼玉の須賀さんは水田を三反五畝《せ》、畑も三反五畝もっていて、すべて彼の「自然農法」と称するもので十八年続けてきた。施肥としては田から収穫した稲ワラを田に半分、畠に半分、マルチ（土を掩うこと）するのに使うだけである。土を耕耘機でたがやすのは一年に一度だけだ。

「そのときワラは土にすきこむんですね」

「はい。しかしその頃はワラの方もほとんど腐植してしまっていますから完熟した堆肥と言えるかもしれません」

「あのオ、それで？」

「それだけです」

「水は、どの川からひいてますか」

「このあたりは水利が悪いので、井戸水ですが、工場排水で汚染されたりしていないから、却っていいと思っています」

水田における水の役目は、除草と土の富裕化である。水がそのまま土に対して微量要素の供給をしていることになる。ワラでマルチしている間に田畑の土壌には細菌やミミズが盛大に繁殖し、地熱は上るし、土が肥える。「ワラだけ」といっても実際にワラでマルチして除草の役目もし、それが堆肥として完熟して土にすきこまれるまでに、どれほど大きな効果をあげているか。

ある座談会で、須賀さんと同席した東京農業大学の教授が、反当り収量が五俵や六俵では、あまりにも少い。それだったら無肥料栽培と同じことだと言い出した。埼玉県というところは平均して米作収量の少いところで、須賀さんの住む上里町の平均反収は化学肥料を使っても少いときは五俵を切ることがあるくらいだという説明を聞いてもなお、「村全体と同じ水準にありながら、いいか悪いかを論ずることは、村全体がすでに低い水準にあるのだから、比較の対象にはならないと私は思う。ですから、お願いしたいことはですね、いわゆる化学肥料を使うことをしないで、もっと収量をあげていくにはどうすればいいかを研究して頂くことが必要じゃないかと思うんですね」

などと言う。

この座談会の記録を読んで、私はすっかり驚いてしまった。

私のような農業に関して無知に近い素人《しろうと》でも、地力に地域差があることぐらい常識として持ちあわせている。山形県では八俵から十俵もとれるのに、埼玉県では五俵から六俵しかとれない。化学肥料を同じように使っても、こういう有様なのだ。収量だけ見るなら関東は米作には不向きだと言えるかもしれない。それなのに、どうして大学教授がこんなことを言うのだろう。

村全体と同じ水準にありながら、いいか悪いか論ずることは、必要な比較だと私は思う。なぜなら、須賀さんのところは化学肥料も殺虫殺菌剤も使わず、除草剤も使わず、つまり支出が少しもなくて、労力も省略されている。お金も使わず、労働力も少くて、しかも同量の収穫をあげているものを、どうして比較の対象にならないなどと言えるのか。これ以上、何をお願いする必要があるだろう。

＊

須賀さんの家族は、須賀さんの両親と、須賀さん夫婦と、そして三人の息子さんという七人家族である。

「この農法に切りかえてから、家には病人が出たことがありません。子供三人は生れてから一度も病気で医者にかかったことがないんですよ。年寄りは、最初はなかなか理解してくれなくて、失敗がある度にいろいろ言っていましたが、今は何も言いません。玄米パンも喜んで食べてくれるようになりました」

須賀さんの奥さんは微笑しながら、ちょっと小さな声になって、

「私はこの農法で、人間をどのくらい丈夫で長生きさせられるものか見てようと思っているんですよ」

と、きっぱり言った。

須賀さんの両親は、彼女にとっては舅《しゅうと》と姑《しゅうとめ》に当る筈であった。須賀夫人は一つの決意を持って、老人たちの生命を健康な食物で守ろうとしているのだった。

田んぼのコナギも印象的だったが、須賀さんの畠はもっと傑作だった。

このあたりは深谷《ふかや》葱《ねぎ》の産地で、須賀さんのところも土の上から二十センチも白い部分を持つ長ネギを累々《るいるい》と植えていた。が、隣のネギ畑と一見して区別がつくほど、須賀さんのところには特徴があった。よそのネギ畑はネギの根は土で埋もれているのに、須賀さんの畠は白いネギの下には紫色の雑草がびっしり生い繁っていた。

「これは、なんですか」

私は仔細《しさい》に見物してから、その草が一種類にかぎられていることに気づいて、訊《き》いた。

「ええ、それはネギと仲のいい草なんです」

「なんという名前ですか」

「さあ、シソ科だと思いますがね。雑草です。植物図鑑でひいてみようと思っていますが」

「ツル性の草ですね。どうやって植えたのですか」

「いや、自然に生えてくるんです。ネギばかり作っていると、その草ばかりになってきます。仲よしなんですね」

コムパニオン・プランツを須賀さんは「仲よし」と呼んでいる。なんていい日本語があったものだろうと私は心たのしかった。

「ずっとネギを植え続けていると、この草だけになってくるんですか」

「ええ、そうですね。仲よしだけ残るみたいですよ。そのネギを一本、引き抜いてみませんか」

すすめられて、私は畠のネギを一本、力まかせに引っぱった。随分長いヒゲ根が何本もついていた。

須賀さんが隣のネギ畑を指さし、いたずらっぽい目をして、ちょっと一本ぬいてみませんかと言った。私はお調子ものだから、すっとんで行って一本のネギに手をかけた。

「あら」

今度は力も入れないのに、すいとネギが土から抜けた。ヒゲ根が短い。

「どうしてこんなに楽に抜けるんでしょう、こちらの方は」

「化学肥料を使っていると、根をはらなくても育つんですね。だから身のしまり工合も、まるで違います。野菜まで怠けものになるんですね」

＊

須賀さんの研究によれば、ジャガイモとトウガラシも友好関係にあるといい、ピーマンと蔬菜《そさい》類も仲よしであるという。単一作物を大量に植えるのは、稲と、稲のあとにタマネギを作っているだけで、あとの畠では作物の友好関係を試すことやら、各種マルチや、無耕耘栽培など、思いつく限りのことをやっている。

「これが畠ですか」

幾つめかの畠に案内されたとき、私は呆然《ぼうぜん》として立ちつくした。ハコベ、タンポポ、カタバミ、ドクダミ、ゲンノショウコ、ヨメナ、ヨモギ、その他、その他の雑草が地面を掩って生い繁っている。これが、どうして畠と呼べるだろう。原っぱにしか見えないではないか。

ところが、その草の中に蹲《うずくま》って、

「ほら」

須賀さんが白い大根を引き抜いて見せる。

「ほら」

須賀さんの奥さんが、赤い人参《にんじん》を引き抜いてくれた。

私は呆《あき》れて、しばらく声が出なかった。まるで手品でも見ているようだった。野原から大根や人参がとれるなんて……！

「原っぱに野菜の種をまいたみたいですね」

「ええ、ここは無耕耘でやっているんです。この土地は一度もたがやしたことがないんです。どうも人参とハコベは仲よしらしいです」

「耕耘機も入れず、肥料もやらず、種をまくだけですか」

「ええ、水もやりませんし、もちろん殺虫剤など使いません。自然のままです」

「人参は、種をまいて、間引きをするだけですか？」

「いや、間引かないです」

「えっ、どうしてですか」

「必要なときに取るのが結果的に間引きになりますが」

「はあ」

「小さい人参は味がいいですよ」

人差指みたいな人参を数本抜いて、パッパッと土を払い、いかがですかと出して下さったので、私はいきなり食べてみた。香りのいいこと、甘いこと。こんな小さな人参に、こんな強い個性がすでに備わっているとは思わなかった。

私と同行した人の中には、洗いもしないで畑の人参を食べることに抵抗があるようだったので、私はどやしつけた。

「この土は健康なのよ。心配しないでおあがんなさいよ。豚だって土を食べると胃腸の病気が癒《なお》るんですすよ」

どうも豚と同じに扱ったのは失礼だったかもしれないけれど、相手は反射的に土のついた人参を口に投げこみ、やがて言った。

「本当だ、うまいなあ。だけど、このジャリジャリいうのは何だろう」

「土でしょ。ハンカチでこすってとればいいのに」

私は青く勢のいい人参の葉をつまみながら、これは味も香りもパセリよりいいと思った。まったく都会で売られている人参には、もう随分前から葉がついていないのだ。私はわが家の庭の雑草を抜かず、人参を植えることを決心していた。横丁の御隠居にもすすめるつもりだ。

＊

埼玉の須賀さんのことを、私は二種類の人たちによく話した。一種類は（こういう言い方、変だけど）学者さんたちである。そして、もう一種類というのは、草とりが辛《つら》いと嘆いている農村青年たちである。私が種類わけにしたのは、この二組の人々は、まったく別々の違う反応を示したからである。学者が実際の農業から、いかに遊離した存在であるかを痛感したので、最初は学者たちの反応から書く。他の農村の人々がどう言ったかについては、明後日まで待って頂きたい。

「それは信じられませんね」

一人の学者は、即座に言った。

「大自然の法則から考えても、稲をとれば土中のカリやリンが失われているのですから、ワラだけ土へ返しても足りないものが出てくる筈《はず》です。カルシウムもミネラル分も補わなければならない筈ですよ。先へ行って収穫は落ちるんじゃないですか」

「もう十八年になるんですよ。収量はふえているんです」

「考えられないなあ。稲を刈ったあとは雑草が繁《しげ》るにまかせているんですか」

「いえ、稲刈りの後は耕耘機《こううんき》を入れて、すぐタマネギの苗を植えるんですって。そのとき収量の半分のワラでマルチをするだけです」

「土へ返すワラは、収量の半分ですか」

「ええ、残りの半分は畠のマルチに使うらしいです」

「信じられないなあ。じゃ、田んぼは輪作で土の休むひまはないんですね」

「ええ、タマネギを穫ったあとは、水を入れて水田にするようですよ。でも水に栄養分があるでしょう。ミネラルなどの微量要素が」

「それだけではねえ。しかし、十八年もやっているとすると」

しきりと首を捻《ひね》っている。

私自身が変だと思っているのは、稲とコナギの共栄関係について、須賀さんのやっていることを学問的に究明しようとしている植物学者も農学者もいないことだ。

「収量は隣の田と同じで、隣の田んぼのように化学肥料や農薬を高いお金で買っていないし、労力も田植のあと一、二度だけ除草機を使っているだけです。しかも収穫した米は、量が隣と同じで、同品種でも粒が大きいんです。籾《もみ》スリだけアルバイトを頼むらしいんですけど、頼まれる方がもうなれていて、この家は粒が大きいからってフルイの目の大きい方を持って来ると言います」

「信じ難い話ですがねえ」

「そう仰言《おつしや》ると思って、稲穂をとって来ましたよ。これが自然農法の稲、こちらが化学肥料の稲。同じ品種ですよ」

学者は理屈ばかり言って実際を見ない。私がハンドバッグから取り出した二本の稲穂を見て、

「本当ですか。こんなに違うものですか」

と感嘆し、籾《もみ》がハチ切れんばかりに身のつまった有機農業の稲穂と、乾くにつれて中身が痩《や》せ、籾が皺《しわ》だらけになっている稲穂を見較べながら、

「しかし、どうしてですかねえ」

と、まだ得心しない。

＊

土を知らない学者の話を、もう一度続けよう。

キリストは「見ずして信ぜよ」と言ったが、実証主義にこりかたまった学者は、証拠の稲を見ても、収量の数字を読んでも、なお信じようとしない。

天然の元素の数は九〇あるが、それが自然界でどう動くかが分っているのは、ほんの一部だし、それも不確かなものである。その小さな知識で、自然界の循環まで理解しようとするのは無理だ。人間が大自然というものについて「分っていること」はごく僅《わず》かであるのに、どうして「分っていること」だけで物ごとを判断しようとするのか。

「あのオ、コナギのことですけどねえ、稲と仲よしだと須賀さんが言ってましたが、明らかにコムパニオン・プランツなんでしょうね？」

「かもしれませんが、実際にやってみないと学者としてはなんともいえません」

「須賀さんは十八年、実際にやっているんですよ」

「農林省には各県に農事試験所があるんですがねえ」

「農林省もさることながら、どうして植物学者や農学者が、こういう現実を見逃しにしているのか私には不思議です。お米は日本人の主食なのですから、稲に共栄植物があるらしいとなれば、飛びついて研究するのが学者の本来あるべき態度じゃないのかしら」

「まったくですね、それが本当なら」

「私が嘘《うそ》をつくわけがないでしょう？」

大声を出したので、わがブレインなる学者先生は両手をあげた。

「いやいや、学者全員を代表して不勉強をお詫《わ》びしますから、どうぞ気を鎮《しず》めて下さい。しかしながら、たとえばコナギと稲の共栄関係が仮に立証されたとしますと、日本の農林省はきっと全国的にコナギを植えることを奨励しますよ。土壌の質や条件には地域差があることを考えずに、ですね」

「そうなることは容易に想像できますが、だからといって一人の篤農家が発見したコナギと稲の共栄関係を学者が無視していいとはいえませんよ」

「まったくです、その通りです」

私が三度の御飯より喧嘩《けんか》が好きだということは、もう文壇の外にも漏れている噂《うわさ》らしくて、誰も私と議論する人がいなくなっているのは、さびしいことである。

共栄植物については、H・フィルブリック女史とR・グレッグ氏共著で『コムパニオン・プランツ』という本がアメリカで出版されている。この本の中で、たとえばこんなことが書かれている。インゲン豆とキュウリの相互関係は、キュウリには影響がないが、インゲン豆には大層有利である。実際にインゲン豆とキュウリを近くに混ぜ植えしてみると、キュウリの収穫は普通だが、インゲン豆は盛大な生育を示し、さやつきもよく、病虫害に対しても強い。

さらにまた共栄とは逆の、つまり相性《あいしょう》の悪い植物があることも報告されている。たとえば小麦畑の中に、あのかわいい花の咲くヒナゲシを植えてみると、小麦の生育が遅れるばかりか、穂先の麦が粃《シイナ》、つまり殻ばかりで子実のないものになり、大減収になってしまう。

＊

野草の生い繁った畠《はたけ》で、耕耘もせずに野菜を植えている人の話をすると、

「草とりしねえなら、百姓は楽な仕事だな」

と農村青年たちは、まず笑い出す。

「そう思ったわ、私も。須賀さん御夫婦は、楽しくて楽しくてたまらないという顔で、ジャガイモの後にトウガラシをまいたら、トウガラシの実がいやになるほどついて、と

ってもとっても取りきれないって笑うの。去年は雨が多くて全国的にピーマンが不作だったのに、須賀さんのところは大豊作で、秋になってもまだピーマンが成っていたわ」

「そこに草が生えてたかね」

「ええ、ピーマンも草びっしりのところに植わっていたわね」

「理屈としては草がマルチになってるんだな」

「私もそう思った。土が見えないほどタンポポ、ヨメナ、ハコベがわさわさ生えていたし、みんな地べたに這《は》う草ばかりで、背の高い雑草はなかったから」

「うん、背の高い草はいけねえんだ。太陽光線を遮《さえぎ》るからね」

「私の感じだけど、須賀さんのところ、どんどん農地がふえてるみたいだったわ。畠の在りかが散っていて、一つも繫《つな》がっていないから、どうしてかと思ったの。そしたら、ここは三年前に買いました、あそこは去年近所の人が手放したのです、この畠は休耕田になったのを特に頼んで借りてるんです、というような工合だった」

「んだべ。種だけまいて穫るだけなら、いくらでも耕地はふやせるな。草とりが一番つらい仕事だからよ。時間も喰うし。しかし分らねえな、人参も間引きしねえってか」

「必要なときにとるのが、結果として間引きになるんだって。だから、もちろん大きい人参や大根だってできるのよ」

農村青年たちは、声をあげて笑った。

私は彼らに幾度も、その農地でとれた大根や人参やキュウリの味について話した。大根は実がしまっていて、辛味が実に舌に快く、キュウリの美味にいたっては食べている間、誰も口をきくものがなかったと言った。

有機農業をやっている農家の人たちは、みんな自分の作っているものの味に自信と誇を持っていて、俺のところだって負けるものかという顔で聞いていた。

「草がマルチだな」

「うん、直射日光を遮って土の中の微生物を活躍させるんだな。地熱も上る筈だ」

頷《うなず》きあいながら、やがて一人がたまりかねたように私に訊《き》いた。

「味のことは分ったがよ、形はどうだね」

「細い人参は形がいいんだけど、太い人参はどうしてもずんぐりむっくりしてて、スマートではなかったわね」

「ピーマンは」

「秋だったせいかもしれないけど、形はてんでんばらばらだった」

「それで売れるかね。誰が買うんだね」

これこそ私の待っていた質問だった。

*

須賀さんがメシア教徒であるというと、農村青年たちはいっぺんに諒解《りょうかい》した。

「ああ、そうか、やっぱり」

「そうじゃないかと思ってたな、俺も」

「だけど俺とこの地方じゃ、メシア教でも草取りしてるぞ」

私は雑草と農作物の共存についての研究は、須賀さん個人のものであるのかもしれないと答えた。

「メシア教なら形の悪い野菜でも心配しないでさばけるからよ」

「一般消費者が、そのくらい分ってくれたら俺たちも苦労がないんだがね」

メシア教（世界救世教）について、私はあまり詳しいことを知らない。昭和初年に出来た新興宗教であることしか知らなかったが、教祖が人間の健康について、清浄な食物を食べればいいと説いたのが、彼らの「自然農法」の基点になっている。

清浄な農作物をとるためには、田畑を清浄にしなければならない。そのために人糞《じんぷん》はもとより牛馬の糞尿も肥料として使ってはいけないことになっているらしい。私は人間の口から入ったものが、体内を通りすぎて出たものを汚物だときめつけるのはどうかと思っているし、厩肥《きゅうひ》の価値も、またある種の化学肥料も（私は化学肥料すべてが悪いとは思っていない。質と量と使い方の問題だと思っている。現状では、質も量も使い方も間違っているので、今日まで攻撃し続けてきた）値打ちのあるものだと思っているのだが、とにかくメシア教の説くところの「自然農法」では、これら総《すべ》ていけないのであって、田畑には清浄な草や稲ワラだけが還元されている。

メシア教徒の農家が作るものは、全国的なメシア教の健康食販売網によって売りさばかれる。教会のメシア教徒は、宗教組織によって清浄な野菜や果物を手に入れることができる。信者は、人参の形が悪くても、ピーマンに色違いがあっても、少しも文句を言わずに合掌して買っている。

有機農業研究会の中には、メシア教だけでなく宗教集団が他にも何組かある。私の最も敬愛する奈良県五条市の梁瀬義亮先生は、敬虔《けいけん》なる仏教徒であって、阿弥陀《あみだ》さまを信仰していらっしゃる。三重県にある愛農学園という農業学校は、キリスト教によって大きな精神的支えを得て、有機農業と取組んでいる。

富山県神通川に多発している「イタイイタイ病」は、カドミウムその他重金属の複合汚染であろうと私は思っているが、この問題を国会で取上げ政府の無為無策をきびしく追及したのは（昭和四十二年五月）公明党だった。五つの政党の中で、公害に最も大きい関心を寄せ、熱心に勉強し、実績をあげている政党は、どの革新政党よりも公明党だと、住民運動をしている人たちは口を揃《そろ》えて言う。それは創価学会という宗教団体を選出母体としている議員たちだ。

かつて宗教が長い歴史のもとに築きあげた大迷信を、次々と論破していった科学の黎《れい》明期《めい》を思うとき、いま多くの宗教者たちが科学による第二の原罪と闘っているのを見ると、感慨無量たらざるを得ない。科学とは、文明とは、いったい人間にとって何だったのだろう。

***

「火を見るよりも明らか」という言葉があるけれども、私は人間と文明との関係について、「火を見て」これを明らかにしたいと思う。

地球ができてから、どのくらいたっているのだろうか。

原始の地球に「生物」が現れてから、約三十億年になるという。最初の化学進化は原始の海から起り、生物は水を基軸として進化してきた。現在も生物の細胞の七、八割が水で占められていることは太古の発生時をしのばせる。ずっとあとの時代に動物が血管を持つに到ったときも、からだを流れる液は海水そのものであったし、それから何億年かの進化を経た現在でも、人間の血液は海水によく似ている。

ところで、人間は、いつ出来たか。

人類の系譜はいまだに明らかでないところが多いが、二百万年前にアフリカに住んでいたオーストラロピテクス（猿人）は、道具に頼って生きていたらしいので、一応彼らが最初の人間と呼ばれている。

猿人から原人へ。

原人から旧人へ。

と、生物学的に進化してから、現在の人間と同じ現生人類が現れて、まだ五万年しかたっていない。

人類の祖先が森を離れ、草原で狩をして生き始めたとき、彼らは猛獣の牙《きば》や爪《つめ》に対抗するものとして道具を選んだ。これが人類の第一の革命である。二百万年ほど昔のことだ。

第二の革命は、人間が火を使い始めたときに起った。正確な年代は分らないが、五十万年ぐらい昔のことらしい。

人間は最初に、どうやって火を手に入れたのだろうか。世界中の神話で語られている火は、いつも神の手から人間が盗みとったものである。実際、火を、どうやって人間が最初に手に入れたか分らない。噴火山から得たのであろうか。獣糞の中の好熱性バクテリアが、自然発火して山林を燃したのであろうか（まさか）。まあ落雷による山火事などが人間の身近な火であったろう。

日本では出雲大社に古代の発火法を儀式化したものが残っている。檜《ひのき》を台に、うつぎの棒をたててまわし、その先の摩擦熱から火をとる。長い間、日本では火を守るための信仰があった。カトリック教会でも、聖堂の中で一点の火をたやさない慣習があるし、仏教では真宗の長を法灯護持職と呼ぶ。火が人間にとって貴重で必要なものだという認識があったのだろう。

ところで火を手に入れて、人間の暮しは大きく変った。人間以外の動物は気温の壁にはばまれて生きる範囲が限られているのに、火を持った人間は寒いところへ移住することが可能になった。人類発祥の地であるアフリカから、北へ、東へと進出し、やがて全世界に人類は住みつく。全世界に分布した動物は、人間が最初である。

火を手に入れて、人間の食生活は、もちろん大きく変った。彼らはそれまで生で食べていた動植物を煮たり焼いたりして食べるようになった。そして彼らは、それまで覚えたことのない苦痛を持つようになった。ムシ歯である。

*

火を手に入れるまで、人類にはムシ歯がなかった。五十万年前の人骨からムシ歯は発見されたことがないので、そう言われている。だから、ムシ歯というのは、人類最初の文明病なのである。

煮炊《にた》きして柔かいものを食べるので歯が弱くなったからだろうという説もあるが、よく分らない。ともかく甘いものが大変いけないという結果だけが分っている。いかなる歯磨メーカーがテレビコマーシャルでムシ歯の予防に○○歯磨と歌ったり踊ったりしてみせても、ムシ歯は実際そんなもので予防はできないのだ。なぜなら、ムシ歯は人類が火を使うことによって生れ出た病気なのだから、火を使って食事をととのえる限り、ムシ歯を人間は追放することができない。

言いたくないが近頃の練歯磨には高級アルコール系洗剤が入っているので、いよいよもって使うべきでないという時代がきている。

昔の日本人はブラシに塩をつけて歯を磨いた。昔の塩は天然塩で、ミネラルの効用が多少はあったであろうが、近ごろ市販されている食塩は、百パーセントの塩化ナトリウムであるから、これも効果が期待できない。

私はあるとき外国旅行で、歯ブラシは持っていたが、練歯磨を忘れ、やむなく朝晩は歯ブラシだけで洗面をすます習慣がついてしまった。この話を何かの折に横丁の隠居にしたら、

「今ごろですか。私は二十年も前から歯ブラシだけですぞ」

と言われてしまった。

「どうしてですか」

「いや、どうも練歯磨を使うと、しばらく茶を飲んでもまずいし、何を食っても味が変るのです。もはや余命いくばくもないのに、ものの味が悪くなるようでは楽しくありませんからな。ためしに、茶でも牛乳でも飲んでごらんなさい。どこのメーカーの品であ

れ、歯を磨いたあとは味が落ちます」

二十年前といえば、隠居さんは五十歳だったから、入歯も今より少かっただろう。私はしばらく高級アルコール系洗剤について知るかぎりのことを話したが、横丁の隠居はうるさそうに、

「私は使っとりませんがな」

と言って、婆さんに茶の催促をした。これは帰れというサインなのである。

私は家に戻って、火と人間について、もう少し考えてみることにした。

五十万年前まで、私たちの祖先は猛獣にとって多分もっとも味のいい餌《えさ》であったに違いない。しかし火を手に入れてから、人間は天敵から身を守ることができるようになった。火を恐れない動物はいない。

火を持った人間は食物を調理することを覚え、食べる点では大進歩をとげる反面でムシ歯の苦しみを覚えた。だが同時に人間は火によって食べられる問題を解決し、生きものとして異常な進化を遂げた。こうして火によって、私たち人間は食物連鎖の終着駅にもなったのである。

*

人間がムシ歯の苦しみを持つようになって五十万年もたつというのに、いまだに歯科

医学ではムシ歯の原因が何か分っていない。火という文明を手に入れ、ムシ歯という文明病に苦しみつつ五十万年たってもなお、どういう病理学的原因でムシ歯ができるのか、学者は解明していない。そこで歯磨き屋が、食物の残滓《ざんし》が歯質のカルシウム分を損うのだと言い出し、せっせと粉歯磨からチューブ入り練歯磨を売り出した。そりゃあ歯の隙《すき》間《ま》にたまった食べ滓《かす》は取らないより取った方がいいだろう。

しかし歯ブラシを使いすぎて、歯が磨滅し、歯の神経がもう少しで露出してくるという歯痛があり、歯医者さんによっては、これも、

「文明病ですよ」

と仰言《おつしや》る方があるのだ。

山深い農村で、歯を磨いたことのないお婆《ばあ》さんに出会ったことがある。彼女には、ムシ歯が一本もなかったし、したがって当然入歯はしていなかった。七十歳になるのに、歯が全部自分の歯で、ムシ歯がない。

東京で、よく歯を磨き、一本もムシ歯がない子供がいる。しかし、同じように歯を磨いているのに、歯医者さんに通い続けている子供もいる。生物の個体差は大きいという一例だ。

私たちと生物学的に同じ種属つまりホモ・サピエンスが現れるのは、五万年前のできごとである。かれらは脳の重さも大きさも現在の人間と変らないし、生活様式も現在の

いわゆる未開人と五十歩百歩だったらしい。私は一九六八年（昭和四十三年）にニューギニアの奥地へ出かけて行って、その三年前に発見された種族と約一カ月暮した経験を持っているが、これが五万年前の己が姿かと思うと感無量だった。

彼らは言葉を持っていたし、それは単純であっても組合せによってたいがいの意志は伝えることができた。彼らが私のような文明人に接して、まっ先にほしがるのは、マッチとカミソリの刃と石鹸《せっけん》であった。

ニューギニア奥地のシシミンというその種族は、すでに火を起す技術は持っていたのだが、なんといってもマッチの簡便さには及ばなかった。彼らが手をさし出して、私にマッチをくれとねだったのは、火の効用を充分知っていたからである。

彼らは狩猟民族であったが、川べりにタロ芋の栽培をしていた。原始的なやり方で、もちろん施肥などしない。棒で土をつついて穴をほり、タロ芋の種芋を埋めるだけで、彼らの畠《はたけ》はやがて生い繁《しげ》り、半年もすると一抱えもある大きな芋が育つのだ。

それを見ていて、私には感慨があった。人類が、農耕を覚えたのは、たった一万年前のことだったからである。ある地方では、農耕と同時に牧畜を覚えた。これこそ人類にとって第三の革命だった。

世界の「人口増加」はこのときを期して起った。

*

アフリカに発生した猿人の「人口」は数万であった。

しかし人類が「火」を手にして、天敵を制覇し、「居住地域の壁」をのりこえて全世界にひろがったとき、人口は数百万にふえた。二百万年で、百倍ふえた勘定になる。これだって人類の歴史上は画期的なことだと思うけれども、百倍にしか殖えなかった理由というのは「餌《えさ》の壁」があったからである。

この壁をのりこえたのは、農耕と牧畜という人間の智恵《ちえ》の賜物である。そして人間の智恵を私たちは文明と呼び、宗教家は原罪と言う。

農業と畜産の智恵を全世界の人間が手に入れるには、もちろん長い時間がかかったに違いないし、作物の収量も僅《わず》かなものだった。私は、ニューギニアで、それを見てきた。しかし、自分の餌を自分で作るという他の動物は絶対にやらないことを人間がやり出してから、人間の生命にとって重大な変化が起った。

それは大自然の中で必ず行われる淘汰《とうた》というものを人間が拒否したことになるのではないだろうか。少くとも天災によって食物を失う飢餓から、人間は救われることになった。

農耕が始まった紀元前八千年頃は、五百万にすぎなかった世界人口が、西暦紀元前後には三億人と、わずか八千年で六十倍にもふえた。それまではたった百倍になるのに二百万年もかかったのに。

農耕の開始は、世界各地の文明を起し、国家を作り、社会構造を変えてしまった。これが革命でなくて、なんであろう。

「国家には天才期がある」という言葉を、私は外国旅行をする度によく思い出すのだが、古代エジプトには文字が発明され、学問も生れ、ピラミッドがその象徴として残されているのに、ナイル河の流域にも、チグリス・ユーフラテス河の流域にも、今は広い広い砂漠だけがひろがっている。天才期の終った国家を見る思いである。

古代ローマ帝国の遺跡も、今ではカラカラの浴場やコロシアムに見るだけで、ギリシャの現状は、天才期が終って久しいという感慨しかない。

しかし国家の天才期が永続しなかった理由は、支配者たちの思い上りだけではなかったようだ。農耕と牧畜は一方では人間を飢餓から救ったが、技術の宿命、つまり文明の宿命ともいうべき自然破壊を行っていた。中近東や地中海沿岸の各地に見られる一木一草もない禿山《はげやま》は、古代の放牧の遺跡である。草も木も、その根で「土」を支え、地下から水を吸い上げる働きをして水量の調節をしているものであったのに、無制限な放牧によって、家畜が草と土を喰うにまかせた結果、草を失った大地に大雨が降ると、表土は洗い流されて、後に砂漠が残るのだ。

施肥や輪作などという智恵を持たなかった初期の農業では、作物によって土壌の栄養分を奪うばかりだったから、豊かな土もたちまち疲れ、荒れ果ててしまった。古代文明が花ひらいた地方が、現在は茫々《ぼうぼう》たる砂漠になっている理由である。

*

初期の農業や畜産が、大自然を破壊し、その結果として国家をも消滅させた。それから数千年、人間はこの大きな失敗から多くを学んで立直る。

現在、地球全陸地の三分の一が、人間によって耕され、あるいは牧草地として開発されているが、これだけ大規模な土地の転換の割には自然破壊がかつて古代の人々のおかしたような大きなものではない。その理由としてあげられるのは農業技術の進歩である。それと同時に人間は、大自然の強大な力を知って、それと闘ったり拒否したりするよりも、自然と折りあうことを覚えたのではないだろうか。これこそ、「調和」であり、もっとも理想的な科学であった。

森林や草原を破壊したにしても、代って出現した農作物や牧草は、同じ生物であったところから、土地転用の影響は最小限にとどめられた。（さあ皆さん、森林や山が切り拓《ひら》かれて、団地が建ち並び、工場の煙突が立ち並んでいる現状と較べて考えて下さい）世界の全陸地の三分の一が変化するについて、それに数千年という歳月が費されたということも、よく考えてみる必要がある。（石油化学の発達で世の中が一変したのは、数十年という短時日の間だった！）

過去における人類の三回の革命（二百万年前に道具を持った。数十万年前に火を持った。一万年前に農耕牧畜を覚えた）から、次の飛躍まで数千年間、人間の人口増加が停滞している。（三八〇ページのグラフ参照）

次なる革命が、世界史では第一次産業革命と呼ばれている。

石炭を燃料とする機械の登場は、人間の生産力を急増させた。この頃、衛生という環境改善の知識と、医学の発達があいまって、人間の寿命がのびるようになった。それは当然地球上の人類の増加と結びつく。

「そのことですがね、どうも私には分らんので訊《き》きにきましたよ」

と、ある日、横丁の隠居が私のところへ顔を出した。

「あら、御用があればお電話下されば伺いますのに」

「いや、電話は人間を不精にします。年をとると、できるだけ運動をすることを心掛けないと足腰たたなくなりますから、機会があれば歩くことにしています」

「それは結構ですけれども」

「米も魚も、お茶も肉も汚染されていて、呼吸をすれば光化学スモッグだ、排気ガスだと、日本は毒の中に埋もれているようですな、あなたが書くのを読んでいると」

「書いているのは私だけじゃないですよ」

「まあ、お待ちなさい。私が不思議でたまらんのは、それにもかかわらず人間の寿命がのびているのはなぜか、ということなんです。男の平均寿命が七十一歳、女が七十六歳というのは、なんですか。私は平均寿命より長生きして、おそろしいと思うのは、死ねなくなったらどうしようということですよ」

「そのことでしたら、それは数字のトリックなんです」

*

私が前に書いた『恍惚《こうこつ》の人』という小説とも関係があることなので、これは機会があればきちんと書きたいと思っていたのだが、「平均寿命」がのびたから、人間が大層長生きするようになったと早合点するのは間違いである。

政治家の中には老人福祉を強化すると、今に社会が老人だらけになって、その負担が全部若者にかかってくるなどと、きいた風な口をきくのがいるので、本当に困ってしまう。

「よろしいですか、ここに生れたての子供と百歳の老人がいるとして、二人の年齢を平均してみて下さい」

横丁の隠居を相手にして、私はもっとも分りやすい平均寿命の理解の仕方について講義をすることにした。

「百とゼロを加えて、二で割るのでしょう」

「そうです。その場合、百もゼロも死亡時の年齢だと考えれば、五十というのが平均寿命なのです」

「ははあ」

「よろしいですか、三歳の子供二人と、九十歳の老人二人で同じような計算をしてみましょう。二、三が六と、百八十ですね。百八十六を四で割るのですよ、四十六・五になります。もし二人の子供が三歳で死に、老人二人が九十歳で死んだのなら、この四人の平均寿命は四十六・五になるんです」

「すると、なんですな、平均寿命というのは年寄りだけの話ではないようですな」

「断然、違うんです」

「もう少し説明して下さい」

「単純明快に言いましょう。子供が死ななくなったんですよ」

「なるほど」

「だって昔は、夏は消化不良、冬は肺炎で小児科のお医者さんは手のほどこしようもなく子供がポロポロ死んだものなんです。ペニシリンが出来る前は、子供というのは下痢だけで体力を失って死んだんです」

「婆さんと一緒に来なくてよかった。電話であなたを私の家に呼びつけなくて本当によかった」

「どうしてですか」

「あなたのその大声で、そんな話を聞かされたら、婆さんは泣き出していますよ。私どもは長男を赤痢で死なせました。次女は肺炎で死んだんです。もちろん戦前のことです。何十年も前のことですが、私の目の前で二人とも息をひきとりましたからな、いつ思い出しても涙が出ます」

私は、しばらく言葉がなかった。

小児医学の発達こそ、人類にとって進歩といえるだろう。子供は抗生物質のおかげで、赤痢になっても、肺炎になっても滅多に死ぬことがない。親にとって、こんなに有りがたい科学があるだろうか。

「平均寿命がのびているのは、それだけ子供の死亡率が低くなったことを証明しているんです。それに較べると老人医学は、明治時代から大した進歩はしていないんですよ」

私はしかし、お年寄りに向って、こんな話はしたくなかった。

＊

第一次産業革命は石炭と機械によって行われたが、次の革命は二十世紀の始めになる。

電力と石油がエネルギー源に加わり、合成化学が無数の人工化合物を人間の世界にあふれさせた。医学の進歩とともに、人類は科学技術文明の時代に突入したのだった（許されるなら私は、これを第二次産業革命と呼びたい）。

それから、たった五十年後に、私たちは石油化学工業と原子力の出現を見ている（許されるなら私は、これを第三次産業革命と呼びたい）。いや、首までその文明につかっている日本人を世界中の国々が実験用のモルモットを見るように眺めているのだ。

あれは何年前の話だったろう。カナダの国会で、

「どうして日本に原料を輸出し、化学製品を買い上げるような無駄な手間をかけるのか。日本だけ儲《もう》けさせているようなものではないか」

という非難を浴びせられたとき、トルドー首相は悠然と答えた。

「それは、わが国に公害をもたらしたくないからであります」

このブラック・ユーモアは、悲しいことに実話であって、私のフィクションではない。

次ページのグラフをよく見て頂こう。

人口の増加率は、第一次産業革命から、第二次産業革命、そして第三次産業革命を期して、驚異的なカーブを示している。西暦紀元の人口が倍増するのに千六百年もかかっているのに、一八五〇年の人口が倍増するのに八十年しかかかっていない。私が生れた頃の世界人口は二十億であったが、四十余年を経た現在、四十億と倍増している。

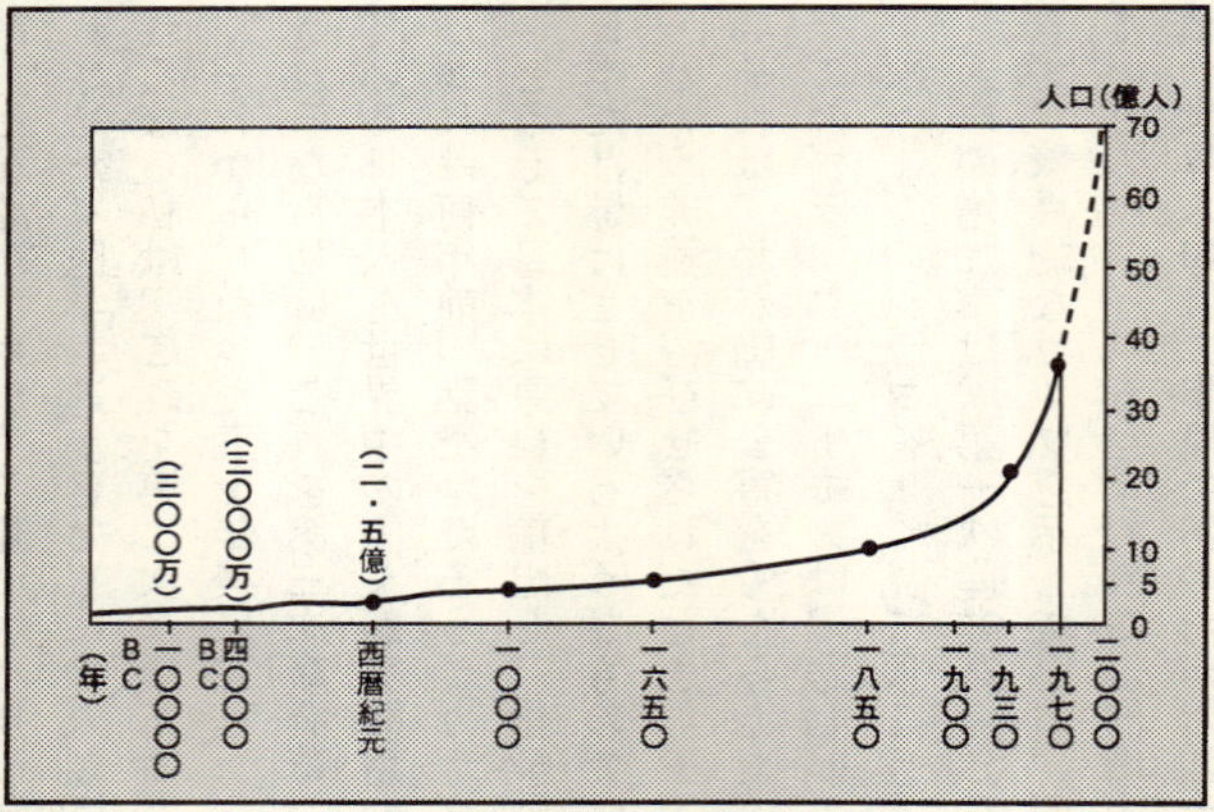

世界の人口は増えつづけた

ふえたのは人口だけではない。工業の発達で、環境の破壊は急激に大規模に行われた。工場の煙突と自動車の排気ガスによって空気が汚染された。工場から排出される各種の毒によって、また各家庭から猛烈な勢で流し出される合成洗剤という名の毒によって、川が汚れ、海が汚染された。そしてさまざまな農薬やＰＣＢ、鉛などで土が汚染された。

　横丁の隠居が、また顔を出した。

「去年は人口爆発と食糧危機というのが国連のテーマでしたが、これをひとつ、あなた解説してくれませんかな」

「新聞やテレビでたくさんごらんになっているんでしょう。私は日本のことしか考えていませんし」

「いや、そのことです。日本がこれからど

うしたらいいか、人口の増加には当然ながら食糧増産を考えなきゃならんでしょう。あなたが熱心に支持している有機農業では土が生き返るかもしれんが、どうも収量が減るようじゃないですか」

「そのことなら、はっきりお答えできます。第一に有機農業で減収になる心配はありません」

「しかし山形県の若者が二割減収だったと、あなたも言っていたじゃないですか」

「農法の切り替えをやるときに、多少の失敗はあるでしょう。梁瀬義亮先生は、堆肥《たいひ》さえきちんとできていれば、最初の年でも減収にならずにすむと自信をもって仰言《おっしゃ》っています」

＊

国連が地球上の人口増加を憂慮して、去年は何回も人口問題では会議をひらいたが、先進国と開発途上国の間でどうしても互いに越えることのできない溝《みぞ》があった。

いわゆる文明国には産児調節の智恵《ちえ》がいきわたっていて、人口増加はあってもパーセンテージにすれば、僅《わず》かなものなのだが、爆発的に人口がふえているのは開発途上国なのである。先進国の人間が彼らに向って、産児制限をせよと命令する資格があるだろうか。

これにエネルギー危機がからむから、話はややこしくなる一方だった。石油はおおむね開発途上国から先進国へ輸出され、そこで大量に消費されている。いわば開発の遅れている国の石油資源によって、文明国の人間が結構に暮しているというのに、その文明国から後進諸国へ人口を減らせと言う権利などあろう筈がない。

しかし国連がその年のテーマときめれば、日本のジャーナリズムはすぐ飛びついてお祭りさわぎにしてしまう。あたかも日本の人口も爆発するかのように、日本にも深刻な食糧危機が目前にせまっているかのように書きたてる。

「その通りでしたな。おかげで私も婆《ばあ》さんも長生きしているのが罪悪のような気がしてきましてな」

「胸を張って長生きして下さい。日本の人口は一億五千万までふえたところで頭打ちになるんだそうですよ。もう貧乏人の子沢山という家がほとんどなくなっているでしょう。産児調節ができているんです」

「食糧危機の方は、どうですかな」

「そこですよ、考えてみて下さい。お米が余るというので政府は減反政策を打ち出したんですよ。水田の六分の一が休耕田になっているんですよ。五十六万ヘクタールですよ。おまけに裏作はやりません。輪作もやりません。農家の人たちは機械買って稲刈って、大急ぎでワラを燃やして、都会へ出稼ぎに出るんです。機械代を払うために現金収入を求めて、ね」

「今年は不況で、出稼ぎができなくなるだろうと言われてますな」

「いろんなことが言われてますが、ともかく農地は三十年前と較べれば遊んでるみたいな有様なんです。これでどうして食糧危機なんて言えるでしょうか。有機農業の生産性が低いなんて言ってる場合ですか」

「私もアメリカが不作だから、日本も食糧危機というのは根本が間違ってると思っとるのですよ。そうですか、有機農業で収量は減らんのですか。安心しましたな。どうしてそれを農林省が考えんのでしょうかな」

日本政府はアメリカ政府に対して、折あるごとに農産物の安定供給をお願いしている。これに対してアメリカ政府は「他の諸国と同様の取扱いにする」とおうようにお答え下さっている。しかし去年は全世界的な天候異変で大旱《だいかん》ばつもあれば長雨に祟《たた》られたりして、アメリカも、アフリカも、インドも東南アジアも農作物は大打撃を受けた。

＊

「風が吹くと桶屋《おけや》が儲かる」という言葉がある。まず風が吹くとホコリがたつ。ホコリがたつと人間の目に入る。目の悪い人がふえると、三味線をひいて生計をたてる（これは江戸時代の話だからである）。三味線の胴には猫の皮をはらねばならない。江戸中の猫が三味線の皮になってしまうと必然的にネズミがふえる。ふえたネズミが柱をかじる。おかげで家が傾いて屋根瓦《がわら》が落ちる。むやみと瓦が落ちるので人間がバタバタ死んでしまう。早桶が間にあわないくらいだから、ついでに普通の桶まで値が上る。そこで桶屋は何もしないで儲かってしまうという解釈がある。

「アメリカに雨が降ると日本はどうなる」か。

去年のアメリカは雨が降らず大旱ばつで、トウモロコシが二六パーセント減、大豆一五パーセント減、小麦も一昨年よりはよかったが二一パーセント減という不作だった。

（予想の段階だが）

アメリカのトウモロコシは、日本の家畜飼料源である。それが二六パーセントも減収では、さあ大変だ。日本は大豆消費量の九五パーセントをアメリカから輸入している。それが一五パーセント減収になったのだから大変だ。日本人は、昔は三度の食事がお米の御飯だったが（貧しい人はそうはいかなかったけど）、今では日本人は平均して一日一食だけ米の御飯だという。朝はパンで、昼はラーメンかスパゲッティを食べるのが習慣化してしまった。学校給食の賜物というべきであろうか。小麦の栄養を高く高く評価し、米の栄養を低く低く評価した栄養学者の諸先生方の大勝利ともいうべきだろうか。ともかく今では日本人は一年に四二〇万トンの小麦を食べてしまうに到った。その九割は輸入であり、主としてアメリカと、ついでカナダの農業に頼っている。だからアメリカの小麦が不作だったら大変に大変だ。

「アメリカがクシャミをすると日本は風邪をひく」

食糧事情についても、これは言い得て妙というべきだ。あんまりズバリときまってしまうので、とても笑ってはいられない。

食糧の半分をアメリカに頼っている日本は、アメリカが不作で自国分の供給だけで手一杯になってしまったらどうなるか。「そうなれば日本の五千万人は餓死してしまう」

何かの加減でアメリカが「売らない」と言い出したら、どうするか。一昨年の大豆事件を思い出してみよう。結果として日本政府は三拝九拝して値上りした大豆を買うことになった。

石油産出国が急に「今まで石油を安く売りすぎていた」と言い出したので、石油文明で突っ走っていた先進国はヨーロッパもアメリカも経済的にボロボロになってしまった。急激に経済成長した日本は、これから先どうなるのか。

「土方ころすに刃物はいらぬ、雨の十日も降ればよい」

日本を殺すのにもう原爆はいらない。石油は売らないという一言で、日本の経済はストップしてしまう。小麦は売らないと言われれば、五千万人が飢えて死ぬ。

＊

横丁の隠居が夫婦揃《そろ》って風邪をひいてしまったので、私はその看病でこのところ机に向うこともできなかった。この家は長男が赤痢で夭折《ようせつ》し、次男が戦争で死んでいるので、四人の子供のうち残っているのは嫁に行った長女一人だけなのである（次女も幼いとき肺炎で死んだ）。ところがこの長女もひどい風邪で、しかも子供と枕《まくら》を並べて寝ているのだという。私ぐらいの年配だから、さぞ辛かろうと同情し、私は老夫婦のところへ近所のお医者さんの往診を頼んだ。

私の居住するところは、お医者さまには本当に恵まれている。小児科、内科、耳鼻科と、どのお医者さまも人柄のいい方々が揃っているので、よく週刊誌が書くようなクスリをマグサのように与える悪徳医者とか、土、日おやすみにして遊びに行ってしまうようなお医者さまはいない。

横丁の隠居のところへ毎日往診して下さったお医者さまに、

「あのオ、お勘定は私が払わせて頂くつもりですけど」

と申し出たら、却《かえ》って妙な顔をされてしまった。

「七十歳以上のお年寄りは医療費は無料なのですよ」

横丁の隠居は七十歳、奥さんは金のワラジ組で七十一歳。二人とも毎日静脈に栄養注射をして体力をつけ、一日三度の粉薬を頂いて十日たつと、とにかく立って歩けるようになった。

「いやア、ひどい目にあいましたな。このところ毎年のように、この風邪って奴にやられますが、風邪は毎年、姿を変えてやってきますな。香港Aというのだったようですな、私のは」

「流行のトップを切ったのでしょう」

「しかし風邪というのは何ですかなあ、風邪薬ってものは、つまり無いのですな」

「風邪に限らず薬というものは無いと思った方がいいんじゃないかしら」

五条市の医師、梁瀬義亮先生は病気を癒《なお》すのは薬ではない、人間の持っている生命力だと喝破しておられた。そして人間という生物は、どの生物もそうであるように個体差が大きい。横丁の隠居と奥さんを較べても同型の風邪と思えないほど病状も違っていたし、回復するのも二人まったく同時とはいかなかった。

「食べられるものから食べて体力をつけるのが一番の健康法ですよ。栄養注射はあくまで応急処置ですから、まず無理をしてでも食べることです」

私は魚を焼き、野菜を煮つけ、味噌汁《みそしる》を作り、御飯は水を多くして柔かく炊き上げて老夫婦にすすめながら、話し続けた。

「大人一人一日三錠などと書いて売ってる薬は変だと思いますね。個人差について考えてないんですもの。婦人病の薬以外は性別がないのもおかしいですよね。漢方薬は男女をわけて薬の調合をするでしょう。つまりホルモン系統は医学ではほとんど未知の分野なんですよ」

横丁の隠居は面倒くさそうに相槌《あいづち》を打っていたが、やがて顔をしかめて言った。

「しかし、あなたは料理が下手ですな。味つけがなってないですよ」

＊

太古、人間は道具を持った。それが今日の技術につながる。

太古、人間は火を持った。それが今日の文明の幕あきだった。ムシ歯はどうも火を使って食物を煮炊《にた》きするようになってから人間を苦しめるようになったらしい。だからといって、火を使うのをやめようとは誰も言わないだろう。なぜならムシ歯では滅多に人間が死なないからだ。

農耕、牧畜を始めたのは人間の智恵であったが、人間の智恵の浅さが大自然の深遠な仕組みを理解しなかったために、数千年前の古代文明国家は消えて、あとに広大な砂漠が残った。

そして第一次産業革命から、人間は再び数千年前と変らない誤ちを犯しているように見える。人間は浅い智恵に溺《おぼ》れて、電灯の明るさに拍手喝采《かっさい》を送った。機械の便利さに我を忘れ、機械がやがて人間に襲いかかってくるときが来ようとは思わなかった。チャップリンの「モダン・タイムス」が不朽の名作になる理由である。一人の映画作りの天才の洞察力に多くの科学者の智恵は及ばなかった。

第二次と第三次の産業革命は、日本には三十年前に、つまり物資欠乏のどん底で迎えた敗戦と同時に、堰《せき》を切ったようになだれこんだ。極度の食糧難時代に、化学肥料が実現した大量収穫は有りがたかった。日本人は二十年後に「土」がどうなるかも考えず、やみくもに化学肥料を万能と信じた。多量に投じれば、収穫も上るだろうと単純に考え、その誤ちを農林省の行政官は誰一人ただそうとしなかった。

敗戦によって、日本人は世界に冠たる大日本帝国の威信を失うと同時に、科学戦争に敗けたことを骨身にこたえて感じた。ここから科学盲信という風潮が生れる。

敗戦によって、日本人はアメリカの盛大な物量作戦に圧倒され、まず精神がボロボロに敗北してしまった。心よりも、物だと考え違いをしてしまった。日本の精神的風土の荒廃は、ここから始まった。

まず親は子供を躾《しつ》ける自信を失った。「時代が変ったのだから」というので、自分たちの倫理観で子供を叱《しか》ることをしなくなった。その結果、教育の根幹がゆらいだ。教師も生徒を叱らなくなった。まるで子供の「遊び相手」みたいな教育者がふえた。ＰＴＡという組織が、教育ママたちを増長させ、教師は子供の顔より親の表情をうかがって生きるようになった。こんな状態で次の日本を背負える若者が育つ筈がない。

農村の若者たちの多くは、

「農薬を使わないで農業なんてやれないよォ」

と言う。

「大変だよォ。有機農業なんてのはよォ、手間かかるばっかりだろ。労働力がいるじゃないかよォ」

実際は各種農薬の散布はおそろしく面倒な手間ひまがかかり、害虫が耐性を持ってしまったので、一層頻繁にやらねばならず、その労力は大変なのだが、彼らは「楽をして多収穫」という業者の宣伝にのせられてしまっているのだ。精神力のない人間が、こういう文句にひっかかる。

*

「もらった病気は重い」という諺《ことわざ》を、私はアメリカへ行く度に実にしばしば思い出す。

私がニューヨークで一年暮していた頃、マンハッタンの高層ビル街によく友だちを訪ねたことがあるけれど、三階や四階に事務所や住居を持つ人でエレベーターに乗るアメリカ人はなかった。男性の場合は、私がエレベーターにのると黙って一緒に乗ったが、二度三度続くと不思議そうな顔をして、

「あなたは工合でも悪いのか」

と訊《き》く。

「いいえ、どうしてですか」

「あなたが階段を上らないからですよ」

「だってエレベーターがあるじゃありませんか」

「あれは老人と病人と、ハイヒールをはいたお洒落《しゃれ》で馬鹿《ばか》な女のためにあるものですよ。それと十階以上のフロアへ行く人のためにあるものです」

そう言われてからよく見ると、老人でも大きな荷物を持たないかぎり、ゆっくり休み休み階段を上り降りしているのが目についた。日本にも二、三回来ている国際演劇協会（ITI）の会長ロザモンド・ギルダー女史は、もう八十歳近いが、この人もエレベーターには滅多なことでは乗らず、四階でも五階でも階段を上る。

私が彼女にその理由を尋ねたとき、ギルダー女史の返事は秀逸だった。

「機械は病人を作るんですよ。私は病気になりたくないのでね」

ロバート・ケネディが日本へ来たとき、彼がエレベーターを使わず、八階でも十階でも階段を駈《か》け上り、駈け降りたので随行していた日本人はびっくりしていた。しかし、アメリカでは多忙なビジネスマンほど階段を駈け上るのだ。彼らはこうして日常の運動不足を解消している。

ニューヨークに住む人は、実によく歩く。だいたいがマンハッタンの中なら、どこでも歩いて行けないことはない。自家用車を持っている人が、車に乗らずに歩くのだ。自動車は週末にドライブに出かけて思うさま走らせる。たしかに都会の中ではベンツでもリンカーン・コンチネンタルでも、宝の持ち腐れみたいなものだ。ハイスピードは出せないのだから。

日本で車を持っている人々の多くが、ギックリ腰という持病をもっている。いい若者が、ギックリ腰をやったという。訊《き》いてみると、たいがい車を持っている。近頃は都会ばかりでなく、農家の若者にまでギックリ腰がふえている。タクシーの運転手さんたちの多くは、ギックリ腰である。何をかくそう私も四年前にギックリ腰になった。これは坐職《ざしよく》の人間がかかりやすい、いわば職業病だ。ギックリ腰の原因は、運動不足。歩かない人ほどなる。アメリカ人は、日本人よりずっと前にそのことを知ったのだろう。彼らはエレベーターにはできるだけ乗らない。車があっても、できるだけ歩く。だからアメリカ人にはギックリ腰という病気が少い。

「もらった病気が重い」のは、ギックリ腰だけではない。農薬についても、食品添加物についても、排気ガスについても、合成洗剤についても、同じことが言える。

＊＊＊

火について書いた後だから、今日からしばらく「水」について考えることにしよう。

地球表面の七割は海だ。が、この水は、いったいどこから来たものだろうか。雨だ、川から流れ込んだのだと誰でも言うだろうが、もう少し昔のことを考えてみよう。

地球が出来ていまのようになったのは（おおざっぱな言い方だが）、約五十億年前で、その頃は、地球の表面にも大気中にも水はなかった。

「あのオ、昔は地球に水がなかったんですか。すると何から水が生れたんでしょう」

「地球に火山活動が始まって、地表を掩《おお》っている地殻の下にある岩石として存在していた水が、高熱のため遊離して噴き出したのです」

「あらまあ、水って、もとは岩だったんですか」

「ええ。結晶水とか、ケイ酸塩に結びついていた水和水などが、地球の内部から炭酸ガスや亜硫酸ガス、アンモニア、青酸ガスなどと一緒に、多量の水蒸気として噴出したのです。それが上空で冷えて水滴になって、つまり雨が地表へ降りそそいだのです」

「あのオ、もっと分りやすく言って頂けませんか」

「これより分りやすく言えるものですか」

「ともかく岩が、雨になって、それで海になったんですね」

「当時の雨は、有毒物質の雨ですよ」

「ひゃあ」

「岩石を分解し、溶解し、その中の水分を分離して、海の水が次第にその量をふやしていったんです」

「岩が水になるっていうのが、どうもよく分りませんけど」

そこで専門の学者は低能児の家庭教師みたいな口調で、より詳しく説明して下さり、私はますます分らなくなった。

「海水は太陽熱を受けて蒸発します。これも分りませんか」

「そのくらいは分ります」

「蒸発するとき塩分は海に残ります。これも分りませんか」

「分りますよ、だから海の水は塩からいんでしょう」

「そうです、そうです」

私は情けなくなった。そんなことは学者に教えてもらわなくたって私は子供のときから知っているのだ。

海水は太陽の熱で蒸発し、空で冷えて雨になり、地上を洗い、岩を砕いて水と土を作りながら再び海に戻る。こうした動きを何億年も繰返すうちに海の中で生物が生れ、彼らのうちの何種類かが陸へぞろぞろと這上《はいあが》るようになる（生物が生れて陸へ這上るまで二十億年以上かかっている）。それと前後して陸には緑が芽生えていただろう。地球を包む大気も、始めは酸素がなかったのだが、植物が炭酸ガスを酸素にかえる働きをするために、空気は何十億年もかかって今のようなものになったのだった。

大気と土と緑。今日の自然を作りあげたのは、水であった。何十億年もかかって。その水が、今はどうなっているだろうか。

*

「水の性質は学問的にどう評価されるんでしょうか」

「多くの水の性能の中できわだっているのは、比熱が大きいことでしょう」

さあ、また分らない。

学者は私の顔を覗《のぞ》きこみながら、水が容易にあたためにくく、またさめにくい物質であると説明しようとした。

「どうしてですか。瞬間湯わかし器ってものがありますよ。お湯がさめないように魔法ビンが作られたので、つまり水はさめやすいんじゃないですか」

「いやいや、月と地球で較べてみましょう、いいですか」

学者はどうして湯わかし器や魔法ビンという身近なものを使って論じようとしないの

だろう。

「はあ、どうぞ」

「月のように水のない天体では、昼間は一〇〇度をこす高温ですが、夜は零下一五〇度にも下ります。地球の場合は昼夜の温度差が少い。それは地球が大気に掩われ、大量の水があるからです」

これが比熱というものの説明なのかしら。私は頭が悪いので、話が難しくなると、どうでもいいやという気がしてくる。

「水の特徴としては、固体、液体、気体になる三態変化ですね。つまり氷と水と水蒸気のことですが、変化の度に沢山の熱を吸収したり放出したりしますから、熱の貯蔵能力もきわだっているのです」

私はそんなことより、水の現状にあせりを感じて質問しているのだが、学者の話は例外なく前説が長いので、毎度ながらうんざりさせられる。消費者運動や主婦グループに講演を頼まれて出かけると、話の途中で眠る女が多いので実にがっかりすると公害学者が私にこぼしたことがあるが、居眠りするのは女の意識が低いからではなく、学者の話が面白くないからに違いない。私もこれまでに、専門家と話していて、どのくらいあくびを噛《か》み殺したか分らない。

「このように多くの役割を果している水は自然のあらゆる面にふれると同時に、自然からも作られてきたわけですよね。そして多くの物質を溶かし、運び、地表に変化をもたらす水が、生活に有害な物質と出あったときは、それも五十億年の水の生涯で初めて出あった物質、つまり決して水で分解も溶解もできない物質に出あうと、どうなるか」
「それですよ、私の知りたいのは」
「水は一転して公害の共犯者になるんです」
小学生が社会科の授業で、さかんに学習している「水に入る公害」について、御近所のお子さんから、ちょっと教えてもらうことにした。
　水銀（鉱山から出て川へ流れこむものと、工場排水から川と海を汚染しているもの。それからもちろん農薬）
カドミウム（鉱山と工場から川へ）
銅（鉱山から川へ）
ＰＣＢ（工場から川、湖沼、海へ）
ＤＤＴその他の農薬（田畑から雨で地下水へ、そして川から海へ）

＊

横丁の御隠居と話をするときは、言葉に障害がないので互いに退屈することがない。

「すべてを水に流すという言葉は、もう昔のものになったようですな」

「あの文句の出典は日本なんでしょうか、中国なんでしょうか」

「さてね、漢語にあったかしらん。私はまあ常識として四書五経は知っていますが」

「中国の川は流れないですよ。満々たる水をたたえて、たとえば一枚の木の葉を揚子江に浮かべてみたことがあるんですが、なかなか向うへ行かないんです。悠然たる水流ですよ。明治の初年に日本政府に招かれて河川工事にきたオランダの技師が、日本の川を見て、これは川ではない、滝だと叫んだそうですよ。私はそれを思い出して愕然《がくぜん》としました」

「すると、すべて水に流すというのは、日本語ですかな、もともと」

「ではないかしら」

「便所をカワヤと言ったのは、川屋と書くのだという説がありますな。汚物は川へ流すものとしていたんでしょう」

「急流ですからね、日本の川は、どこも」

「いつからですかな、水へ流せなくなったのは」

「化学文明が発達してからだという説もありますが、昔の人の方が水を尊ぶ姿勢は持っていたのではないかという気がします。地方でも川に決して汚物を入れさせない土俗信仰がありますし、水に対して昔の人は火と同様に懼れを抱いていたと思います」

「火事に対するに、洪水がありますからな」

「ええ、水飢饉《みずききん》は餓死に繋《つな》がりましたし」

「私の母親は私らが水を無駄に使うと罰が当ると言ったものです」

「あら関東でもですか。私の母方の祖母は、水罰が当るという言い方をしました」

「水罰ですか、ほほう」

もう七年も前のことだが、私の住居の地域に下水工事がやっと一貫した。私は深く考えることなく御近所の方々と同様、わが家を水洗便所に切りかえ、生活が「文化的」になったのだと用を足す度に思っていた。

「東京都の住民が、全部水洗便所に切りかえると、東京では飲み水がなくなってしまうんだそうですよ」

「本当ですか」

「ええ。それを知ったときは、私、申しわけのなさに茫然《ぼうぜん》となりましてねえ」

「そうでしょう、そうでしょう。私を奇人変人とひとは言うが、やっぱり私のやり方でいいのですよ。このあたりで私だけは水洗にしませんでした。親指ほどのもの三本流すのに、あんなに水を使うのは、もったいない。第一、水ばかりじゃありません。出したものを流してしまっては庭の花も咲かせられん。近頃は自分で野菜も茶の木も育てねばならんのですから、私と婆《ばあ》さんのひり出したものは大事な大事な肥料ですぞ。あなたも用は私の家でお足しなさい」

日本は水に恵まれた国のように思われているが、海にとりかこまれているからといって、そう思いこむのは誤解というものである。

＊

もちろん日本の雨量は、ヨーロッパ各地の三倍から四倍という多さで、世界の陸地の平均雨量と較べても二倍以上になる。

ところが人口が多いから、一人当りに降る雨という勘定をすれば、ヨーロッパと同じぐらい。全世界平均の十一倍の人口密度を持っているのだから、各国平均の五分の一の水しか持っていないことになる。しかも日本は火山列島で山が多く、平地は全陸地の三分の一もないのと、人口分布が大変かたよっているから、どこの大都市にとっても水不足は深刻な状況になっている。

日本の年間雨量は六七〇〇億トン

そのうち蒸発するのが一二三〇億トン

地下水になるのが二七〇億トン

川になって流れるのが五二〇〇億トン

ところが川の水の半分は洪水として無駄に海へ流れてしまっている。

「今でもですか」

「はい、今でもです。いや河川工事がすすんでからは、洪水が一層ひどいことになりました」

「まあ、どうしてでしょう」

河川工事は洪水を防ぐためにあるものではないのか。驚いている私の手に、一冊の小さな本が手渡された。それは中公新書の『水と緑と土』であった。著者の富山和子氏にまだ面識はないが、一読して私は茫然となってしまった。

この本の中で、治水事業がすすめばすすむほど洪水の量が増すという事情が、克明に、詳細なデータと共に記述されている。

たとえば利根川では、明治二十九年に未曾有《みぞう》の大洪水があった。当然このときの流水量を参考にして明治三十三年の改修工事は行われた筈《はず》である。埼玉県栗橋地点での計画高水流量は毎秒三七五〇立方メートルだった。

工事が進行して十年目（明治四十三年）に又もや未曾有の大洪水が利根川を襲った。栗橋地点での洪水流量は七〇〇〇立方メートルと推定された。治水計画は大幅に修正され、工事は一層強化された。

だが、利根川は暴れることをやめなかった。昭和十年、またまた未曾有の大洪水。政府はあらためて計画高水流量を一万立方メートルに修正し、この工事さえ終了すれば安泰と考えた。

しかし昭和二十二年キャスリン台風で、一万七〇〇〇立方メートルという洪水流量に出会して利根川の堤防は決壊してしまった。

工事をすればするほど、洪水の氾濫《はんらん》が大きくなる。どうしてこんなことになるか、私が詳しく書くよりも富山さんの著書を読んで頂く方がいい。これは政治家必見の名著だと私は思っている。水を治めるものは、よくその国を治むと言うではないか。治水に関心を持つべき立場にいる人々は、保守も革新もない。党派をこえて、この本を読み、人間にとって最も大切な「水」について根本から考え直してほしいと思う。

明日から私は、飲み水について書く。

＊

これを読んで下さっている方々、お一人お一人におたずねいたします。いまこの本を持っていらっしゃるあなたのその手で、水を汚してはいませんか。

あなたのお台所には中性洗剤が置かれていませんか。あなたは中性洗剤が猛毒だということをご存知ですか。

あなたのお家では合成洗剤で洗濯していらっしゃいませんか。あなたは合成洗剤が、農薬と同質の毒だということをご存知ですか。

本書の二六五ページを、よく見て下さい。農薬の一種類である界面活性剤というのは、合成洗剤と同じものだ。殺虫剤と混合して野菜に吹きつけると、虫を殺す毒が野菜や果物の皮を透して中までジューッとしみこんでしまう。そうなると野菜や果物は、洗っても、皮をむいても、煮ても焼いても、毒がとれない。

しかし合成洗剤は、浸透させる力があるばかりではない。そのもの自体が毒なのだ。

ある地方の果樹栽培の農家に、一時期殺虫剤が払底したことがあった。（ときどきこういうことをして価格操作をやるのだろうか。夥《おびただ》しい量が生産販売されているのに）

「あのときは困りはてましてねえ。何しろ農薬なしでは農業はやれないと頭から信じこんでいましたからね。殺虫剤が手に入らないとなれば、それにかわるものがいると考えましてねえ、思いついたのが合成洗剤です。かわりに合成洗剤を水に溶いて吹きつけましたところ、虫が来ない。私の村じゃ一斉に私の真似《まね》をしました」

「何から思いつかれたんですか」

「このあたりはごらんの通りの田舎ですから、洗濯水は裏庭へ捨てているんですが、一度ミミズが流し水の泡とぶつかって一直線に伸びるところを見たんです」

「まあ、こわい」

「それから思いついて、台所のゴキブリにぶっかけてみたんです」

「どうでした」

「イチコロでしたな、これは農薬以上じゃないかと思いました。それに誘蛾灯《ゆうがとう》に合成洗剤を入れるのは、もう農家では常識でした」

読者の皆様、もしお台所に中性洗剤がまだ置いてあるのでしたら、同じ実験をなさってみたらいかがですか。あのゴキブリという生命力の強い、したたかな生物が、人類が滅亡しても必ず生き残るといわれている昆虫が、中性洗剤の一滴であっけなくひっくり返り窒息死してしまうのを見たら、とてもそんなもので茶碗《ちゃわん》やスプーンを洗う気にはなれなくなる筈だ。（業者は天ぷら油でも、水でもゴキブリは死ぬと反論するが、台所の実験では水でも油でもゴキブリは素早く逃げてしまう）

「あのオ、その合成洗剤は今でもそうやって果物に吹きつけていらっしゃるんですか」

この話の主に質問すると相手は苦笑しながら、

「いや、今は使っていません。農薬会社から猛烈な圧力がかかったんです、農協に。法律違反になるんだそうですよ。『農薬要覧』にのってないものを殺虫剤として使うのは」

目クソと鼻クソが喧嘩《けんか》したみたいな話だと思い、私もしばらく笑っていた。

＊

合成洗剤とは、なんぞやという質問を毎度ながら専門家にしてみたところ、

「界面活性剤は大きく分けますと非イオン系と陽イオン系と陰イオン系の三種がありま す。非イオン系のものは食品の乳化剤として、マヨネーズやアイスクリームまたチョコ

レートなどに使われているものがあります」

「本当ですか」

「最近になって台所用洗剤としても使われてきています。ほかの合成洗剤にくらべて急性毒性は低いといわれていますが、たとえばその一つであるソルビタン脂肪酸エステルは、ＦＡＯやＷＨＯで定めている許容量は、人間一日に体重一キログラムあたり二五ミリグラムとしてあります」

一日に約一・二五グラムという言い方を、どうしてしてくれないのかなあ。聞いてるだけで肩がこってくる。

「陽イオン系のものは、おもに逆性石けんとして消毒薬に使われたり、つまり陰イオン系より急性毒性はずっと強いんです。陰イオン系洗剤を使ったあとの静電気防止のためのソフターや、シャンプーのあとのリンスにも入っていますねえ」

「もっと分りやすく言って頂けますか」

「これ以上どうすればいいんです」

「陽イオンとか陰イオンとか、聞いてるだけでもう嫌やになりますよ。だいたいイオンって何かということから考えなきゃならないんですからね、こちらは。簡単に言えませんか、合成洗剤は毒だという工合に」

「それは結論です」

「そうですか、どうも有りがとうございました」

「話はまだ終っていませんよ。陰イオン系の洗剤が、いま台所用と洗濯用に使われているもののほとんどすべてなんですから。これにＡＢＳ系と高級アルコール系の二つがあるわけです」

「あのオ、その家庭用合成洗剤ですけどねえ、商品名やメーカーの名前を言って下さいませんか。非イオンとか陽イオンとかＡＢＳなどと聞くより、よっぽど分りやすいですよ」

「市販されている家庭用洗剤は、ほとんど合成洗剤です」

「ははあ」

「テレビのコマーシャルに出ている洗剤は、全部、合成洗剤です」

「それじゃ、あのオ、一般の主婦がですね、合成洗剤でない洗剤を買うには、どうしたらよろしいんですか」

「生活協同組合や消費者運動で粉石けんの購入を扱っていますがね、そういうものが身近にない場合にはクリーニング屋さんに頼めば粉石けんを頒《わ》けてくれますよ」

「えッ、どうしてですか」

「さあ、それは僕の学問の分野ではありませんしね」

クリーニング屋がどうして粉石けんを売るのだろう。大河のふちに立って水を売るより不思議なことだと思うのに、学者さんはこういう常識的で素朴な質問には答えてくれない。

＊

私はまず、近所のクリーニング屋さんへ行って、そこが使っている粉石けんの販売会社の住所と電話番号をメモし、それからダイヤルをまわした。地方の小さな都市に、その本社はあった。私はできるだけ丁寧な口調で（ふだんの私はひどくぞんざいな言葉使いなので、『複合汚染』の読者といってお電話下さる方々はみんながっかりしていらっしゃる）、

「モシモシ、家庭用粉石けんを三ダースばかり送って頂きたいのですが、東京なんですけれど」

「はい、どうぞ住所とお名前を」

私は名乗りをあげてから、少し質問させてほしいと言った。相手の方は私が小説書きだとは知らないようだったが、三ダースの注文を受けたせいか、あるいは近頃急にふえた消費者団体の相手をしなれているからか、

「どうぞ、なんでも聞いて下さい」

「あのオ、お宅さまではいつから粉石けんを作っていらっしゃるんですか」

「私どものところは創業が大正五年です」

私はいきなり怖《おそ》れ入ってしまい、電話口でその石けん会社の六十年史を聞かせてもらうことになった。

「そうですか、随分景気のいい会社だったんですね。で、合成洗剤が出まわり出してからはどうでした」

「そうですねえ、家庭用粉石けんは昭和三十六、七年からいけなくなりまして、四十年にはばったり売行きが止りました。この二、三年ですよ、こうして注文があるようになったのは」

「じゃ大変だったんですねえ」

「いやいや、六十年には波もあれば風も吹きますよ」

「あのオ、売行きが止ったのに、どうして倒産しなかったんですか？」

私のこの失礼な質問に、相手は朗らかな声で答えた。

「いやあ、私どもはもともとが業界用の粉石けんで、家庭用はサイドビジネスだったんです。まあ近頃は注文がふえてきましたから、今年は家庭用を去年の倍を目標にして生産するつもりでいますが、やっぱり主流は業界用ですから」

「あのオ、業界用って、なんのことでしょうか」

「クリーニング屋に卸しています」

「ははあ、クリーニング屋に」

「そうですよ。クリーニング屋はずっと粉石けんですから」

「どうしてですか。どうしてクリーニング屋は合成洗剤を使わないんですか」

本当に、どうしてなんだろう。一般の主婦は猫と杓子《しゃくし》なみに合成洗剤しか使っていないという時代に。

「石けんの方が汚れが落ちるからなんですよ」

「えッ」

「衣類の汚れというのは、石けんでなければ落ちないんです。クリーニング屋には随分よごれのひどいものが来ますからね」

「…………」

「それに第一、石けんの方が安いんです」

「合成洗剤よりですか」

「ええ、問題になりません、お値段の方は」

*

電話を切ったあと、私は耳を疑ってぼんやりしていた。粉石けんの方が、合成洗剤よりも汚れが落ちる。石けんの方が値段が安い。もしそれが本当なら、テレビコマーシャルに踊らされて合成洗剤一辺倒になっている主婦たちは馬鹿《ばか》みたいなものではないか。

私は俄《にわ》かには信じがたくて、それからはクリーニング屋の前を通る度に、のこのこ中に入っていって、

「ご免下さい。あのオ、お宅では洗剤には何を使っていらっしゃいますか」

と訊いてみた。

「粉石けんですよ、ウールは別ですが」

「あのオ、どうして合成洗剤を使わないんですか」

「どうしてって、合成洗剤じゃ汚れが落ちないからねえ」

「本当ですか」

「ありゃあ漂白剤が入っているからね、白くなるだけで、垢《あか》はあんまりとれないんですよ」

「本当ですか」

「それに高すぎるよ。合成洗剤じゃ、商売としてもひきあわないね。ものによっちゃ使うときもあるにはあるがねえ」

どこのクリーニング屋に行っても同じ返事だった。石けんの方が汚れが落ちる。石けんの方が安い。業者は異口同音だった。

私はいよいよ茫然《ぼうぜん》とした。

テレビのコマーシャルでは、どこのメーカーの洗剤も、

「ヨク落チル」

「白クナル」

という文句をメロディを変えて唄《うた》いあげている。業者は利口で、安くて汚れの落ちる粉石けんを使い続けているというのに、主婦たちはテレビのCMを信じ、疑うことを知らずにデザインの鮮やかな大きい箱に、ちょっぴり入っている合成洗剤を買い続けてきたのか。ああ。

私はテレビの前で洗剤の広告を幾つも幾つも眺めながら、受験生を抱えている家や、政治家のところでは「ヨク落チル」というのは買わないだろうと思いつくと、急に可笑《おか》しくなった。

洗剤の広告文のもう一つの特徴は、

「水デ洗エル」

「サッサト洗エル」

というぐあいに手間と時間の節約を大いにうたっている。

たしかに合成洗剤が粉石けんより勝れているのは、水で洗えるという一点だけだ。

「ですから一概に粉石けんに切り替えようとは言い難いのですよ。たとえば外で仕事を持っていて、疲れて帰ってくるお母さんに、洗濯の度に湯を沸かして粉石けんを溶かせ

とは言いにくいですからね」

心優しい学者さんが、フェミニストの一端をのぞかせてこう仰言ったとき、私は申しわけないがすぐ反論した。

「粉石けんを使うからといって、洗濯の度にわざわざ湯を沸かす女がいたら、その人はバカですよ、先生。お風呂《ふろ》のお湯があるじゃありませんか。入浴をすましたら、お湯をバケツに汲《く》んで粉石けんを溶き、そこへ洗濯物をつけておけばいいんです。昔は誰でもそうしてました」

＊

風呂の湯を、入浴後すぐ栓を抜いて捨てているお嫁さんがいたら、昔はそれこそ水罰が当ると言って姑《しゆうとめ》に叱《しか》られた筈である。どこの家でも火事の用心に、風呂の湯水は残しておいた。そして朝の掃除と洗濯に、この水を使っていた。だから風呂水は一度きりで使い捨てられることは昔は決してないことだった。

入浴後、風呂の湯をバケツに汲んで、粉石けんを溶かす。そこへ洗濯物をつけておく。洗濯機に入れるのは翌朝でいい。これくらいのことが、今の若い主婦たちにとってどれほどの労力になるだろう。

「あんまり女を甘やかさないで頂きたいですね。概して男性は、バカな女に甘く、ちょっとでも努力したり勉強したりする女には、おそろしく厳しいんですよ。私、そういう男の方には不満です」

洗濯機の普及は、主婦の家事労働をどのくらい助けただろうか。もし洗濯機がなかったら、と一度でも手を胸において考えてみたらどうだろうか。昔は洗濯といえば女には一日仕事だった。タライを抱えこんで、手で揉《も》み洗いをしていたときと較べれば、スイッチ一つで洗いもすすぎも水きりも出来てしまう洗濯機の出現は、それこそ主婦にとって夢の実現だったのだ。大家内なら、女中一人ぐらいの労力を一台の洗濯機がやってくれる。

ひねれば火がつくガスレンジ（昔はマッチをすって薪《まき》に火をつけたのです）、そして電気冷蔵庫（買いだめがきき、物が腐りにくくなった）。

主婦にとって三種の神器は揃《そろ》ったのだ。この上、もっと楽をしたいと望む女たちがいるのなら、彼女たちは三百三十六種の食品添加物と、お茶や米や野菜や果物に叩《たた》きこまれている農薬で、きっと脳神経がいたんでいるのだろう。

風呂の湯で粉石けんを溶き、そこへ洗濯ものを浸して、一晩でも二時間でもたってから、洗濯機で洗いあげれば汚れは「落チル」し、不自然でなく「白ク」なるし、機械がやることなのだから「サッサ」とできてしまう。

台所用には粉石けんを湯で溶かし、うんと薄めたものを中性洗剤がわりに流しの傍に備えつけておけばいい。中性洗剤の容器をそのまま使えばいい。そうすれば冬でも手は荒れないし、どんな食器を洗っても私たちは安全である。そして家庭用排水によって、飲料水には使えなくなった幾つもの川が甦《よみがえ》るだろう。

たとえば東京では多摩川が、水質検査の結果、合成洗剤ABSの濃度が高すぎて水道水として失格になった。大きな原因は家庭排水だった。合成洗剤の泡だらけになっている川面を見るといい。多くの釣人に今も愛されている多摩川。日曜日に見ていると、彼らは泡の中に釣糸をたれている。ウキが見えるのかしら。釣った魚は食べていらっしゃるのかしら。

日本各地の井戸水からABSが検出されている。中性洗剤、合成洗剤を使い続ければ、私たちは私たちの手で飲み水を失う日を迎えることになるだろう。ABSの毒性テストは学者たちの手で営々と続けられ、発ガン補助性と奇形児の出産は動物実験で、すでに立証されている。

＊

日本の中性洗剤有毒説は昭和三十五年から学者の研究発表という形で始まり、メーカー側はただちに反論し、以来両者揉《も》みに揉みぬいて今日に到っている。

しかし洗剤論争については素人《しろうと》の私が改めて一から勉強することもない。すでに結論は出ているのだ。

昭和四十八年五月二十九日、東京都の教育庁は、

「小中学校の給食には中性洗剤を使わず、生野菜、果物は、今後、水洗いと塩素殺菌だけで十分である」

という通達を出した。

東京都の衛生局は各都立病院に、民生局は各福祉施設に同じことを指示している。同じ年の六月十八日、大阪府も同様のことを発表し、通達した。八月末には京都市の教育委員会が学校給食で中性洗剤を使わないことを通達した。多分それから後も、全国各地の自治体は各地域の住民運動や主婦団体のねばり強い要求にこたえて、それぞれ独自の措置を講じている傾向にある。

東京、大阪、京都（もっとあるのだが、とりあえずこの三つの都会だけ名をあげて話をすすめよう）に住んでいる小学校と中学校の子供たちは、少くとも中性洗剤の毒性からは守られることになった。しかし、彼らの安全が、学校だけで守られ、家庭に帰ればお母さんたちが中性洗剤で泡だらけにした水で相も変らず野菜や食器を洗っているとしたらどうだろう。東京にも、大阪にも、京都にも、そういうお母さんたちが決して少くないのではないか。

親ならば誰でも、子供を丈夫に育てたいと願っている。それにもかかわらず彼女たちが相変らず手袋をはめて中性洗剤を使っているとしたら、それはただ無知なるがゆえである。主婦湿疹《しっしん》と呼ばれる手のアレは、中性洗剤が家庭に普及すると同時に全国的に現れた奇病だった。素手では手が荒れるから、手袋をはめることを思いつく智恵が、もう一歩進めて昔の石けん水やクレンザーでは決して起らなかったことにどうして気がつかなかったのだろう。

知らない、というのは怖ろしい。

無知というのは、少々ならず恥しいことだと思うのだけれど、いったい厚生省は知っているのかしら、知らないでいるのかしら。東京や大阪や京都などの地方自治体が学校給食から締め出した洗剤を、厚生省はどうして一般家庭から締め出そうとしないのだろう。どうしてメーカーに製造禁止をさせるなり、でなければせめてＡＢＳだけでも販売を禁止することができないのだろうか。

「厚生省は駄目ですよ、業界のお先棒を担《かつ》いで、宣伝販売にまで力を貸してきたんですから」

「いつですか」

「第一号はライポンＦですが、昭和三十一年に厚生省公衆衛生局環境衛生部長が各都道府県の知事宛てに〝その洗滌力がすぐれかつ通例の使用方法では無害であり、野菜類、食器等の洗滌《せんじょう》に活用して食品衛生上十分の効果をあげることが明らかになった〟という通知をしているんです」

＊

中性洗剤は、日本では昭和三十一年八月一日に、日本食品衛生協会という厚生省の外郭団体で推奨事務が開始され、翌日（月ではない、次の日のことである）国立衛生試験所が実験成績報告を提出して、それから約一週間の後にライポンFが推奨品第一号になった。

この推奨は「厚生省の関係官をはじめ学界、国家機関等の権威者が審査委員として厳密な審査を行って決定」されたものだという。

私は、いったいどういう審査を行ったのか随分調べてみたのだけれど、国立衛生試験所で一人の公務員が急性毒性のテストをしただけだということしか分らなかった。回虫卵の除去という大義名分はあったにしても、なぜあんなに大々的に洗剤で野菜を洗うことが推奨されたのだろう。そんなことをしている国はどこにもないのに。ABSは界面活性剤つまりものを水に溶けやすくする作用と浸透力があるので、野菜や果物にはジューッと浸みこんでしまうということは、専門家なら分った筈《はず》なのに、学界や国家機関等の権威者は、どんな審査をしたのだろう。

洗剤論争で消費者運動とメーカー側が大衝突している最中、昭和三十七年四月四日の衆議院科学技術振興対策特別委員会で、自民党の中曾根代議士の質問に対して、参考人として呼ばれた柳沢文徳博士が答えている議事録があるので、その一部を抜萃《ばっすい》してみよう。（　）内は私の相槌《あいづち》である。

「簡単にということは非常にむずかしいのでございますけれども（ごもっともですが簡単に言って頂かないと政治家も私たちも分らないのでございます）、誤解があってもよろしいというなら私は端的に申し上げます（是非そうお願いします）。微量でもわれわれの重要な脳・神経細胞の中に入る、あるいは付着すれば、ぽっくり死ぬという可能性があるということも私ははっきり申し上げます（ぽっくりといっても楽に死ねるわけではないのですよね）。それから皮膚への浸入問題につきましては、ブランクという人の実験がございます。その中には血管の壁まで浸透していくという実験成績でございます（なんという怖ろしい結果でございましょう）。これは大体〇・五パーセントくらいの濃度で実験したものと記憶しますが、皮膚の中に入っていくという事実が明らかにSの35でラベルした実験で証明されております（なんのことか分らないけど、こわいなあ）。それから、ほかに肝臓に吸着または蓄積すると私は思います。たとえば色素と一緒に吸収された場合には、からだの悪い人では特に悪い障害を起すというふうに考えます（すると白毛染めをして合成シャンプーで洗うとどうなるのだろう！）」

「入るとなぜ障害を起すのか」

「界面活性剤ですから、細胞の呼吸や機能を低下させる。また臓器によって麻痺《まひ》させるということがあるためと考えています。それらがやはり蓄積していくことも問題ですし、酵素作用阻害も大きな点です」

専門家の意見を参考にして、中曾根さんはその後、どれだけ洗剤問題に関心を持ち続けていたのだろうか。この委員会からもう十三年もたっている。

*

柳沢文徳氏の兄上である柳沢文正博士の御研究から少し引用させていただく。それは主としてネズミやウサギで実験した結果であったが、しかし動物に現れた結果は常に人体に及ぼす影響への警告である。ハツカネズミに合成洗剤をぬりつけると因幡《いなば》の白うさぎのような赤はだかになってしまう。中性洗剤の原液をぬりつけられたネズミは、死んだ。
しかし日本の厚生省も、農林省も、動物が死んだくらいでは決して驚かない。(なんという驚くべきことだろう)
昨日の議事録は、昭和三十七年四月四日のものだが、それから半年後の九月二十日、遂に事件が起った。ネズミやウサギでなく、人間が、死んだのだった。

「ああ、ライポンFでしょう」

横丁の御隠居が、即座にこう言った。この人と話していると、気がまえ次第で年寄りの記憶力は衰えないということを如実《にょじつ》に見る思いがする。

「そうなんですよ、合成洗剤のライポンFを粉ミルクと間違えて湯にとかし、哺乳《ほにゅう》ビンに入れて生後二カ月半の赤ちゃんに」

「即死でしたかな」

「いいえ、赤ちゃんは飲まなかったんです。嫌やがって飲まないので、お母さんが乳首をなめてみたら味がまるで違う。苦い。それで電気を明るくしたら色がいつもと変っているので」

「夜中だったですか」

「午前一時二十分ごろですって。お母さんは寝《ね》呆《ぼ》け眼《まなこ》で粉ミルクと洗剤を間違えたんですよ。育児というのは大労働ですから疲れていたんだと同情しますね、私は。赤ちゃんは正確に三時間おきにミルクをほしがりますから、一日に八回作らなきゃならないんですもの。子供を育てるって大変な仕事なんですよ。お産の後は母体も弱ってますからね」

「ところで、誰が死んだんです」

「子供のお父さんです。夫婦で起きて台所に行って、何と間違えたのか調べながら、お父さんが哺乳ビンの乳首を外して一口ゴクリと飲んでしまったんです。粉ミルクとライポンFを間違えたと分ったのは、その直後だったらしいですが。お母さんの方は、赤ちゃんのために急いで本物の粉ミルクで作り直しをしたでしょうね」

「赤んぼの泣き声で目をさましたのでしょうからな。おしめを取り替えるだけでも大変ですからな。子育ての苦労というのは男親でも経験しますぞ」

「お父さんがうめきながら吐いたのは数分後で、喉《のど》がやけるようだと言ったそうです。それでライポンFの箱を出して注意書きを読んだところ厚生省実験により衛生上無害であることが証明されていますとあったので、飲んだ本人が、無害と書いてあるのだし、ほんの一口だから大丈夫と言って、口直しに清涼飲料と胃腸薬をちょっと飲んで、眠り直しをしたそうですよ。でも十分たたないうちに、また吐いて、それから一時間後に……」

家庭用品品質表示法に基づく表示

品名	合成洗剤	成分	陰イオン系
種類	中性	用途	食器・野菜・果物洗い用
正味量	○○○mℓ	標準使用量	水1ℓに対して○○mℓ
使用上の注意			

＊

現在も市販されている中性洗剤の容器には「家庭用品品質表示法に基づく表示」というものが表示されている。もちろんこれらは「学校用」には不適格として東京や大阪などの地方自治体から閉め出されているのだが。

だいたいこういう工合のものが、横書きになって貼《は》りつけてある。ところで使用上の注意を、少し念入りに読んでみよう。（　）内は例によって私の蛇足である。

●野菜・果物を洗うときは、五分以上つけたままにしないで下さい。（野菜や果物は洗剤で洗う必要はまったくない。洗剤で農薬を落すことなどできないのである）

●すすぎは、水をとりかえて二回以上。（洗剤を使わなければ二回もする必要がない）流水でしたら食器は五秒以上、野菜・果物は三十秒以上すすいで下さい。（これは洗剤を落すための注意書きなのだ。水が足りない時代だというのに、こんなことをしていたら本当に水罰が当ってしまう）

●長時間お使いになるかたや荒れ性のかたには、炊事手袋のご使用やクリームなどでのお手入れをおすすめします。（道理で社員食堂で働いている人たちは、大きなゴム手袋をはめて洗剤の泡を相手にたたかっている。あの泡は石けんの泡と違って、いつまでもいつまでも消えない泡であることを、彼女たちは知っているのだろうか。どうして社員組合では、合成洗剤が社員食堂で使われていることを問題にしないのか。サラリーマンは小学校も中学校も卒業しているから大丈夫だと思っているのか）

●とくに手が荒れるかたは脂肪酸系洗剤をお試し下さい。（脂肪酸系洗剤の中には、石けんも入っている。メーカーは石けんが無害な洗剤だということを知っているのだ！）

●幼児のシャボン玉遊びや、いたずらに注意し、手の届かないところに置いて下さい。（中性洗剤でシャボン玉遊びをした子供たちが誤って一口飲みこんで大騒ぎになった件数は全国的にどのくらいあるのだろうか。すぐお医者さまで胃洗滌《せんじょう》をしてもらうのがいい。胃から出したものがいつまでも泡立っているのは気味が悪いと医者たちが言う。だいたい子供の手が届かないところへ置けという注意書きは、毒物に対してあるものだという常識を、もう一般家庭の主婦たちは持つべきである）

●万一、飲みこんだ場合は、水を飲ませる、吐かせるなどの処置をして下さい。（なぜ医者を呼べと書かないのか）

右のような表示は消費者運動の強い要求で昭和四十五年から各商品に貼付《てんぷ》されるようになったものだが、もしこの表示が昭和三十一年の時点で合成洗剤になされていたら、赤ちゃんのお父さんは医者のところへ飛びこんで胃洗滌をしてもらっただろうし、死ぬこともなかったのではないだろうか。

＊

ライポンFは、昭和三十一年に厚生省が推奨した第一号の商品であったが、それから昭和三十六年末には三十社四十九品目が「厚生省内日本食品衛生協会」によって推奨され、人体に無害と宣伝されてきた。

横丁の御隠居は、

「因縁ですなあ」

と、今は立派な野菜畠《ばたけ》と化した前庭を眺めながら言った。

「ライポンFだけがいけないわけではないでしょうになあ」

「ええ、合成洗剤は全部いけないみたいです。学者さんによっては高級アルコール系洗剤は大丈夫だって仰言るんですが、急性毒性はABSと同じなんですね。だから私、ねり歯みがきは使うのやめたんですよ。何度も言いますが」

「私なんぞは昔から塩ですな、何度も言いますが。歯みがき粉は匂《におい》がなんともたまりません。何を食べても味が悪くなる」

「ところでライポンF誤飲事件ですが、亡くなった人の遺族からメーカーに対して訴訟が起されました」

「当然でしょうな。それにしても因縁ですな。第一号が、殺人事件の第一号になるというのは」

「あのオ、殺人事件じゃないんですけど」

「人ひとり死んだんでしょう、無害と書いてあったんでしょう、そのために死んだんじゃないですか」

「東京都監察医務院の鑑定では死因は中性洗剤による中毒死とはっきり書かれているんですが、裁判では東京医大薬理学教授の鑑定と慶応大学薬理学教室の実験結果が採用されたんだそうで、死因がライポンFによるものであることを前提とする原告らの請求は、その余の事実について判断するまでもなく理由がないのでこれを棄却するという判決が出たんです」

「それじゃいったい何が原因でその人は死んだんです」

「誰だってそう訊《き》きたくなりますよね。三十二歳という若い父親で、慢性胃炎だったことは司法解剖で分ったようですけど、胃炎でポックリ死というのは起りませんからね。裁判所が採択した方の鑑定書ではサルでおこなった実験結果で、体重一キロ当り二グラムから五グラムのライポンFをサルに飲ませたが死ななかったというんですね」

「つまり安全だというんですかな」

「そういうことになるみたい」

「安全だというのなら、どうして人間が飲んでみせんのでしょうな。ライポンF側の人間が、ですよ」

「私もそう思いました。水質汚染が問題になると、いつも工場長などが地域の住民たちの前で排水を飲んでみせるんですからね。本当にライポンFが死因ではないということを立証するためには、企業の責任者か、でなければ三十二歳で二児の父親という同じ条件の社員を出して、法廷で、死んだ人が飲んだ分だけ飲んでみせればいいんですよね。その人が死なかったら、完全な勝訴になったのに」

＊

死因鑑定書を読んでみると、素人の私でも変だと思うことが多い。解剖屍体《したい》の胃中にABS〇・五グラムあったというので、それを規準にしたサルの実験データが比較にでているのだが、胃の中のABSは、飲んだ量ではなく、二度も吐いたあとに残っていた量だ。こういう数字の出し方が、まるで分らない。

「サルに対して大量のライポンFを経口交付した」というところでも数字のトリックがあって、「体重一kgあたり二、〇〇〇mgから五、〇〇〇mg」というといかにも大量にみえるが二、〇〇〇mgというのは二グラムのことだし、ライポンFの中のABS含有量は約三〇パーセントだから、ABSだけで計算してみれば、サルの実験は一kgの体重に対して〇・六から一・五グラムのABSによるものということになってしまう。

死因をABSと断じた鑑定の方では、ネズミの半数が死んだ量は、五〜六グラム（一kg体重あたり）という実験を引用しているのに、サルにはそれよりずっと少量しか与えていない。

サルと人間の体重比から割り出せば、ライポンFは二五〇グラムまで安全という数値が出てしまう。誤飲した人はほんの一口で死んだのだが、あれは小匙《こさじ》五杯のライポンFを一〇〇CCの湯で溶かしたものだった。二五〇グラムの洗剤を一どきに飲むのは考えただけでも大変なことだが、裁判所ではこの方が鑑定書として勝れていることにして、「理由がないから」棄却されてしまったのだ。

私のこの書き方に、きっと反論があると思う。

「サルと人間では違いますよ」

それこそ私が最初から書いていることだ。サルの実験ではサルのことしか分らない。ネズミではネズミのことしか分らない。生物は物質に対する反応が異種間で大きく違うのだ。だから人間のことは、人間しか分らない。

そして現実に、一人の人間が、ライポンFを飲んで、死んだ。粉ミルクと間違えて、子供が嫌やがるのはなぜかと不審に思い、ひょいと飲んでしまった。ただ一口でも、苦かったろう。まずかっただろう。

人体実験というのは、人道的見地から行われるべきでない。しかし、誤飲して死んだ人間がいる以上、この死因究明をなおざりにしていいと誰が言えるだろう。でなければ、この方の死は犬死だ。十三年たっても浮かばれないだろう。

致死量はともかくとして、毒性のあるABS合成洗剤を「毒性を有せず有害な不純物を含有しない」と表示して宣伝し続けてきた製造販売会社は、今でも胸をはって「サルは死なたかった」と言うのだろうか。

百歩ゆずって十三年前の死者が飲んだ量では人間は死なないのだとしたら、では死因は何か。体内に残留していたＤＤＴや水銀農薬、あるいは食品添加物のどれか、あるいは全部との複合汚染による相乗作用、などというものは考えられないか。

＊

合成洗剤のメーカーが、ライポンＦの誤飲死亡事件をめぐってＡＢＳ有害説と渡りあっている時期に、彼らにとって絶好の事件が持ち上った。昭和四十二年のことである。青梅市の三十二歳になる女性が自殺をもくろんで中性洗剤の原液を一合近くも飲んだが、死ななかった。

「男と女の別があるとはいえ同じ年というのは因縁ですな」

横丁の御隠居が言う。

「一口飲んで男は死んだ。一合飲んで女は死ななかったというのですから、この二つの事件を比較してみると、まるでわけがわからなくなります」

「成分が違うんじゃないですかな、増量剤の質が違うとか」

「メーカーの名も商品の名も、調べたけれど分りませんでした。ただし、ライポンＦは台所用粉末洗剤でＡＢＳでしたし、青梅市の自殺未遂事件はＬＡＳです。でも、量的には比較にならないほど多いですからね、後の方は」

「あれを一合も飲むのは大変だったでしょうな」

「何しろ自殺する気で飲んだのですから、味も匂も問題ではなかったでしょうね。でも、すぐ喉が苦しくなって吐き出しています」

「医者に行ったのでしょうかな」

「でしょうね、医者の報告が発表されているんですから。吐いたあとも胃の中には原液が三分の一も残っていたそうですよ」

「しかし、死なかったというのは、ほっとさせられますな」

「はい、本当に、ほっとしましたね、私も」

　青梅市立総合病院の六人の医師から日本内科学会誌に発表されているものを、そのまま書いてみよう。

「中性液体洗剤（有効成分は陰イオン性界面活性剤で、二一パーセント含まれており、直鎖アルキルベンゼンスルフォネート「ＬＡＳ」を主体となす）の急性中毒例を経験したので報告する。
　①中性洗剤原液一六〇㎖（一六三g）体重一キロあたり三・五九グラム飲用した三十二歳の主婦において、錯乱、嘔吐《おうと》、咽頭《いんとう》および口腔《こうこう》内疼痛《とうつう》、血圧低下の傾向、トロンボテスト（四八パーセント）およびコリン・エステラーゼ（〇・六六⊿ph）の低下、ウロ

ビリンの排泄《はいせつ》増加（卄）等が認められたが、いずれも軽度であり、速やかに回復した。
②DD系雄性マウスによる動物実験で、この洗剤による半数致死量は二十四ないし四十八時間で九・一三g／kg、七十二時間で八・六六g／kgであった。
③メチレンブルー比色法で定量した胃洗浄液中の中性洗剤量は五六グラムであった。この際、飲用後胃洗浄まで一時間経過し、かつ三回の嘔吐があった後においてもこの量が残存しているのであるから胃洗浄は行うべきであると考えられる。懸念された腐蝕《ふしょく》、びらん等は、可視粘膜においても胃カメラ所見においても認められなかった。」（以下略す）

＊

合成洗剤をやめて石けんに切りかえようという市民運動が、もう全国的には随分大きなものになっているのだが、そういう運動体の出しているパンフレットには、ライポンF誤飲死亡事件は書いてあっても、青梅市の一主婦の自殺未遂事件の方は書いてない。

一方、日本石鹼洗剤工業会というところが洗剤の安全性を強調するためにさかんに発行している各種印刷物には、誤飲死亡事件にはまったく触れずに、中性洗剤原液を多量に飲んだが、「吐きけと一時的血圧低下以外になんらの著変は認められなかったことが日本内科学会で報告されています」ということだけ書いて安全性を強調している。中には誤飲死亡事件にふれたものもあるけれど、東京地方裁判所の判決で「合成洗剤による死亡事件とは認められない旨の鑑定」が採用され、判決が確定したと書いてある。

「両方並べて書く方がフェアですな」

「私も、そう思います。欲を言えば、ABSが死因であると明記している鑑定書も並べてほしいところですけど」

「だから反対側の本も読んだ方がいいことになりますな」

「ええ。その結果、素人には判断が下せなくなるんです。でも、ライポンFたった一口だけで死んだのは、いったいどういうことになるのでしょうね。死んだのは事実なんだし、ABSが死因と書いた鑑定人もいたのだし」

横丁の御隠居は、ごほんと咳《せき》をしてから、

「思えば大変な時勢ですな。たかが皿や茶碗《ちゃわん》を洗うだけのもので、人間が死んだとか死ななかったとか論争になるのですからな」

「それだけ危険なものが私たちの身辺にいっぱいあるってことなんでしょうね」

それから私は御隠居相手に「川崎病」の話に移った。

それは昭和四十二年に日本赤十字中央病院小児科の川崎富作医師が「急性熱性皮膚粘膜リンパ節症候群」と名づけて論文を発表してから、にわかに小児医学界で注目され出した病気である。

症状は、三十八度五分以上の高熱が五日以上続き、目が充血し、手足が赤くはれあがり、背中や腹に赤い乾性湿疹が出る。唇や口中も腫《は》れ、舌がイチゴのようになる。症状の一部は扁桃腺炎《へんとうせんえん》やショウ紅熱と似ているが、抗生物質を使っても熱が下らないのと、口や手足が腫れるのはこの病気以外にない。

発表した医師の名がつけられて、川崎病と呼ばれるこの病気は、最初の報告は昭和三十六年だが、ここ四、五年来全国的に急増している。普通の場合は熱が下ると、自然に快方に向い、後遺症も残らないが、原因は全く不明。治療法も今のところなく、どうも日本だけに多発している奇病らしい。昭和四十三年以降の資料では、死亡例が二〇。そのほとんどが、心臓の動脈に血センができて突然死している。発病時期は生後半年から二歳までに集中(七、八歳にもあるが)しているのも特徴である。

「川崎病と合成洗剤を関連づけるつもりはありませんが、赤ちゃんのおむつかぶれや、大人や子供の皮膚湿疹が、肌着を石けんで洗うようになったらケロリと癒《なお》った例が多いんですよ」

「私の孫が、その通りでしたな」

＊

「あなたねえ、あれがいけない、これがいけないと言ってるらしいけど、味噌《みそ》のカビには発ガン性があるんですよ。知ってますか」

うす笑いを浮かべながら、こんなことを言う人がある。私は目を伏せて、こう訊き返すことにしている。

「カビだけ集めて味噌汁をつくる馬鹿《ばか》はいないと思うんですがねえ。味噌のカビも醤油《しょうゆ》のカビも、取って捨てるものなんです。でも防腐剤は、食べるときに捨てるわけにはいかないんですよ。ところで、あなたのお母さまは昔、お味噌のカビはどうしていらっしゃいましたか。お味噌汁に入れていらっしゃいましたか」

こういう種類の質問というのは、際限なくあるもので、

「合成洗剤が有害だっていっても、じゃ石けんは無害だっていえるんですか」

「さあねえ。でも石けん水を飲んで人が死んだ話がありましたかしら、昔に。それからシャボン玉遊びで、子供が事故を起したことは昔ありましたか」

「今だって、シャボン玉で子供が死んだという話はきかないじゃないですか」

「それじゃ昭和四十五年七月に厚生省が児童の事故防止対策の一項目で、中性洗剤によるシャボン玉遊びをわざわざ禁止しているのは何故《なぜ》でしょう。事故が多かったからじゃないでしょうか」

「そうかなあ」

「その一日前に文部省では幼稚園に通達を出しているんですよ、お目にかけましょう

か」

それは「幼稚園の教育課程編成にあたってのシャボン玉の取り扱いについて」という名の通達である。昭和四十五年七月十五日付で出されている。

「幼稚園教育の指導書、参考書等の中には、シャボン玉遊びの材料として石けんの他に中性洗剤をあげているものがありますが、これは中性洗剤の害について明らかにされていなかった時点での考え方にたって編集されたものと思われます。

しかし、今日、中性洗剤が経口的に体内に入った場合に有害であることが指摘されており、幼児がシャボン玉遊びの際に、誤って中性洗剤を吸飲することも予想されますので、今後シャボン玉遊びの材料については、幼児の健康面をもじゅうぶん考慮して格段の配慮をするよう貴管下の幼稚園に対し指導方よろしくお願いします」

子供のシャボン玉遊びなんて、合成洗剤が出来る前には、誰もそれが「危険」だと考えたこともなかった。厚生省も、文部省も、こんな「通達」は、出したことがなかったのだ、昔は。

それは石けんを御飯の代りに食べるのは安全とはいえない。石けん水のプールで泳ぐのは安全とはいえない。しかし合成洗剤は一口飲んでも危険だし、ＡＢＳが台所から下水を通って川へ流れこむと、あの泡はいつまでもブクブクと浮いていて、そしてＡＢＳは何日も分解しない。

環境庁が発表した資料によると、日本の中性洗剤使用量は、一人当りで世界の第十七位となっているが、平地面積当りでこれをみると世界第一位なのである。下水道と処理施設が完備していないから、家庭から出るＡＢＳは、その八五パーセントがたれ流しになっている。

＊

ＡＢＳが川を流れている内に分解するには何日もかかるので、たとえば東京の多摩川では分解されないうちに東京湾へ流れこんでしまう。海にはＰＣＢが待ちかまえている。下水道のない地方では、家庭から出る汚水は土にしみこんでいる。ＡＢＳは水に溶けにくいものを分散して土にしみこませる作用がある。土に含まれているＤＤＴやＢＨＣなどの農薬やＰＣＢなどの物質をも水に溶かす。この水はやがて地下水になる。地下水はやがて川に流れこみ、海に流れこむ。

田畑の土にＡＢＳがしみこんでいることは、もはや自明である。農作物にもＡＢＳが運びこまれるし、ＡＢＳが土の汚染をひろめる性質を考えれば、農林省も合成洗剤は厚生省の管轄だとうそぶいてはいられないだろう。

ＰＣＢなどの毒物が合成洗剤と出あうと水に溶けて川と海の汚染を拡大しているのではないかという学者グループの推測があるのだから、環境庁も真剣になって取組まなければならない筈《はず》だ。

ＡＢＳとＰＣＢの複合汚染については、日本だけでもう数名以上の学者が、その相乗作用があることをはっきり研究発表で示している。ＰＣＢが肝臓を肥大させるのに対して、ＡＢＳが加わるとその作用をさらに増強させるという。

「するとＡＢＳとＰＣＢの相乗作用で肥大した肝臓に、発ガン作用のあるタール系色素などの食品添加物が飛込むとどうなりますか」

と質問したら、学者さんは慎重で、

「それは実験をしてみないと、お答えできませんよ」

と言う。

「でも肝臓は解毒作用のある器官でしょう。そこがＰＣＢとＡＢＳで複合汚染されて腫れ上っていたら、発ガン性物質を分解するのは難しくなるんじゃないですか」

「そういうことも、いえなくないですね」

ソーユーコトモイエナクナイ。というのは良心的な科学者が正確を期して用いる日本語だが、ふつうの日本人が使うのは、この場合ならソレガシンパイデスという言葉である。

水道水に含有される中性洗剤は（いやだなあ、もう入っているのだから）、日本の水質基準では〇・五ｐｐｍであるが、三年前にソ連の学者はＡＢＳの乳化作用、湿潤作用、浸透作用の危険性を考察し、水道水に含有される中性洗剤は〇・一ｐｐｍにすべきだと主張している。

「ｐｐｍというのは嫌やですなあ。公害記事にこの字が出てくると私は新聞を投げ出してしまうんです」

横丁の御隠居がよく言うので、私もいろいろ考えた。

「一ｐｐｍというのは風呂桶《ふろおけ》一杯の水に、スプーン一匙《さじ》の毒と考えればいいんだそうですよ」

＊

「だいたい合成洗剤の原料というのは何なんですか」

「石油です」

ＡＢＳというのはアルキル・ベンゼン・スルフォネートの頭文字を集めたものだ。その毒性が云々《うんぬん》されるようになってから、下水処理場で分解されやすいソフト型ＡＢＳ（ＬＡＳ）というものが開発されたが、ソフト化されても日本では下水処理場が普及していないのと、日本の川は流れが早いので河川の浄化作用（つまり自然の復元作用）も間にあわない。ソフト化された一九七一年の多摩川の水質調査では、ＡＢＳは一〇ｐｐｍに達するときもあった。

「あのオ、一〇ppmのABSで、どんなことが起るんでしょうね」

「ナマズの実験ですが、味蕾《みらい》がつぶされて味覚がなくなります」

「ははあ」

「ナマズの味蕾は人間の舌についている味蕾と同じですから、人間の味覚にも関係してくると思いますね」

「何種類もの食品添加物で味つけされたウイスキーをおいしいと言う飲んべえたちは、中性洗剤で味覚が麻痺《まひ》しているんじゃないかしら」

「人間は個人差の大きい生物ですから、そうとばかりは言えませんが」

昭和三十七年の科学技術庁中性洗剤特別報告によれば、ABSは〇・一パーセント以下でも酵素の働きを鈍らせ、タンパク質、脂肪、でんぷんなどの消化率を悪くすることが報告されている。いったいそんなものが、台所で食器や野菜を洗うのに適した洗剤といえるだろうか。

外国旅行をした人たちなら誰でも気付いていることだと思うが、「旅をすると水が変りますから気をつけて」という言葉ほど外国の旅先で身にしみて思い出す挨拶はない。アメリカでもソ連（特にモスクワ）でも中国でも、水の悪いことは本当に泣きたくなるほどだ。毎朝、顔を洗う度に、それから入浴して石けんを使う度に、ああ失敗したと思う。水が硬質なのである。石けんが溶けにくく、肌についた石けんを取るための苦労や、後の肌アレのひどさは、経験した人でないと分らないかもしれない。

合成洗剤は、石けんの溶けにくい硬質の水質を持つ国が歓迎する性質のものであって、日本のように一般に軟質の水に恵まれている国はもともと必要度が低い筈である。

厚生省の御指導によって、日本人は食品を洗剤で洗うくせがついたが、こんなことをしている家庭は日本以外のどの国にもない。

平地面積あたりアメリカの十倍もの量の合成洗剤を使っているのでは、日本の土も水もたまったものではない。環境庁も厚生省も農林省も、どうしてこれを規制しようとしないのか、私にはどうしても分らない。

ソ連の学者の研究発表によって、動物の羊水の中に動物が飲んだ界面活性剤に比例する量があり、それと奇形児の出産が関係づけられている。胎児に影響があるという研究もすすんでいる。

そもそも合成洗剤というものは、いつ、誰が作ったのか。

＊

ちょっと調べてドキッとしたのは、あまりにも化学肥料や農薬の歴史と似ているのに気がついたからである。

第一次世界大戦のとき、ドイツでは石けんの原料が不足した。戦争というのは最大の消費だから、いろいろなものが欠乏する。困ったドイツは洗剤開発に努力し、火薬の合成に成功したように、一九一六年大戦の最中に石炭から合成洗剤を作ることに成功した(ブチルナフタレンスルフォン酸塩)。そして一九三一年には、高級アルコール硫酸エステル塩、いまでいう高級アルコール系洗剤が完成した。日本には三年後、つまり昭和九年に輸入され、毛織物と絹洗い用の中性洗剤として使用されるようになったが、その量はわずかなものだった。

第二次世界大戦のとき、今度はアメリカが石けん不足になって、石油と石炭を原料としたアルキル・ベンゼン・スルフォン酸ソーダを開発したのが一九四〇年。これがABSと呼ばれる合成洗剤の登場である。一般家庭と結びついて消費が伸び始めるのはアメリカでも一九四八年、つまり戦後である。

第一次大戦にせよ、第二次にせよ、ドイツでもアメリカでも、石けん不足になった背後には食糧事情があった。石けんにする牛脂や植物油を彼らは食べる方にまわしていたのだ(!)。

日本の合成洗剤反対運動をしている人たちに、来るべき食糧危機を前にして、天ぷら油やラードがなくなったらどうするのだという反論が待ちかまえている。

しかし日本では天ぷらが食べられなくなることより、魚が食べられない方が大きい「食糧危機」に繫《つな》がるのだ。水銀とPCBで魚が汚染されているのはもう常識だが(なんという常識だろう、私たちは目をつぶって水銀とＰＣＢを食べ続けているのが現状なのだ）、その上ＡＢＳという毒物が複合すると、魚はいよいよ危険なことになる。いや、ＡＢＳで汚染された水域から魚が逃げてくれればまだいいのだが、味覚が鈍感になるせいか、むしろ集ってくる傾向がある、などと言われている。欧米諸国では川は日本よりゆっくり流れ、ＡＢＳが分解してから海に流れこむ場合が多いし、どの国もあまり魚を食べる習慣がないので、魚が汚染されたりすることは食用面からは大して問題にならないが、日本では近海魚がこれ以上汚染されることはもう考えることができない。世界的な食糧危機が来れば、どこの国も魚を食べ出すだろうし、そうなると日本の遠洋漁業も楽観していられない。日本とソ連間のサケ、マス、ニシン漁業交渉を考えただけでも気が重くなる。日本と中国の間ではタイ、エビ、ハモ、ブリなどの漁獲規制について交渉しなければならない。すでに今年（昭和五十年）からタラバガニは獲れないことになった。

横丁の御隠居は、クリーニング屋さんでわけてもらった粉石けんを、湯で溶いて、

「ともかくやれることから始めることですな。台所に中性洗剤を置かない。かわりにこうして水石けんを作っておけばいいですよ」

家中の空ビンやポリ容器に石けん水を入れては蓋《ふた》をしている。そんなに沢山どうするんですかと訊いたら、

「若い者は不精ですから、これを知っている家々へ配って歩いているんですよ。いくらの出銭でもないですからな」

と、楽しそうに答えた。

＊

私が粉石けんをあげた人たちは、二種類の反応を示した。

翌々日ぐらいで電話がかかってきて、

「汚れがよく落ちるんで驚いたんです。そうだったわねえ、石けんでよかったのよねえって母も言ってました。どうして私たち、粉石けんのことケロリと忘れちゃってたんでしょう」

というのは、戦前を覚えている女性たち。

若い人の返事は、こうである。

「先日は有りがとうございました。女房が合成洗剤と同じだって言ってました」

「えッ、同じですって。よごれのとれ方がですか」

「はい、そう言ってます」

「あのオ、ひょっとするとお湯に溶かなかったんじゃないかしら。あげるとき私は言ったでしょう、最初はお湯で溶くのよって」

「あッ、忘れちゃった。言わなかった」

「いきなり洗濯機に入れて水で洗ったのでは、完全に溶けてないんだから合成洗剤と同じでしょうよ」

言いさして私は、はっとした。

「ねえ、それでも合成洗剤と同じだったの。まあ」

合成洗剤の毒性がしきりと新聞記事になる頃、私は美容院に行くとシャンプーには何を使っているか訊いた。私は疲れてくると髪を洗ってもらって気晴らしをするクセがあり、東京でもちょっと時間があると行きずりの街の美容院へ飛込んで洗ってもらう。

「一度目は固形石けんを溶いたのを使いますが、二度洗いは合成シャンプーです」

と答える店が意外なくらい多い。

「どうして二度とも合成シャンプーにしないんですか」

「どうもねえ、合成シャンプーは匂がいいけど、汚れがもひとつ落ちないようなんですよねえ」

「それじゃ私は固形石けんを溶いた方で二度洗いして下さい」

「そういうお客さんばかりだと助かっちゃうんですよ」

「どうしてですか」

「合成シャンプーは高いんですよ。それに指が荒れます」

洗髪用固形石けんというのは業者専用のものがあって一個千八百円だった。長髪でも百人分のシャンプーが作れるという。しかし、あんまり安いものを使っていたのでは、お客に悪くてシャンプー料がとれないのだという美容院が多かった中で、

「うちじゃ合成シャンプーは使わない主義なんです」

と、きっぱり言った美容師さんがいた。これはABS反対の先覚者かと思ったところ、

「指紋がなくなっちゃうんですから、合成シャンプー使うと。私は何十年からの髪結いですけど、指のマキマキがなくなっちゃうなんてこわいこと、昔は何人の髪洗いをしたってなかったんですよ。合成シャンプーをやめたとたんから、うちの若い子たち手がアレなくなりました。指紋はもと通りになるし、お客さまはフケが出なくなったって喜ぶし、どうも石けんの方が万事いいようですねえ。万一、泡が飛んで目に入っても石けんなら騒ぎになりませんしね」

*

昭和四十八年七月、当時の環境庁長官であった三木武夫《たけお》氏が、合成洗剤について参議院で答弁した中で、こういう一節があった。

「なお、合成洗剤に代って石けんの使用をすすめることは、有機物汚染量が増加すること、牛脂等石けんの原料資源に限界がある等の難点がある」

有機物汚染量というのは、なんのことだろう。「石けんもまた川を汚す」という考え方があり、有機物が海へ大量に流れ出すと赤潮の原因になるという心配もあるのだという。

「石けんもまた川を汚染する」という言い方には二つの誤りがある。第一は、言いがかりだ。養豚業者たちが糞尿《ふんにょう》処理に悩んでいると近隣の住民が「臭い、臭い、公害だ」と騒ぐのと似ている。迷惑なものならなんでも公害にしてしまうのは、私はあんまり感心しない。pollution with solution というのが私のスローガンなのである。解決策を持たずに反対を叫ぶのは、感情的対立をいよいよ嶮《けわ》しいものにするだけだ。家畜の糞尿が貴重な肥料だと知れば、少くとも公害という言葉は使えない筈である。有機農業を志している農家では、喉《のど》から手が出るほどほしいと思っている厩肥《きゅうひ》なのだから、攻める方も攻められる方も、その引きとり手を探せばいいのに、両者ヒステリックになった揚句が貴重な石油をぶっかけて燃やしてしまうという二重の無駄をしている。

石けんが川を汚すというのは、第二に、ABSの毒性と比較すればこんなことは言えない筈である。それから汚染量の増加というのは、多分現在使われている合成洗剤と同量の石けんを使うという計算から出てくる言葉だろう。日本の人口は、合成洗剤が今のように使われ出す前と後でそれほど大きなふえ方はしていないのに、どうして家庭用の洗剤が川や海を汚すと言われるようになったのか。

答えは簡単だ。洗剤の使い方が、どの家でも多量に使いすぎているからである。まったく一般主婦がワンタッチの洗濯機に洗剤を入れるときの様子を見ていると、この人は一家の経済を考えているのかという気がすることがある。泡がたてばたつほどいいと思って、多く入れれば入れるだけ綺麗《きれい》になると思いこんでいるのだろうが、それは大きな間違いだ。沢山使っても、汚れの量がきまっていればそれ以上は落ちない。沢山使ってトクをするのは洗剤メーカーだけである。

何度も書いていることだが、質と、量と、使い方を誤れば、どんなものでもいけなくなる。ＡＢＳは質がよくない。つまり分解しにくい。それを家庭の主婦がむやみと使えば、量も使い方もいけないので、その結果が今日の家庭排水による公害を引き起した。業者ばかりを責めるわけにはいかない。主婦たちも反省する必要がある。

急性毒性も慢性毒性もはるかに低い粉石けん（つまり質がいい）を、多すぎない量をうまく使いこなせば、汚染量の増加などと言われる心配はないのだ。

誰が何と言おうと、日本人はこの狭い国土で、合成洗剤を使いすぎている。

＊

反対運動のスローガンに「即時全面禁止」というのがあるが、厚生省や農林省のように税金で給料のまかなわれている役人相手なら言えることでも、社員の生活がかかっている会社では、戦艦大和の向きを変えるようなことは即時にはできない。第一、経営者の中には良心があっても自分のところの商品の欠点に全く無知だという人もいるのである。（驚くべきことだけれども）

全面禁止というのは、製造と販売と使用をやめることなのだが、会社には設備投資もしてあるし、原料の購入法も切り替えが難しい。向きを変えるには時間がいる。

しかし私も企業の方に同情ばかりもしていられない。大手の洗剤会社の多くは、昔の石鹼《せっけん》会社である。当然クリーニング業界相手の粉石けんも製造販売は続いている筈《はず》だ。輝ける伝統のある会社ほど、本当は切り替えがスムーズにいく筈なのである。

少くとも、即時できることが一つだけはある。

それは台所用の洗剤を石けん水に切りかえることである。横丁の御隠居でさえやれることなのだから、やれない筈はない。少し賢い女なら、洗濯用の粉石けんを湯でといて自分で作るものだけれど、テレビコマーシャルで骨の髄まで馬鹿《ばか》になってしまった女たちは、

「今度こそ絶対安全な台所用洗剤ができました。奥さん、手が荒れませんよ。お子さんたちがシャボン玉遊びをしても、絶対大丈夫な台所用洗剤ですよ」

と、ニッコリニコニコと話しかけられたら、九五パーセントが水であっても、喜んで買うだろう。戦後の憲法で男女同権は実現したが、法律はバカを利口にする芸当はでき

ないので、コマーシャルに踊らされてこの洗剤は売れること間違いなしである。それに原価もあまり変らない筈だし、容器は前のものを使えるから、洗剤会社の経済も安全である。

すてきな音楽が流れ、子供がシャボン玉で遊んでいる。それを眺めて美人の奥さんがお皿を洗っている。

「あなた、今度の洗剤は、肌が全然アレないのよ」

新聞を読んでいた御主人が、

「フーン、なんという洗剤だい」

と訊《き》く。そこで洗剤の名前がバッチリ出る。

どこかの洗剤会社で、このアイデアを買ってくれないかしら。(もちろん冗談である。これを実行して下さるなら、こんなアイデアは喜んで無料で進呈する)

何事も、まずやれることからやって行く。最初は誰かが始めねばならない。「善は急げ」というのが私の座右の銘なのだが、洗剤論争が起ってから、洗剤会社の中で考えこんでいる心ある方たちに、私はこういう金言のあることを思い出して頂きたいと思う。

合成洗剤は何もかもいけないという運動もあるようだが、高級アルコール系洗剤がなくなるとウールの洋服や絹の着物はどうやって洗ったらいいのかしら。それはもちろん垢《あか》で人間が死んだためしはないけれども。

石けんの材料は動植物の脂肪と苛性《かせい》ソーダである。苛性ソーダは食塩水から電気分解で容易に作られるものであるから、日本の現状で入手が困難とはいえない。

問題は動植物性油脂だけれど、これは輸入にたよるしかないから、戦争になれば（どこと戦争するのか知らないけど）日本では石けんが作れない。そのときは石油もストップになるので合成洗剤も使えないから、原料についての論争は、合成洗剤も石けんも実は同じことなのである。

＊

わずかな石油で沢山作れる合成洗剤と、油脂は決して安価ではなくなっている現実との比較には、毒でも作るか作らないかという価値観の違いがかかわってくるから、この論争には決着がつかないだろう。毒でも儲《もう》かればいいという考えは、「死の商人」の思想であって、それを拒否できるのは買手の知識と判断力だけである。（本当は行政官庁の仕事なんだけど）

死の商人。

昔は兵器産業の会社に向けられていたこの呼び名が、今では農薬をむやみと売りつけている会社や、不必要な食品添加物をどんどん製造している会社や、それを使って菓子を作り、ジュースを作り、ウイスキーを作り、飴《あめ》を作り、カマボコを作り、味噌《みそ》や醬油《しょうゆ》を作っている会社にも、それを店先に並べて売っている小売店にまでふさわしい呼称になっている。

農薬入りの果汁（ジュースをとる設備には果物の皮を剝《む》いたり、農薬を落す作業がないのが現状である）に水を加え（その水には微量ながらABSが入っている可能性がある）、発ガン作用があるのではないかと学者たちが心配しているタール系色素何種類もで色をつけた（だから子供の口が染まっている）ジュースを飲み、防腐剤の入った菓子を食べている子供たち。農薬入りの御飯にパンにウドン。そこには保存料とか漂白剤とか着色料が入っている。

食品添加物については、本屋さんの公害コーナーへ行けば沢山の書物が並んでいるから、どうぞそちらを読んで下さい。

少量でも毒性のある物質が、相互に作用しあって毒を増幅させるとどんなことが起るだろうか。大人は工合が悪くなる。子供はもっとひどくやられてしまう。老人は病気で寝つく。空気まで汚染されているのだ。学者はみんな催奇形性を憂《うれ》えて警告している。合成洗剤はハード型のABSもソフト型のLASも、その危険性は同じことである。

慢性毒性の強いものを農家に売りつけている農薬会社の皆さん、不必要な食品添加物を作っている製薬会社の皆さん、ちょっと立止って考えて下さいませんか。複合汚染の危険が警告されている中でもABSやLAS入りの合成洗剤を売り続けている会社の皆

さん。あなた方も考えて下さいませんか。流産や身障児が生れてくる遠因を作っている
あなた方は、今日の儲けより明日の日本について、責任を持って考えて下さいませんか。
彼らを取締ることのできない関係官庁のお役人さま。あなた方は、毎度の国会答弁で
おっしゃるように「よく調査いたしまして」そして、何年たっても「調査中」なのです
か。

＊

現在使われている日本の家庭用洗剤を石けんに切り替えると、どのくらいの油脂が必要とされるかという計算は、いろいろなところでよく示されている。

二年前（昭和四十八年）の資料で表を作ってみよう（次ページ参照）。

家庭用洗剤の生産量は年間九〇万トンであるが、そのうち浴用石けんを別にすると九五パーセントが合成洗剤なので、その分を輸入用でまかなえば、牛脂もヤシ油も現在の倍以上も輸入しなければならなくなる。

「世界の油脂の年間生産量は四千万トン、そのうち輸出量は千三百万トンで、日本は国際市場の一割以上を輸入しているわけです。輸入量では西ドイツと共にトップを争っています」

「ドイツも日本も自分のところでは何もとれない国なんですね」

1973年(昭和48年)の日本の油脂需要量					
使用量	食用	128万トン	計 170万トン	供給量	国産 34万トン
	工業用	42万トン (石けん用 10万トン)			輸入 141万トン
		石けん用と食用の油脂輸入量	牛脂 26.0万トン		計 35.5万トン
			ヤシ油 9.5万トン		

1973年(昭和48年)の日本の家庭用合成洗剤生産量		76.4万トン
これを石けんにするために必要な油脂量	牛脂 35.0万トン	計 46.7万トン
	ヤシ油 11.7万トン	

「だから工業国に発展する途《みち》しかないという言い方がありまして」

「ところが日本では生産したものを自分の国で使いまくっているんでしょう」

「合成洗剤に関していえば、やっぱり使いすぎてますねえ」

「断然そうですね。川が急流であること、魚を食べる民族であることを考えれば、こんなに使うべきじゃないんです。それに石けんならリン酸が入っていないから下水道も今のような大問題にならないでしょう」

「まったくです。シカゴでは三年前にリンの化合物を洗剤に入れることは全面禁止しました。下水に障害が出るからです。下水に処理施設を増加すれば下水道料金が値上りになる。つまり消費者は洗剤を買うのと、下水道のための税金値上げと二重の支出をすることになるからですね」

「あのオ、お言葉の途中ですが、合成洗剤にはリンがどのくらい入っているんですか」

「トリポリリン酸ソーダが二〇〜三〇パーセント入っています。硬水を軟水に変える作用があるのです」

「日本の水は軟水ですよ」

「ええ、ですから最初は一〇パーセントも入ってなかったんですが、近頃はふえましてね」

「理由もなく」

「水質を変える理由はないですが、洗浄力をたかめるというんですね」

「だけど美容師さんもクリーニング屋さんも石けんの方が落ちると言っていますよ」

「そんな筈はありません。中性洗剤は界面活性力が大きいので可溶性も乳化性もはるかに石けんより強いのですから」

多分、学問的にはそうなのだろう。しかし実際的にはクリーニング屋や美容師の職業的な判断の方が私には正しいように思われる。

ところで、合成洗剤というのはABSだけではない。合成洗剤にはABSを強化する各種添加物が七〇パーセントも増量剤がわりに入っている。

炭酸ソーダ（油性の汚れを落しやすくする。アルカリ性が強すぎるので台所用に

は入っていない)

芒硝(ぼうしょうと読む。硫酸ナトリウムのことである。洗浄力を増す上に安価なので、合成洗剤の五〇パーセントがこれである)

明日は、この分を続ける。明日の分をごらんになれば、読者は、合成洗剤だけでも複合汚染になることに気がつかれるだろう。

*

合成洗剤の添加物のつづき。

トリポリリン酸ソーダ(三十五年前にアメリカで合成洗剤と併用すると洗浄作用を強めることが発見されて以来、硬水の欧米諸国で二〇〜三〇パーセントも入れるようになってしまった。日本も、真似《まね》をして現在に到っている)

珪酸《けいさん》ソーダ(汚れの再付着防止。金属の付着を防ぐので、固形石けんにも入っている)

CMC(カルボキシメチールセルロースのこと。繊維素グリコール酸ナトリウムともいう。アイスクリームの増粘剤としても使われている。どうしてアイスクリームに繊維素を入れるのか、まるで分らないことだらけだが、子供が食べているものが、汚れを分散させる作用があるので合成洗剤の中には洗浄力増強剤として〇・五〜二パーセント入っている。しかし食べる方のアイスクリームには二パーセントまで許可されている。厚生省が許可しているのだから、きっと無害なのだろう）

蛍光増白剤（日本人とアメリカ人は異様なくらい清潔好きで、白くさえなればいいと思いこんでいて、蛍光増白剤を多く加える傾向が強い。蛍光剤の仲間には発ガン物質が少くない。台所用洗剤には入れていない）

その他、増泡剤、皮膚保護剤（手おくれだと思うけど）、顔料（着色料のこと）、可溶化剤（エチルアルコール）、酵素、香料（アイスクリームの場合、六十五種類もの香料が使用許可になっている。ほとんどが合成品なので、私はとても食べる気がしない。合成洗剤の場合は、アイスクリームに較べれば、香料などなんの心配もないから、香水屋のように昼間飛行とか、シュフネル5番などという名をつけて売ればいい）

次ページのグラフは通産省がついこのあいだ（昭和五十年二月）発表したものである。

この図を見れば分るように、浴用石けんの使用量が十四年間一定しているのは、誰もお風呂では体を洗いすぎていない証拠である。こういう立派な直線に較べれば、昭和三十四年の洗濯石けんの使用量より、よく落ちると学者のいう合成洗剤の使用量の方が多いのは、主婦の使いすぎか、ひょっとすると合成洗剤では汚れがあまり落ちないので、洗濯機の中に沢山ぶちこむようになったかの、いずれかの理由だろう。

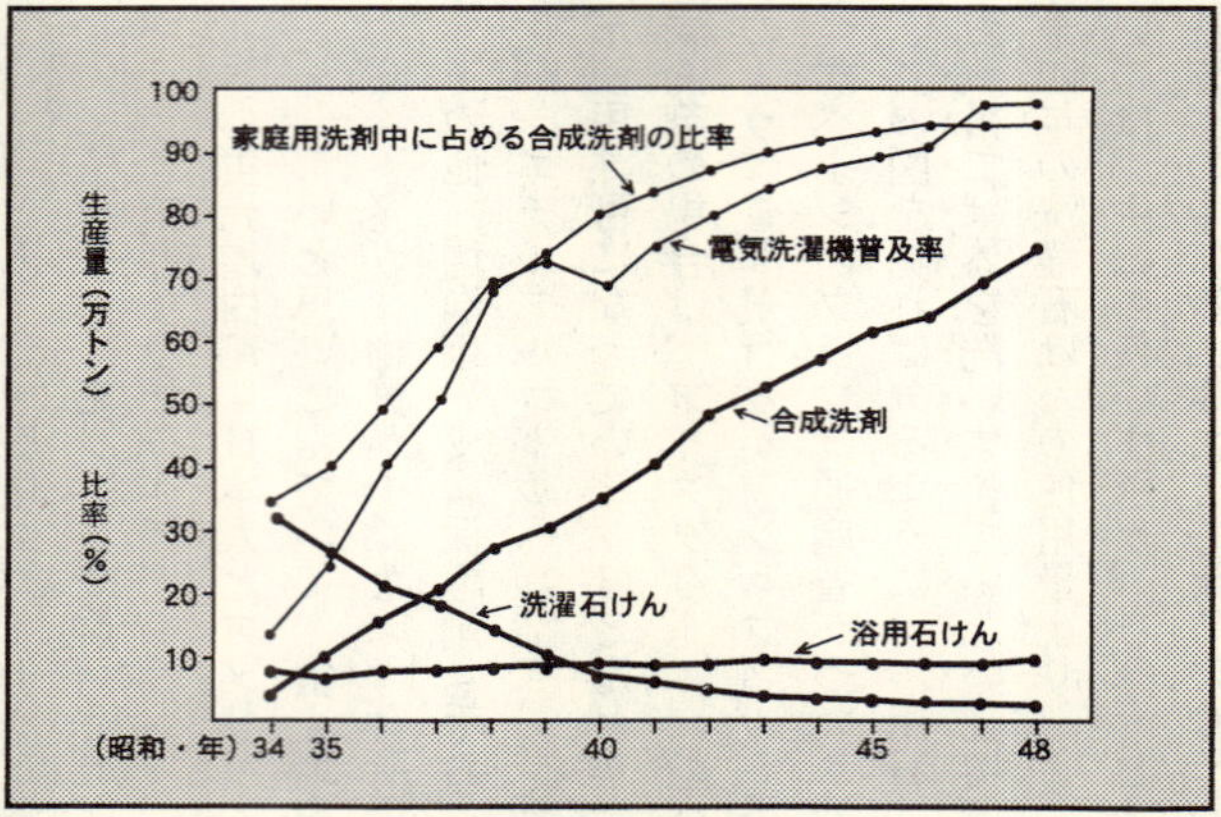

家庭用洗剤の生産量推移

このグラフを眺めれば、合成洗剤を洗濯石けんに切りかえるについて、現在の合成洗剤使用量で輸入すべき牛脂やヤシ油の量を計算するのは馬鹿げていることに気がつくだろう。

粉石けんを（質）、今使っている合成洗剤の半分以下だけ（量）、まず風呂《ふろ》の終《しま》い湯で溶いて洗濯物をつけ（使い方）、できればその湯を使って洗濯機で洗い（使い方）、すすいでしまえば何も問題は起らないのだ。ワンタッチの洗濯機は水しか使えないと思いこんでいるバカな主婦は、機械に使われている奴隷《どれい》のようなものだ。やり方次第で、機械をいためずに使うことができる。少しは頭を使った方がいい。

＊

アメリカでは、シカゴ市が洗剤にリン酸化合物を入れることを禁止したが、それより前にロング・アイランド島のサフォーク郡では、合成洗剤の販売を禁止している。郡の議会で承認された法規では、違反したものには禁固刑が設けられていて、粉石けん以外のものは認めていない。

アメリカの悪いことはすぐに真似をする日本は、アメリカのいいところは見ないのか、見えないのか。

私はアメリカは好きな外国の一つであり、アメリカ人の友だちを多く持っている。彼らの中で日本に長く滞在する人々は、例外なく日本人の盛大な無駄使いに驚いている。

「お皿をどうしてスポンジで洗わないのでしょうね。泡だらけの入れものに皿を浸《つ》けているのは理解できませんよ」

と、アメリカ人の奥さんが言った。そういえばアメリカには洗い桶《おけ》というものがない。

「スポンジに洗剤を吸わせておいて、お皿をこすればステーキの油だってシチューの油だってとれてしまうのに、あとを湯か水で洗えばきれいになるのに」

それから彼女は笑いながら、日本の奥さんにそのやり方を教えたら、油のついてない茶碗《ちゃわん》や皿までスポンジで洗ってしまったと言った。

「なんでもかんでも洗剤で洗うというのが、見ていてもおかしいわ。無駄というものについて日本人は何も考えないのかしらね」

アメリカでは、洗剤の溶液に野菜も皿も浸しておくと思いこまされてきた日本の主婦たちは（実際、厚生省は、ついこの間までそういう指導をしていた。洗剤会社は、今でもそういう指導をしている）、多分このアメリカ人の主婦の驚きに驚かされるだろう。アメリカにもヨーロッパにも、野菜や食器を洗剤に浸けておく習慣は、昔も、今も、ないというのに。なんでもかんでも洗剤で洗うという習慣は、滑稽《こっけい》だ。

日本にだけ「もったいない」という言葉があるのだといって、横丁の御隠居などは得意がっているけれども、「もったいない」という言葉のない国の人が日本人の生活を見て、「あまりにも無駄が多い」と言って笑う。

そのアメリカ婦人は日本料理に多大な関心を持ち、天ぷらの作り方を日本人の家で教えてもらったら、英語のできる日本人主婦が（インテリ女性なのであろう）天ぷらを揚げたあとで、油をカンに戻したあと、天ぷら鍋《なべ》に中性洗剤を入れて洗ってしまった。アメリカ婦人はおおいに驚き、なぜそんなことをするのかと訊くと、

「油をつけたままではゴキブリが寄ってきます。不潔ですよ」

と答えたという。

「私たちなら湯で洗って、紙で拭《ふ》いてしまいます。それに使う前に湯を通せば、ゴキブリのバイ菌なんか全滅してしまうのに。でも、お鍋をどこにしまうのか見ていて諒解《りょうかい》しました。流し台の下の、ゴキブリの巣の中に鍋を入れるのです。日本人が清潔を好む民

族だなんて、私は信じません」

＊

世界的な人口増加による世界的な食糧不足の傾向は、戦争中のドイツやアメリカのように油脂を石けんにするより食糧にまわす傾向をうながしているし、輸出国には資源ナショナリズムが高まっているから、今後の輸入は見通しが明るくない。

「だからといってＡＢＳやＬＡＳを使うというわけにはいかないですよ」

「水質汚染を考えると実に深刻な問題です」

「もし漁業交渉がこじれたら、と思うとぞっとしますね。日本人は近海魚だけ食べればいいじゃないかって逆ネジくわされたら、どうしましょう」

「ええ、経済水域二百カイリ論は、今や世界の潮流ですからね。去年の日米漁業交渉ではアメリカがそれを持ち出して日本の漁獲量は二割も削減されたでしょう。現在ジュネーヴで開かれている第三次国連海洋法会議でも、ソ連も、中国も経済水域の設定を主張しています。そもそも経済水域というのは、開発途上国の権利保護が目的で、大国の権利を肥大させるのが目的ではないのですから、日本の遠洋漁業の先行きは楽観できませんよ」

「日本人の食糧としての動物性蛋白《たんぱく》源としてお魚を考えれば、川も海も魚が住めるようにしておかないと大変なことになりますね」

「すでにPCBと水銀で、日本の近海はたださえ危険なんですから」

大雨のあと釣人は竿《さお》を担いで川へ出かけて行く。合成洗剤の泡が綺麗《きれい》に流されて、川底まで見えるようになった澄んだ水に、しかし魚が一匹も泳いでいない。何時間釣糸を垂れていても、一匹もかからない。

山にまかれた除草剤が、川に流れこんだ結果である。

そこで川釣の専門家は、大雨のあとでは釣に出かけないことになってしまった。

除草剤とPCBと水銀その他の毒物と合成洗剤。この中で、やめられるものは今すぐやめるのが、来るべき食糧危機に備えて政府も国民もとるべき態度で、これをいけないとか必要ないとか言う人は誰もいない筈なのである。

一昨年、PCBによって海が汚染され、魚が汚染されたと新聞が書きたて、大騒ぎになった。主婦たちはヒステリーを起し、お魚屋さんは怒ってデモをした。しかし、PCBによる海洋汚染を新聞が書きたてたのは、昭和四十七年、大阪府の衛生研究所が母乳のPCB汚染を発表したのが最初のキッカケだった。その前年、PCBによる海洋汚染が発見され、業界は一応自主規制に入った。

マスコミが大騒ぎをしてくれたので、「化学物質審査規制法」が四十八年九月の国会を通過し、去年の四月から施行されるようになった。ザル法だと悪口を言うムキもあるけれど、企業がこれから新しい化学物質を製造生産するには、届出ならびに審査を受ける義務を負うことを規定したのだから、ないよりは大前進だ。（ああ、前には、なかったのか！）

＊＊＊

マスコミの騒ぎで魚がＰＣＢに汚染されている知識を持たない日本人はなくなったが、新幹線が走っているのはＰＣＢのおかげだという話を知っている人は少い。それどころかマスコミが書きたてないから、もうＰＣＢは海から消えてなくなったと思いこんでいる人々の方が多いのだ。

「そもそもですな」

横丁の御隠居が、春の陽ざしを浴びながら私に仰言《おつしや》るには、

「何がＰＣＢであるのかさえ、私は知らんのですぞ」

知らないことを威張ることはないと思うけれど、御隠居の機嫌を損じると新鮮で安全なツマミ菜をもらって帰れないと思うから、私は御進講申し上げることにした。

「ＰＣＢも歴史が古いんですよ。一八八一年つまり明治十四年にドイツで合成されました」

「確かに古いですな。私はまだ生れとりませんな、その頃なら」

「化学者が合成するときは、ただもう合成の技術を競っている観がありますね、目的もなく。DDTの場合もそうでしたが、合成されてから、それが何に利用できるかに気がつくまで五十年かかっていますもの。PCBを商業目的をもって生産を始めたのは日本式に言えば昭和四年です」

「するというと又しても戦争と関係がありそうですな」

「あります、あります。第二次世界大戦から兵器産業と結びつくのです。PCBの特徴として電気を通しにくい、耐熱性にすぐれ、燃えない、というのがあるんですよ」

「燃えないんですか、PCBは」

「ええ。火によって文明開化した人類は、科学によって壊れないもの、腐らないもの、燃えないものを追い求めた結果、夢の化合物としてPCBを発見したんですね」

PCBはポリ塩化ビフェニールの略字である。

第一に、水に溶けない。しかし油脂や樹脂には自由に混合する。（したがって人体に入ると汗や尿で排泄《はいせつ》できず、脂肪の方に蓄えられてしまう。家畜についても同じである）

第二に、燃えないので、電気用の絶縁油として最高の物質である。新幹線が走っているのも、大病院の諸機械設備も、PCBのおかげで安全である。

第三に、電気を通しにくく、しかも各種の電気的特性がある。だからテレビなどの電化製品の普及やコンピューターの発展に寄与するところ大なるものがあった。

第四に、金属を腐食しない。

第五に、蒸発しにくい。そのかわり一度大気へ飛び散るときは摑《つか》まえることができない。まあ雨が降れば落ちて来るが、すると土が汚染されるという厄介なものである。こわれないものである特質が問題になる。

＊

「アメリカで、ＰＣＢの生産が始まって翌年に、もう職業病患者が出てるんですね。日本でいえば昭和五年ですから。皮膚病です。日本でカネミ油症と呼ばれて騒ぎになった、あれですよ」

「こうっと、カネミ油症というのは」

「昭和四十三年、北九州で約百万羽のニワトリが中毒にかかり、同じ頃西日本で人間が、三千人以上も中毒症になりました。厚生省の認定患者は例によって、その半数ですけど。吹き出もの、頭痛、腰痛、手足のしびれがあって、代謝異常が起っているのは確実です。原因は米ヌカ油を熱処理して脱臭するため、ＰＣＢを加熱用のパイプを使って油の中を通していたのが、ピンホールから漏れていたんです」

「PCBは油に溶けるんでしたな」

「そうなんですよ」

「しかし三十年以上も前にアメリカで職業病があったというのですか、カネミ油症と同じですか」

「それも一人や二人じゃないんですね。PCBの製造工が十六人、電線工場でPCBと塩化ナフタリンを扱っていた人が百一人と、昭和十一年と十二年に報告されています」

「なんですか、そのナフタリンというのは」

「塩化ナフタリンです。PCBの実用性に気がつく前に、塩化ナフタリンが電気の絶縁体として使われていたんです」

「冬物をしまうときに使う防虫剤と違うんですか」

「違いますが、親類です」

横丁の御隠居と話していると、よく話があっちへ飛んだり、こっちへ飛んだりするのだが、このときも例外ではなかった。

「塩化ナフタリンとPCBとジフェニールはねえ、よく似てるんですよ、化学構造式が」

「なんです、そのジフェニールというのは」

「去年、パリで有機農業国際会議というのが開かれたとき、私は出かけて行ったでしょ

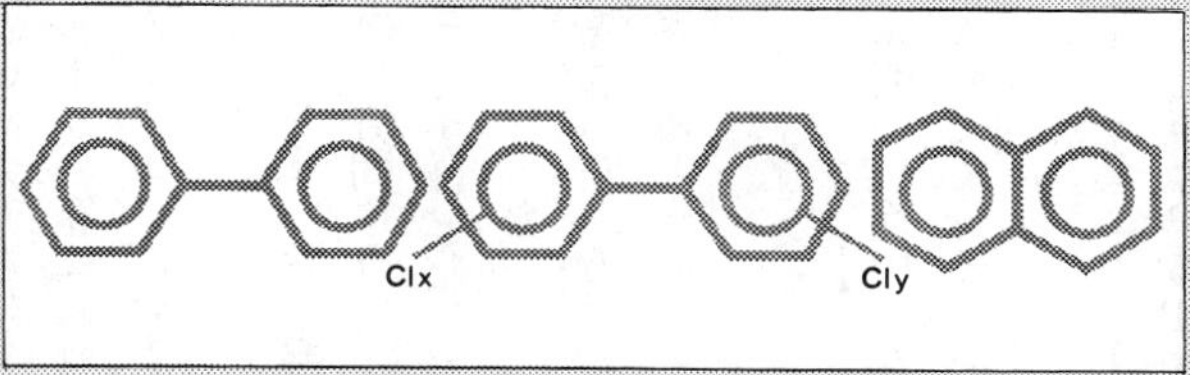

PCB・ジフェニール・ナフタリンの化学構造式

ジフェニール　PCB　ナフタリン

う。あのとき、自然食品販売店でレモンを幾つか買ったんです。形が慈光会の卵みたいに不揃《ふぞろ》いなのが面白くて、五つも六つも買ったんです」

「それがPCBと関係あるんですか」

「まあ聞いて下さい。私はレモンをホテルに持って帰って、そのまま忘れてしまったんです。一週間たって帰り仕度をするとき、袋を覗《のぞ》いて仰天しました。レモンは青カビのかたまりになっていて、見るも無惨でした」

「はて、レモンに、カビがねえ」

「私はそのときまで一度もレモンが腐ったのを見たことがなかったんです。本当に驚きました。日本のレモンが何日たっても凋《しぼ》みこそすれ、なぜ青カビがはえないか。調べてみてもう一度仰天しましたよ」

「農薬でしょう」

「防バイ剤というカビを防ぐ薬、つまりジフェニールが、外国産のレモン、オレンジ、グレープフルーツの箱に入れる紙にしみこませてあるんです。そこからレモンなどの皮にしみこむんですよ。厚生省はジフェニールの毒性を知っているのか、日本の国産柑橘《かんきつ》類には使用許可をしていないと学者が書いているので、そうかと思っていましたら、それは間違いで、日本の柑橘類にも使っています」

「ほう、学者でも間違うですか」

「小さなミスですけどね。ジフェニールが毒だということは間違っていないのですから」

「ともかく蜜柑《みかん》は皮をむけばいいのですな」

「ええ、レモンもね」

＊

ＰＣＢの説明が、途中でジフェニールへそれてしまったが、挿絵の化学構造式を見て頂けば、素人《しろうと》にでも分ると思う。この三つは亀の甲が二つだけで構造され、気持が悪いほど似ているのだ。

「御隠居さん、千葉ニッコー油事件というのを覚えていらっしゃいますか」

「一昨年でしたかな、あれは」

「ええ、カネミ油がＰＣＢで失敗したので、もっと安全な熱媒体を使って油の脱臭をしていたんです。その中にジフェニールなどが入っていたんです」

「それが漏れたんですな」

「同じようにパイプ漏れです。カネミ油事件と同じ使用法の失敗例ですが、ＰＣＢをジフェニールに変えたので安心していたのでしょう。四五キロの熱媒体が漏れたんですから、ジフェニールは五・四キロになるかしら」

「大変なものですな」

「そうでもないんですよ。会社側は九ｐｐｍと発表してマスコミは大騒ぎになったんですけど、国立衛生試験所での分析の結果は〇・〇五ｐｐｍだったので、微量まじったかもしれないけど、大半が蒸発しているからまず安全だという厚生省発表で、この一件は落着したんです」

「しかし騒動でしたなあ」

「ええ、ニッコー油を使っているキューピー・マヨネーズは十二億円の損害でしたって。信用面でいえば本当に気の毒でしたよ」

「あなた、企業には寛大ですな」

「だって気の毒ですもの。〇・〇五ｐｐｍで騒ぎたてられる一方では、三〇～七〇ｐｐｍものジフェニールが人間の口に入るのが野放しになっているんですよ」

「なんですか、それは」

「だから、レモンですよ。みんな輪切りにして平気で食べてるじゃありませんか。レモンの皮には三〇〜七〇ｐｐｍのジフェニールがしみこんでいるんです。最近フィンランドでジフェニールを十年間扱っていた工員が肝臓障害で死んでいます。ＦＡＯとＷＨＯの人間一日の許容量は体重五〇キロとすると約十ミリグラム以下になります。まあレモンの皮だけで死ぬことはないでしょうが、確実に肝臓は悪くなりますからねえ」

「病気見舞に舶来のオレンジやグレープフルーツをもらいますが、すると、あまり気持のいいものじゃありませんな」

「皮を食べない分には、まあ安全ですけどねえ。私はアメリカでグレープフルーツの成ってるところを見ているので、あれが日本で高級果物の扱いを受けているのは妙な気分ですよ。一々紙にくるんで、箱におさまっているでしょう。アメリカでは最も庶民的な果物なんですもの。だいたい、グレープというのは英語でぶどうのことですよ。どうしてあの大きな西洋夏蜜柑をグレープフルーツというか、ご存知ですか」

「知りませんな。私も前から妙な英語だと思っていましたが」

「ぶどうみたいにたわわに実がつくのですよ。カリフォルニアでは四季を問わずに成って成って、いくらでもとれるんです」

ナフタリンには揮発性があるから、ジフェニールもほうっておけばレモンの皮やオレンジの皮から脱けてしまうのではないか。しかし国立衛生試験所ではオレンジを二十五日間ほうっておいてからジフェニール含有量を分析してみたが（昭和四十六年）、五〇〜七〇ｐｐｍ検出された。同じ頃、明治薬科大学ではグレープフルーツの皮に二〇〇ｐｐｍのジフェニールがあったという分析結果が出ているが、果肉の中はゼロだから、中だけ食べる分には安全だろう。

＊

「そうですか、そうだったんですか。私はまたグレープフルーツは腐らんのだと思いこんでいましたよ」

「私も。でも、よく考えてみれば太平洋の向うからドンブラコと運ばれてくる果物が腐らない筈がないのですよね。私も、パリのホテルでレモンが青カビでふくれ上っているのを見るまでは、レモンが腐るなんて想像したこともありませんでしたもの、恥しながら」

「飼いならされているみたいなものですな、われわれは」

「本当に、それが怖《おそ》ろしいですよ。ものが腐らないのが当り前と思ってしまっているのは、商業資本による教育の成果なんですから」

「しかし日本には蜜柑もあり、ユズもあり、夏みかんもボンタンもあるというのに、どうして海の向うからネーブルだのレモンだのグレープフルーツだの輸入するんですか」

「厚生省がジフェニールを使用許可にしたのは昭和四十六年です。それからあとアメリカからの柑橘類がどんどん輸入されるようになりました。日本から売って下さいとお願いしたわけではなさそうですよ」

厚生省が法的に定めた果物についてのジフェニール許容量は七〇ｐｐｍである。この許容量は皮とか中身に関係がないのだからおそれ入ってしまう。千葉ニッコー油事件の千倍以上のジフェニールが、同じ厚生省で問題にもされることがない。

ジフェニールの急性毒性は、ＰＣＢと変らない。化学構造からいうと、ジフェニールに数個の塩素をくっつけたのがＰＣＢだ。ジフェニールは、ＰＣＢのモトである。ジフェニールには悪臭があるが、五〇ｐｐｍぐらいではレモンの香を消すことはない。

「ところでグレープフルーツですけどね、御隠居さん。地球の大きさをグレープフルーツにたとえると、それをとりかこむ空気の厚さはどのくらいになるか、ご存知ですか」

話はどんどんＰＣＢから離れていくが、ことのついでで仕方がない。

「なぞなぞですな」

御隠居は、煙管《きせる》の先に刻みタバコを詰めて、じっと考えこんだ。万事が古風なこの老人は紙巻タバコは吸わないのである。

このクイズは、読者の皆様に、明日は朝刊がお休みですから、明後日までお考え頂くことにしよう。

＊

地球を夏みかんやグレープフルーツの大きさにたとえると、地表を掩《おお》っている大気の厚さはどのくらいになるかという質問を、私の傍にいる人に片っぱしからしていたら、東大に入ったというのを唯一《ゆいいつ》の自慢にしている若者が（その人は中退してもう社会に出ているのだが）、

「西瓜《すいか》でしょう」

と言下に答えた。

「え、西瓜って何が」

「地球を芯《しん》にして、空気の厚さを別の果物にたとえて言ってみたんです」

「さすがねえ、だから東大へ入れたのね」

「いや、そうでもないですよ」

「でもね、あなたが東大を卒業できなかった理由がよく分ったわ」

「どうしてですか」

「地球が夏みかんの大きさなら、大気の厚みは表面に磨きをかけたワックスぐらいのも

のなのよ。〇・一ミリぐらいになるんですって」

「あのオ、僕が入ったのは東大文学部ですけど、こういうこと、あまり言わない方がいいですね」

その青年は、この話の後も煙草《たばこ》を吸い続けていたが、横丁の御隠居は、

「この齢《とし》になっても知らんことが多すぎますな。煙草は自分が肺ガンになると覚悟していればいいと思って吸っていましたが、そうですか、空気はたったそれくらいしかなかったですか」

それきり煙草をやめてしまった。一刻者だから、きっともう死ぬまで吸わないだろう。私は高齢者の生活から多からぬ楽しみの一つを奪ってしまったのを申訳なく思ったが、

「なに、いずれやめようと思って機会を狙っていたのですよ。そういえば、あなたはいつ煙草をやめたんですか」

「私は扁桃腺《へんとうせん》が弱くて、飛行機に乗っても隣にヘビースモーカーがいると、目的地についたときは喉《のど》がはれ上ってしまうんです」

私は吸いたくても吸えない体質なので、身をもって実践していないから禁煙の主張はできないのだけれども、世界環境会議などで各国の学者たちが集ると、「喫煙は犯罪だ」という合言葉などがあって、そういうところで煙草を吸っている人は大層目立つ。「あれでも自分の国では公害に反対しているのかねえ」と言われたりしている。

理論と実践というのはなかなかうまくいかないもので、私も地下鉄でいけるところをタクシーに乗って排気ガスをまきちらして走ることもあるし、ついこの間まで合成洗剤を使っていたのだし、なんら社会に益することなき一介の小説書きなのだから、とても他人さまのことをとやかく言えない立場である。私はただ私の知るかぎりの人々が変な病気にならないように、祈っているだけだ。

ＰＣＢから、とんでもない脇道《わきみち》にそれた。話を元に戻そう。

ナフタリンの親類、ジフェニールの兄弟のようなＰＣＢは、最初は電気絶縁油として使われていたので生産量は少かったが、第二次世界大戦の頃から軍用資材として華やかな脚光をあびるに到った。ＰＣＢは燃えないというのが、兵器にとって素晴らしい資材だった。

＊

戦争というものの怖ろしさについて、これを書きながらつくづくと思う。化学と生産技術の飛躍的な発展は、いつも戦争によって生れ、そして戦争が終っても、一度増大した生産力を減少させる企業はない。火薬の合成技術と生産が、平和な農村に化学肥料となって送りこまれ、毒ガスが殺虫剤その他の農薬と名を変えて米にも野菜にもふりまかれたように、ＡＢＳが石けんにとってかわり、そして水と土を汚染している。（ＡＢＳ

だけでなく洗剤に混っているリン酸も大問題なのだが）

PCBもまた同じ順を追った。燃えないという特質が、兵器にとって最高の資材になった。これ以上のものはなかった。軍用の電気機器はもちろん、熱媒体に、油圧用オイルに、あるいはプラスティックの耐熱性可塑《かそ》剤（プラスティックを軟かくする）あるいは耐熱塗料の素材にと、PCBの用途はひろがる一方だった。

戦時下とはいえ、生産最優先主義（日本は戦争が終ってもこういう主義でついこの間まで突っ走っていた）は災いの多いもので、職業病患者が増大し、アメリカの産業衛生関係の医者たちはPCBの取扱いについて厳重な注意を払うように何度も警告した。その結果（一九四四年つまり昭和十九年）動物実験もおこなわれて、ようやく安全の確保に力が入れられるようになった。

私がいつも不思議でならないのは、外国でPCBの扱いに多くの犠牲者を出している事実があるにもかかわらず、戦後の日本にPCBが導入されたとき、どうして過去のPCBの歴史を誰も注意して調べなかったのかということである。

安全の確保という大切なことが、日本にPCBが入ってきたときは切り捨てられていた。（としか思えない）

バラの花が金持の趣味として日本にも流行してきたとき、バラだけが入ってきてニンニクと混植するという常識は置き忘れてきたように、日本人はともすると物の美しい花

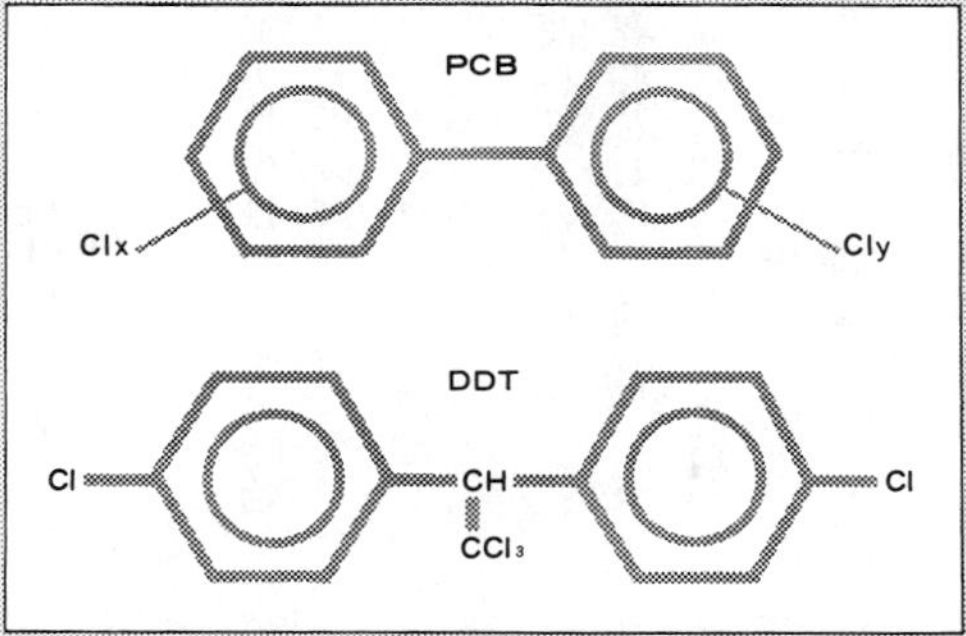

有機塩素化合物PCBとDDTの化学構造式

の面だけを見て、その花に虫がつく心配はせずに飛びついてしまうのだろうか。

　しかし石油化学文明という人類にとって革命的な出来事に、対応するのが遅かったのは日本だけではなかった。ＰＣＢの場合、その環境汚染について心配した学者が欧米でも一人もいなかったのだ、ＤＤＴが環境に残留し生態系の循環をみだすといって大騒ぎをしている最中でも。

　上の挿絵はＤＤＴとＰＣＢの化学構造式である。化学に弱い人でも（私もその一人だが）一目でこの二つの物質が似ていることに気がつくだろう。似た化学構造式を持つものは、互いに似た性格を持っているのだから、ＤＤＴが海洋汚染をしているのなら、当然ＰＣＢも同一犯罪をおかしていると考えるべきであるのに、欧米の科学者でそれを指摘した科学者は一人もいなかった。もちろん日本にも残念ながらいなかった。

レイチェル・カースン女史の警告以来ＤＤＴへの糾弾が世界的に高まっている中で、ＰＣＢの生産は伸び続けた。

＊

日本がＰＣＢの生産を開始したのは、昭和二十九年で、そのとき二百トンだった生産量が、七年後には十倍になった。

左ページのグラフを眺めていると、いろいろなことに気づく。

まず第一に、ものすごい勢で生産量がのびていること。いったいＰＣＢは、何にそんなに使われていたのか。

「絶縁油として」高層ビルディング・変電所・新幹線等の車両・船舶などのトランス。

蛍光灯・水銀灯の安定器用コンデンサー。

テレビ・冷暖房器・洗濯機・冷蔵庫・電子レンジ等の家庭用コンデンサー。

モーター用・電気炉用の固定コンデンサー。直流用コンデンサー。蓄電用コンデンサー。

「熱媒体として」各種化学工業・食品工業・合成樹脂工業の諸工程における加熱と冷却。船舶の燃料油予熱。パネルヒーター。

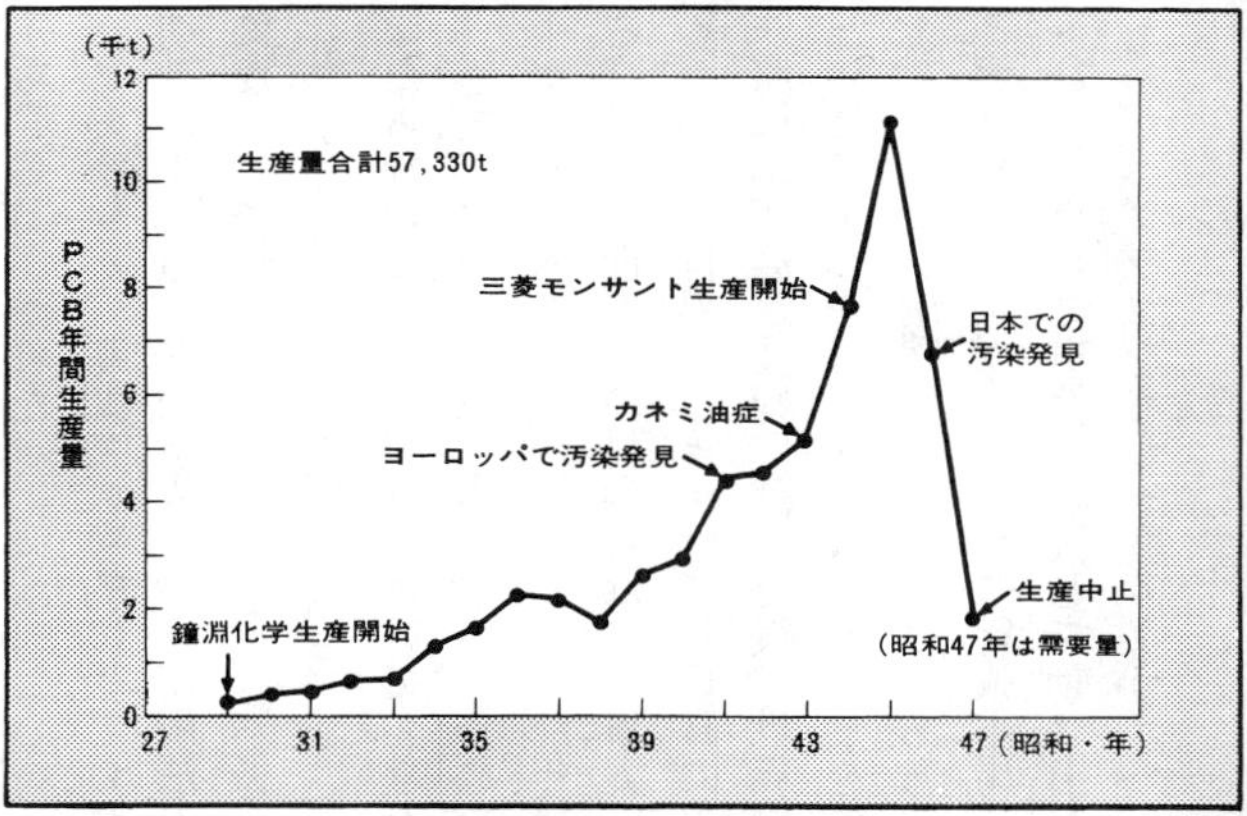

日本のＰＣＢ生産の推移

「潤滑油として」「可塑剤として」「塗料として」「複写紙として」「その他」とても一々書ききれないので、このくらいにしておくが、ともかく私たちの生活と切っても切れない便利なものがＰＣＢによって安全に動いていたのだった。

　ＰＣＢの汚染は一九六六年（昭和四十一年）にヨーロッパで発見されたが、ＰＣＢを食べてしまうという事故を起したのは日本だけである。カネミ油事件は、ＰＣＢが「熱媒体として」使われているとき、パイプの穴から食用油の方へ流れてしまったという怖ろしい事故である。パイプが食用油にじかにふれていたからだが、何を熱媒体に使うにせよ、こういう装置には漏出事故の危険があるのは分りきっているのだから、万全の対策がたてられているべきであるのに、パイプのピンホールからPCBが漏れた。

この事件が、新聞で大々的に報じられると多くの会社は熱媒体をPCB以外のものに切りかえ、パイプの事故という使用法の失敗についての反省が足りなかった。だから後になって千葉ニッコー油のように、ジフェニールによる漏出事故が起きたのである。「質」と「量」と「使い方」の三つは、安全を守るためにいつも等しく考えていなければならないことを、繰返し書いておきたい。

さて、グラフを見て考えずにいられないのは、PCBが環境を汚染している事実にヨーロッパの人々が気がついてから二年後に日本でカネミ油症事件が起っていることである。当然、世界中の科学者はこの事実に注目しただろう。日本は誰から頼まれたわけでもないのに世界にさきがけてPCBの人体実験をしていたのだった。

原爆が広島と長崎に落ちた後、世界中の学者が放射能の人体に及ぼす被害を調査するために日本へやってきたときのことを思い出さずにはいられない。原爆の次は、水銀によるミナマタ病、そしてPCB。ああ、溜息《ためいき》が出る。

アメリカとスウェーデンの行政当局や、世界最大のPCBメーカーである米モンサント社が、カネミ事件と前後して動き出した時期、日本のPCB生産量は伸びに伸びていたのだ。グラフをもう一度みよう。

＊

アメリカでは一九六七年にＰＣＢの分析法の開発に着手、六九年から食品医薬品局（ＦＤＡ）が大々的な食品調査を開始した。その結果、各種の食品がＰＣＢによって汚染されていることが発見され、その都度暫定的な基準を設定した。米モンサント社では、一九六九年の夏までに大規模な二年間の動物実験を行い、日本ではＰＣＢという文字がまだ新聞に出ることもなかった一九七〇年、汚染源になることが確実な用途への販売を中止した。それは企業の良識による自主規制であり、そのために販売量は半減している。

前のグラフを見直して、もう一度考えたいのは、昭和四十六年から日本でもＰＣＢの生産量は激減し、昭和四十七年には生産中止になった。しかし、新聞が海の魚がＰＣＢによって汚染されているのをもう一度毎日のように書きたてたのは昭和四十八年だ。

あのとき、どこの家でも魚は買い控えた。魚屋さんは売れ残りの近海魚を抱えて当惑した。彼らは遂に団結し、厚生省に向ってデモ行進を始めた。しかし、もっと直接で、深刻に生活に響いたのは漁民だった。

新聞は、ヒステリックに、来る日も来る日も魚のＰＣＢについて書きたてた。

もう生産は中止されて一年たっていたが、ＰＣＢを使用する工場はたれ流しを続けていたからである。

その二年前の昭和四十六年にも、欧米に三年遅れてＰＣＢの環境汚染に気がついた日本のマスコミが荒れ狂ったのも無理はなかった。何しろ世界でこのくらいＰＣＢが粗略に扱われ、無造作に川や湖や海に流し捨てていた国はなかったのだから。水質汚染によって日本人が常食している近海魚が濃密に汚染されていることが分れば、まず漁民が黙っていない。彼らの生活がかかっている。彼らの健康がかかっている。最も魚肉を多く食べるのは漁村の住民なのだから。

ＰＣＢの危険を知った日本人は、何しろミナマタやカネミ油症事件という経験を持っているので、ただちに強烈な反応を示した。魚肉のＰＣＢ汚染について基準値というのが、厚生省内のあらゆる研究者を総動員して定められることになった。その結果、研究途上にあった牛豚肉などの農薬汚染の食用基準の方は閑却されたまま今に到っている。

「工場の排水に対する漁民の不信感は強いですよ。何ｐｐｍという排水基準が定められても、水をふやして流せばどうとでもなったんですからね」

「それで総量規制が生れたんですね」

「そうです」

「総量規制は、いつからですか」

「二年ぐらい前から、ぼつぼつですよ」

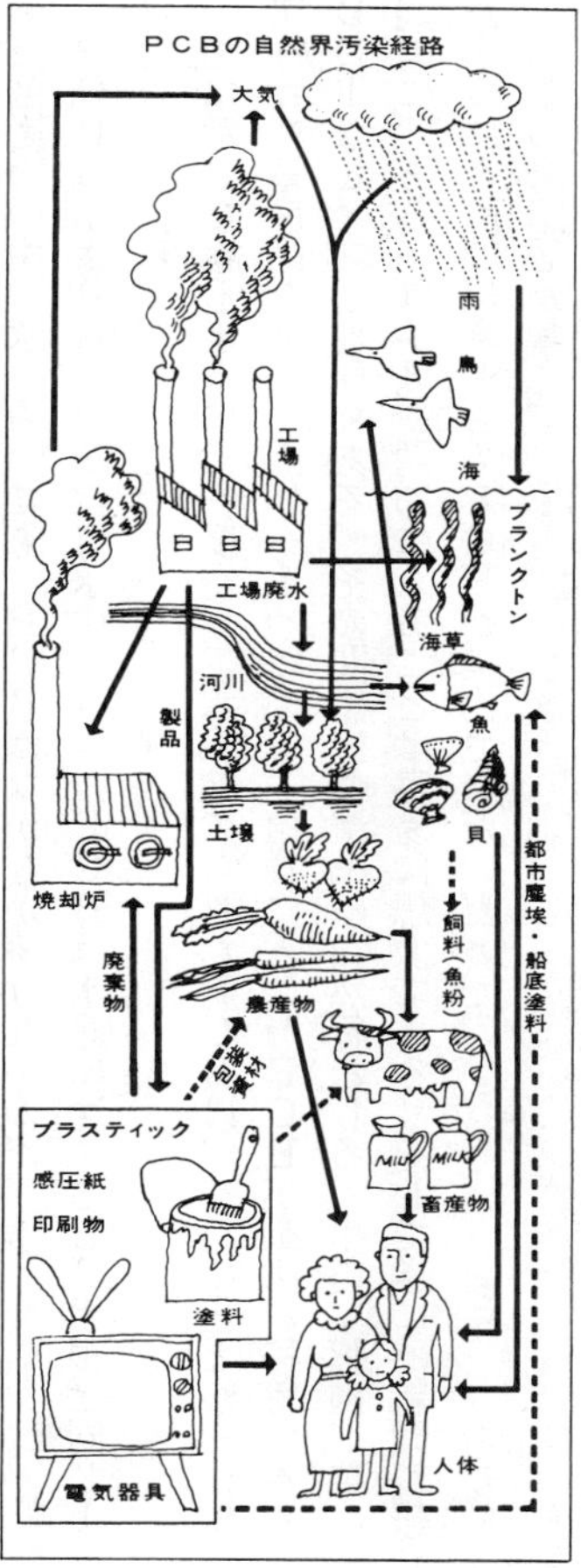

＊

左の挿絵はＰＣＢが、どういう経路を通って工場から人体に入るかを示したものである。

前にも書いたようにＰＣＢは燃えないので工場の煙突からモクモクと大気へ飛び散る。廃棄物の中のＰＣＢも、焼却炉で燃えずに大気へ混入する。工場の排水口から川や海に流れて行く。

に。

「たとえ火の中、水の中」でも、ＰＣＢはなかなか溶けないのだ。ＰＣＢは水より重い。そこで水中に入ったＰＣＢは水底に沈澱《ちんでん》する。水銀と同じように。

図に示しているように、一度空へ、水へ捨てられたＰＣＢは、やがて土と海を汚染し、農作物や畜産品を通して人体へ入ってくる。植物に入ったＰＣＢが動物に移行するのはＤＤＴなどと同じ理屈である。その間に生体濃縮は当然行われる。牛肉、豚肉、羊肉、鶏肉に、あるいは牛乳や鶏卵に入ることは容易に想像できる。そして遂には新聞が報じたように人間の母乳からもＰＣＢが検出されたのだった。

横丁の御隠居が嘆く。

「末世ですなあ、子供に何を飲ませたらいいんです。川崎病は人工栄養児に多いというじゃないですか」

「ええ、私はＰＣＢが入っていても、まだ母乳の方がずっと赤ちゃんのためには安全だと思いますね。もっとも厚生省の方々が私のこの考えに同調なさっては大変ですけれど。条件として、お母さんがお魚を食べすぎていない限りはねえ」

「魚ですか」

「はい、ＰＣＢの汚染は、日本の現状では牛豚肉や、鶏卵の方はそれほど大きくないのですが、お魚や貝類の方が食物連鎖と生体濃縮が早く行われますから汚染度が大きいのです。アザラシや、クジラや、水鳥にＰＣＢが蓄積されたように、私たち人間、特に日本人には躰《からだ》にたまります」

「かと言って魚を食べんわけにもいきませんな」

「ええ、今日食べて明日死ぬ毒ではないから私も食べていますが」

「海のＰＣＢが、なんとか消えてなくならんもんですかな」

「それを待つしかないんです、現状は。企業側は一応規制をしてもう四年になりますから」

「あとは何年待てばいいんですか」

「そのことなんですよ」

どのくらいのＰＣＢが海に捨てられたのか総量を計算することはもはや不可能らしい。しかし昭和四十五年の日本の生産量一万一千トンは、アメリカの約三分の一であったことから考えて、日本の国土の狭さを思うと絶望的になる。集中使用した太平洋ベルト地帯、瀬戸内海や琵琶湖周辺などの工業地帯、企業周辺での単位面積比では、その汚染水準は当然のことだが高い。事実、日本の魚の汚染度は、アメリカの食用魚の基準五ｐｐｍを上まわるものがかなり多い。

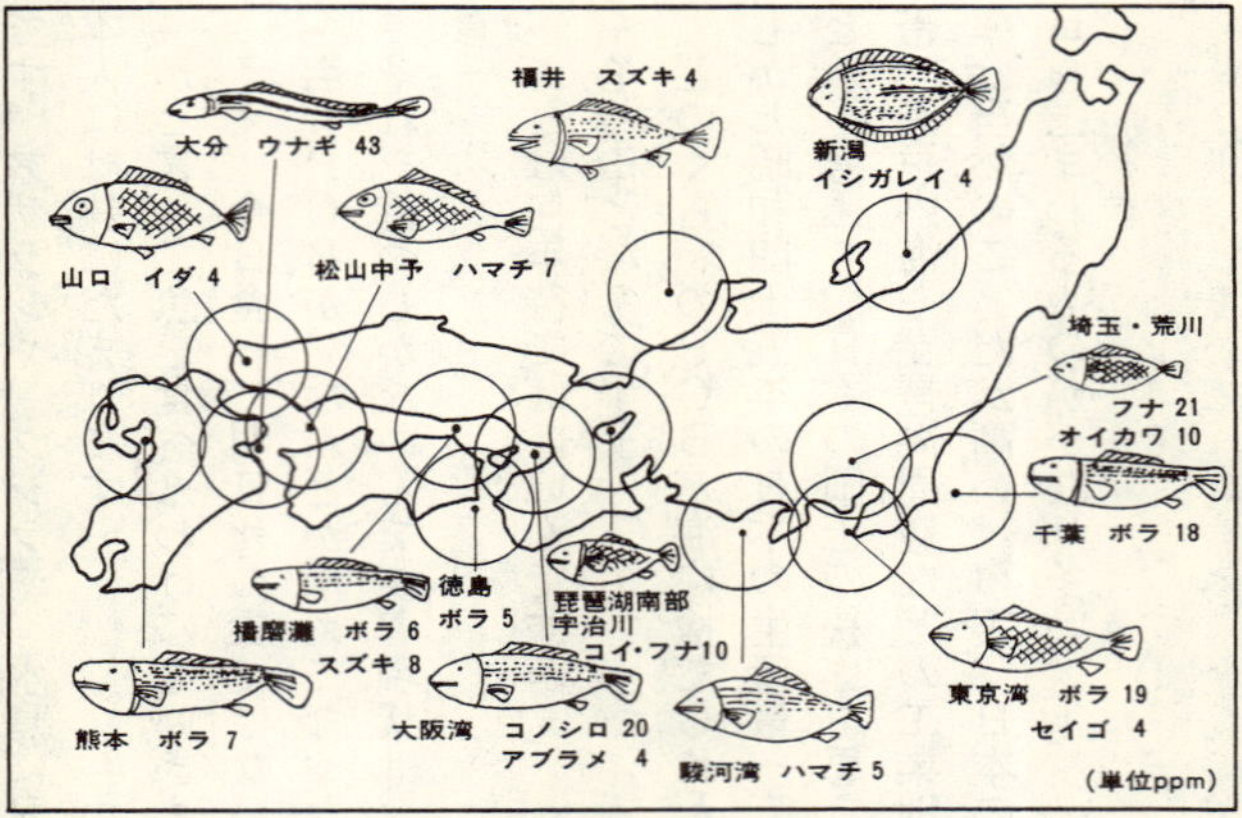

3ppm以上の汚染魚がみられる水域

＊

政府はＰＣＢ汚染魚の暫定基準値を三ｐｐｍ、遠海魚は〇・五ｐｐｍとした（昭和四十七年）。そして三ｐｐｍを上回る魚が見出される場所をＰＣＢ汚染水域と称し（全国で十数カ所という）、今後も精しく調査をするという。

遠海魚の基準値がなぜ低いのか常識では判断に苦しむところだが、この基準値を近海魚に当てはめると日本では食べられる魚が半減してしまうことは想像することが容易である。

が、しかし読者の不安に前以《まえもっ》てこたえておかねばならないのは、カネミ油症事件のような症状は、汚染魚を一日に一キロ以上も食べ続けなければ起らないということである。ただし日本の漁民のことを考えると、都会生活者より魚の摂取量が断然多いから、カネミ油症にならないまでも、その以前でどんな病気になるか想像もできないので、私はただ心配している。水俣で、人間の最初の犠牲者は漁民だった。

ＰＣＢの使用量は、昭和四十五年での単位面積比でアメリカの約十倍。しかも日本人はアメリカ人と違って魚を食べる民族だから、一層事態は深刻だ。

ある化学物質が合成されたあと、慎重な毒性テストが行われ、人体に取りこまれる場合の安全量がきめられ、食品中の許容量がきめられる。それから実用化されるのが本来であるのに、実際はそうではない。

農薬でも、工業原料でも、簡単な急性毒性テストぐらいで、すぐ実用化され、あとは企業の猛烈な生産競争にまかせてしまう。高度成長経済の波にのって、あっという間に日本は世界一の汚染国家になってしまっていたのだ。

横丁の御隠居が、春の空を見上げながら嘆きつつ、こういう質問をしてきた。

「合成という言葉ですがな、どういう意味ですか。昔はなかった言葉ですぞ」

「ええ、私も学校では習いませんでした。私たちは物理や化学では化合物という言葉を使いましたから」

「そうですな、化合物ですな」

「化合と合成と、どう違うのか、いろいろな学者に訊《き》いてみまして、ようやく私なりに理解したのは、物が化合する、人が合成するという違いですね。昔は人工という言葉を使っていたのが、今では合成という文字に変っていると思えばいいようです」

「なるほど」

「これは私だけのイメージかもしれませんが、合成という言葉には大量生産というものを連想してしまいます。合成化学が発達して、人間は首まで合成品に浸って暮すようになってしまったようですよ」

「ところでＰＣＢは、いつになったら海からなくなるんです」

私は解決策のない公害反対運動は意味がないと思っているのだけれど、ＰＣＢに関しては海のＰＣＢを回収することはもう決して出来ないので、御隠居の再度にわたる質問に答えるのは実に心苦しかった。「あと数十年も待たなきゃならないんだそうです」

*

①あなたは魚を食べているか。
②妻が妊娠した場合、子供を産ませるか。
③妊婦にも魚を食べさせるか。
④幼児にも魚を食べさせるか。
⑤赤ちゃんに母乳を与えるか、粉乳を与えるか。

右のような質問を、ＰＣＢ研究にかかわりを持っている学者や厚生省関係者に質問したところ、専門家たちのほぼ一致した返事は、左のようなものだった。

①私は魚を食べている。
②妻が妊娠したら、産ませる。
③妊婦に魚を食べさせるが、量は少しひかえる。しかし内臓だけは食べさせない。
④子供に魚を食べさせるが、内臓は食べさせない。
⑤子供には母乳を与える。

ＰＣＢに関しては、専門家の書いた書物が何種類か出版されていて、書店の公害コーナーに並んでいるから、できればそれを読んで正確な知識を持って頂きたい。

私が今から書こうとしているのは、水銀とＰＣＢ汚染について、マスコミが火がついたように書きたてた一昨年の功罪である。

魚が汚染されている知識を一般の人が持ったのは、無知でいるよりずっといい。世間が騒いだので汚染魚の基準値も早くできた。化学物質審査規制法も、あっさり議会を通過した。

これらはプラス面で評価されていい事柄である。しかしマイナス面で、どういうことが起ったか。

まず主婦たちは不安のかたまりになった。漁民やお魚屋さんたちが大変に困った。Ｐ

ＣＢの汚染は、すぐにカタがつかないのだから、どうすることもできない。都会の人が普通に食べている分量なら食べていてもまず心配ないのだが、質についての知識ばかりで頭が一杯になって、量のことが分らなくなった。都会や農村では魚を食べすぎている人たちは滅多にいないという事実がもっと落着いて報道されるべきだったと思う。

しかし一番いけないのは毎日のように書きたてていた新聞が、まるでブームが終ったようにバッタリ書かなくなった結果、人々はもう海にはＰＣＢが消えてなくなったと誤解していることである。

それよりもっといけないのは、厚生省がマスコミ攻勢で泡を喰ってＰＣＢ汚染の研究に全機関の科学者を動員させた結果、ようやく緒についたばかりだった食肉類の農薬による汚染その他の研究が閑却されてしまったことである。

牛、豚、羊、鶏等の食肉が、農薬によってどれだけ汚染されているか調査していた担当官たちがその研究を途中で放りなげて、みんな魚のＰＣＢへかり出されてしまったのだった。その結果、日本では食肉の農薬汚染について、基準値も何もいまだに定められていない。

農林省は畜産の近代化を高唱して、多頭飼育を推奨した。五、六頭飼うよりも、三百頭以上飼育した方が「儲《もう》かる」という指導をしたのである。

＊＊＊

その結果、どういうことが起ったか。

農家は農協から借金して大がかりな畜舎を幾棟も建て、豚をふやした。鶏もふやした。牛もふやした。そしてたちまち餌《えさ》の自給ができなくなった。

現在大量のトウモロコシがアメリカとカナダから輸入されているのは、飼料会社がこれを買入れて配合飼料を製造販売するためである。

「牛にワラを食べさせていたら、農協の指導員が来て、やめろという。ワラは農薬で汚染されているから、食べさせるのはいけないのだという。たしかに稲ワラには農薬を多量にぶっかけてあるからよ、それで配合飼料を買うことにしたんだが、これが年々値上りするからよ、多頭化しても儲からねえんだ。時には食べた飯代より牛や豚の売り値の方が安いときがあるから。一頭売って何万円の損ということがあるからね。畜舎の掃除やら、病豚の薬代やら考えたら、ひきあわねえことばかりだ。農林省は儲かると言ったが、儲かるどころか赤字ですよ」

こういう愚痴を、随分きいた。

それよりもっと怖《おそ》ろしいのは、家畜の病気が激増している事実である。どうして牛や豚が病気になるのだろう。

第一に考えられるのは運動不足である。私がそうすぐ思いついた理由は、ヨーロッパや東南アジアを自動車旅行していると、必ず牧場地帯で牛の一群や豚の大群が車道を横断するのに出会す。牧場から牧場へ移動する、あるいは夕刻になって牧場から畜舎に戻る途中であったろう。スイスでもそうだった。ドイツでもそうだった。デンマークでもそうだった。何百頭という牛が、首に大きな鈴をつけ、それをジャランジャランと鳴らしながら延々と道路を横断するのを、自動車に乗っている人間たちは、やむなく車をとめ、この家畜の群が通りすぎるのを眺めながら、ただ待つのである。ヨーロッパでは一度も牛の群に人間が混っていたことがなかった。いつも一匹の犬が大きな牛どもを誘導していた。のろまな牛には吠《ほ》えて急がせ、方向違いに歩き出す牛にも吠えて向きを変えていた。面白かったのは三十分もかかって全群を横断させた後で、犬が我々車中の人間どもに向って、さあ進めとばかりに「ワン」と吠えたことである。私たちは朗らかな笑い声をあげながらアクセルを踏んだ。

東南アジアのエリートたちは、舗装の充分できてない野道でもフルスピードで車を走らせる。しかし彼らも豚の一群に出会うとストップせざるを得ない。

「豚を轢《ひ》くと危険なんですよ」

「どうしてですか」

「脂肪（ラード）があるから車がスリップしてしまうんです」

真面目《まじめ》な顔でそう言われたので、そんなものかと頷《うなず》いたが、あとになってこれはいつまでもユーモラスな思い出になっている。

しかし日本の農村で、こんな経験をしたマイカー族はいるだろうか。日本は狭くて小さな国だ。豚も牛も、お散歩なんかさせてもらえない。

＊

日本の牧畜が外国と較べて決定的に違うことは、牛の群や豚の群に散歩をさせる習慣がないことである。これを一概に国土が狭小であるためと言ってしまうことはできない。たとえば一軒の農家に一頭か二頭の牛しか飼っていなかった頃は（近代化が行われる前の日本の農村は、こういう形の有畜農業だった）、農家の人たちは自分の骨休みに乳牛を土手に連れて行って草を食べさせたり、あるいは荷を負わせて山へ上り樹木の下草を食べさせていた。子供がそれをやっていた家もある。牛は子供たちと仲良しで、子供は動物の生態を実地に勉強することができた。

ところが儲かるといって農林省が推奨した多頭飼育では、動物が本能的に必要としている運動のことなどは頭から（農林技官の頭から）まったく無視されていた。広い牧場を持たない農家が、近代化という鳴りものに魅せられて、まず畜舎を建て、そこに牛も豚もニワトリも身動きがとれないほど詰めこむことになった。

十数年前に私はカリフォルニア州で何万羽というニワトリを飼っている養鶏場を見せてもらったことがある。一羽ずつの鶏には個室を与えられていた。ケージと呼ばれる金網でできていて、個室の広さは鶏一羽が身動き出来ないほどの狭さである。見上げれば何十階建ての団地のような工合だった。見渡せば、その団地は遥《はる》か向うまで続いていた。鶏はみな首をカゴから出し、その前には餌《えさ》と水が機械でたえることなく供給されている。餌をつつくのも、水を飲むのもさしたる苦労ではないと思われるのに、鶏の首はどれもケージの金属にこすられて羽がぬけ無惨な赤裸になっていた。彼女らは餌を食べるためにではなく、籠《かご》の鳥である身の上から逃れ出したくて、なんとか首筋ででもケージをこじあけられないかと身悶《みもだ》えしているのだ。

養鶏場は立派に機械化されていた。水も餌も機械仕掛けで昼夜の別なくフル回転していた。何万羽という鶏の団地は更に大きな囲いの中にあった。屋根もあり、天井には電灯があり、これが一昼夜に二度点滅する。つまり鶏は二十四時間の間に、二回も朝と夜を迎える仕掛けになっていたのだ。

彼女らは人工的な夜によって太陽の高い真昼に一度眠り、本当の夜が来るとまた眠る。

そして一日に二度の朝を迎えると、

「あッ朝だ、さて」

というので慌《あわ》てて卵を産む。

何万羽という鶏が、一斉に卵をコロンと産むのは壮観だった。そして白い卵はコンベヤーベルトに乗って自動的に一カ所に運ばれてくる。それは荘厳な光景だった。

私はこの巨大な工場を通りぬけたとき、文字通り鳥肌だっていた。人智の及ぶ限りのところには、神の許さざるものがあるのではないかという気がした。私は信心っけがないけれど、このときは宗教的な気分で心が重くなっていた。日本はこんなことをしていないから幸福だという気がした。アメリカの後でヨーロッパをまわり、農村で放ち飼いしている鶏を見たときは、ほっとしたし、味の違いに改めて驚かされた。

しかし、実はその頃から、日本にも養鶏工場が続々と出来ていたのである。

＊

ケージの中で身動きもせず、ひたすら食べては卵を産むという苛酷《かこく》な労働に励む鶏は、やがてピタッと卵を産まなくなる。これが「廃鶏」と呼ばれることはすでに書いた。産卵用の鶏であるから、肉が旨《うま》いわけではないので、廃鶏は絞めてスープにしてしまう。

その廃鶏をもらってきて放ち飼いしている農村青年のいたこともすでに書いた。土の上を走りまわっているうちに、廃鶏は健康を取戻し、やがて再び産卵を始めることもすでに書いた。

鶏が、工場の中で卵を産まなくなった理由は、あきらかにノイローゼに罹《かか》ったのだといえるだろう。

今では養鶏業者の間では、産卵機能を失った廃鶏には腐植土を与えればいいという常識がゆきわたっている。腐植土というのは完熟した堆肥《たいひ》のことでもあり、農作物のために最も健康な土と同じものである。

食肉用の鶏も、同じように工業化されている。ブロイラーというのが、それだ。身動きせずに食べて寝ていれば、ぶくぶく肥るのは理の当然であって、その結果、私たちの食卓には、歯ごたえのない、無味無臭の鶏肉が大量に送り届けられる。こういう鶏では、「水たき」などというオツな食べ方はできないのであって、近頃アメリカから大挙上陸しているフライドチキンのように、濃厚に味つけして油で揚げるのでなければ人間の味覚は満足できない。

「しかし鶏は飼っても可愛《かわい》げのないものですぞ」

と横丁の御隠居が私に言った。

「何度か飼ったことがありますが、雄鶏《おんどり》が威張りすぎますな。私は男尊女卑を信じて疑わん昔者ではありますが、どうも鶏は平和的でないのが気にくわん。第一、家畜としては品がないです。わが家風にあわんので、飼うのはやめましたな」

「あのオ、今までに飼っていらしたのはレグホンとかコーチンだったんじゃないですか」

「そうです」

「チャボなら家庭的ですってよ。雄鶏がなかなか家族的で優しいそうです。それに、あの種類が一番よく雛《ひな》をかえしますって」

「あなた、詳しいですな」

「聞きかじりですけどね。でも見ただけでもチャボって可愛いでしょう。品もいいし」

「なるほどチャボがいましたな。婆《ばあ》さんや、チャボなら年寄りの手に負えるかもしれないよ。あれは卵が小さいが、たしか味はよかった」

お婆さんが、どこに鶏小屋を作るつもりかと訊いている。御隠居は小型の金網を作って上に屋根を作り、移動式の小屋にしたらいいのではないかと言った。

「この辺は猫が多いので、放ち飼いはできませんからな」

「よろしいですね、鶏は土の中の害虫も食べてくれますしね。それに鶏糞《けいふん》ができるし」

私は畑の作物が御隠居夫婦の排泄物《はいせつぶつ》ばかりでなく、鶏糞も肥料として与えられることに賛意を表した。しかし明治生れの人は偉いなあ。すぐ実行するところは本当に見習うべきことだ。

＊

ところで今から十五年ほど前に、アメリカで牛乳から農薬が検出されたのがきっかけになって、アメリカでは家畜や食肉および酪農食品の農薬汚染が問題になった。アメリカの食品衛生局は、はじめ食品中の残留基準をゼロとしたが、やがてそれでは何も食べられなくなることが分った。そして八年前にようやく牛乳の基準値だけがきめられた。食用肉の農薬汚染による基準値を定めたのは、その後のことである。

わが国では地方の衛生研究所で少数の研究員が、牛肉や牛乳、バタ、母乳の農薬汚染をこつこつと調査し、その結果、汚染度が欧米諸国をはるかに上まわっていることが分った。（昭和四十四年）

ＤＤＴやディルドリンなど有機塩素系農薬の汚染度も高く、とりわけ牛乳の場合ＢＨＣの残留濃度は欧米の二十倍から百倍という数値が出てきた。ここに到って我が国の厚生省は、ようやく愕然《がくぜん》としたらしい。

翌年、厚生省は調査にのり出し、そのまた翌年、農林省はＤＤＴとＢＨＣは全面禁止にしたのだが、なにしろ夥《おびただ》しく農地にぶちこまれた殺虫剤であるし、土の中で何年も分解しないという厄介なものだから、使用を禁止しただけで食肉汚染がピタリと止るわけではない。

肉種	最高 平均別	BHC ベーター	BHC Total	Total DDT	ディルドリン	脂肪 (%)
 牛肉	最高	2.300	2.510	0.410	0.595	31.5
	平均	0.889	1.183	0.197	0.123	14.8
 鶏肉	最高	0.208	0.472	0.937	0.718	14.4
	平均	0.098	0.279	0.795	0.258	11.9
 豚肉	最高	0.100	0.268	0.553	0.309	20.0
	平均	0.055	0.148	0.431	0.141	12.8

肉種別にみた農薬残留度の最高と平均値（単位：ppm）

「どうして牛や豚が農薬汚染になるんですかなあ」

と横丁の御隠居。

「簡単に言えばワラを食べるからですよ。田んぼにまいた農薬は、実よりも葉や茎にたっぷりたまっていますからね。だから、ほら、この表を見て下さい。トリやブタより牛肉の方がＢＨＣ汚染が凄《すご》いでしょう。田んぼにまいた農薬はＢＨＣの方が多かったんですから」

「するというと、トリにＤＤＴが多いのは、どういう理由からですかな」

「飼料用の輸入穀類がＤＤＴで汚染されていたということは充分考えられるでしょうね。それればかりではないでしょうけど」

「ふうむ、危険なのは魚だけだと思ってましたがな」

「それなんですよ」

厚生省は長い間食肉汚染の調査結果をひた隠しにしてきた。しかし牛乳だけは乳幼児に与えるものであるという配慮から、昭和四十六年六月に農薬の残留許容量の暫定《ざんてい》基準が設けられた。

ベーターＢＨＣ　〇・二

ＤＤＴ　〇・〇五

ディルドリン　〇・〇〇五

（ｐｐｍ）

現在ではこの基準を越える牛乳は市販を禁止されている。そして実際に牛乳の農薬汚染はほとんど基準以下と思っていいようである。ＰＣＢが母乳から検出され、マスコミあげて魚のＰＣＢ汚染が大問題になったとき、厚生省は抱えている研究者を総動員した。農薬汚染はそっちのけにして魚肉のＰＣＢ汚染だけの調査に取りかかってしまった。おかげで今もって食肉汚染については残留農薬の許容基準が定められていない。

厚生省というところは、予算がたっぷりもらえない貧しいお役所なのだろうと、しみじみ思う。ちゃんとＰＣＢの係と、食肉汚染専門の研究者を分けておければいいものを、予算が足りないものだから、農薬汚染用の研究費がいきなりＰＣＢの方へ、人員もろとも切り替えられたのだ、きっと。

＊

「農薬が土の中に何年も残っていると、その間は生えてくる稲も野菜も残留農薬を幾分含んでしまうでしょう。土の汚染は待っていれば少しずつでも減っていくのですけれど、家畜の方は逆に生体濃縮を起すので、考えると憂鬱《ゆううつ》になるんです」

「その生体濃縮という言葉、あなたよく使いますが、もう一つ分りませんな」

「あのオ、ＤＤＴもＢＨＣも、ＰＣＢもですけれど、石油から合成された物の多くは油に溶けやすいけれども水には溶けにくい性質がありますので、一度動物の口から体内に入ると、なかなか排泄されないんですよ。ですから、牛にも豚にも、躰《からだ》に残留していくんです」

「肉よりアブラミの方に沢山たまるわけですかな」

「ええ、お米なら糠《ぬか》の方にＢＨＣが多くなるのと同じ理屈ですけれども、動物の場合もっとこわいのは、胎児がどうやって汚染されるのかということなんですよ」

「それも生体濃縮ですか」

「と言ってもいいんじゃないでしょうか。牛なら牛、豚なら豚で考えてみますと、親の食べたものが胎児のお臍《へそ》から入って育つわけでしょう。ところが胎児は生れるまでは排泄しないんです」

「そうですな、羊水の中にぷかぷか浮いてるだけですからな」

「母体なら体内を通りぬけるような毒性物質でも、胎児には濃厚に残留します。水に溶けにくいPCBでも水銀でもBHCでも、ともかく少しは排泄されるものですのに、胎児の場合は、それができない」

「サリドマイドが、それでしたかな」

「少し違いますが、胎児が受ける影響力というのでは、サリドマイド児も、胎児性水俣病も同じですね。親の方は、なんともないのに、生れてくる子供に大きな被害が出てくるんです」

「サリドマイドや水銀だけではないわけでしょうな」

「はい、複合汚染の危険に一番さらされているのは胎児なんです。それも今生れる子供より、十年後、二十年後に生れてくる子供のことを考えると慄然《りつぜん》としますね。今の状態で放っておけば若い母親の肉体は汚染されきってしまいますからね。もちろん若いお父さんだって汚染されているわけですから、精子の方にも異常が出てくるでしょう」

「まったく怖ろしい時代が来たものですな」

「ええ、人間は生れてから受胎できるまでの期間が長いですからね」

「というと、つまり」

「ええ、家畜は受胎から出産、出生から受胎までのサイクルがはるかに短いんですよ、人間よりも。たとえば豚の場合ですと、生れて四カ月で最初の思春期を迎えるんです」

「そんなに早く発情するですか」

「生後六カ月で妊娠させるとして、四カ月後には分娩しますから、一匹の牝豚《めすぶた》は一年そこそこで孫の顔を見ることができます。餌《えさ》の内容が、人間より早く結果に出ます」

＊

母親の体内の残留農薬が胎児に及ぼす影響については、動物実験で明らかになっている。実験は例によってネズミを使って行われたものだが、皮下注射や、口から食べさせるという形の農薬投与が、未熟仔《じ》、早期死亡仔、後期死亡仔などの異常仔をひき起す要因となることが分っている。

家畜の多頭飼育が奨励されたが、農林省の御指導通りに畜舎をたて、何百頭もの牛や豚を飼い始めた農家の人たちが、浮かない顔をし始めたのは、異常出産する仔牛《こうし》や仔豚がふえてきたからであった。

さらに多頭飼育法の最初の壁は、餌の問題だった。

日本の農業はつい戦前まで有畜農業が多く、それらは主として生産労力としての牛馬であったのだが、そうして一戸の農家が一頭か二頭の牛か馬を飼っている頃は、特に牛馬のための飼料を大量に買い求める必要はなかった。野菜畠から出た出来そこないの野

環境	ペニシリンの添加量と体重 (g)			体重増加の平均 (g)
	0 ppm	10ppm	40ppm	
不潔	363, 338, 331, 350	385, 364	398, 367, 412, 419	46
清潔	376, 344, 350, 369	368, 349	383, 354, 369, 392	9

表1：ペニシリンの飼料添加によるニワトリのひなの発育(4週目)と飼育環境との関係

抗生物質	濃度 (ppm)	動物	体重の増加をしめした実験の回数	体重の減少をしめした実験の回数
ストレプトマイシン	45	ニワトリ	0	1
〃	70	〃	1	0
ペニシリン	11	〃	1	0
〃	11	シチメンチョウ	1	0
〃	46	ニワトリ	1	1
〃	46	シチメンチョウ	3	2
オキシテトラサイクリン	25	ニワトリ	3	0
〃	25	シチメンチョウ	0	1
〃	50	ニワトリ	1	3

表2：無菌動物に抗生物質添加飼料を4週間与えた時の体重増加

菜や野菜屑《くず》、台所の残りもの、それから土手の雑草などで餌は充分間にあっていたから、多頭飼育に踏みきった農家は、家畜が大量に餌を食べる事実に直面するまで「儲かる」という指導方針を鵜呑《うの》みにして、その「儲け」のためには農協を通して大量の配合飼料を買わなければならないことには考えが及ばなかった。

「配合飼料って、なんですか」

「家畜の飼料会社がですね、穀類や動物性タンパク、それに防腐剤や成長促進剤を混ぜあわせた商品のことですよ」

「成長促進剤ってなんですか」

「ホルモンと抗生物質」

「えッ、ホルモンと」

「抗生物質ですよ」

「あのオ、ペニシリンとかカナマイシンみ

たいな、ああいう薬のことでしょうか」

「ええ、そうです」

「ペニシリンって炎症を止めるのかと思ってたけど、成長も促進するんですか。戦後の日本で、もやしみたいに背の高い若者がふえたけど、あれはペニシリンのせいですか」

「いやいや、そんなことはないでしょう。まず人間の場合は病気になる前に抗生物質を三度三度食べるようなことはしていませんからね」

「そうすると、家畜の餌に抗生物質が入っているのは、どういう理由で成長を促進するんですか」

「理由は何もありません」

「えッ」

「家畜の成長と、畜舎の衛生を比較した研究があるんですが、畜舎の衛生さえ充分に守られていれば家畜は立派に成長するという結果が出ています。もっとも多頭飼育そのものが衛生的とはいえませんから、抗生物質を餌にぶちこむことになったんでしょうが」

前ページの表が、その資料である。専門家からこれを示されて私は考えこんでしまった。ニワトリを悪い環境で育てて平均五〇グラムの体重をふやすことを考えるより、ペニシリンを使わない方が安上りになると思うのに、どうしてこんなことがまかり通っているのだろう。

＊

私が小説の他に、戯曲を書いたり演出をしたりしていることがあまり知られていないのは、まことに残念なことである。しかし今年は特別、この方面の仕事が多い。一月にはミュージカル「山彦ものがたり」を自主公演した。宮城まり子さん他の十人の俳優を集めて、唄《うた》と踊りでお伽噺《とぎばなし》を幾つも幾つも次から次へ息もつかせず描き出した。大道具も小道具も使わず、役者の肉体と演技力だけで表現するのは、本邦初演でもあったし、とりわけ訓練が大変だったのだけれど、みんな頑張ってくれて、お客さまは詰めかけて下さり大入満員になったし、大人も子供も大喜びして下さった。

おかげでこの夏の日生劇場で再演されることにきまり、俳優十人は再び猛練習に入っている。

何もかも憂鬱なことばかりで、大人にこそ童話のほしい時代でもあり、音楽も振付も大成功したので子供の感覚にも率直に受けとめてもらえると思っていたから、再演されるのは本当に嬉《うれ》しい。

しかしここで私は「山彦ものがたり」の宣伝をしているわけではないので、実は去年の暮にこのミュージカルの稽古《けいこ》中の出来事を書きたいのである。

唄い、踊り、台詞《せりふ》を言うという俳優にとって能力のすべてをしぼり出さなければならないミュージカルであるから、稽古のあとの疲れ方は普通の芝居の倍できかない。

「リキのつくもの食べようよ」

「そうだな、ホルモン焼きに行こうか」

「賛成！」

私は唄いも踊りもしないかわり、鬼の演出家として怒ってばかりいたので、若い彼らと同じように消耗していた。

ホルモン焼きというのは話にきいていたけれども私はまだ食べたことがなかった。若い頃は、なんだかいやらしい食べもののような気がして、誘われても行かなかったし、近頃はそういう店に私を誘ってくれる人は誰もいない。考えてみると私の若い頃は、随分前にもう終っていたのだ。

「ちょっと、私もついて行っていい？」

俳優たちは顔を見合わせた。やっと稽古から解放されたのに、演出家と一緒に食べに行くのはきっと迷惑だったのだろうが、

「ホルモン焼きですよ」

「それでもよかったらどうぞ」

拒否するわけにもいかなかったのだろう。私は黙って彼らの後に続いた。

「ホルモン焼き」と大書したのれんの下っている店の前に来ると、いい匂《におい》が立ちこめて

いた。

「歯は大丈夫ですか」

若い役者が、突然振向いて私に訊《き》いた。

「えッ」

「いや、入歯があると食べにくいんですよ」

「失礼ねえ、私を幾つだと思っているの。私の歯は全部自分の歯ですよ。入歯なんか一本もないわ」

「すみません、ちょっと心配になったものですから」

そんなに年寄りに思われていたのかと、私は大きなショックを受けた。

＊

「いらっしゃいッ」

店の奥で、見るから精力的なホルモン焼き屋さんが、顔から頭の天辺までピカピカ輝かせながら私たちを迎え入れた。店の中はスタンド式になっていて、目の前で串《くし》にさした焼鳥風のものを焼いている。

「シロ下さい」

「僕はまずハツだ」

「僕は先にハツ、それからガツ」

「僕はシロがいいな」

「まず、ビールがほしい」

「僕も」

「私も」

俳優の中に常連がいて、全体にみつくろいでこのくらいと串の数を注文している。

「はいよ、シロ十本ッ」

「ガツ二十だね、はいよッ」

「コブクロもほしいな」

「はい、コブクロ一丁」

私はもうもうと立ちのぼる白煙の中で、串ざしにされた各種のゾーモツが、身をよじり、狐色《きつねいろ》に光ってくるのをしばらく眺めていた。

「あのオ、コブクロって、なんですか」

「子宮ですよ」

「ああ、子宮ですか。それは？」

「ここは大腸だね」

「そっちは」

「直腸ですよ」

「牛の?」

「いや、豚です」

ホルモン焼きというのは豚の内臓を串焼きにしたものの総称であるらしい。私の前の皿に、たちまち数本の串が盛り上げられた。身がジュージューとまだ音をたてている。いかにもおいしそうな香りがした。

「初めてなんですか?」

隣の席の俳優が、私に訊いた。

「ええ、初めて。でも想像した通りだったわ」

私は一串を取上げて、熱いのを一口前歯で抜きとって舌の上をころがした。嚙《か》むと弾力があり、私の好きな脂《あぶら》こさがあって、おいしかった。

「これは何かしらね」

「ガツです」

「ガツって?」

訊いてから、はっとした。変な方に連想がいったからである。みんなが誘ってくれなかった理由や、ホルモンという呼称から、材料の中にはかなり強烈なものも混っているのではないかと一瞬心配になった。が、隣の役者は、火の向うにいる店の主人に大声で訊いていた。

「おじさん、ガツっていうのは胃袋のことだっけ？」

「そうだよ、豚の胃袋だがね、当節はこれが足りなくなって困ってるんだ」

「どうしてですか」

私が訊き返すと、ホルモン焼き屋のおやじさんは真面目《まじめ》な顔をして、答えた。

「豚の胃袋が小さくなっちまったんですよ。十年前は一つの胃袋で十人前以上のガツがとれたのに、この頃じゃ五人分がやっとだねえ」

＊

豚の胃袋がすっかり小さくなってしまった。腸も随分短くなっている。十年前にはなかった現象だという知識は、ホルモン焼き屋さんばかりでなく、養豚業者も、屠畜場《とちくじょう》の従業員も、それから獣医さんたちも等しく指摘するところである。

「どうしてでしょう」

「配合飼料を見たことがありますか」

「いいえ」

「お目にかけましょう」

豚や牛用の配合飼料は、大きな紙の袋に入っていて、どのメーカーのものも例外なく粉末状か、でなければ粒状にかためたペレットと呼ばれるものであった。

「あのオ、牛や豚は、こんなものばかり食べているんですか」

「そうなんですよ。それと水ですね」

「これなら胃袋どころか、歯もいらないんじゃないかしら。どうしてここまで細かい粉にしなければいけないんですか」

「さあ、原料が何か見分けがつかないようにしてあるんじゃないですかな」

「これ、人間の食品にたとえたらなんでしょうね。メリケン粉かしら。でも人間は、パンや麺《めん》類の他に肉も野菜も食べますから」

「人間の食事にたとえるなら、配合飼料はおじやですよ、何が入っているのか分らないほどぐたぐたに煮とかしてあるおじやです」

「離乳食みたいなものですね。でなければ病人用のメニューだわ」

「そこにホルモン剤と抗生物質と防腐剤ＡＦ２の親類がぶちこまれているんですよ」

「病気にならないうちからですね」

「ええ、おまけに狭いところへ詰めこまれているんですから病気にならない方がどうかしていますよ」

　人間が生れてから思春期まで、三度三度歯ごたえのないおじやを食べさせられ、満員電車のような生活環境に昼も夜もおかれていたらどうなるだろう。そしてその中にはＡ

Ｆ２と同じニトロ基をもった防腐剤が、豆腐の中のＡＦ２よりはるかに多量に入っている。そしてなんの病状も現れていないうちからペニシリンに類する抗生物質を毎日食べさせられているのだ。

殺虫剤が、一匹も害虫の出ていない田畑に、まるで予防薬と同じように大量に散布されている農地の現状と、配合飼料の中に入っている抗生物質とは、まるで判で押したように同じパターンを持っている。必要でもないところに、必要以上に使われている理由は、いったい何なのだろう。

クシャミも咳《せき》も出ていない子供に、毎日食事の度に風邪薬を飲ませていたらどうなるか。子供は間違いなく病気になる。人間の食品には全面禁止になったＡＦ２は、生物の遺伝子染色体に異常を起させ、つまり奇形児の生れる原因になるから、厚生省も禁止に踏みきったのだが、ＡＦ２と同じニトロ基を持ったフラゾリドンなどの防腐剤が配合飼料の中には大量に投入されている。

そこで豚は病気になった。奇形仔《きけいじ》が生れている。奇病の報告があちこちで発表されている。

*

牛や豚に自分の家の田でとれた稲ワラを食べさせていたら、農協の指導員がとんできて、稲ワラは農薬の残留汚染があるから家畜に食べさせてはいけないと言う、という話は前に書いた。

そのかわりというので金を出して買った配合飼料には、おそろしい防腐剤と抗生物質が入っているのだから、畜産農家はまったくもって災難というものだろう。

農林省に奨励されて多頭飼育に踏みきった人々が、来る日も来る日も畜舎の清掃をしながら、せっせと農協を通して運ばれてくる高価な配合飼料を牛や豚やニワトリに与えるという作業に従っているのは、まるで配合飼料会社の支配下にある工場で働いているようなものだ。会社の都合で飼料が値上りしても文句を言うこともできないのである。

化学肥料と農薬の使いすぎが、却《かえ》って田畑に病虫害を多発させているのと同じように、多頭飼育と配合飼料という企業のためにこの上ない便利な仕組みは、家畜を病弱にしてしまった。

たとえば屠畜場に運びこまれる食用豚の六五パーセントが胃ガン、胃カイヨウその他の胃病にかかっているという。豚は家畜の中では一番人間に似た神経を持っているというから、神経を病んで胃病になったのだろうと私はお気の毒に思った。

あんなコナゴナの餌ばかり食べさせられていたのでは、胃袋も小さくなってホルモン焼き屋がガツの払底に嘆くのも無理はない。その後この道の食通に聞いたところでは、昔のホルモン焼きのシロもガツも、もっと分厚くて味わいも深いものがあったという話である。咀嚼《そしやく》の必要も、胃腸でこなれさせる必要もないような食餌《しよくじ》なのだから、豚の腸だって短くもなろうというものだ。長い腸をゆっくり時間をかけて通りぬける必要がないのだから。

「あのオ、胃ガンや胃カイヨウになった豚のことですけどねえ、そういうのはどこでチェックされているんでしょうか」

「食肉処理場つまり屠畜場には食肉検査員がいます。みんな獣医師の資格を持った公務員です」

ということだったので、私はある日、ある県の私営屠畜場へのこのこ見学に出かけた。ミュージカル「山彦ものがたり」の稽古から、こういう事に発展したのは、すべて私の旺盛《おうせい》なる探究心からであるのだが、それにしても私が食肉処理場へいきなり入って行っても大丈夫かしら。実生活では魚一匹おろしたことのない私が。

牛豚の食肉処理場は、想像したより清潔そのもので、皮をはいだ枝肉がずらりと吊下《つりさ》がっているところなどは、こわいというより美しいと言った方が当った表現だった。私は純白の作業衣を着た検査員に次々と質問した。

「あのオ、どうやって病気の豚を見わけるんですか」

「臓器を見れば、一目で分りますよ」

＊

屠畜場の条件によって多少の違いはあるかも分らないが、一人の検査員が検査する食肉の数は、豚で一日百頭前後というところらしい。それでもベテランになると一睨《ひとにら》みで胃カイヨウも肺ガンも見分けることができるというから大したものだ。

「ごらんになりますか」

「はい、お願いします」

おっかなびっくりついて行ったら、一抱えもある容器に、びっしり「一部廃棄」になった内臓が入っていた。

「これが牛の肺です」

「ハイハイ（我ながら下手な洒落《しゃれ》だ）」

「切ってお見せしましょうか」

「この肺は、なんですか」

「シュヨウですね」

「ハイシュヨウですか」

小さいが鋭い刃物の先で、赤黒い肺臓の先を切りひらいてもらっても、私はその方面の知識がないから、さっぱり分らない。

「おい、これは膿瘍《のうよう》だよ」

「そうだな、膿瘍だな」

「ノウヨウって、なんですか」

「ウミって字を当てるんですよ。ほら、この黄色いところが膿ですよ」

なるほど赤黒い肺臓の先を切ると、黄色い斑点《はんてん》が現れ、上から押しつぶすと黄色いウミがトロリと外へ出る。

「ちょっと、やらして下さい」

私は右手に刃物を持って、そこにある内臓を次々に切ってみた。するうちに切って異常のあるものは外見も色や形が違うことに気がついた。

「これは何ですか」

「豚の胃袋です」

これだな、ガツの本体は。私は白い内臓をしげしげと眺めた。

「この胃袋は、どこがいけないんですか」

「ええ、カイヨウができてますね」

「どこに」

「それですよ」

胃袋のまん中に、ぽこんと大きな穴ぼこが出来ている。直径四センチもある大きなく、ぼみが。これが胃カイヨウか。

私はピンセットの先で、ぐりぐりとかきまわしながら訊《き》いた。

「あのオ、この豚は、どうなるんですか」

「どの豚ですか」

「この胃袋がくっついていた豚です」

「食肉の方は、あちらで別の検査員が、肉のつき工合や脂《あぶら》の多少で、肉の等級をきめるんです」

「あのオ、こんな立派な胃カイヨウでも、豚の肉の方は検査を通過するんですか」

「そうです。内臓の方は一部廃棄しますが、食肉の方は、枝肉として等級検査をやるんです」

「あのオ、胃ガンや肺ガンは……」

「ありますよ。おい、さっきの、あれ肺ガンだったろう。もっと下の方だよ、それだ、それだ」

胃ガンも肺ガンも直腸ガンも、内臓は病気の部分を「一部廃棄」するだけであった。屠場に運ばれる豚や牛の六五パーセントから七五パーセントが一部分だけ廃棄されている。どんな重症のガンやカイヨウがあっても。

百匹のブタなら、その中の六十五匹のブタが胃カイヨウや、膿瘍などの内臓疾患にかかっていることを知り、現実にぽっかり穴のあいた小さな胃袋などを見てしまうと、前には目のなかった牛肉も豚肉も、とても食べる気が起きない。困ったなあ。嫌やだなあ、病気のブタなんて、肺ガンの牛なんて、私は食べたくないと思うけど、揚げたてのトンカツに向って、

「あなた、胃カイヨウでしたか」

と訊いても答えてくれないのである。

店頭で売られている牛肉でも豚肉でも、上肉とナミ肉の区別さえ素人《しろうと》の見た目では分らないのに、ましてその肉が御生前は健康であったかどうか見極めることなどできるものではない。

＊

去年の九月三十日、消費者運動をしている人たちが、「健康な家畜の肉が食べたい」「抗生物質を使ってほしくない」「家畜の体内で種々の毒物に変化するニトロフラン系薬剤を全面禁止してほしい」というごく常識的な願いをもって農林省に出かけて行った。

農林省側からは流通飼料課の金田課長が出て応対した。このときのやりとりが「消費者リポート」に収録されているのだが、これを読んでいて、まったくぎょっとさせられ

たのは次の問答であった。

金田課長「(豚に) 胃カイヨウがあっても効率が高いということではいけないのですか。胃カイヨウでも農家の収益が高くなればいいというものではないですか」

この課長さんは「経済性か安全性かでは、われわれとしては経済性が第一だ」という正直な発言をなさっていて、経済成長という日本国政府の高く掲げていたスローガンを忠実に実行している有能な官吏なのであろうと思った。

豚が胃カイヨウにならないような飼い方を指導した方が、畜産農家も生活が安定するのではないかという質問に対しては、

「肉と関係がなければいいだろう。胃カイヨウは別に遺伝するわけじゃない。伝染するわけじゃない。胃カイヨウの豚は、うまいといいますよ」

私がキモを潰《つぶ》したのは、実にこの傍点をふった一言であったのだ。

来る日も来る日も消費者が押しかけて、やれ耐性菌が累積《るいせき》するのではないか、とか、やれ染色体異変が起るのではないか、などと、農林省サイドでは推定としか思えない苦情の相手ばかりしている方の立場はお察しするものの、「胃潰瘍《かいよう》の豚は、うまいのダ」と開き直られたのでは、農林省にお願いしても家畜の健康は無視されるのだと判断するしかない。私たちは当分のあいだ、

「まあ、このポークソテーは、おいしいわ」

「きっと病気だったのでしょうね」

「胃潰瘍だったのかしら」

「こんなにおいしいところをみると、胃ガンだったんじゃないかしら」

などという会話をたのしむ他はない。

＊

おいしい牛肉やニワトリの肉を作るために、さらに効果のあるのは女性ホルモンの合成品である。これが配合飼料の中に成長促進剤として抗生物質と同じように混ぜこまれている。食肉用の牛や豚やニワトリを早く肥らせるため、ということになっている。

「女性ホルモンを与えると、どうして肥るんでしょうかね」

「家畜が去勢されたのと同じ効果を持つんですよ」

「…………」

「普通の雄牛より脂ののった柔かい牛肉がとれるんです」

「その肉を人間が食べるとどうなりますか」

私は質問すると同時に、あっと声を出していた。思い出したのだ。一九六〇年ローマでオリンピックがひらかれたとき、家畜に与える女性ホルモンで人間がおかしくなった話がヨーロッパのマスコミでは大々的に報道されていた。鶏肉の値段が暴落し、イタリア名物の鶏料理を、男たちは気味悪がって食べなくなっていた。

なにしろニューヨークの有名レストランのコックさんの乳房がふくらみ、いろいろ女性的特徴を持ち始めたというニュースなどが面白おかしく書きたてられていたのだ。

私は女だったし、長くイタリアに滞在するわけでもないので、平気で毎日のようにおいしい鶏を食べ続けた。それは、まったく、おいしかったのだ。しかし女性ホルモンだからといって、女性にとって必ずしも安全であったとはいえないことを知った今は、ぞっとして思い出す。何度も書いたように、人間の肉体について医学で分っている部分は本当に少いのだ。殊に性ホルモンに関していえば、分ってないことが大変多いと言ってもいい。飼料の中に女性ホルモンを入れていた鶏の廃棄物（頸部《けいぶ》や内臓など）をミンク（毛皮コート用の）を飼育するのに餌《えさ》として与えたところ、一時的に不妊になったという報告が出されている。人間に奇形児の出産がふえている原因の一つに、お母さんの服用したホルモン剤が疑われている場合が多いことを思うと、家畜用飼料に女性ホルモンを入れるのは、なんとしてもやめて頂きたい。農林省の金田さん、もう一度考え直して頂けませんか。

五年前のことだが、スウェーデンはアメリカに対して、ホルモン剤でふとらせた動物の肉は輸入しないという通告を出した。実験動物の発ガンが証明され、さらに人間にとってもそれが発ガン物質であるという臨床例が報告されたからである。そして世界で少くとも二十カ国が、この家畜の成長促進剤を使用禁止にしたのだったが、わが日本では、ようやく去年の二月、農林省事務次官通達で、女性ホルモン（エストロゲン類）は「要指示薬」と定められた。獣医師の指示なしには使えないという通達である。

「ところが日本の獣医師法というのは、いい加減なものらしくて、配合飼料の会社は、自分のところの診療所でお抱えの獣医に指示させ、つまり野放しで使っているのです」

「いやですねえ」

＊

横丁の御隠居は眉の間にタテの皺《しわ》を寄せて、重々しく言った。

「しかし、どうしたらいいもんですかな」

と畜産行政の方法論について深く思いを致している。いくら御隠居さんが自給自足をめざしても東京の住宅街で豚や牛を飼うことはできない。

「これをやれば儲《もう》かる、これなら金になるというのが農林省の指導の仕方で、農家の人たちにすっかり商人のような投機の感覚を植えつけてしまったんですね。しかもインフレで食肉は値上りする、当然買う方は手控える、売れなくなるから豚は買いたたかれるわ、配合飼料の方は容赦なく値上りするわというんですから、養豚業者は頭をかかえていますよ。近所の人たちからは、臭いの公害だのって騒がれるし、気の毒ですよ」

「なんとかならんもんですかな」

「単作農家に数匹ずつ豚を分配して有畜農業に切りかえれば、畜舎から出る糞尿《ふんにょう》と稲ワラで、有機質を循環させることができますから、農家の生活は支出面で安定すると思います。畜産一本槍できた人たちも、家畜の数を減らして田畑を持てば、飼料を全面的に外から買わなくてもいいし、秋に収穫の終った田んぼに豚を放してやれば、豚は運動ができるし、稲株を食べて土を掘り、整腸剤のかわりに健康な土を食べることができるでしょう」

「実に単純明快ですな、あなたの話は」

「有機農業が目指しているのは、少数の家畜を使って、米も麦も豆も野菜も自分で作り、まず農家自身が自給自足の体制作りをすることなんです。有畜農業で、多角経営する、というんですよ」

「昔の農業と同じですな」

「有機農業を原始農業だと悪口言ってるバカがいますが、原始農業というのは焼畑式ですよ。反論する気にもなれませんね」

「しかし小規模にはなるでしょうな」

「ええ、日本は小さくて狭い国だという認識を正確に持てば、有畜多角経営農業以外に農民の幸福を末長く保障する方法はないと私は思いますよ。大農場方式が地力低下を来しているのは農林省も認めている事実ですもの」

「農民の幸福がそれで守られるとして、われわれ都会に住んでいる人間はどうしたらいいんですか」

「マスコミが書いているような食糧危機がきたら、都会の人間から飢え死にするのが本来ですね。スイカやメロンばかり作っている農家が農薬で病気になって死ぬより、まともでしょう」

「あなたは東京の人間なのに、農家の利益ばかり考えているようですな」

「ええ、私は農本主義者です。どんなに科学が発達したって、人間は土から育った物しか食べられないんですからね。農家がまず健全に生きて、生産する者の強みを自覚して、誇を取戻してくれればと、それればかり願っています」

「食糧危機がきたら、都会の人間はどうしたらいいんですか」

「買出しに行くんですね。きっと、間もなくそうなりますよ」

＊

「でもねえ御隠居さん、有機農業を江戸時代に逆行するものだと言う人は、かなりの専門家の中にもいるんです。百姓は四つん這《ば》いして働けと言うのかってね」

「そういう投書がありましたな」

「変でしょう、そういう言い方は。農耕機械は随分進歩して、田植も、刈取りも、腰をまげずに出来るんですよ。除草機っていう便利なものも出来てるんです。農地解放で地主という搾取《さくしゅ》階級はいなくなっている。どうしてこれが江戸時代です」

「なるほど」

「品種改良の技術は、江戸時代とは比較になりません。もっとも戦前までの話ですけど。農作物の品種改良は、病虫害に強く、量産のできる、味のいいもの、栄養のあるもの、という方向で進められていて、多分その技術水準は日本は世界一だったかもしれないいんですよ」

「ははあ」

「それが、戦後の、しかも近年の農林省や業者たちが農家に奨励している改良品種というのは、見た目が綺麗《きれい》で、大きくて、珍しい色や形、そして怖《おそ》ろしく病虫害に弱いというのが特色なんです」

「品種改悪ですな、それでは」

「その結果が肥料と農薬の使いすぎ、農家に病人続出という現状でしょう。奨励品種は日本全国の農家がやり出すから、二、三年目には生産過剰で買い叩かれる。農家はちっとも儲かっていないんです」

「そこで農林省は別のものを奨励するので猫の目行政と言われるわけですな」

「御隠居さんも詳しくなりましたねえ」

いいお天気が続いている。庭の隅に移されたツツジが満開だった。

私は今から十年前、北京に半年住んでいたときの見聞を、花を眺めながら、御隠居さんに話し出した。やがて話は中国の養豚法にまで及んだ。

「ちょうど下放《シャファン》運動といって、都会人が農村へ一時期手伝いがてら見学に行くという方式が確立された時期でしたから、都会の人たちが見てきた農村の話を面白そうに、体験談を織りまぜて喋《しゃべ》ってくれたんですよ」

「あれは強制労働ではなかったんですか」

「さあ、少くとも私の接した限りの人々は北京に生れて北京で育って、お金を出して食物を買う生活を代々してきた人たちで、それが実地に米でも野菜でもどうやって作るのか見てきて、新鮮な感動を持ったようでしたね。養豚の話なんか、私は聞くだけでも面白かったわ」

「どういう話です」

「豚の餌と、人間の餌とぶつかるものが多いんですよ。豚のために人間さまが穀類を作るのはばかばかしいという議論も出たらしい」

「なるほど」

「八億も人口がありますからね、食糧問題は深刻です。常に人間と豚がエサの奪い合いをするような工合で養豚は伸び悩んでいたんです。あの国は自力更生がスローガンですから、外国から家畜用の穀類を輸入するという日本のようなことはしていません。そして、遂に結論が出たんです、人間と豚は別々のものを食べるべきだ、とね」

＊

食糧危機は開発途上国では、別段こと新しい言葉ではない。インド、パキスタン、エチオピア、バングラデシュ、ウガンダ、フィリピンなどでは毎日のように餓死者が出ているというのに、日本では外国から穀物を高い値段で買い占めて、それを人間が食べるならともかく豚やニワトリの餌にしているのだ。いったい、こんなことがいつまで許されるというのだろう。

戦争をしている国々で栄養失調で死んでいく子供たちの悲惨な記事をのせている同じ新聞に、ミカンが出来すぎたから竿《さお》で叩《たた》き落している柑橘《かんきつ》農家の写真が載っていたりする。キャベツや白菜が出来すぎたというので、農協が買いしめてブルドーザーで踏みつぶしたり、去年の秋は豊漁で鹿児島の漁協や網元が却って破産しかけたとか、どうしてこう何もかも滅茶《めちゃ》々々なんだろう。ミカンだってキャベツだって白菜だって、豚や牛にとってはこの上ないごちそうだというのに、豚や牛には外国からわざわざ穀物を買い与え、生産過剰という農作物は捨てる、落す、踏みにじる。

「中国では穀類は人間のエサであって、豚の食べものではないという結論が出されましてね」

「ははあ、すると豚は何を食べるんですか」

「穀類の葉と茎と根やサヤです」

「なるほど、豆と豆殻を別にするわけですな」

「ええ、ジャガイモの葉とクキ、カボチャの葉とツル、つまり農作物で人間の食べない部分は全部、豚の方にまわせっていうことなんですよ。指導書というか各地の人民公社の体験的成功譚が印刷されて配布されているようでしたね」

タンポポ、稗草《ひえぐさ》、ひまわり、菊芋、のうぜんかつら等の野草や雑草。梨《なし》、楡《にれ》、柳、ユウカリ、芭蕉《ばしょう》などの樹の葉。こうしたものも豚の餌として奨励されているのだと話すと、御隠居さんは入歯の入った口のまわりを撫《な》でながら顔をしかめて、

「なんでも中国のやってることなら良いという昨今の風潮は、私はどうも感心しませんな。木の葉やトウモロコシの皮などを、豚が喜んで喰いますか。味も何もないでしょう。第一、消化が悪いから胃も腸もたまったものじゃないですぞ」

と、まるで自分が食べなければならない立場に立ったように言う。

「ええ、私もねえ、人間がきめたように、そんなうまい工合に豚の方が納得するものかしらと思ったんですよ。トウモロコシの葉っぱや茎なんて、いくら豚だって喜んで食べ

るものかどうか」

「まったくですぞ」

「ところがですね、そういうものをいきなり豚の飼料にするんじゃなくて、いろいろな方法で醱酵《はっこう》させて、豚の口にあうように味付けをするんですって」

「いろいろな方法って、なんです」

「本当にいろいろなんです。中でも傑作だと思ったのは海水醱酵法というのでした。海水が六に淡水が四の割合で混ぜて、容器の中に野菜屑や雑草などを突っこんでおくと、二日ぐらいで醱酵して、香りのいい結構な飼料が出来上るんですって」

＊

海の水を淡水で割って、そこに繊維質の強い植物を浸しておくと、温度が摂氏四十一度に上り、適当に醱酵するというのは、聞いただけでは狐《きつね》につままれたように話がよく出来すぎている。

しかるにこれを日本の専門家に話してみたところが、

「ああ、それは醱酵するでしょう」

と、こともなげに仰言《おっしゃ》る。

「なぜですか」

	昭和48年の47年に対する割合(金額)	数量の増加率
 肉類	2.4 倍	1.3 倍
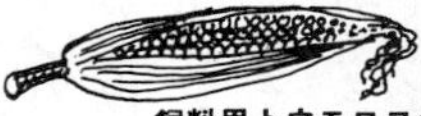 飼料用トウモロコシ	2.0 倍	1.3 倍
 小麦	1.8 倍	1.1 倍
 大豆	1.6 倍	1.1 倍

「海水の塩分で、ある種のバクテリアが死滅し、残りのバクテリアが繁殖するんです」

「不必要なバイ菌はなくなって、有益なバクテリアが植物を腐植させて食べごろにするわけですか」

「そういうことですね」

　どうして分っているのに日本では、そんな簡単な飼料作りもやらずに、濃厚飼料（つまり穀類のこと）を八〇パーセントも外国から輸入しているのだろう。そして外国の穀類は昭和四十七年と四十八年を比較しただけでも倍近い値上りを示しているのだ。（上の表参照）

　しかし日本の養豚業者たちも、みんながみんな配合飼料会社の思惑通りになっているわけではない。なにぶんにも買った飼料で乳牛がバタバタ死んだり、仔豚《こぶた》が死んだりという例があって、調べてみると「石油化学合成飼料をふくむ配合飼料を生理上の適応性をこえて与えたため」だと農林省が発表したりする。それが石油タンパク反対運動の大きなキメテになったといっていい。

人口爆発だとか食糧危機だとか、国連が音頭とりしているスローガンにまどわされて、将来のために人工タンパクを開発しなければならないという理屈を押しつけようとしても、日本の現状ではそれは通らない。食糧資源の不足を考えるなら、どうして米が余ったとき減反政策などを打ち出したのか。昭和三十六年から四十八年までの間に農地を四十四万ヘクタールもとりつぶしておきながら、一方では食糧資源の不足にそなえて石油タンパクの開発をするというのでは話にも何にもならないではないか。

去年一年間だけでも、農地は八万ヘクタールも減っているのだ。

日本の農家が持っている田畑は平均して一ヘクタールだという。すると去年は八万の農家が離農したことになるのか。

そして農地であったところに工場が建ち、住宅が並び、ときにはレジャーセンターが出来上っている。そういう場所に限って、農地としては条件もよく地味も肥えた優良な田畑であった。

こんな話をすると横丁の御隠居は、ゴホンと咳《せき》をしてから慨嘆する。

「農林省というのは、ないも同然ですなあ。農地法というのは日本の人口に必要な田畑を確保しておくのが目的ではなかったんですかなあ」

世界各国の穀物自給率の比較(パーセント)		
	昭和35年	昭和47年
アメリカ	134	140
カナダ	168	179
フランス	119	163
イギリス	52	65
西ドイツ	84	83
EC九ヵ国	78	90
日本	83	43

日本の主な農産物自給率(パーセント)		
	昭和35年	昭和47年
小麦	39	5
大麦・裸麦	107	18
豆類	44	13
濃厚飼料	67	36

「農地が工場になるなんてねえ、農林省というのは通産省の下部機構みたいでしょう」

＊

昭和三十五年から今日までの、たった十五年間で、穀物の輸入量は急増している。それにつれて(当然)日本の食糧自給率は激減している。外国の穀物自給率と日本の場合を比較してみよう。上の表を見て下さい。

どこの国でも食糧自給率がふえているのに、日本だけがおそろしいほど減っている。昭和四十七年までの資料しかないけれど、去年と一昨年の分がもしここへ数字で出せたら、もっと怖ろしいことになるのではないだろうか。

これが政府の自画自讃する高度成長経済の実体なのである。工業化へとまっしぐらに突き進んだ結果、農村は農地と同じように疲弊してしまった。まず人口が工場へ奪われ、外国の大農場から安い穀類がなだれこめば、日本人の手造り式（どんなに機械化され近代化されても肝心の農地が狭いのだから、アメリカやカナダの大農場のやり方には及ばない）で育てあげる小麦や大豆は値段も労力から考えても、とても太刀打ちできない。

安いものに飛びついて買っているうちに、日本人の主食の座はいつの間にかパンや麺《めん》類にとってかわられそうになっている。原料の小麦はほとんどは輸入品である。日本の味をほこる味噌《みそ》汁《しる》でさえ、自給しているのは水だけなのだから悲しくなってくる。

「こうなれば外国にとって食糧は戦略物資ですよ。売らないぞと言われれば、日本はお手あげなんですから」

「しかし、よくそれだけのものを買う金があったもんですな、日本に」

「自動車と、船なんですよ、ね。日本の外貨収入の大きいところは。年間六十億ドルといいますが」

「ほほう、六十億ドル」

「それがそっくり輸入食糧のお値段と同じなんです」

「本当ですか」

「ええ」

私たちは自動車産業と造船業のおかげで、パンとラーメンを食べている。

「豚もですな」

と横丁の御隠居が言う。

「ええ、ニワトリも」

それから私は滅入《めい》ってくる気持をふりはらうために、日本の養豚業者の中で、健康な豚を飼う方法を自分たちで工夫している人たちが日本のあちこちでもある話などをした。豚小屋の中で糞《ふん》がそのまま醱酵し完熟堆肥《たいひ》になるように工夫しているところがある。豚はそれを食べて育つ。水と少量の植物質を補うだけで、楽に豚を育てることができるという夢のような話である。

「そんなことは昔なら耳新しい話じゃないんですけど。日本のある地方では、便所の隣が豚小屋でしたよ。仔豚を土の中に穴を掘って入れ、残飯と便所から出るもので飼育していた国もあるんです」

横丁の御隠居は、養豚にはもう興味を示さなくなって、

「そうですか、自動車ですか。自動車と船でしたか、日本を支えていたのは」

「その自動車もねえ、今は大変なことになりました」

「排気ガスでしょう」

＊＊＊

もう何年前のことになるだろうか。どこかの地方都市で、奥さんが夫の浮気の現場をおさえてやろうと思い、車の後部トランクに身をひそめていた。それとは知らぬ夫の方は、その車を運転してどこへ行ったのか。ともかく外出して、帰宅して、何かを探すためにトランクを開けてみたら、妻が中で死んでいた。車の排気ガスがトランクの中に入り、奥さんは中毒死していたのである。

このときどの新聞でもこの事件を、「妻の嫉妬《しっと》」という興味本位の記事に仕立てあげていたが、書いた記者たちはみんな男で、自分が浮気をするのに都合のいいように、女の浅はかさに焦点を当てていた。私はその記事の書き方を苦々しく思っていた。

人間が、死んだのだ。排気ガスで。

それは排気ガスが毒ガスだとはっきり立証した事件ではなかったか。

私は、男の浮気と妻の嫉妬という三文記事に仕立ててしまった連中が、本当に腹立たしかった。第二次世界大戦でナチスがユダヤ人を虐殺《ぎゃくさつ》したとき、最初に使った毒ガスが、排気ガスだったという話を思い出したからである。ユダヤ人の婦女子を収容所へ運ぶ途中で、専用トラックの排気ガスをトラック内部に送りこみ、収容所へ着くまでに

殺してしまう仕掛けをした。(一九四二年)

私が排気ガスの毒性について、俄《にわ》かに勉強を思いたったのは、この新聞記事がきっかけだった。

いったい排気ガスって、なんだろう。

私は日本で最もこの問題について詳しい学者を探し、その方のお宅へ突然お電話をした。奥さまがお出になって、私が名を名乗るとびっくりなさって、

「あなた、有吉佐和子さんから電話ですよ」

と、前日国際会議から日本へお帰りになった御主人を揺り起した。

「なにイ、有吉佐和子?　冗談は、よせ」

飛行機で外国から帰ってくると時差の加減で体調を元に戻すには時間がかかる。それに睡魔に取押えられていなくても、専門家にとっては排気ガスと私の名前が咄嗟《とっさ》につながるものではなかったろう。

「どうしても起きませんのよ。また後ほど御連絡下さいませんか」

私は面識もないのにいきなり電話をした非常識をお詫《わ》びしてから、紹介して下さった方のお名前と、私の用件を奥さまに申し上げた。そういうことなら、研究室の方へ午後お出かけ下さいということで、お約束をして頂いた。

「やあやあやあ、本当ですなあ。私は家内が冗談を言ったのかとまだ思ってましたよ」

研究室に顔を出したら、相手の方はいきなり笑い出した。私はもう一度いきなり不躾《ぶしつけ》にお電話したことをお詫びして、私に分るように説明して頂けるでしょうか、とおそるおそるうかがった。

「よろしいですよ。では、始めますかな」

大きな黒板が用意されていて、チョークを取上げると、学者はいきなり黒板一杯に化学記号と、化学構造式と、化学方程式を書き散らした。

「学生時代に戻ったおつもりで、いいですか」

冗談じゃない、私が学生だったのは、もう二十年以上も昔のことである。戻れといったって、戻れますものか。

＊

お講義が始まると間もなく私は悲鳴をあげた。

「あのオ、先生、何も分りません」

学者は私を振返って、のけぞるほど驚いていらっしゃる。

「えッ、これが分らないんですか」

黒板を叩《たた》いて訊《き》き返されたから、

「はい、分りません」

と、私は堂々と胸を張った。

「そうですか、これが分りませんか。それはいけませんな。よし、それでは」

勢よく黒板の化学記号を消し去って、再びちょっと調子の変った方程式が又もや並びに並んだ。私は当惑した。

「あのオ、申訳ありませんが、やっぱり分りません」

「えッ」

「もう少し普通に話して頂けないでしょうか。無理なお願いとは承知していますが」

「いやいや」

専門家は額に手を当て、溜息《ためいき》をつきながら、しばらく心を鎮めていらした。

「いや、危険だという市民の直感を理論づけるにはですね、化学は複雑すぎるのが現状なのですよ」

「あのオ、あまりにも化学が高度に発達しすぎたので、素人《しろうと》に分り易《やす》く説明するのは無理な相談だということでしょうか」

「いやいや、素人にも分って頂かねばならない事態が来ているのですから、もう一度やってみましょう」

ようやく気を取り直して、学者先生はもう一度黒板の前に立上った。

「ええ、ガソリンというものはですね、石炭と同じで、つまり全元素が含まれていると考えていいのです。これで、どうです、分りませんか」

「分ります、分ります。そういう説明なら、よく分ります」

「自動車を動かすガソリンが燃焼すると、いろいろな反応がおきて、さまざまな化合物を作り出します。分りますか」

「はい、分ります」

しかし凄《すご》い話だなあ。ガソリンには全元素が入っているのか。自動車というのは一台でも動く工場と見なしていいのだが、走る間にガソリンは数限りない化合物を産み育て、吐き出してしまうのか。日本人の口と鼻から体内に入る毒性物質の数は、数百種というのも、この排気ガスの説明だけで納得できるというものである。

「このさまざまな化合物の、量と質が問題になっているわけですね、よろしいですか」

「はい」

量と、質と。

安全性をはかるマスメは、いつも量と質なのだ。洗剤でも、農薬でも。

「そこで排気ガスの主成分ですが、第一に炭酸ガス、次に一酸化炭素、次に窒素酸化物、それから煙という粒子状物質、それから炭化水素です」

「排気ガスだけでも複合汚染ですね」

「そうです。これらの総合影響力については、調査する能力が日本の官庁にもありませんし、外国にもないんですよ」

＊

排気ガスの毒性について、個々の化合物の分っている影響だけ一通り書いておこう。
一酸化炭素については生態系つまり生物界には全体としては大きな影響がないと言われているが、しかし人間は、別だ。

「本当ですか」

「血液中のヘモグロビンと一酸化炭素が結びついたものがヘモグロビンの一〇パーセントを越すと頭痛を起します」

「ああ分ります、選挙のとき経験しました。猛烈な頭痛でしたから」

「それが五〇パーセントを越すと、仮死状態になり、六〇パーセントを越すと、人間は死亡します」

「…………」

「酸素不足と一酸化炭素は代謝異常を起しますし、大脳の酵素の活性度を低下させます」

「ボケーッとしてくるんですね」

「呼吸で人体に入った一酸化炭素が素直に体外へ出てほしいのですが、それには正常な空気が必要です。しかし、こういうことも近々十年くらいの研究で分ったことなんですよ」

「汚れた空気を吸ったら、急いできれいな空気を吸い直すなんてことは、ごく常識的なことですのにね」

「常識でも科学的に解明するのは……」

「ええ、時間がかかるんでしょう?」

私だって、分っているんだから。

「一酸化炭素が空気中に一〇ppmぐらいでもあると、神経の機能障害を起します。条件反射が少し遅れるので、自動車の運転者の場合は交通事故に結びつきますね」

「頭痛が起る前の状態で、ですか」

「ええ、イル・ヘルスですからね」

「ああ、イル・ヘルスですか!」

ここに於《お》て私は、ill-health の名訳を思いついた。「発病五分前」というのは、どうだろう。毎日くる日もくる日も、鼻と口から数百種類の毒性物質を食べている私たちは、このイル・ヘルスの帯の中に首まで浸って生きていると思っていい。発病五分前という状態で。しかも、どんな病気になるかは、発病してみなければ分らないのだし、その病気を治す能力は現代医学にはまだないのだ。

「日本中に原爆が落ちてるような状態ですね、先生」

「一酸化炭素は、心臓病や悪性貧血症の人の場合は、病気を飛越してすぐ死に結びついてしまいます」

「…………」

「次にNO_xですが」

「なんですかエヌオーエックスというのは」

「窒素酸化物で、排気ガスの中では最も毒性が強いと言われています。NOに太陽光線が当るとNO$_2$つまり二酸化窒素が生れます。これは亜硫酸ガスと同じような刺激性ガスと言われていたのですが、その後の研究で、刺激性どころか非常に強い毒性を持ったガスだということが分り、人体実験ができないのです」

「はあ」

「NOの影響も不明です。実験が困難だからです」

＊

排気ガスがよくないものだという知識は、漠然と誰もが持っているものだけれども、学者が専門的に調査研究をすすめた結果、猛毒らしいがよく分らないというものが続出している。

炭化水素は臭気があり、刺激性があるが、その中でベンツピレンというものが動物実験の結果、発ガン性があることが分った。フォルムアルデヒドとケトンは目に刺激を与えるし、エチレンは植物を枯らす。

私はノートを取る手を止めて、質問した。

「あのオ、大気汚染が食糧難に繋《つな》がるというのは、つまりエチレンの影響でしょうか」

「食糧難って、なんですか」

「農作物に与える被害が大きいという意味です。東京都の農業試験場の実験と研究結果ですけれど、中の上の汚染度で、小麦が一五パーセントも減収したといいます」

「ははあ」

学者と話をするときの心得だけれども、その方の専門外の方へ向きを変えると、必ず講義はそこで頓挫《とんざ》してしまう。排気ガスの専門家に農作物の話をしてはいけないのであった。（だけど私たち専門を持たない庶民は、排気ガスも吸っているように、小麦で作ったパンやうどんも食べるのであって、それから食品添加物も、殺虫剤も食べていて、水銀もＰＣＢも専門外だと言うわけにはいかないのである）

「ところで、分っているのは、それだけですか」

と私が水を向け直すと、

「いやいや、とんでもない。たとえばブレーキや断熱材に使われる石綿ですが、運転す

●ガソリン添加剤

①：アンチノック剤　四エチル鉛、四メチル鉛、エチルメチル鉛（猛毒）

製品例
- 四エチル鉛　61%
- 二臭化エチレン　18%
- 二塩化エチレン　19%
- その他　2%

（二臭化エチレン・二塩化エチレン）掃鉛剤──→②を見よ

②：掃鉛剤　燃焼室に鉛が残ると困るので、掃鉛剤と化合させて大気中に揮発させる。
（臭化鉛、塩化鉛……揮発性）　二臭化エチレン、二塩化エチレン

③：アンチノック剤（非鉛系）
メチルシクロペンタジェニルーマンガンートリカルボニル（マンガン化合物）

④：アンチノック助剤
メチルアニリン、酢酸第3ブチル

⑤：表面着火防止剤　トリクレジルリン酸、クレジルフェニルリン酸（毒性大）

⑥：腐食防止剤（下記の界面活性剤）
不飽和脂肪酸、アルキルリン酸エステル、アミンリン酸エステル

⑦：酸化防止剤
アルキルフェノール、フェニレンジアミン、アミノフェノール

⑧：金属不活性剤（金属によるガソリン酸化防止）
N,N'-ジサリチリデン-1,2-ジアミノプロパン

るうちに粉末になって、すなわちアスベストが飛び散るのですが、これは肉芽《にくが》腫《しゅ》の原因になるといわれています。ガンみたいなものですが」

「ははあ」

「しかし、断然分っていないものがあるのはガソリンの添加物です」

「添加物？」

「数十種類に及びますな。ガソリンの性能に微妙な影響があるのですよ」

「それは、どういうものですか」

「分りません」

「たとえば」

「いや、分らんのです。ガソリンの添加物は大方が企業秘密なんですから」

「企業秘密って、ガソリンを分析しても分らないんですか」

「鉛ぐらいなら分るんですがね、大方分らないんですよ。分ってるのはこれだけですが(前頁の表を参照)」

「でも、それも走ってる間に飛び散るんでしょう」

「その通りです」

「どんな危険なものが入っているかも分らないんですか」

「分らないんです」

「外へ飛び散るようなものでも企業は秘密にするんですか。外国でも?」

「そうです。ガソリン添加物は世界の謎《なぞ》です。国際環境会議で、この話をしても取上げてもらえないんです」

*

世界の謎とあっては、排気ガスのうみ落した悪魔のような病状の原因究明など、ほとんど出来ないと言った方がいいかもしれない。

現代の奇病「自然気胸」について、ちょっと考えてみよう。これは去年の四月に開かれた日本胸部疾患学会で報告され注目されたものだが、去年の九月には全国六十の病院にアンケートの回答を求めた。地域の特徴をつかむために県立、市立病院などを中心にした。

結果は二十五の病院から回答があり、全病院で「自然気胸」の患者を確認していて、合計八百三十八人もの症例があった。

過去十年間に特発性の自然気胸の患者数がふえていて、患者は二十代の男性に多く、全く原因なく発病している、ということも分った。

「なんですか、その自然気胸というのは」

と、横丁の御隠居。

「肺の外側の肺ろく膜に小さい穴があくんですね。最初はチクンと胸が痛くなるのが自覚症状らしいです」

「ははあ、チクンと言うですか」

「穴があいたときにチクンでしょうかね。自覚症状のない人も多いみたいです。ともかく、その穴から空気が入って、肺がつぶれるんです」

「肺が、つぶれる？」

「つぶれて小さくなるんですって。急性症状では胸が引き裂かれるようになって呼吸困難に陥り、手術が必要になるそうです。まれにですが、両方の肺に同時に穴があいて死亡するケースもあるんですって」

「それが排気ガスでやられてるんですかな」

「いまのところ、はっきりそうとは言えないけれど二酸化窒素の汚染が高い地域に患者が多いという印象があるんだそうです。死亡するなど重症の例が少いことや大気汚染との関係がはっきりしていないので環境庁など行政機関での調査はしてもらえないんです。でもね、大気汚染と一口に言っても、工場の煙から排気ガス、煙草《たばこ》の煙まで含めたものを言うのですから複合汚染でしょ、関係がはっきりするまで五十年はかかってしまうんですよ」

「自然気胸ですか」

「背が高くて痩《や》せている若い男がかかりやすいようです。だから生れつきの体質が原因とも考えられるんですけど、ふえていることは確実だし、専門家は大気汚染が誘因になっていることも推定されると言っています」

「昔で言えば、肺病ですな」

「肺病は、抗生物質で救われた筈《はず》だったのに、また別口が出てきた感じですね」

「とにかく排気ガスは、いけませんな。散歩に出かけて環状七号線を突っ切るだけで、喉《のど》がガサガサになる、目がシバシバする、鼻の奥が痛くなる。ろくなことはありませんぞ。しかし、なんですなあ、車をやめて駕籠《かご》に乗るわけにも、もはやいきますまいなあ」

「質の問題は細かく解明できないまでも、悪質の毒性があることは分っているんですから、やれることは量の規制ですよ」

「自動車を減らすですか」

「それも大切ですが、排気ガスの量を規制するんです」

＊

自動車の排気ガスの被害を一番早く自覚したのは自動車王国アメリカであった。なかでもカリフォルニア州ロスアンゼルス市は、今から四分の一世紀も前にスモッグ禍に悩み始めていた。原因が自動車にあることを突き止めると、一九六〇年にカリフォルニア州議会は自動車汚染防止法を制定し、排気規制と浄化装置の認定基準を定めた。それは空と空気を一九四〇年代のものに戻すという長期展望に立ったもので、一酸化炭素、炭化水素、窒素酸化物の排出値を規制していた。

私がアメリカへ留学したのはその前年の秋からだった。ニューヨークへの途次、ロスアンゼルスの空港に降りて知人の家に一泊したのだが、空港から町へ入ると目から涙が出て困った。

「スモッグですよ」

「え、なんですか、スモッグって」

日本にはまだスモッグという言葉は知られてなかった。これはスモーク（煙）とフォッグ（霧）の二語が結合して生れた新造英語である。生れはロンドンであろう。

樹木の多いパサデナ市にある家で寛《くつろ》いでから、私は庭先に立って驚いた。

「なんでしょう、あれは、夕焼けですか」

見渡す向うの空が青紫色に染まっている。日本の夕焼けとは趣きが違いすぎる。

「スモッグですよ、あれが」

「へええ、スモッグというのは、あんな美しい色ですか」

「その日によって色が違います。ピンクの日もあるし、淡いブルー一色のときもあるし、明るい紫になることもありますよ」

「へええ、きれいですねえ」

「ロスからこちらを眺めても、同じように見えるようですよ」

「あら、パサデナもスモッグに包まれているんですか」

「空気には壁がありませんからね」

今から十五年前の東京からアメリカへ出かけて行った日本人である私には、十五年後の日本に、このスモッグが灰色にたちこめるなどとは想像することもできなかった。

それから五年後、アメリカ合衆国の大気清浄法が改正され、自動車汚染防止法が追加され、全米にわたって排気ガス規制条例が設定されることになった。

さらに五年後、マスキーという上院議員の提案した「七〇年改訂大気清浄法」が、暮も押し迫って成立した。議員の名をとって、この法律はマスキー法と呼ばれている。

マスキー法は環境としての大気の基準、つまり自動車、飛行機、船舶の排気ガスや、燃料添加剤の規制の他に、建物や工場の大気汚染物質放出から騒音規制まで、広範囲に及ぶものであるのだが、自動車に関しては、次のような厳しい三カ条であった。

①七五年（昭和五十年）型車およびそれ以降の車は、一酸化炭素と炭化水素を七〇年規制基準の十分の一以下にすること。

②七六年（昭和五十一年）型車およびそれ以降の車は、窒素酸化物を七一年平均排出量の十分の一以下にすること。

③右の基準値は五年もしくは五万マイル走行の間、保証されること。

＊

アメリカの自動車業界もショックを受けたらしいが、日本の自動車会社は騒然としてマスキー法の成立を見ていた。

「マスキー法は、その発想において日本の自動車産業をつぶすつもりがあったのですよ」

と教えて下さった事情通がある。

実際、日本の自動車メーカーにとって、マスキー法が出来てから、アメリカの業界とアメリカ合衆国環境保護庁（ＥＰＡ）との間で、公聴会が開かれたり、延期申請が却下されたり、業界が裁判所に再審理を要求したりしている間、息も止るような思いだっただろう。

ニクソンが再選された後、ＥＰＡは（一九七三年に）マスキー法の七五年規制の一酸化炭素と炭化水素の基準を一年遅らせると発表した。しかしＥＰＡは「大気汚染の激しいカリフォルニア州を別扱いにして、二つに分けた地域それぞれ別の暫定《ざんてい》基準を適用する」という措置をとった。

「その結果、日本の自動車メーカーには、煩雑《はんざつ》で苦難の季節が到来したんですよ」

「アメリカへ輸出する分ですな」

と、横丁の御隠居が、胡桃《くるみ》の実を二つカタカタ手の中でならしながら相槌《あいづち》を打った。煙草を吸わなくなったので、手持無沙汰《ぶさた》をまぎらわせるために、こういう小さな運動が癖になっている。老化を防ぐのにききめがあるのだそうだ。

「輸出はアメリカだけじゃないですからね、排気ガス規制などまず野放しといっていい開発途上国やヨーロッパ向けの車と、アメリカ相手ではカリフォルニア州向けとカリフォルニア州以外のところの二種類でしょう？　それから日本の国内のユーザー用と、これで四種類になるんですもの」

それにマスキー法と似たものが日本でも作られなければならない時代が来ていた。自動車産業の急成長に伴って、都市に排気ガスが充満し、車公害などと呼ばれるさまざまな現象が生れていた。光化学スモッグで女子高校生が倒れた事件は昭和四十五年。昭和四十七年十月、環境庁は五十年と五十一年を目標とした「自動車排気ガス許容限度の設定方針」を打ち出した。これが日本版「マスキー法」と呼ばれるものである。

日本版マスキー法で告示されたのは、昭和五十年（一九七五年）以降に生産される新型車を対象にし、排気ガスの「排出量の平均値」として車が一キロメートル走るときに、一酸化炭素は二・一グラム以下、炭化水素は〇・二グラム以下、窒素酸化物は一・二グラム以下、としている。このうち窒素酸化物はアメリカ・マスキー法の七六年規制に相当する規制値も定めていて、七六年（昭和五十一年）四月以降に生産される車は一キロメートル走るとき〇・二五グラム以下と定められた。

「自動車会社にとってみれば大変なことでしょうな。私のような素人は、数字を聞くだけで混乱しますが」

「だからマスキー法は日本の自動車業界をつぶすのが目的だという受止め方をした人たちもいたのですね」

＊

昭和四十七年にGMやフォードなどがマスキー法実施の一年延期を申請したとき、アメリカ環境保護庁では公聴会をひらいてこれを審査した。アメリカの大手四社を始め、もちろん日本からも各社の代表が、世界中の自動車メーカーたちと共に出席した。多くの企業はマスキー法の定める規制に自社製品が間に合わないというあせりを持っていたから、一年延期には世界中のメーカーの社命がかかっていたといっていい。

そのとき一人の東洋人が立上って、

「マスキー法の七五年規制値について、わが社のロータリー・エンジンは明るい見通しを持っております」

と胸を張って証言したのだ。

世界各国のメーカーは仰天して、このとんでもない発言をしたのは、どの国の、なんという会社であるか注目した。彼らはそれが日本の、それも大手ではない小企業の東洋工業という、世界ではまだ無名といっていい会社の代表者であることを知って、もう一度仰天した。マスキー法の延期に必死になっていた面々は、近頃流行の言葉でいえば「ずっこけて」しまったと言えるだろう。

翌年、再びＥＰＡが公聴会を開催したが、東洋工業は、

「ホンダのＣＶＣＣエンジンと共に七五年規制値に合わせてロータリー車を出すことが出来る」

と、明言した。

「えッ、ホンダが？」

世界各国のメーカーが耳を疑ったのは、CVCCエンジンを開発した本田技研もまた日本の、しかも中小企業なみの小さなメーカーであったことである。

揉《も》みに揉んだ公聴会の揚句、マスキー法の実施は結局一年延期されてしまったが、しかし世界の低公害車時代の幕開きは、東洋工業と本田技研という日本の新興メーカーによって行われたことにはかわりない。

東洋工業のロータリー・エンジン。

本田技研のCVCC。

世界中の自動車メーカーは、いやでもこの二つの会社が開発したエンジンに注目しなければならなかった。

「しかし気分のいいものですな。世界一の汚染国だと言われている日本から、低公害エンジンが世界にさきがけて発明されたというのは」

と、横丁の御隠居はごきげんである。

「東洋工業は十五年も前から低公害エンジンに心を向けていたんです。先代の松田恒次社長が、西ドイツまで出かけてNSU社とロータリー・エンジンの技術提携をしていたんです」

「先見の明ですな」

「だけど、その後が大変だったみたい。東洋工業の技術者たちはNSU社の製品にある欠点をカバーしたり、未解決の部分と悪戦苦闘して、文字通り寝てもさめても研究を続けたんです。ＥＰＡの公聴会までには血のにじむような十年があったといいますよ」

＊

松田恒次氏には生前一、二回お目にかかったことがある。小兵《こひょう》だが胆の坐《すわ》った男という印象を受けた。その頃の私は、機械に弱かったし、エンジンに関心を持っていなかったので、その方面のお話を何も聞くことが出来なかったのは今になれば本当に残念だ。

「ねえ御隠居さん、こういう時代が来ることを十五年前から見通していたんでしょうねえ、あの松田さんは」

「大したものですなあ」

「企業家のあるべき姿というか、こんな大変な時代を迎えて、企業の経営者というのは、こうであってほしいということを、本田さんにも感じましたよ、私は」

「本田さんというのは」

「本田宗一郎氏のことです」

マスキー法がアメリカ議会を通過して、日本の自動車産業界が騒然としているとき、

「さすがに、アメリカやなあ」

と手放しで感心した一人の経営者があった。本田さんだった。彼は翌日、若い技術者

を集めて、こういう趣旨の演説をしたという。

「自動車業界にあっては後発メーカーとして、また、中小企業として進んできたわが社であったが、このマスキー法を契機として、今日からわが社は日本の大手業界とまったく同一ラインに立ったのだ。諸君の奮起を求める」

と。

彼は技術屋さんだったが、彼の会社では技術部門は独立して会社組織にしてある。技術者は純粋に技術の開発に専念するようにという考えからである。

そして、この日から若い技術者たちはアメリカのマスキー法に挑戦すべく、新しい技術の開発に邁進《まいしん》した。もちろん大手の自動車業界でも、その事情は同じだったと思う。いや、アメリカの自動車会社の技術者たちだってマスキーの示した目標に向って研究を開始したのだ。アメリカも日本も、低公害車の開発については東洋工業以外はみんな同時スタートだったといっていい。

本田技研の若き科学者たちが、寝食を忘れて研究に没頭し、最初に開発したのは触媒方式だった。

「なんですか、触媒方式というのは」

と、御隠居も機械には、とんと弱い。

「エンジンから排気ガスを車の後部へまわして捨てる管の途中に、まあ濾過器みたいなものをつけるんですね」

「水道の水の臭気をとるような工合にですかな」

「ええ、そうです」

「それはまあ随分と安直なものですな」

「私の譬《たと》え方が簡単すぎたかもしれません。陶土で造った微粒子に白金を塗りつけたものをぎっしり詰めたものが触媒です」

「陶土に、白金を。ははあ、仁丹みたいなものですかな」

御隠居と話していると、ますます安直な話になってくる。

＊

「まあ譬えれば仁丹みたいなものでしょうけどねえ、私も見ていませんけども、そういうものの詰ったところへ排気ガスを通して、そのとき加熱するんです」

「どうやって」

「触媒の外からでしょう」

「もう一度ガソリンを燃すですか」

「そこまで調べなかったわ」

「あなた、いけませんな、そんな不勉強なことでは」

御隠居さんには叱《しか》られてしまったけれど、私としては後の話があるので、触媒方式については詳しく調べる必要がなかった。

本田宗一郎氏は、御自身も技術者であるけれど、時代と共に新しいことは若いものにやらせるべきだという判断をしていたのであろう。低公害エンジンについて、彼は本田技研の総帥《そうすい》として彼らの成果が報告されるのを待つだけであった。

触媒方式による低公害車の青写真が出来上ったとき、本田さんは彼らの報告を黙って聞いた。それからおそらく新旧の技術者同士の専門的なやりとりがあっただろう。とても御隠居や私などの想像の及ぶところではない。

「この触媒は、車が走り出したらどうなるんかな」

「白金に、鉛がすぐ吸着します」

「まずいな、それは」

「しかし排気ガスの規制値の通り、窒素酸化物も、ですね」

「ちょっと待ってや」

本田さんは考えこんだ。この触媒方式は、決して簡単に思いつかれたものではないけれども、白金の世界産出量はわずかなものであるのに、陶土の微粒子の表面に付着させて、それが走り続ける間に、まず鉛を吸いつけ、触媒機能が次第に麻痺《まひ》した後で、どんなことが起るのか。

「中のタマは、どうなる？　走ってる間にコナゴナになれへんか」

「なります」

「外へ飛出せへんか」

「出ます」

質問する方も、答える方も汗びっしょりになっていただろうと思う。本田宗一郎氏が指摘したのは触媒方式が二次公害をひき起すのではないかということだった。

「そうか」

ややあって、本田さんは言った。

「こんな怖ろしいものしか、よう作らんのか。排気ガスが規制値通りに減らせても、触媒から他の毒をふりまくんでは、低公害車とは呼べんなあ」

若い技術者たちの蒼《あお》ざめた顔を見渡してから、本田さんは決断を下した。

「四輪車は、あきらめようやないか。もともとホンダはオートバイの会社やったんや。こんなものしか作れんのやったら、もう四輪車はやめて、二輪車の昔に戻ろう」

本田技研の精鋭が頭脳をしぼって研究した結果を、本田宗一郎氏は一蹴《いっしゅう》したのだった。逆上した若者たちが泣いたとも撲《なぐ》りあいになったとも聞いたが、私もこの話は涙なしには聞けなかった。

＊

「しかし偉いものですな、大したものですな、四輪車は、あきらめよう、オートバイ屋に戻ろうというのは、なかなか言えん言葉でしょうからな」

「京都の漬物屋さんが毒を使ってまで売りたくないと店を畳んで小売り商になったのと、まったく同じ話ですよね。私は、こういう時代を迎えて、企業の持つべき姿勢、経営者のあるべき姿を、本田さんにも、賀茂のすぐきやさんにも感じるんです」

「まったく立派ですな。日本が、まだどうにかなっているのは、そういう人々が案外多いからかもしれませんな」

「決して多くはありませんけれど、有機農業の農家の人も含めて、少数ながらこの人たちが頑張ってくれているのだと思うと、日本も捨てたものではないという気がします」

「われわれ都会の人間が、どれほど食生活に気をつけても、自分で守れる部分はほんの僅かなものですからな」

「結局のところ一人々々が正しい知識を持つことと、企業の方が、たとえば経団連あたりがイニシャティブを取って、経営者の良心にめざめてもらわないことには、日本は救われないんですものね」

「ところでホンダの話ですが、オートバイに逆戻りしたわけではないようですな」

「ええ、本田さんが触媒方式を拒否して、研究は一度白紙に戻ったわけですけれど、これがなかったら世界が注目するCVCCエンジンの開発はなかったのですよね」

去年の二月、米国科学アカデミー（NAS）は、議会およびEPA（環境保護庁）あてに、おおよそ次のような報告をした。

「ホンダの方式は今日もっとも進歩した層状給気エンジンであり、エンジンだけでの排出物がもっとも低い。一九七五年規制値に適合しているから、もし他のメーカーが七六年にこのシステムを量産するためには、七三年までにホンダから技術導入をする必要がある。云々《うんぬん》」

米国科学アカデミーも、アメリカ環境保護庁も絶讃しているCVCCエンジンというのは、いったいどういうものなのだろう。

一昨年、上智大学から本田宗一郎氏に名誉工学博士号が贈られた。去年の五月にはアメリカのミシガン大学から同じく名誉工学博士号が贈られた。日本の機械技術振興会（土光敏夫会長）が表彰した。アメリカ金属学会では終身名誉会員に指名した。鉛公害の対策に寄与した功績によって、である。

東洋工業の松田恒次社長とは面識があったにもかかわらず、お話をうかがわないうちに故人となられたのが残念で、だから私は本田宗一郎氏には一面識もなかったのだけれど、いきなり本田技研へ電話をかけ、用件を伝えて面会の申込みをした。秘書課から折返して連絡があり、本田さんは会って下さるということだったので、私は大きなノートブックを抱えて本田技研の本社へ出かけて行った。

重役用の応接室に通されて待つ間もなく、流行の幅広のネクタイを華やかにしめた本田宗一郎氏が姿を現した。

＊

月並の御挨拶《あいさつ》の後で、私はいきなり質問に移った。

「おたくの無公害エンジンのことで、教えて頂きたいのですけれど」

本田さんはびっくりして両手をあげた。

「む、無公害エンジンなどというものは、わが社は開発しとりません。無公害というのは、確かに理想ではありますが、まだ世界でどこも発明していないんです。わが社が開発したのは低公害エンジンです」

私は学者や技術者が、言葉の正確さを尊重する態度を、いつも好ましいものに思っている。初対面の本田宗一郎氏が、ＣＶＣＣは無公害ではない、低公害エンジンだと言われたので、私はすっかり嬉《うれ》しくなり、安心していいという確信を持った。

「その低公害エンジンＣＶＣＣですが、どういうものかを説明して頂けません？」

「そうですな、では専門家を呼びましょう」

本田さんが卓上のベルを押したので、私は慌《あわ》てて言った。

「あのオ、専門家は結構です。私は素人ですし、私に分るように説明するぐらいのことは本田さんでもお出来になるでしょう」

本田宗一郎氏は大声をあげて笑い、

「そうですな、やってみますかな」

と言いながら、本田技研で発行しているCVCCの解説用パンフレットを展《ひろ》げた。

「マスキー法の規制値を目標とする新しいエンジンの開発に当って、わが社が基本方針としたのは第一に二次公害を起さないこと、これでした」

「触媒方式は、いけないんですね」

「よくご存知ですな、あれは触媒が鉛ですぐいたむ上に、外へ重金属をふりまくんですよ。で、まあ私は、これはやめたいと思ったんです。これはやめて、エンジンの燃焼を改善することで、有害物質をもとからキレイにとってしまおうと思った。第二に、七五年規制まで、そんなに時間がない。だから現在のエンジンを掘り下げてみようという方針でした。第三に、いくら公害を減らすのが目的とはいえ、ガソリンを喰いすぎたり、新しい大がかりな設備を必要とするようでは困る、ということですな」

遠州なまりの強い本田さんの説明をききながら、触媒方式をやめたとはいえ、万事安上りを狙うところはやっぱり小さい企業の特徴だと思った。

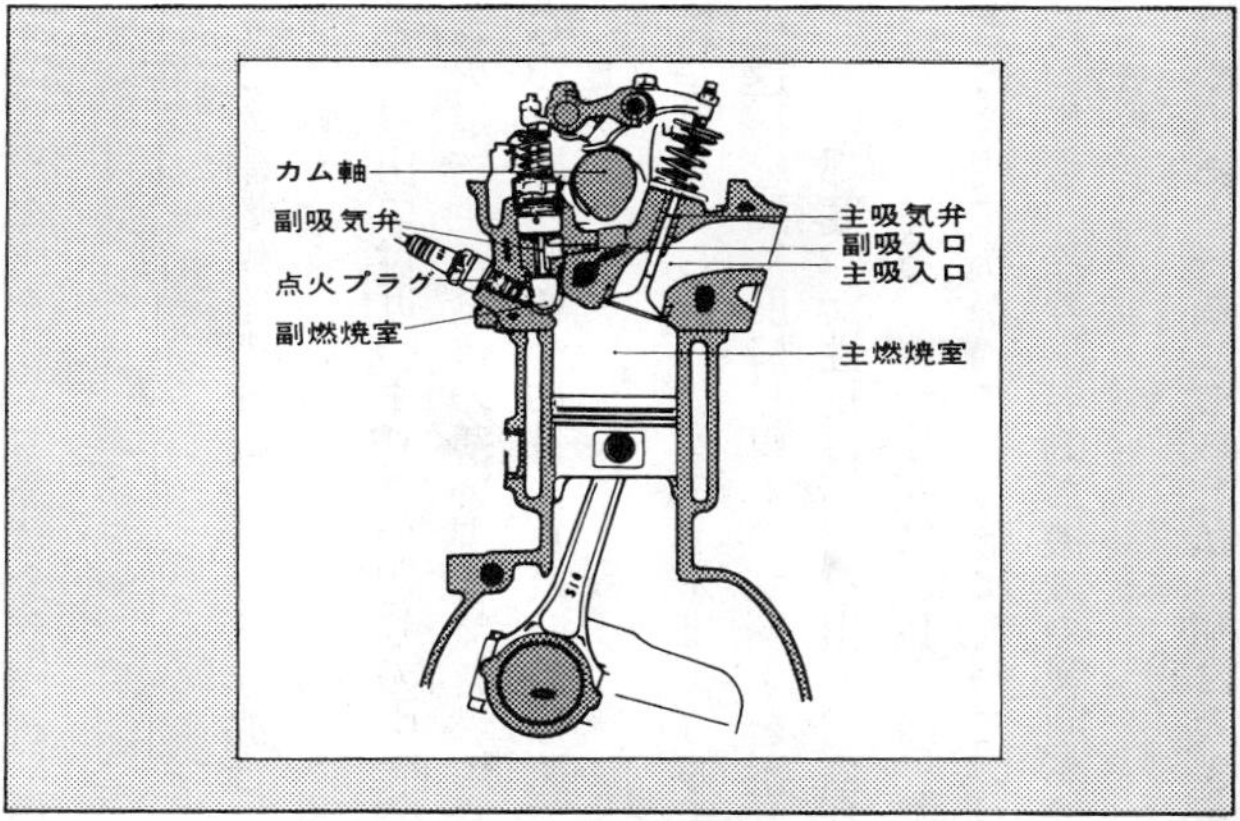

ホンダCVCCエンジン断面図

「それで、ＣＶＣＣは、そういう安上りなものだったんですか」

「そうですな。ＣＶＣＣは従来のエンジンのヘッドを変えるだけなんですから、エンジンの生産設備を大きく変える必要もありません」

「ははあ」

私の目の前に大きな説明図がひろげられた。ＣＶＣＣエンジンを縦割りにしたものである。私は機械にくらいからいいようなものの、こういうものを見せても企業秘密漏洩《ろうえい》にならないのかしらん。私が産業スパイだったら大変じゃないかと思ったが、

「いや大丈夫です、わが社はすでに車は売っていますし、この程度の技術は公開していますから」

本田宗一郎氏は、こともなげに言い、ワ

イシャツの腕をまくりあげながら説明にとりかかった。

＊

「この副燃焼室の比較的リッチな混合気にですな、通常の方法で点火します」

「はあ」

「副室出口付近つまりこの辺りの中間的な濃さの混合気に燃焼を伝えて、そのより大きい火焔《かえん》で主室全体の薄い混合気を燃焼させます。すると主燃焼室は、薄い空燃比なので、COの発生は極小に抑えられるわけですな」

「はあ」

全然わからない。本田さんはエネルギッシュに説明を続けていらっしゃったが、私の生返事を聞く度に、卓上のブザーをポンポンと叩《たた》く。

その都度、女性秘書が顔を出し、入れ替りにりゅうとした背広を一着した紳士が部屋に入ってくる。いつの間にか数人の、本田技研首脳部門の人々が私を取りまいてCVCCの説明にかかっている形になっていた。私は恐縮して汗を流した。もう一時間近くになっても、この世界的な機械の説明が、私には何一つ分っていないのだ。

「ああ」

ややあって私は彼らと私の間に大きな誤解が横たわっていることに気がついた。

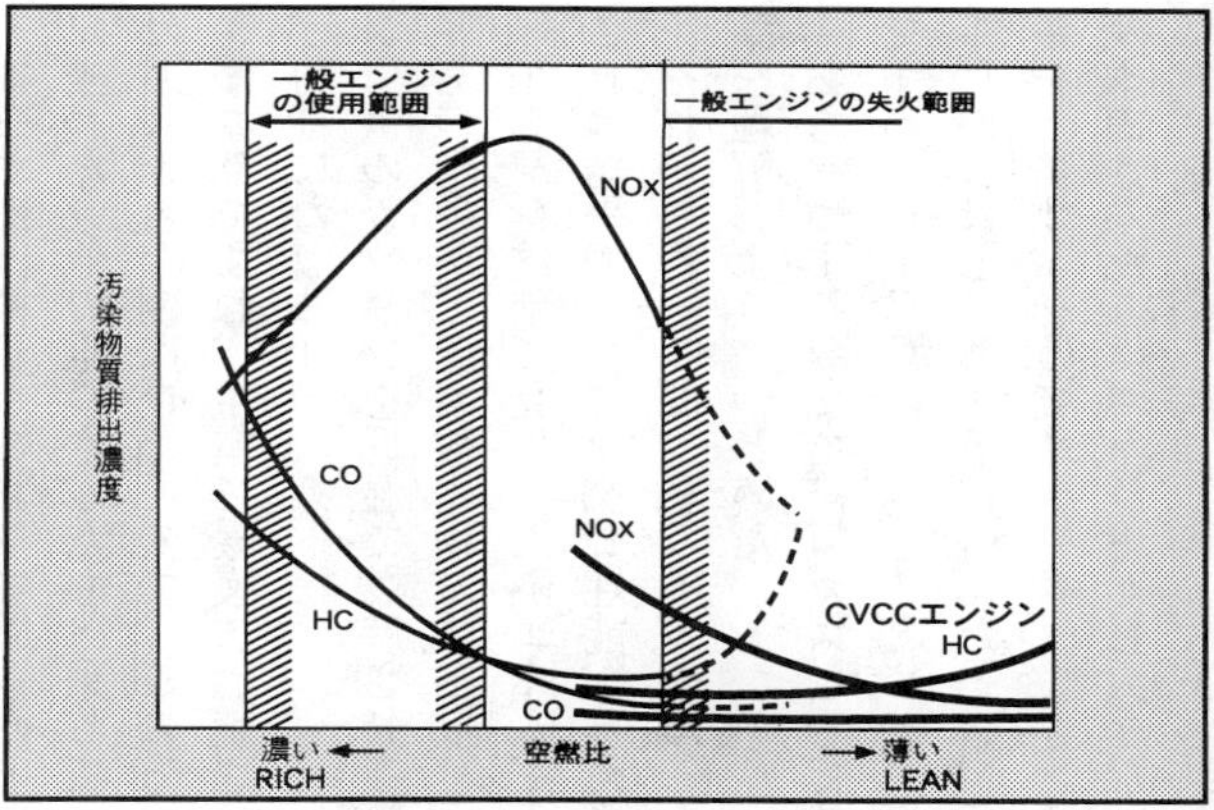

空燃比に対するエミッション特性

「あのオ、私、車の運転は、したことがないんですよ」

本田技研の方々は、がっかりしたようだった。説明は、振出しに戻らざるを得なかった。

「こちらのグラフをご覧下さい」

温厚な感じの重役さんが口を出した。

「空燃比に対するエミッションの特性です」

私は空燃比も、エミッションも分らないんだけど、困ったなあ。

ともかく普通のエンジンからは窒素酸化物も一酸化炭素も炭化水素も、こんなに沢山出るのかと、グラフを眺めながら、ぼんやり考えていると、

「いや、そういう説明より、やっぱりエンジンを説明した方がいいんやないかな」

本田さんは椅子《いす》からおりて絨緞《じゅうたん》の上に胡坐《あぐら》をかいた。私も、真似《まね》をしてぺたんと絨緞に坐った。他の重役さんたちは呆《あき》れていらしたようだが、近頃の応接セットのテーブルはちゃぶ台なみにひくいので、この方がよっぽど話がしやすい。

「つまりですね、主室で緩慢に燃焼させると、燃焼の最高温度をかなり低く抑えることが可能になります」

「少量のガソリンを低温で燃焼させるのが、特徴ですよ、CVCCの」

「その結果が、窒素酸化物の排出量を極小にするわけです」

「エンジン内部で発生した熱エネルギーは有効にピストンに伝えられ、動力に変換され、これは結果的に良好な燃費性能を与えます」

それから約一時間、私はうろうろしながら、それでも一生懸命こういう耳馴《な》れない言葉を理解しようとつとめた。

「ああ、つまり今まで排気ガスとして外へ捨てていた中に、まだ燃やせる分があったんですね。CVCCはそれをまとめて一カ所で燃やしているんですね」

私が、はじけるように叫んだとき、

「そうです、そうです」

本田さんたちはポケットから大きなハンカチを一斉にとり出して、額の汗を拭《ふ》いた。

＊

本田技研の本社を出て、私は帰り道にタクシーを拾った。運転手さんが感じのいい話好きな人だったのは好運だった。私はたった今仕入れたばかりの知識を、どの程度他人に伝えることができるか試しに喋《しやべ》ってみた。

「お客さん、詳しいですねえ」

多分お世辞だったのだろうが、私は天にも昇るほど嬉しかった。

「しかし日本も捨てたものじゃないですね、アメリカの科学、ええ、なんでしたか」

「科学アカデミー。そこがアメリカの議会と環境保護庁に報告したのよ、マスキー法の実施に間にあうためにはホンダから技術導入すべきだって、ね。去年の二月よ」

「凄《すご》いですね」

「ロータリー・エンジンも褒められているのよ、東洋工業の」

「お客さん、ひょっとするとそれは世界的な発明じゃないんですか」

「私もそうじゃないかと思うんだけど」

「どうしてそんないい話を、日本の新聞は書きたてないんでしょうね。僕は初耳ですよ。CVCCもロータリー・エンジンも名前は知っていましたが、外国でそんなに高く評価されているなんて、僕は知らなかったですよ。日本の政府ももっと大々的に応援すればいいのに、どうしてしないんですかねえ」

「多少は補助金を出してるようだけど」

「とにかく僕らみたいな運転手が知らないんですから。ＣＶＣＣが簡単な構造だってことは知ってましたがね」

触媒方式というのは、運転手さんは知っていて、本田さんがそんなものを作るくらいならオートバイ屋に戻った方がましだと言ったそうだという話をしたら、

「やっぱり偉い人は違うんだねえ」

しきりと感心してから、

「だけど日本の大手自動車業界は、その触媒方式で進んでますよ。ああ、だから新聞が書かないんだ」

「でもトヨタはホンダと技術提携したし、日産も東洋工業と組んでる筈《はず》よ」

「変ですねえ、僕らが知ってる低公害車の宣伝は、みんな触媒使ってますよ」

「そうなの、まるまる中企業にオンブできない意地もあるんでしょうね。でも触媒って、排気ガスは規制値まで下げることができるけど、別のこわいものを出すらしいのよ」

「それにすぐいたむんじゃないですか、鉛が入って。ＣＶＣＣは構造も簡単だから、切りかえるのは楽だと思いますがねえ」

「でもＣＶＣＣも問題を全部解決したわけじゃないらしいの。五十一年規制というのが

難しいんですって」

「誰が言ってるんです」

「ホンダの人たちが、ね。五十年規制だけなら万事ＯＫなんだけど。五十一年の規制に適合させるエンジンはまだどこも出来ていないのね。そこまで窒素酸化物を抑えるとなると、操縦性能が落ちるんだって。私は運転が出来ないから、よく分らなかったんだけど、低温でガソリンを燃やすせいかしら、加速がつかないんですって。だから混合交通の中では事故が起りやすいとかいうのよ。この加速がつかないというのが私にはよく分らなかったんだけど」

「それなら東京を走る分には何の心配もありませんよ、お客さん。僕らタクシーと同じことです。ＬＰガスを使ってると馬力が出ないんですよ」

「ＬＰガス？」

＊

よくタクシーのドアにＬＰＧとか「ＬＰガス使用」というマークがついているのを見ているけれど、化学に弱い私はそれが何か考えようとしたこともなかった。

ＬＰＧがリキッド・ペトロリウム・ガス（液化石油ガス）の略字であることを、私は運転手さんから教えてもらった。

「亀《かめ》の甲が少くてですね、つまり構造が簡単なんですよ、炭素と水素だけで出来てるんですから」

みんな学者みたいだなあ。

「二十年ばかり前から実用化されてるんですがね、毒性が低いのと排気ガスがガソリンよりクリーンなんで。硫黄分も少いし」

「いいことずくめなんですね、知らなかったわ」

「そのかわり馬力がきかないんですよ。スピード競走には勝てません」

「普通の道路でスピード競走なんかすることないでしょう」

「ええ、安全運転する分には、LPガスもCVCCも交通事故とは関係ないと思いますよ」

それから家に帰るまでの間、私は自動車のエンジンなるものについて、じっくりと運転手さんから説明してもらった。大変申しわけない話だけれど、本田さんたちの説明より運転手さんの方が私にはすらすらとよく分った。先にこういう人から講義してもらってから出かけた方がよかったのかもしれない。

それにしても一方ではCVCCやロータリー・エンジンのように世界が注目する技術開発をしている日本で、フォードもクライスラーもホンダと技術提携し、GMは東洋工業と組んで新車を走らせるという工合に、世界の趨勢《すうせい》はこの日本の二つの低公害エンジンを素直に受入れようとしているにもかかわらず、どうして日本の大手自動車業界が主力を触媒方式に投入しているのか私には理由が分らなかった。

横丁の御隠居が、

「その触媒なるもの、たしか白金を使うと言いましたな、あなた」

「ええ、陶質の小さな粒子を白金で包んで、ぎっしり詰めこんだところへ排気ガスを通して加熱すると、排気ガスは水と炭酸ガスになってしまうというんですがね」

「しかし白金といえば貴金属じゃないですか。高いものにつくでしょう」

「値段も高いですけど、世界の産出量が年間たった三〇トンですからね、一台に〇・二グラム使うとして百万台で、ええと」

「五百万台で一トンでしょう。大変なことになるじゃないですか」

「白金以外ではパラジウムを使う方法もあります。その代替品として安いものでは銅とか、マンガンを考えているみたい」

「銅などとは、とんでもないですな」

「ええ、イタイイタイ病はカドミウムと銅との複合汚染ではないかという説があるくらいですし、銅山の排水はそれだけでも怖ろしいですからねえ。それが鉛と同じように大気の中に飛び散るとなると、ねえ」

横丁の御隠居と私は、こんな会話を繰返し交したまま、なすすべもないところへ、今年の三月――。

＊

今年三月二十一日付読売新聞に、こういう見出しをつけた記事が大きく出た。

「触媒」に二次公害？

わかりにくい装置故障

「〃日本版マスキー法〃といわれる自動車排ガスの五十年度（昭和）規制が、いよいよ四月から実施され、一年後の五十一年度暫定規制と合わせ、本格的な低公害車時代を迎える。しかし規制値をきめる際、あれほど騒がれた割には、実施後に予測されるさまざまな問題について余り関心が払われていない。果たして空はきれいになるのか――。折も折、米国の環境保護庁（ＥＰＡ）は、排ガス対策の〃本命〃とされていた触媒マフラーについて、〃硫酸ミスト（硫酸の霧）を排出して二次公害の疑いがある〃と発表した」と、いうのである。

ＥＰＡは同時に触媒マフラーによる二次公害を理由に、アメリカの自動車排ガス七七年規制の四年間凍結と、新たに七九年から硫酸の排出基準を設けるよう議会に勧告している。

これに驚いたのはアメリカのメーカーより日本の大手自動車メーカーたちだった。アメリカの七七年規制を見越してアメリカ向けの輸出車用に、大量の触媒を手当てしていたために、すでに発注した分の契約繰りのべやキャンセルを余儀なくされている。どの会社も、さだめしひっくり返るような騒ぎになったことだろう。私が書く前に事件が起って、本当によかった――。

日本の乗用車市場の七五パーセントはトヨタと日産の大手メーカーが占めていて（ああ、ホンダも東洋工業も市場では小さなメーカーなのだ）、四月からの五十年規制には、その九〇パーセントまで触媒方式で対処する手筈を整えていた。今のところ日本の環境庁では二次公害については重視していない（おくれてるなあ）。しかし環境問題では世界で最も権威があるとされているＥＰＡからクレームがついたことは、「大手二社の自負心を傷つけ、イメージダウンにつながると内心おだやかでない」

そこで「自動車のおかれている環境が、アメリカと日本では異なる」としてＥＰＡ勧告を無視しようという風潮が強いのだそうである。二つの国のガソリンの消費量を比較して日本は十三分の一だから二次公害の影響は小さなものだ、と言う。国土の広さの比較、稠密《ちゆうみつ》な都市人口などは計算に入らないらしい。

環境庁の小林自動車課長の談話がのっている。

「触媒からどのような有害物質が、どの程度排出されるか、今のところ測定方法がない筈で、ＥＰＡがなぜあのような勧告を出したのか理解に苦しむ」

本田宗一郎氏は触媒方式の設計図を見ただけで二次公害を予測し、「そんなものを作るくらいならオートバイ屋に逆戻りした方がましだ」と言ったというのに、専門家である筈の自動車課長さんがこんなことを平気で言うんだから、本当に、嫌やになってしまう。

しかも触媒方式は、触媒部分が故障しても運転に支障がなく、つまり排気ガスが規制以前と同じだけ出ていても誰も気がつかないという大きな大きな欠点があるのだ。

＊

「ところでねえ御隠居さん、低公害車ばかりが走り出すとして(見通しは決して明るくないんですけど)、それだけでは排気ガスの問題解決にはならないんですよ」

「どうしてです」

「排気ガスが現在の十分の一に減ったとしても、自動車の台数が十倍にふえれば同じことですもの」

「そういえば、この十年で、自動車は何十倍にふえていますかなあ」

「質と使い方では、排気ガスが毒ガスであることをしっかり知って、安全運転すればいいのですが、量の問題は低公害エンジンの開発だけでは足りないんです。現に東京の牛込柳町に肺ガンの患者がふえているのですし、杉並区の子供は光化学スモッグで赤い目をしてますよ。こんな状態が、ずっと続けば眼だけですまなくなることは、はっきりしています」

「自動車を減らすんですな」

「ええ、ところが台数制限というのは、どんな環境会議でも、決して出て来ない意見なんだそうです」

「どうしてですか。メーカーの圧力ですかなあ」

「法規制は技術的にも難しいのかもしれません。でもGNPのカーブと自動車台数のカーブはぴったり一致するんですって。個人所得のふえ方と、自動車のふえ方も、同じなんですって。だから車はまだまだふえるんだそうです」

「GNPをストップさせればいい」

御隠居は日本政府が腰を抜かすようなことを、ずばりと言ってのけた。

「そうもいかないでしょう。個人所得も減らせとはいえません」

「個人所得はふえても、インフレなんだから生活が楽になっとる筈がないでしょう。それともなんですか、インフレにつれて自動車も売れるですかな。あなたの理屈だと、そうなりますぞ」

私の理屈というわけではないのだけれど、自動車がふえるのは天下の趨勢で、どこかで制限しなくては、排気ガスを浴びて暮す人間たちの健康はむしばまれる一方である。

年齢層別＼区分	人口 男(千人)	人口 女(千人)	全死者数 男	全死者数 女	原付運転中 男	原付運転中 女	二輪運転中 男	二輪運転中 女	自動車運転中 男	自動車運転中 女	同乗中 男	同乗中 女
5歳未満	5,073	4,793	565	350							62	57
5～9歳	4,386	4,187	513	242							26	21
10～14	4,087	3,920	173	50	8		1		3		37	11
15～19	4,150	4,017	1,519	158	236	5	629		251	7	315	93
20～24	5,135	5,162	1,391	223	73	10	119		801	38	298	123
25～29	4,737	4,825	835	137	59	6	27		502	26	109	62
30～34	4,441	4,500	667	99	63	6	5		351	20	80	40
35～39	4,211	4,224	699	140	86	7	3		304	20	83	49
40～44	3,974	3,958	820	179	127	12	9		281	20	89	43
45～49	3,346	3,518	674	188	131	14			192	9	74	55
50～54	2,305	2,959	592	206	119	11	1		138	5	61	42
55～59	2,051	2,486	563	195	134	3	2		93	5	47	37
60～64	1,878	2,231	605	259	125	1			61	1	54	35
65～69	1,459	1,690	518	275	80		1		23	1	42	28
70歳以上	2,098	2,909	918	821	54				11		40	39
計	53,331	55,379	11,052	3,522	1,295	75	797	0	3,011	152	1,417	735

状態別年齢別交通事故死者数　注)人口は、総理府資料による(昭和48年10月1日現在)。(単位：人)

そこで私は昭和四十九年版の警察白書をひっくり返して、交通問題を扱ったページを丹念に探し、上のような表を見つけ出した。どの年齢の運転者が安全運転をしていないか、一目瞭然《りょうぜん》であろう。

十五歳から十九歳までの青少年が、二輪車に乗って死亡している数の多さを見ると胸がつぶれる。さらに二十歳から二十四歳までの青年が自動車を運転して死亡した数を見てほしい。

ここには自動車で殺された数は出していない。しかし運転で死んだ数より、こうした運転で殺された数が断然多いことは容易に想像できるだろう。若者は、浅慮だ。生命の価値について深く考えることのない世代に、運転免許を与えるのは、兇器《きょうき》を与えるのに等しいのではないか。もちろん農村や都会で働く若者にとって自動車が必需品である場合もあるだろう。年齢制限に例外は設けられるべきだ。しかし親の仕送りで大学に通う学生が、高価な自動車を乗りまわしているのは見ていて苦々しい。若者は、もっと歩くべきだ。彼らは満員電車で通学するだけの体力はある筈なのだ。

＊＊＊

「どうですか、自動車も戦争と関係がありますかな」

横丁の御隠居が、私に訊《き》く。

「あるんですって、やっぱり。エンジンってものは戦争の度に飛躍的に発達してるんですね。自動車も、飛行機も」

「なるほど、戦争なら排気ガスなどかまわずぶっ飛ばすでしょうからな」

「ひろい意味で大気汚染と関係した話になると思うんですけれども、石炭でも石油でも、煙草《たばこ》でもガスコンロでも同じことなんですけれど、火を燃やすと酸素がなくなりますでしょう。現在、私たちが空気と言っているものは地球が五十億年かかって作りあげたものですのに、その中の酸素を自動車も飛行機も、ドカン、ドカンと消費しているんですね。ジェット機が太平洋を一度飛越す度に五〇トンの酸素を使ってしまうんです」

「はて、酸素五〇トンというのはどんなものですかな」

「大人が一日に一人で呼吸する酸素は一キロぐらい」

「ははあ」

「ジェット機一台が飛ぶ度に、五万人の一日分の酸素が消えてなくなっちゃうんですって。一年間に五〇億トンの酸素が、石油や石炭などの燃料で使われています。この分だと……」

「空気も限界が来てしまいそうですな。私の禁煙などでは追いつきませんな。そうですか、ジェット機なるものが飛ぶ度に、酸素がガバッとなくなるですか」

そのジェット機に乗って、去年の十一月、私はパリへ出かけて行った。有機農業国際会議に出席するためであった。

世界各国から農学者や実際の農家の人々が集るという地味な会議だろうと思うから、私は和英辞典や和仏の字引と首っぴきで「有機農業」「堆肥《たいひ》」「糞尿《ふんにょう》」「有畜農業」「ミミズ」「雑草」「殺虫剤」「成長促進剤」など、滅多に使ったことのない単語を俄《にわ》か勉強することになった。ジェット機の中で、それが巨大なる酸素の消費であると思う余裕もないほどだった。

しかしながらパリに着いて、凱旋門《がいせんもん》の外、ポルトマイヨにある国際会議場へ出かけてみると、この国際会議なるものは想像していたものとまったく違って、どの会議場もワンワン若い学生みたいのが集って議論している。八方からフランス語が機関銃で撃ち出されているような有様だった。

主催は「自然と進歩」という月刊誌で、この雑誌および有機農業運動に参加している農家は八百人だという。

「八百人ですか」

私は首を捻《ひね》った。

フランスはヨーロッパ第一の農業国だ。全人口五千万に対して二百五十万の農家がある。味覚にもっとも敏感なこの国に、有機農業がたった八百人というのは変だと思った。加えて、この雑誌が出来て十年にしかならないのも私には妙な気がした。この国ではポリューション（公害）とエコロジー（生態学）は大流行の話題である。こんなにワイワイ集って議論好きの国民性を発揮しているのは、今や「百の議論より一つの実行」と思っている私にとって当惑しかない。

＊

折悪しくフランスは郵便ストが長く続いていたので、パリにいる友人知人に連絡がとれたのは私がパリに着いてからだった。私はパリへ来た目的と、ポルトマイヨ国際会議場で現在行われている国際会議が、実際的な有機農業と大変かけはなれているので弱っていると話した。

フランス人の友だちは、

「〝自然と進歩〟ですか、聞かない雑誌ですね」

と言う。

「大統領選に独自の候補を立てたなんて言ってるんだけど」

「ちょっと変ですね。エコロジーの専門家が立候補して三パーセント得票したのは本当ですが、それがそんな雑誌の推せん候補だなんて誰も知りませんよ。とにかく若い学生に人気のあった学者だったんですが、なにしろ生態学と公害はブームですから」

「これは私の勘だけど、有機農業という運動がフランスでたった十年しか歴史がないのは変だという気がするの。もっと他に、立派なものがあるんじゃないかしら」

「分りました、調べてみましょう」

しかしまあ「自然と進歩」という雑誌がインチキというわけではなかった。アメリカの著名な原子力発電反対運動家も出席していたし、アメリカ、カナダ、ベルギー、西ドイツ、イギリス、南アフリカ共和国などから、実際の農家の人たちが少数ながら集って来てはいた。このお百姓さんたちとバスに乗ってパリ郊外の有機農業を見学に行ったのは、いろいろな意味でいい経験になった。

ポーランド人が小規模な経営をしている有機農業が「自然と進歩」誌が案内してくれ

た最初の一軒だったが、そこでの土作りの説明を聞いて、すぐ憂鬱《ゆううつ》になった。

麦ワラも、馬糞も、そこでは金を出して買って来るのだという。換気装置のついたビニールハウス。

「これが有機農業ですか」

私は又しても首を捻った。たしかに堆肥で土を豊かにするから有機農業には違いないけれども、お金を出してワラも馬糞も外から買ってくるのでは経費も労力もかかりすぎないか。

案の定、ここで作られている野菜は、よく洗って「健康食」のマーク入りのテープで飾られ、市価の三割から五割増の値段で売られているというのだ。

フランスの共産党が「有機農業は有産階級に奉仕するものだ」と非難していると聞いたが、これでは無理もない。どこから見たって金儲《かねもう》け仕事としか思えない。弱っちゃったなあ、こんなものを見るためにわざわざジェット機に乗って私はフランスにやって来たのか。日本の有機農業のやり方なら、日本の共産党は決して悪口なんか言わないと思うけど。

「どうして馬糞をわざわざ買うのか。どうして自分で家畜を飼わないのか」

という質問が、外国人から（当然）出た。

「家畜を飼うには牧場がいる。ポーランドから来た自分には、そんな広大な土地を買う資力がない。それに馬糞は簡単に手に入る。どこでも積みあげて燃やしているのだ」

というのが、その返事だった。

＊

家畜といえば牧場を連想するヨーロッパ人に、日本の畜産の多頭飼育の現場を見せたら、彼らはどんな顔をするだろう。ワラも馬糞も焼き捨てているという話だけは、日本と似ていると思いながら、私も質問した。

「どうやって除草をしていますか」

「手でとります」

そこは本当に小規模で、充分手でとっても間にあうようだったが、見渡したところ彼の畠《はたけ》は「草を取った」ようには見えなかった。

私はバスで乗りあわせた外国人たちに、彼らがそれぞれの国で有機農業を実践している農家の人であることを知った上で、それぞれ除草はどうやっているか訊いてみた。

アメリカ人は、フランスの畠を軽蔑《けいべつ》したように眺めてから、

「手でなんか、取れるもんじゃないですよ。私のところはマルチをしています」

「材料は何ですか」

「製材所から出る材木の屑《くず》です。これで地表を掩《おお》えば草は出ないし、農地のためにも有

機質が次第に腐植して、すべて工合がいい」

彼は、そして、もう一度言った。

「手でなんか、取れるものか」

アメリカ大陸の大きさや、かの地の農業の規模を思えば、彼が「四つん這《ば》い」で草取りするのを馬鹿《ばか》にするのは無理もなかった。

カナダのお百姓さんも、

「除草ですか。マルチですよ」

「何でマルチをしてるんですか」

「木の葉です」

メイプルトリーを国旗にまで使っている国柄が出ていると思って私は面白くなった。この国の秋は、メイプルトリーの落葉が壮観で、人の背ほども降り積り、子供たちが黄金色の落葉にもぐって隠れんぼをして遊ぶほどだ。子供たちが落葉を飛ばして現れ出るときの夢のように美しい光景を私は思い出していた。

木の葉は葉脈が堅いので、一朝一夕には腐植しない。だから日本では落葉は燃やしてしまうことが多いけれど、庭木に趣味のある人は落葉は庭の隅に埋めて春に備える。

しかしながら私はバスの窓からフランスの畠を眺めて、草の多いのにかなり驚かされていた。どの畠も日本の農村風景と違って、どこかこぎたないのである。私はバスの中で、案内役のフランスの青年に訊いてみた。

「フランスの有機農業は、草をあまり取らないようですね」

その青年は、

「いいえ、草は取りますよ」

はっきりと言う。私はコムパニオン・プランツに関する話など聞けるかと思ったのだが、彼があまりにもきっぱり言うので、ちょっと鼻白んだ。

「でも、畠が草だらけじゃありませんか」

「そんなことはありません、草は取っています」

「さっきの畠に草が随分あったけど」

「そんなことない。草なんか、なかったですよ」

「はえてたわよ、随分」

押し問答を繰返すうちに、次の農家についた。

*

その農家も、日本の農家の人たちから見たら不精としか思えないほど畠に草がはえている。

「雑草は、どうやって取っていますか」

「手で取っています」

「この畠は、いつ除草をするんですか」

「五日ばかり前に、やりました。この次ですか、春までもうやりませんよ」

私はバスの中で水掛論をやっていた相手の青年に、

「やっぱり草がはえてるじゃないの」

と笑いかけたら、この若者はおそろしく不機嫌になり、

「草なんか、はえてないでしょう」

と言う。

東洋人に欠点を指摘されたので意地を張っているのかと思ったり、大人気のないことだと思ったりしながら、私は彼と肩を並べて一つの畠のまん中へ歩いて行った。

「ほら、はえているじゃないの」

「ほら、はえてないじゃないですか」

二人とも同じところを指さして、しかし叫んだ言葉がまるで正反対だったのだ。

私は畠の中に蹲《うずくま》り、一本一本の雑草を指さしながら、

「これは農作物ですか。草でしょう。これも草じゃありませんか」

と、ここまで来れば私も意地みたいになって、訊いてみたら、フランスの青年の眼にはありありと軽蔑の光が輝き出した。

「そんなものまで取るのでなければ除草と言わないって言うんですか。一本も残さず取るのが除草だとでも言うんですか」

いかにも馬鹿じゃないかという口調で反問された。

そうか、こんな畠でも草を取ったと言うのか、フランスでは。私はアメリカ人にもカナダ人にも、この畠が草をとってると思うかと訊いてみた。彼らはみんな頷《うなず》いて、

「取っている」

と答えた。

私は茫然《ぼうぜん》としながら、日本とまるで同種の雑草が、あちらにポツポツ、こちらにポツポツ点在している畠を眺めた。そうか、こういう状態を、フランスでもアメリカでもカナダでも「草を取った」と言うのか。

それでも私は未練がましく、

「日本では、こんな状態では草を取ったと言わないんですけどねえ」

と呟《つぶや》いたところ、私の背後から実に立派なブリティッシュ・アクセントで、

「私の国でも、こんなのは草を取ったと申しませんよ。本当に草だらけですわね」

と言う女性の声があった。振返ると品のいい初老の婦人が、帽子をかぶり、帽子と同色の手袋を片手に握って立っていた。絵から抜け出たような典型的な英国式淑女であった。

「お国はどちらですか」

「南アフリカ共和国から参りました」

「お国では、除草の方法は？」

「バイ・ハンド（手で取ります）」

彼女の左手は紫色の手袋を握りしめていた。彼女の右手が、言葉と共にパッと開かれた。指の細い、小さな美しい手であった。

＊

短い滞在期間であったが、私の友人たちの助力によって、私はフランスに「ルメール・ブッシェ農法」と「ジョーン」という二つの有機農業のエコールがあり、それぞれに専業農家が数万人ずつ会員になっていることを知ることができた。歴史も四十年くらい続いているものらしい。どちらも機関誌を持っているし、通信教育もやっている。ルメール・ブッシェの場合、一年で百フラン（六千円）を納めれば通信教育からスクーリングまでそれでまかなわれるのだという。社会的意義のある仕事として儲けは勘定に入れていないという説明だった。

ルメールという学者（故人）とブッシェという農家の人とが組んで始めた農法で、立派な皮表紙の教科書も出版されている。このエコールで勉強しているのは都会に住む一般主婦や園芸家も多く、この会員数も含めれば十万人ではきかないだろうという。ジョーン農法と併せれば大変な数になる。

ホテルからベルナール・フランク夫人に電話をしたら、

「まあ、まあ、まあ。こんなに早くまた会えるなんて思わなかったわ」

と驚いたり、喜んだりしてくれた。

「今度はゆっくり出来ないの。何しろ、いつもと違って目的を持ってパリに来たのでね」

「なんなの」

「有機農業の国際会議」

「まーあ」

「ところが思ったほどの収穫がないので、今のところ別の方面を駈《か》けまわっているの。細かい予定がたったら連絡します。市場に一緒に行ってほしいの。パリでは、まだ虫喰いリンゴ売ってるかしら」

「虫喰いリンゴ？　売ってるわよ、売ってるわよ。あの話ね、分ったわ。フランスは日本みたいにはまだなっていないわよ」

ルメール・ブッシェのエコールで有機農法の勉強をしているという主婦がようやく一人みつかり、専業農家でないのは残念だったが、とにかくどういうものであるかの概要は分った。

その奥さんは御主人が大変な金持で、趣味が農業という結構な御身分だった。どういうことから有機農業に興味を持ち出したのか訊いたところ、御自分が農村の出身であり、農薬の弊害を学生時代に見て知っていたからだという返事だった。

「農薬の弊害って、たとえばどんなことですか」

「小さな子供が麦畑を走りぬけたら、足が腫《は》れ上ったのです」

「はあ」

「そんなものを使うべきではないと村中で話しあって使わなくなりました」

「他には」

「それ以来、私の村では使っていません」

「はあ」

日本では子供の足が腫れたぐらいで農薬の使用をやめるどころか、年に何百人がホリドールで死んでも使い続けていたのだ。

＊

フランク夫人がおいしいお料理を作って待ってくれているところへ、私は約束の時間にぎりぎり間にあった感じで飛びこんだ。御家族揃《そろ》っての歓待に私は見たこと感じたことを喋《しやべ》りまくった。

「とにかく国際会議でも感じたことだけど、他の国の人たちが議論しているような危険性というのは、日本ではとっくに過去になっている微症状なの。このくらいのことでこんなに騒ぐなんて、と羨《うらやま》しくて涙が出るようだったわ。日本じゃ現実に人間がいっぱい死んでるし、怖《おそ》ろしい病人が出ているんですもの。それがフランスでは子供の足が腫れたぐらいで大変だって事になっているのね」

「そうよ、私は三年ぶりでパリに帰って、日本人は暢気《のんき》すぎるとつくづく思ったわ。日本より危険の小さいフランスの方が、みんな危機意識を持っているわ」

「子供の足が腫れたぐらいで農薬をやめたり、お豆腐屋さんが奇病にかかったのが大騒ぎになってれば、日本もここまでひどいことにならなかったんじゃないかと反省しているのよ」

「フランス人は、すぐ大騒ぎするのよ」

「そうね、有機農業国際会議は、まるでお祭りみたいですもの。主催者としては成功したと思ってるでしょうけど」

「郵便も新聞もストライキになってしまっているから、私たち会議のことは何も知らないけど、まあフランスはエコロジーが大流行だから若い学生が集ってワアワアやってるのは想像がつくわよ」

「でも、やっぱりフランスね。日本の有機農業は推定二万人なんだけれど、ルメール・ブッシェとジョーンのエコールをあわせれば専業農家で十万人は越すと思うわ。農業人口は日本の半分なのに、有機農業はフランスの方が五倍も多いの」

フランク夫人と私のお喋りを黙って聞いていらしたベルナール・フランク氏は、このとき口を挟《はさ》んだ。

「もっと多いでしょう。多分百万人ぐらいは有機農業といっていいと思います」

「どうしてですか」

「フランスは農業国としての歴史が古いですし、ブルターニュ地方などには近代化の波が及んでいないのですよ。畜産のあるところでは昔通りの農業をやっていますからね」

「でもフランス政府は有機農業を考えていないようですよ。政府が推奨しているのは、化学肥料と農薬や機械を使う近代農業でしょう」

「ああ、そこがフランスと日本の大きな違いですね。フランス人は、あまり政府の言うことを気にしないんです」

中世の日本文学や仏教史の碩学《せきがく》であるフランク氏は、僅かな言葉で民族性の違いをはっきり言ってのけた。

「百万人も、有機農業ですか……」

フランク夫人が、にっこり笑った。

「市場へ買物に行けば分るわよ。虫喰いだらけの野菜や果物を、昔通りちゃんと売ってるもの」

＊

日本人にと思ってお米の御飯を用意して下さっていたのか、それともフランク家ではこれが主食になっているのか。私は私の皿の中の御飯をフォークで口に入れて嚙《か》みしめたとき、その味と匂に一驚した。

「ちょっと、この御飯、おいしいわねえ」

「ねえ、あなたもそう思う？　私は帰ってきて、こっちで買うお米の方がずっとおいしいと思って、変だ、変だ、と思っていたのよ」

「これは有機農業のお米よ。化学肥料では、こんな香りも味も出ないもの」

「そうなの？　これはギリシャのお米なのよ。ギリシャ人のお店で売ってるの」

「ギリシャの農業は」

と、私はフランク氏の方を見て、言った。

「きっと近代化されていないんでしょう」

「それは考えられることですね」

フランク夫人は、しばらくたってから、改めて言った。

「やっぱりそうだったのね。私は日本に帰る度に、御飯がおいしくなくって、これが日本のお米だろうかって、いつも首を捻《ひね》っていたのよ」

「ねえ、日本人は、ことに日本の農家は、政府の言うことを聞きすぎていたのね。農林省が近代化って叫べば、津々浦々まで化学肥料と農薬になってしまったんだから。それはもちろん工業に主力をしぼって、高度成長経済だけを目的にしたから生れた政策なんだけど、それにしても農民の犠牲は大きすぎたわ」

「そうねえ、私は日本へ帰ると、田舎の実家へ父に会いに帰るけど、その度に日本の農村って変貌が激しくてね。フランスなんか、バカンスに私たちも田舎に行くけど、ちっとも変らないわね。ねえ、ベルナール」

「そう。多分、百年ぐらい前と同じ生活をしていますから」

「隣の農家で手造りのバタを分けてもらうんだけど、おいしいのよオ。出来たてのバタは」

私はパリから一日がかりでフランス中西部の農村を走りまわったときのことを思い出した。見はるかす広大な平野、平野、平野。日本のように国土の七割が山岳地帯というのとはまず地勢が根本から違うのだ。ひろいひろい牧場に数十頭の牛がのんびりと遊んでいた。日本では一戸の農家が持つ農地は平均して一ヘクタールであるけれど、フランスでは一戸が平均三〇から五〇ヘクタールの農地を所有している。

リンゴの木の下に、おびただしく落ちたリンゴが転がっている。

「あのリンゴ、市場で売るんですよ」

私は同行した日本人に教えてあげたら、

「まさか」

と言われてしまった。

日本人は無傷でピカピカ光ったリンゴしかリンゴではないと思いこんでしまっている。

アンジェに近い農村で、私は共栄植物方式を実践している篤農家《とくのうか》の畠《はたけ》を見せてもらった。人参畠には、びっしりとハコベが生いしげっていた。埼玉の須賀さんの農場と同じだった。なつかしかった。

＊

畠の雑草が、日本のものと全く同種の草であることを確認してから、私は通訳のフランス人に、この草はなぜとらないかと尋ねた。彼は英語で、

「人参とその草はフレンドシップ（友好関係）を持っている」

と答えた。

須賀さんは「仲良し」と呼んでいたが、フランスではきっとコムパニオン・プランツを「友だち」と呼んでいるのだろう（英語のコムパニオンも訳せば「仲間」である）。

私はそこで、セロリと西洋葱《ねぎ》も「友だち」であることや、トマトとハコベも「友だち」であることを教えてもらった。そういえば慈光会の協力農家の畠にもびっしりハコベが繁《しげ》っていて、「この草に野菜は負けまへんで」農家の主婦は明るく笑っていた。

私がフランスで専ら雑草のことを気にしていたのは、日本の除草剤の使用量が近年急上昇していることが心配でたまらなかったからである。除草剤を散布した後では猫が必ず流産することを知らせて下さった読者もあり、除草剤で大惨事が起る前に、なんとかこれを食い止める方法はないものかと悪い頭をふりしぼって考えていた。加えて、有機農業に切りかえた農家の人たちの最大の悩みは除草の苦労であった。雑草の生命力は強く、とってもとっても後から生えてくる。除草機もあるけれど、除草剤や手で取ることに比べればも一つ取りきれないうらみがある。手で取るのは「四つん這《ば》い」で、労力も時間も大変だ。須賀さんの農法は魅力的だが「仲良し」の草だけが農地に残るまで四年も五年も不作が続くのでは、信心っけのない人間にはできることではない。

除草と収量が、有機農業の前に立ちはだかっている大きな壁なのである。

フランス人の友人が、日本に帰る前に、この映画だけは絶対見ていけとすすめる。私はその人には大変世話になっているので、

「はい行きましょう、なんという映画ですか」

「カシマ・パラダイスです」

「えッ、日本のこと？」

「そうです。でもフランス人が作った映画で、今大評判なんですよ」

と言われて、すると鹿島建設の偉業を讃える映画でもあろうかと想像した。何しろ私の頭の中は「草取り」で一杯になっていたので、何と言われても他のことはろくに考える気もなかったのだ。

カルチエ・ラタンにある小さな映画館は満員だった。驚くべきことに「カシマ・パラダイス」という映画の冒頭は、青い稲田の上をヘリコプターが低空飛行して、まっ白い煙を噴霧している光景で始まり、私は映画館の椅子《いす》から思わず腰を浮かしていた。農薬散布！

水銀農薬だろうか。いったい何時《いつ》の日本の農村風景だろうと見詰めていると、画面は一変して大阪の万博に群衆がひしめいているところになった。日本の大企業のパビリオンがクローズアップされ、日本語のナレーションが聞こえてくる。

「美しい空、美しい海、二十一世紀の日本は自然と人間の美しい調和をめざしています」

＊

日本語のナレーションが、フランス語になって字幕に現れると、客席に詰ったフランス人たちが声をあげて笑い出した。私は胸が押し潰《つぶ》されるようだった。パリの人たちは、日本には美しい空も美しい海もなくなっていることを知っているのだろうか。二十一世紀の日本が自然と人間の調和だなどと考えることもできないと嘲笑《ちようしよう》しているのだろうか。

万博のパビリオンが、めくるめくように交錯して映し出された後で、画面は再び農村に移り、今度は田植の風景点描である。万博の頃ならＤＤＴはまだ禁止されていない。あのヘリコプターで空中散布していたのは、ＤＤＴだろうか、ＢＨＣだろうか、と考えているうちに、田んぼの畦道《あぜみち》がクローズアップされ、ひょうきんな顔をした蛙《かえる》が一匹、ピョンピョンピョンと飛び出してきた。その蛙は、そのままの速度で水田に勢よく飛びこんだ。

ポチャンと水音をたてて飛びこんだ蛙は、水田の中で二回はねたが、水から顔を上げて喉《のど》をぷーとふくらませると、そのまま四肢がすーッと伸びてしまった。客席は水をうったように鎮まり返った。いつまでも動かない蛙の背中に、苗代から運ばれてきた小さな苗束が投げつけられたが、蛙は身動きもしない。

そのすぐ傍で黙々と手も休めずに田植を続ける男女の姿が、なんの説明もなく、いつまでも映写されていた。

蛙が溺死《できし》する水田――。

私は躰《からだ》が総毛だつようだった。友だちが私にこれを見ろと言った理由が、やっと分った。しかし私ははらはらしながらも画面を見詰めずにはいられなかった。多分撮影用に旧式な手植えをやってみせているのだろうけど、きっと本当は田植機を使ってやっていたのだろうけど、と私は心の中で呟《つぶや》き続けていた。蛙が死ぬような水に膝《ひざ》まで浸って、よくこの人たちは病気にならないでいるものだ。いや、肝臓や腎臓《じんぞう》が弱っている人たちが農村にいっぱい出ている理由は、百万言の説明よりこの映画を見るだけで充分ではないだろうか。

田んぼに飛びこんだ蛙は、なぜ死んだのか――。

多分、学者たちに聞いても、彼らは分らないと答えるだろう。それは土壌に残留している殺虫殺菌剤と現在も使われている農薬の複合汚染であることは間違いないのだから。

映画は鹿島灘《なだ》に巨大なコンビナートが漁民の反対を押えこんで建築される過程と、成田空港反対の農民闘争を交互に画面構成していた。三里塚に結集している農民たちが、空港予定地をブルドーザーで地ならししている労務者に向ってマイクで叫ぶ。

「労働者の皆さん、農民殺しの手伝いをしないで下さい」

なんということだろう。日本の労働者の多くは、ついこの間まで農民だったか、本来なら農村にいる筈だった人たちである。それに、農民は、農村にいる労働者なのだ。労働者と労働者が対立しなければならないなんて、なんということだろう。

映画では鹿島灘に大企業のコンビナートが屹立《きつりつ》し、工場排水が滔々《とうとう》と海に吐き捨てられていた。農地であったところには、夜になるとトルコ風呂《ぶろ》が怪しげなネオンサインを一斉に輝かせる。ラストシーンはその中の一軒をクローズアップしたものだった。英語で、KASHIMA PARADISE という文字が地獄の使者のように私の前に迫り、そして止った。

＊

ドゴール空港で、帰途についた私の心は重かった。この広大な空港は、たった三軒の農家と話しあうだけでフランス政府が買い上げたものであった。多分あの映画を見たフランス人は、あのもの凄《すご》い農民の集団を見て、成田空港の規模の大きさを誤解したのではないだろうか。一戸の農家の持つ土地が、問題にならないほど日本は小さいのだ。成田空港の予定地はドゴール空港の半分にも当らないというのだから。

どう頑張ったって、狭くて小さな国なのだから、日本は。その大切な農地を、蛙が飛びこめば死ぬようにしてしまっているなんて。

帰りは一人旅だった。私は飛行機の中で短い滞在でめまぐるしく過したパリの一週間を、メモをたよりにゆっくり反芻《はんすう》していた。なんといっても傑作は、フランスの青年と同じ畠を指さして、私は草があるといい、彼は草がないと言った、あの光景だった。

私はパリの自然食品店で買いこんだ「豚の肝臓ペースト」「野兎《のうさぎ》のペースト」「チキン

ペースト」のカン詰や、小麦のフスマや大豆の粉をまぜたビスケットや、フランスの民間薬草などを抱えて横丁の御隠居のところへ早速お喋《しゃべ》りに行った。

「フランス人はパテ（ペースト）が大好きなんだけど、農薬や配合飼料のことを考えると肝が一番食べにくい部分になるので、特に子供や老人には、こういう店で買うようにしているみたいでした」

「老人である私にはふさわしい土産ですな」

「このビスケットは、老人にはふさわしくないお土産です。堅いので、入歯が割れるかもしれませんよ」

「戦争中のカンパンを思い出しますな」

御隠居は前歯で鼠《ねずみ》のように齧《かじ》ってから、

「決して旨《うま》いもんじゃありませんな」

と、顔をしかめた。

私は一向に頓着《とんじゃく》せず、草取りの話を始めていた。

「日本には幕末よりさかのぼった農業技術史というものがないも同然で、除草について詳しいことは分らないんですけれど、万葉集に田の草取りが唄《うた》われていますから、もちろん草取りはしたんでしょうが、フランス人が呆《あき》れ返るような一本残さず取りつくしてしまうような草取りをするようになったのは、どうも私の考えるところでは江戸中期ではないかと思うんですがね」

「どうしてですか」

「他の分野で見て、日本人の潔癖性というものがむやみと強調されるのが元禄時代なんですよ。茶の湯が茶道になり、剣術が剣道と呼び名がかわって、実用から離れ、精神主義が叫ばれ出すのは、美術史を見ても、江戸中期なんです。徳川の幕藩体制が儒教中心でかためられていくのと同時です。だって戦国時代の百姓が、田畑に一本の草もないほど丁寧に手入れしていたとは考えられないですし」

「ははあ」

「農業に無知な官吏が、つまり代官が、無駄なものは取れという方針で、農民に草むしりをさせたわけでしょう」

＊

日本の農家では必要以上に草を取っているのではないか。百姓だけに農業をまかせていたら、彼らは畦道《あぜみち》に大豆をまき、大豆の根瘤《こんりゅう》バクテリアで土が豊かになることや、稲と大豆が仲良しであることに自然と気がついたようなことが多かった筈《はず》だ。農作物と相性のいい草や悪い草も見わけることができた筈だったと思う。

しかし江戸時代を通じて農政の担当官は武家であり、彼らは今の農林省と同じように

「土」を見ず、ただただ主家のために収量本位で農民を追いたて使いまくった。米だけしか見ない彼らに、草は無駄なものとしか考えられなかっただろう。彼らは百姓を生かさず殺さず、米を作れと命じ、四つん這いになって草を取れと命じた。一本も草のないのが篤農とされ、草がはえていれば怠惰のしるしと見做《みな》されていた江戸時代が終って、百年すぎても、日本の農家の人たちは、まだ草を取ることに対して義務感が強すぎる。その結果が、開発された除草剤の夥《おびただ》しい消費量に現れている。こんなことを続けていたら、土が死ぬばかりではない、農家の人たちは猫の流産より蛙の溺死より、もっとひどいめに会うだろう。

「草取りについて、もう少し暢気《のんき》になってもらいたいと私は思いましたよ。それというのがフランスで、私の後から声をかけた上品な御婦人の美しい手を見て、私は確信を持ったんです」

「手で草を取ると言った人ですな」

「ええ、あの美しい手は絶対に労働していない人の手です。彼女が南アフリカ共和国から来たと言っていたのを、私は帰りの飛行機の中で思い出したんです。大声で叫びたくなりましたよ」

「どうしてです」

「南アフリカ共和国は、黒人差別のひどい国でしょう。私は行ったことがありませんけれど、少数の白人が統治している国なんです。あの上品なお婆《ばあ》さんは、いかにも紳士然とした御主人と一緒でした。多分、南アフリカ共和国の大農場の経営者だったんじゃないでしょうか」

「すると」

「ええ、手で草をとっているのは、白人ではなくて黒人なのでしょう、きっと」

「江戸時代の百姓のように」

「そうですよ、白人に命令されて一本残らず草取りをさせられているんですよ。そう気がついたとき、私には草だらけみたいだったフランスの畠《はたけ》や、それを見て草なんか生えていないと言ったアメリカやカナダのお百姓さんたちのこと、はっきり納得できたんです」

　日本の農村で最も荒廃しているのは農地より精神だと言う人たちがいるのだが、私は精神主義というのはややもすると妙な方向へ走りがちだから取らない。自分は変な病気になりたくないと思い、親や子や愛する者を病気にしたくないという心さえあれば、それに化学肥料や農薬が何かという正しい知識さえあれば、充分ではないだろうか。

＊

　新しい農民運動の指導者に宗教家が多いのは、人間以上の存在を信じる人々の方が科学万能主義の欠陥に気づくのが早かったからだろうと思う。人間が絶対者であるかのような錯覚が、科学を支配したとき、人間は科学によって支配され、今日の日本のような物質文明の危機にさらされることになった。

大自然の中で、人間は他の生物と同じように、折合って暮して行く智恵《ちえ》を身につけるべきであったのに、それこそ本来の科学の役目であった筈なのに、ほぼ五十年ばかり前から科学そのものが大きく誤りをおかしていた。その結果、人類は人間の限界を忘れ、石油も、空気も、水にも限界があることを忘れて猛スピードで走ってしまった。日本は敗戦によってこのレースにおくれをとっていたが、戦後の焼けあとから立上ると、何も考えずに目の色を変えて今日まで走り続けてきた。

「日本の高度成長経済さえも戦争と関係があるのですものね。まず朝鮮戦争でしょう、二十五年前の。あれで日本の経済は息を吹き返したんです」

「ベトナム戦争もやっと終りましたな」

「アメリカの枯葉作戦の兵器が、つまり除草剤ですから。私は戦争が終るとホッとする一方で、兵器の平和利用を考えてゾッとするんです」

「原子力平和利用はどうです」

「原子爆弾という大量殺人の兵器を作る目的で開発された技術だということを覚えておく必要があります。どこの国でも原子力発電所は山と出る廃棄物の捨て場に困っているのが現状ですよ。あの廃棄物が持っている放射能は二十五万年も消えません」

それにしても、人間はなんて忘れっぽいのだろう。原爆体験を持つ唯一《ゆいいつ》の国日本に、被爆者援護法という法律が、まだ日の目を見ていない。ヒロシマの惨劇は世界に伝えられたが、あれから三十年、いま核武装している国は幾つあるか。私は溜息《ためいき》をついた。

「御隠居さん、やっぱり農業の話をしましょう。私はパリでルメール・ブッシェの農法が、有畜農業で堆肥《たいひ》を自給し、有機物を循環させている他に、カルマゴールという微量要素を使っているのを知りましてね」

「なんですか、カタツムリのことですかな」

「それはエスカルゴですよ。まぜっ返さないで下さい。カルマゴールというのは、カルシウムとマグネシウムとミネラルまたはオイルを集めて一つの名前にしたものです。土壌改良剤とでもいいますかね。原料は、海草ですって」

「なるほど」

「ブルターニュ地方の海底からリト・タムネという海草をとってきて、乾燥させ粉にしたものです。畜舎の敷きワラのときから振りかけて使っていました。日本に帰って、有機農業の人たちにその話をしたら、海草なら塩分さえ除けば農地に必要な微量要素を全部持っている筈だと感心していましたよ」

「それは問題ですな。日本でも海草は肥料でしたぞ。そんなことが、もう忘れられているんですか」

御隠居は、とんでもないという顔になった。こういうときは話が長くなる。

＊

「あなた森コンツェルンというのを知ってますか」

「はあ」

「それから皇室と一族になった、ええと、ええと」

「安西さんですか」

「そうです、森家も安西家財閥も、今の御当主のお父さんの代には千葉の海岸で海草を集めていたのですぞ」

「本当ですか」

「あなたも、ものを知りませんな。森、安西両家の御先祖は、海草を漁民から買い集めて、これを肥料として売っておったのです」

「肥料屋さんだとは聞いてましたけど、それが海草とは私も知りませんでした」

「森コンツェルンが今日の大をなしたのも戦争でしたな。日露戦争です」

「海草が火薬になるのかしら」

「早まってはいけませんぞ。日露戦争で、日本は大砲を使う戦争を大々的に体験したんです。負傷兵の手当てに、大量のヨードチンキが必要になって」

「ああ、海草からヨードを」

「そうです。森さんも安西さんも、それで大儲《おおもう》けをしたんですな。しかし、世間は彼らを財界人として認めたころ、海草が肥料になることを忘れてしまったのですかな。驚くべきことですな」

私は御隠居さんの相手をしながら、出汁をとったあとの昆布も、卵のカラも、東京の主婦たちはポイとゴミ入れの中に捨て、そして東京都はそれを巨大な焼却炉で焼くのかと改めて茫然としていた。農地が必要としている微量要素、有機農業の量的減収を必ず補うことのできるカルシウムやミネラル分を、消費者は大量に使い捨てている。

堆肥でも三大化学肥料でも補うことのできない大切な微量要素を。

「ときに、あなた玄米は毒だ、と書いたそうですな。近頃は私まで有名になって、いろんな人からいろんな質問を受けるので迷惑しとりますぞ。今日で最終回というので我慢しとったのですが」

「玄米は毒だなんて一行も書いていませんけれど、一昨年と去年のお米を分析した結果がやっと出ましたから、これをご覧下さい（次ページの表）。ＤＤＴは検出されませんでした。有機リン剤も検出されませんでした。ＢＨＣだけが検出されたんですけど、でもＰＰＢのオーダーですから、まあ問題はないでしょう。フランスの広大な平野を見なが

分析結果

（単位ppm）

有機塩素剤 / 検体名	BHC					DDT			
	α	β	γ	δ	Total BHC	DDE	DDD	DDT	Total DDT
48年玄米	0.006	—	0.004	—	0.010	—	—	—	—
48年白米	0.002	—	0.003	—	0.005	—	—	—	—
49年玄米	0.002	—	0.003	—	0.005	—	—	—	—
49年白米	0.001	—	0.002	—	0.003	—	—	—	—

ら、つくづく日本人は米を主食にすべきだと思いましたね。一粒の種籾《たねもみ》から二百粒の米がとれますが、小麦は、一粒が五十粒にしかならないんです」

「しかし、米の汚染は、十年前はこんなものではなかったでしょう」

「今だから書けたのですよ。十年前なら書けませんでしたよ。だって私たちは、もっと高濃度に汚染されている頃は何も知らずに食べていたのですからね。ＢＨＣが禁止されて四年目で、やっとこれですからね」

「水銀は」

「残留農薬研究所の化学部長が、土の水銀汚染は水銀農薬の散布前に戻っていると雑誌に書いているので驚いているところです。同じ雑誌に佐久病院の若月俊一先生は米に○・一ｐｐｍ残留しているという発表をなさっています。水銀農薬散布中と較べて全く同じ濃度ですって。いったい何をしてるんでしょうね、政府から二億、企業から五億のお金を集めて作った残留農薬研究所というところは」

「つきあいきれませんな、私は」

「私も」

あとがき

これは朝日新聞朝刊の小説欄に昭和四十九年十月十四日から八カ月半にわたって連載したものでした。私が目的としたのは「告発」でもなければ「警告」でもありません。一人でも多くの人が、もう少し現実について知るべきだと考えていましたので、数年前から連載小説を書く約束をしていた朝日の学芸部に、私からお願いして、こういう内容だけれど必ず多くの読者を摑《つか》まえてみせますからと広言して書かせて頂いたものです。

幸いにして連載が始まって間もなく読者からの反響が出ましたので私としては学芸部に対してまず顔が立ちました。美男も美女も出てこないし、文壇ではストーリー・テラーと評されている私が扱うには一貫した話の筋もありませんでしたのに、最後まで読んで下さる読者があったのは、有りがたいことだったと思っています。この小説作法のモットーとしたのは、分りやすく面白く書くことでした。内容が内容ですので読み終った方々の多くが面白さを評価して下さらないのが作家としては残念ですが、まあ仕方がないでしょう。

分りやすく書いたものは、この作品の出来栄えとは別のところで、つまり読者の心の浅さや深さとかかわりを持つことになります。私が書きましたのは、具体例は実名入りで出しはしましたけれど、どちらかと言えば本質論だったつもりです。私は漬物やエンジンの宣伝をしたのではなく、現状で最も必要とされている良心と勇気のある人々の行為について書きました。できるなら多くの方々に一緒に考えて頂きたいと思ったのです。すでに専門家や先覚者が警告し、告発している事実を、私はより多くの人に知って頂きたく思い、広報のお手伝いをしたのでした。私が書きましたのは一通りの入口だけです。問題はもっと重大であり、事態はもっと深刻なのです。私の知ったことの十分の一も書ききれなかったのですが、もし私の書いたもので日常生活の危機に気づいた方々は、専門家の書かれたもので知識をさらに深めて頂きたいと念願しております。

この仕事で、私は実に多くの方々のお力添えを頂きました。約十年前から読んだ書物の数は三百冊を越えていますし、お目にかかった専門家もこの十年を考えると何十人になります。そのすべての書名人名を記すのは容易なことではありませんので、『複合汚染』の筆を執ってからの私に全面的な協力をして下さった方のお名前を記させて頂きます。それは東京都立大学の磯野直秀先生と、日本有機農業研究会の築地文太郎氏、それからNETのプロデューサー小田久栄門氏でした。小田さんは私のために取材班を編成して下さったのです。この三人の一人が欠けていても、私のこの仕事は出来ませんでした。記して謝意を表します。

白木博次先生、若月俊一先生、宇井純先生、藤原邦達先生、鈴木武夫先生、吉田勉先

生、八竹昭夫先生にも、御専門の分野での御意見を聞かせて頂きました上に、執筆中も激励して頂いたのは、これからも忘れがたい思い出になると思います。朝日新聞学芸部の雑喉潤氏、黛哲郎氏、社会部の松井やより氏にもお世話になったお礼を申上げます。

多くの御本の中で、参考にさせて頂いたばかりでなく私が啓発されることの多かった本で、できれば読者の皆様にも読んで頂きたいと思いましたものの書名を次に掲げます。

磯野直秀著　『物質文明と安全』　日経新書
磯野直秀著　『ヒトと人間』　保健同人社
藤原邦達著　『住民運動読本』　新時代社
ロデイル著
一楽照雄訳　『有機農法』　協同組合経営研究所
柳沢文正著　『日本の洗剤その総点検』　績文堂
柳沢文徳著　『食品衛生の考え方』　NHKブックス
レイチェル・カーソン著
青樹簗一訳　『沈黙の春』　新潮社
片方善治著　『低公害自動車の知識』　カルチャー出版社
松谷富彦著　『公害のはなし』　ポプラ社

その他農山漁村文化協会が発行している季刊誌「農村文化運動」や月刊「現代農業」

など、生産者ばかりでなく消費者もできれば購読してほしいものだと思うようないい仕事をしています。自主講座の刊行物およびカルチャー出版社の各種の手引書とともに印象に深かったので記しておきます。

高名な学者の方々が最初から私に好意的でいて下さったことや、見知らぬ読者から毎日寄せられた励ましのお手紙が、どのくらい私にとって大きな力づけになったことでしょうか。ただただ有りがたく深く御礼申上げます。誤解や批判や非難や悪口が、この仕事に、これからも浴びせられることでしょうが、私は日本の各地で少からぬ人々が黙々として「土つくり」に励んでいるのを思い、主婦たちが集って無添加の保存食を手作りで作っているのを思い出して、耐えるつもりです。

日本文学古来の伝統的主題であった「花鳥風月」が危機にさらされているとき、一人の小説書きがこういう仕事をしたのがいけないという理由など、あるでしょうか。DDTとBHCが規制されて、ホタルやドジョウが息を吹き返してきていますが、都会にも農村にも奇妙な病人が増発している現状で、私は何もせずにはいられませんでした。

問題の原点である流通機構について私の筆が及びませんでしたのは、どちらかといえば生活者のサイドを読者と想定していたからです。しかし賢明な方々は、通産省が勇断を下してストック・ポイント・システムに切りかえて生産者と消費者の距離を縮めれば、厚生省と農林省が抱えている問題の多くは解決されることにお気づきだと思います。これは、政治家のなすべき仕事であって、一介の作家ごときが論じる段階のものではないと考えます。どういう方々の手に、この本は届くのでしょうか。私は、あとは祈りたいという気持でいます。

（昭和五十年六月）

解　説

奥野健男

『複合汚染』は、昭和四十九年（一九七四年）十月十四日から翌五十年六月三十日まで「朝日新聞」朝刊の小説欄に連載された。そして昭和五十年四月に上巻が、七月に下巻が、新潮社より単行本として刊行された。

『複合汚染』は型破りの小説である。美男美女も出て来ないし、恋愛もないし、だいいちストーリーもなく、主人公もいない。およそ小説の常識からかけはなれている作品である。あるいはこれを小説と呼ばない読者もいられるだろう。それは読者各位の小説の定義の広さ狭さ、寛容さ厳密さによるのであるから、これを小説と思うか、思わないかはその人々の自由である。評論、エッセイの類として受けとられてもかまわない。（ぼくも小説としては、はじめの市川房枝、紀平悌子《ていこ》の参議院選挙の面白い話が、途中で消えてしまったままになっていることが気になり、小説としての構成のいびつさを感ぜずにはいられない。）

しかし『複合汚染』は、間違いなく文学作品なのである。単なる科学的啓蒙《けいもう》の書でも、公害の告発の書でも、まして科学の解説書でもない。この作品から受ける感銘は、まさに文学的感銘にほかならない。ひとりの文学者が、その人間的、文学的必然性により、やむにやまれぬ気持で、文学者としての全身全霊を傾けて表現した感動的な文学作品なのである。そしてこれは文章表現を専門の仕事としている文学者、いや小説家にしか、絶対に書くことのできない作品なのである。有吉佐和子の小説を永年にわたって頑固に拒否し続けて来た、ある文芸雑誌の名物男的な元編集長が、「有吉佐和子がついに純文学を書いた。『複合汚染』こそ、おれの考えている純文学の極致だ」と感動的に語ったことをぼくは思い出す。たとえ従来の小説の態をなしていなくとも、『複合汚染』は、現代に生きる文学者の魂がほとばしりあふれている純粋な文学作品と言えよう。

有吉佐和子の作家的出発は、曾野綾子とならんで才女として華やかに脚光を浴びたが、その小説は伝統的な型を大事にする古風な作風であった。『地唄《じうた》』『キリクビ』のような芸道小説、『紀ノ川』『日高川』『有田川』『助左衛門四代記』『香華』『鬼怒川』のような旧家をめぐる大河小説を淀《よど》みなく書ける当代一の安定したストーリー・テラーである。しかしその一方、現代社会に対する鮮烈なアクチュアリティも抱いている。『げいしゃ・わるつ・いたりあーの』『三婆』『非色』『恍惚《こうこつ》の人』など、現代の社会の歪《ゆが》みをテーマにした鋭い問題作を次々に発表している。特に『非色』は占領軍兵士の日本人妻を通して、黒人、プエルトリカン、イタリア人、ユダヤ人などに対する、それまで知られなかった米国の深部の人種差別問題を扱い、『華岡青洲の妻』で嫁姑《しゅうとめ》の問題を戦後に改めて提出し、『恍惚の人』で老人問題の本質を衝く。それらの作品は何れも広範な読者の大きな反響を呼び、ジャーナリズムの大きな話題となり、ベスト・セラーになる。ほかの作家たちはいったい何をやっているかと思うくらい、有吉佐和子は的確に今日の問題を探り出し、作品化しているのだ。つまりもっともアクチュアルでアップ・トゥ・デイトな、話題摘出の作家であった。

そういう定評と実力を充分に自覚した上で有吉佐和子は、ストーリー・テラーとしての自分の才能を犠牲にし、自分にしかできない仕事として、「朝日新聞」の小説欄というもっとも読者の多い舞台で、敢《あ》えて従来の小説の範疇《はんちゅう》に入らない型破りの文学作品を書いた。作者の心の中には、十分の自信と計算があったに違いないが、「朝日新聞」小説欄という檜《ひのき》舞台を得意の物語りではなく、不得意な科学技術の問題を書くことに使おうという決意は、なみなみならぬ冒険であり、読者や専門家あるいは官庁、企業などからの批判を覚悟した懸命の仕事であったに違いない。

有吉佐和子は今日の工業生産中心の科学技術が、自然を、農業を、生活を、健康を、精神を、そして人間を手ひどく汚染し破壊し滅亡の淵まで追いやっている現実に、文学者として人間として黙って見過していられない危機を感じ、心の底から憂《うれ》いかつ怒り、そして叫ばずにはいられなかったのである。化学肥料が土地を死なせ、農薬と称するさまざまな毒薬が自然環境をこわし、人間の心身を犯している現実、メーカーがテレビなどのCMで売り出す合成洗剤の無意味な使用による公害、自動車の排気ガスの汚染などを、作者は「横丁の御隠居」などを登場させながら実に巧みに平易に、しかもおもしろく表現している。

ＤＤＴ、ＢＨＣ、ＰＣＢ、ＣＯ、窒素化合物、有機リン酸、タール系合成色素、防腐剤などの個々の薬物や化学合成物のそれぞれの毒性や害だけでなく、それが複合した場合、単なる相加どころか、おたがいに反応を起し、さらに毒性の強い新物質をつくるなどの相乗的効果がうまれるという、科学者たちにも解明困難な〝複合汚染〟のおそろしさを、あらゆる表現の手練手管を駆使し、嚙《か》んでふくめるようにていねいに、そしてあきさせないように科学に素人《しろうと》の読者に伝えようとしている。

作者は自分を自然科学、技術、特に化学に全く無知の人間、たとえば元素と化合物の違いも知らない素人の場に置いている。しかしそれは全くの素人の読者にもわからせるための方法であり、フィクションである。「あとがき」を読めば、作者がこの作品を書く十年前から三百冊以上の専門書を読破していることがわかる。特にレイチェル・カーソンの『沈黙の春』（新潮文庫収録）に、大きな衝撃を受け、日本の農薬汚染について調べずにはいられなくなったことが想像される。そして大変な努力を費やして多くの専門家に会い、本を読み、学習したのだろう。そうでなければ、複合汚染の実態やメカニズムを、これほどまで明快に的確に一冊の本にまとめあげることなど、とうてい不可能である。

ぼくは「朝日新聞」の連載を読みながら内心忸怩《じくじ》たるものがあった。と言うのはぼく自身かつて公害犯罪人のひとりであったからだ。工大の化学科を「蛋白《たんぱく》類似物質（ポリペプタイド）の合成研究」という論文で卒業し、ある電機メーカーの研究所で高分子化学を中心とする研究に十年間従事していたからだ。卒論がそもそも石油、石炭などから、蛋白質に近い物質（当然食糧にもなる可能性がある）を合成しようという研究であったし、研究所に入ってからの仕事も、安く丈夫でながもちするプラスチックを効率よくつくり出そう、新分野に利用しようという研究であった。当時としては高分子合成によって生命の神秘に近づくのも創造の大いなる夢があったし、高分子化合物（プラスチック）は未来を築く第四の物質として、人類の幸福に貢献するに違いないと、その前途は明るくバラ色の希望にあふれていた。その頃、えらい科学者も技術者も経営者も政治家も、プラスチックが腐らず、さびず、かびず、分解しない故、山に川に海にいつまでもそのかたちのまま残り、自然に還元せず、重大なゴミ公害になることを予見し、警告を発した者は誰もいなかった。ＰＣＢ（ポリ塩化ビフェニール）も、金属を腐蝕《ふしょく》せず、分解せず、気化せず、水に溶けない故、オペレーターの健康のため、もっとも無害な理想的な物質として採用されていた。分解せず水に溶けず、ただ油脂にのみ溶ける故、魚の体内に溜《た》まり、それを食べる人間にとりかえしのつかない害を与えるなどと考えた者は全くいなかった。僅《わず》か十数年前の一九六〇年頃のことである。人間と言うのは利口そうだが、実は浅知恵で、馬車馬的で、立ち止って広く深く総合的に考える能力に欠如している生物であるらしい。ぼくは自分の自然科学者、技術者としての体験から、しみじみそう思う。ぼくが科学技術の世界から、文学の世界に移った底には、科学技術、経済、政治などの昼の実世界を破滅に向って突っ走る人類をフィードバックさせるのは、文学、芸術あるいは哲学、宗教など一見虚に思われる夜の冥想《めいそう》的想像の世界しかないという考えがあったように思われる。

有吉佐和子は文学という武器をもって、もっとも直接的に人類を破滅に向わせかねない自然科学、技術、そして経済、政治に対して敢然と歯向い、ストップをかけようとした。人間を愛する文学者としてなすべき喫緊事を有吉佐和子は為《な》した。それがこの『複合汚染』である。

反響は大きかった。新聞連載中から大きな話題になり、本もベスト・セラーになった。この作品を読んだ者は、誰でも目をひらかれたような思いになるだろう。人類を破滅に向わせるような薬品がつくられ売られ宣伝され、政府もそれに加担している。こんなことが許されてよいものだろうか。読者たちは慄然《りつぜん》としながら、怒りをおぼえずにはいられない。

政府やメーカーやディーラーや学者たちの狼狽《ろうばい》ぶりは、連載中も刊行後も続いた。科学に素人の小説家の文章などと言う無視の態度、小さい誤りをとらえての御用学者たちの反論などがその代表的なものである。そしてやはり一小説家の努力によっては巨大な世界的国家的政治や経済を根本的に転倒させることはできなかった。それははじめから作者も予想したことであったろう。

しかしこの『複合汚染』を読んだ者は、ここに書かれていることでなくても、今日のあらゆる現象に疑いの目を抱く芽は確実に持ち得たに違いない。御用学者の言うこと、政府の決定、企業の広告などに単純にだまされない、強い基盤を持ったに違いない。それがこのきわめてアクチュアルでアップ・トゥ・デイトな『複合汚染』の、後世にまで残る文学的価値であり、新たに読む後世の人々も、作者の真摯《しんし》な憤《いきどお》り、その文学者魂に接して感動し、その時代の現実を鋭く疑い、深くその本質を暴くに違いない。作者も、最新の『有吉佐和子の中国レポート』などを読むと、複合汚染への文学者としてのたたかいの姿勢を持ち続け、さらに深め広めているように思われる。ぼくは有吉佐和子のさらに新たなる人類を守るための仕事を期待したい。それは今日において、文学者有吉佐和子以外にはなし得ない仕事であるから。

（昭和五十四年四月、文芸評論家）

この作品の単行本は、昭和五十年四月に上巻が、七月に下巻が新潮社より刊行された。

複《ふく》合《ごう》汚《お》染《せん》

新潮文庫　あ－5－12

昭和五十四年五月二十五日　発行
平成十四年五月五日　四十九刷改版
令和七年九月二十日　六十四刷

著者　有《あり》吉《よし》佐《さ》和《わ》子《こ》
発行者　佐藤隆信
発行所　株式会社新潮社
郵便番号　一六二―八七一一
東京都新宿区矢来町七一
電話　編集部(〇三)三二六六―五四四〇
読者係(〇三)三二六六―五一一一
https://www.shinchosha.co.jp

価格はカバーに表示してあります。

乱丁・落丁本は、ご面倒ですが小社読者係宛ご送付ください。送料小社負担にてお取替えいたします。

印刷・株式会社精興社　製本・株式会社大進堂

ISBN978-4-10-113212-9 C0193